炼妖师 3

柳三笑 著

天津出版传媒集团
天津人民出版社

图书在版编目（CIP）数据

炼妖师 . 3 / 柳三笑著 . -- 天津 : 天津人民出版社 , 2018.9

ISBN 978-7-201-13895-4

Ⅰ . ①炼… Ⅱ . ①柳… Ⅲ . ①长篇小说－中国－当代 Ⅳ . ① I247.5

中国版本图书馆 CIP 数据核字 (2018) 第 176221 号

炼妖师 3

LIAN YAO SHI 3

出　　版　天津人民出版社
出 版 人　黄　沛
地　　址　天津市和平区西康路 35 号康岳大厦
邮政编码　300051
邮购电话　（022）23332469
网　　址　http://www.tjrmcbs.com
电子邮箱　tjrmcbs@126.com

责任编辑　刘子伯
装帧设计　鱼京山鸟

制版印刷　三河市金元印装有限公司
经　　销　新华书店
开　　本　710 × 1000 毫米　1/16
印　　张　22
字　　数　360 千字
版次印次　2018 年 9 月第 1 版　2018 年 9 月第 1 次印刷
定　　价　39.80 元

目 录

第一章

童子吞相

悬崖之上，寒风猎猎。

齐云飞冷面如霜，手握紫金神剑，剑尖正对着赵五郎。

赵五郎惊道：“云飞，你要做什么？”

齐云飞说话的语气比寒风还要冷：“赵五郎，我师叔要我来杀了你！”

“你师叔是谁？为什么要来杀我？”

“我师叔就是黑衣人玄天明！你不是早就见过他了吗？”齐云飞挑起眉头，冷笑道，“你速速受死吧！”

忽然一个娇小的身影挡了出来，正是许久未见的施小仙。

“云飞，你不可以杀五郎，你要杀他就先杀了我！”施小仙张开双手呵斥道。

赵五郎一惊，急忙将施小仙拉到身后，问道：“小仙，你不是在紫云谷吗，怎么也跑到这里来了。”

施小仙望着赵五郎口气转为柔和，低着头道：“我……我担心你的安危，就一路偷偷跟过来了。”

赵五郎心中一暖，道：“小仙……原来你一路都在跟着我们。”

施小仙面色一红，道：“嗯，五郎，我一直好担心你。”

“真是一对野鸳鸯！那不如一起受死吧！”

紫金神剑脱手而出，化作一抹金光直劈赵五郎。赵五郎想打开混元伞抵挡，却发现自己的背后空空如也。剑芒急劈而至，赵五郎带着施小仙往外一扑，狼狈地躲了过去。

“云飞，你疯了？”

齐云飞喝道：“我没疯，我必须要杀了你！只有挖了你的心，我才可以练成雷霆双剑！”齐云飞双眼之中寒光爆射，状如杀神。

“乾坤借法，烈焱化剑，斩！”

烈焱神剑呼啸而出，火焰涌动化作锐利的剑锋穿透而来，简直锐不可当。

眼见齐云飞要痛下杀手，赵五郎一再犹豫自己要不要出手，但他终究念及旧日兄弟情分，带着施小仙节节退后，只是再退后两步，背后便是万丈悬崖。

绝壁万仞，深不见底，已是无路可退。

赵五郎大叫道：“齐云飞，你冷静一下！玄天明本来就不是什么好人，他肯定是在骗你，我的心跟你修炼雷霆双剑没有任何关系！”

齐云飞冷漠道：“赵五郎，我师叔待我如何，我无论如何也比你清楚，还用得着你在这教唆我吗？若说魔头，这天下间还有比葛云生更罪责累累的大恶人吗？他岂不也是一直在骗你？”

“我师父他不是恶人！”赵五郎怒吼道。

“多说无益，把你的心留下，我放施小仙一条生路，否则我连她一起杀！”齐云飞御剑斩杀，剑芒再度飞击而来，眼见剑锋离二人不足数尺，却硬生生停住了。

齐云飞冷漠道：“赵五郎，你是赢不了我的，我最后问你一遍，你给还是不给？”

赵五郎兀自犹豫不决，不知该如何处置这局面。

施小仙却脸色凄然道：“五郎，即便是死我也要跟你死在一起！”说着，她突然抱住赵五郎纵身跳下山崖。

“小仙，不要！”赵五郎惊道，他如何也不能让施小仙跟着自己送死。

但这山风如刀，雾气扑面，一切都冷得心悸，一切都无处可逃。

“小仙！啊！”

赵五郎突然睁开眼，惊醒了过来。

他摸了摸满额头的冷汗，缓了好一阵，神志才完全清醒过来，原来方才只是一场噩梦。赵五郎大口喘气，暗想自己一定是日有所思夜有所梦，这几日一直担心齐云飞的安危才会做这样的梦吧。

“那小仙呢？”

“我居然又梦见她了，不知道她在紫云谷过得怎么样了？她是不是真的如梦中这样想我？”

赵五郎心神难定，再也难以入眠，原本在一旁的葛云生依旧又不知去向，他对自己师父半夜总是不安分这件事早已习惯。他坐了一阵，毫无睡意，索性穿了衣服，取了混元伞，轻轻地推开门走了出去。

这里是黎州的一家无名客栈。

夜幕沉沉，赵五郎望了望天色，估摸应该是丑时了，四处万籁俱寂，静谧得像一潭死水。客栈之外隔几条街就是元丰街了，去年龙涎阁内，他们与尸神君打得天翻地覆，将这酒楼都夷为平地，如今不知什么样了？

赵五郎心想反正无事，不如过去看看，他一步跃上屋檐，横跨街道旁低矮的建筑，直接朝龙涎阁掠去。

黎州城区不算繁华，人在屋顶上，四处几无遮挡，景色尽揽眼底。前方是几处院落，门前遍植杨柳，树下还有小溪流淌而过，颇有几分江南小镇的韵味。

赵五郎心想这里景色倒也清雅，上次来去匆匆也未曾好好欣赏，此时夜深人静，月光普照，有说不出的恬静秀气，不如细细看一看。

赵五郎施展移形换影咒法，如同一只灵猫一样在房檐上腾挪穿行，最后停在了一处较高的屋檐上静静地欣赏四处的夜景。看了一阵，突然仿佛听到一丝奇怪的声音传入耳中，这声音似是有些遥远，又好像近在耳畔，像几声若有若无的锣鼓敲打和戏子吟唱声，声音很细很轻，若非赵五郎现在六识俱明，加上深夜寂静，不然这等细如毫毛的声音是绝对听不到的。

赵五郎心生好奇，这大半夜的还有戏班子在表演戏法？莫不是这黎州一带有特别的习俗？

赵五郎想起在临江之时，自己和施小仙初遇，也是在戏社之中。繁华热闹的戏院，亦真亦假的戏法，纷纷扰扰的世情冷暖都一一纷沓而来。想到这里，赵五郎就再也按捺不住了，他循着微弱的声音掠了过去。

疾奔了约莫十余里，只听得喧嚣之声越来越近，但这声音大小却没有变化，还是细得几不可闻，仿若几丝水汽一般在耳边萦绕。

赵五郎环顾四周，四野除了高矮不一的树丛，哪里有戏台的影子？他暗自嘀咕道："这可就奇怪了，按理说离得近了，应该声音很嘈杂才对，怎么还是这么小呢？"

"难道是我听错方位了，戏台根本就不在这里？"他细心分辨了一阵，摇头道，"不对，不对！戏台绝对就在十余丈附近……这可真有些古怪了！"

"莫非是有人施了消声的法术？"

这隐形术大致可分三类，藏形、消声和闭息。比如七星闭月咒就是藏形咒法，它虽然可以藏形，却不能消声、闭息，若动作太大，一旦带出声音和气息，就能被外人立即识破。而消声是更高一级的隐身术法，不但看不到对方的身影，就连这人的声音也听不到，唯有通过人残存的一丝气息来分辨他的存在。最后一门闭息，却是最难的隐身术，施法人已经完全从这个世界脱离，不留下一丝一毫的气息，除非有极高的修为，不然绝不能识破这一隐身术法。

混元伞的隐身效果就属于闭息范畴。

而眼前的这消声道法，与符箓道法中的隐月咒颇有几分相似，施法人可以借助月华之力消声藏形。但这隐月咒只能隐藏自己的身形气息，想要把整个戏班子都藏起来，恐怕还做不到。

这应该是一个隐身阵法！

赵五郎想起自己的混元伞，不但可以隐身还可以破隐身术，此时不用更待何时？于是打开混元伞，外面世界立即变得迷迷蒙蒙，但这迷迷蒙蒙之间，所有虚虚实实都变得真真切切起来。

前方不远处是片小树林，里面果然有忽明忽暗的灯火闪烁而出。赵五郎心中一喜，疾奔过去，走得近了就发现一座依着树木临时搭建的戏台子，几个戏子正咿咿呀呀地唱念着。

赵五郎嘿嘿笑道："这几个人有意思，大半夜不睡觉，跑到这荒郊野地唱大戏，我倒要看看这些人有什么古怪！"

他自恃有混元伞在手，也毫无顾忌，径直往戏台处走去。走近了终于发现这戏台能够消声的原因——只见周围六个方位分别摆放了六个半人高的人偶，这人偶不知用什么材质雕刻而成，口大耳大，模样十分古怪，嘴巴和耳朵还一直不停地鼓动着。

其实这人偶有个名称，叫吞相童子，可以吃掉阵法内的任何形象和声音，让阵法外面的人根本看不到里面的情况。只是这"童子吞相阵"原本是有八个人偶的，刚好可以守住八个方位。估计这设阵的人手中的人偶不够，只摆下了六个，所以有几丝声音残漏了出来。

赵五郎见了这吞相童子，心中更加好奇，却不知这些表演戏法的都是些什么怪人，怎么会懂得这么诡异的阵法。

赵五郎越过这六个童子搭建的结界，里面声音果然立即增大，锣鼓铿铿锵锵，叮叮咚咚，好不热闹。

眼前这戏台子是以竹木搭建而起，虽然简洁古朴，却也颇有些规模。戏台之下坐了五六十个看客，一个个模样不像正道人士，也不像黎州一带的正常居民。

赵五郎低头瞧了瞧其中一名，这人面带三分笑意，看得十分专注，坐姿更是严严整整，一副正襟危坐的姿态。赵五郎越看越觉得这些人有些怪异，但又说不上来。

他再抬头看戏台上表演戏法的戏子，首先演的是《目连救母》，说的是目连遍寻地狱各殿寻母时的所见所闻，以及寻求佛祖帮助，最后救出母亲的经过。这剧里有大量的跳圈、蹿火、蹿剑、蹬堂、度索等杂技表演，十分精彩。各戏子身姿矫健，引得赵五郎忍不住暗暗喝彩。

紧接着演的是《眼药酸》，是一个酸秀才卖眼药的故事。这秀才头戴皂色高帽，身穿橙色大袖宽袍，前后挂满绘满眼睛的幌子，还斜背着一个大药袋。手持木棒的农夫紧接着上台，说自己眼睛有疾想要买点眼药，酸秀才却从自己的药袋中取出一对眼珠子，笑道："眼睛有疾，不如直接换掉，何必买药费钱？"

农夫怒道："你这是来消遣我吗！"

酸秀才晃了晃高帽上大眼珠一般的绒球，笑道："非也，非也，小生这是来治你的病！"

农夫似是着了这秀才的道，整个人就有些晕晕乎乎。秀才呵呵笑道："来来来，换你的眼珠子，这眼病可不是就完全好了！"他伸出二指，将农夫的眼珠挖了出来。

赵五郎心中惊了一下，不知这是戏法还是真实的，竟然这等血腥！

戏台上，这秀才将刚刚挖出的眼珠随手抛掉，而后将自己的药袋往外一翻，笑道："我这里各色眼珠齐备，却不知你想换哪个？"

"好恶心的戏法！"赵五郎暗骂了一声。

这戏班子的戏法越看越觉得诡异，显然大有古怪。赵五郎心中有些生疑，他又认真环视了一周，将这些看客一一瞧遍，而后心中突然一阵暴寒。

这戏班子果然大有问题！

第二章

魁礨娘娘

寻常戏院内，无不是人声鼎沸，四处喧哗，而这里每一折戏曲表演过后，这些看客竟然都不鼓掌喝彩，全场下来都是一声不吭，只是偶尔眨动眼睛，转动下脑袋，如同一群死人般沉寂，这真是太诡异了！

“有问题！我去后台看看究竟在搞什么鬼！”

赵五郎正准备往后台走去，忽然，只是一瞬间，戏台上就锣鼓俱停，四处立即沉入一片死寂。

那个卖眼药的秀才和被挖了眼珠的农夫直愣愣地停在原处，就像时间停止了一样，台下的看客也如死人一样动也不动。

戏台上下仿佛凝固了一样，安静得叫人浑身发冷。

“这……又是唱的哪出戏？”赵五郎惊了一下，急忙跳上戏台，朝那秀才看去。借着戏台上昏黄的灯笼，他这才终于看出了端倪——这些人居然都不是活人，而是傀儡！

这戏子是傀儡！

这看客是傀儡！

这上上下下所有人竟然全都是傀儡！

“这戏班子究竟是谁制作出来的？竟有这等精巧的手艺，将这些傀儡做得栩栩如生，还能唱戏杂耍，这手艺可比施卫公厉害了不知多少。”赵五郎心中疑问不断，但不远处已传来一个老妪的怒斥声：“你们这群废物，都什么时候了还在这摆弄花把式！”

戏台后面一阵骚动，而后碎步疾走的声音纷沓而来，十多个人影急急闪了出来，却都是些驼背跛脚的怪人。为首的一个是老者，驼得尤其厉害，他恭恭敬敬道：“不知魁礨娘娘驾到，有失远迎！”

树林之中，缓缓驶来一辆披着白纱帐的马车。这马车前方是一匹高头白马，高得惊人，足有一丈左右。待马匹走得近了，赵五郎才发现它竟然是匹巨大的骷髅马。

“骷髅为马，白纱为帐，定是阴间邪物！”赵五郎还在翻动心思，想着是谁能召唤这等邪物，再细看却发现这骷髅马乃是竹木皮革所造，每一根骨骼每一个关节都雕得惟妙惟肖，只是在关节连接处能发现一些拼接的缝隙。

这骷髅马原来也是一只木偶傀儡！

所以，今夜这里是傀儡师的集市吗？

赵五郎心中的惊惧已经渐渐转为好奇，这奇门异术之中偃师技法可不多见，上次千机老儿的傀儡术可是叫自己吃了不少苦头，今日不如就好好开开眼界，看看这些傀儡师有什么更高明的本事。

他心中想定，打着混元伞站在一旁静瞧这马车到来。

骷髅马往前踏了几步，径直跨过吞声童子的结界，马车之中那老妪又不客气道：“如今都什么时候了，你们这些傀儡师还有心思卖弄戏耍之术？当真是难成气候！”

众人连忙低头道：“我等不才，娘娘责备得极是！不知娘娘今夜到来有何吩咐？”

魁礨娘娘哼了一声，喝道：“我来自是有要事。偃童，替我传令！”

马车之中有个小儿的声音传了出来：“是！”而后一人掀开车帘，一瘸一拐地走了下来，这人却是个侏儒，模样极其丑陋，还跛了一只脚，乍一看十分不堪。

但各傀儡师见到此人却纷纷不自觉地后退半步，恭敬道：“恭听偃童大人指令。”

偃童上前一步，态度十分冷傲道：“你们这些人修炼傀儡术也有不少年头了，那么，可知傀儡之术的最高境界是什么？”

众人面面相觑，其中有一人怯生生答道：“自然是越庞大的越厉害了，若是能造出鲲鹏黄鸟一般的巨大傀儡，自然是所向无敌。”

另一人立即否认道：“傀儡之技，越大的越好造，我倒觉得越是小巧的越难驾驭，若是能造出跳蚤一般小巧的傀儡，那才是防不胜防啊。”

偃童冷哼一声，显然他对这二人的观点很不认可。

为首的老者道：“世间万灵最智巧最复杂的莫过于人，偃师之技，自然是以造出与真人无异的傀儡为最高境界。”

偃童点了点头，道：“你说得倒是接近了。”

老者又道：“但是傀儡无心，这终究只能是像，却不能和真的一模一样，除非是辅以引魂法，倒是可以使傀儡有一些神智，只不过这法子又与驭尸一门无异，算不得技巧高明。”

偃童道：“你这话只说对了一半，引魂法造出的傀儡虽然有神智，却只有听不听话之别，没有七情六欲，可是十分无趣。须知神智存于慧海，而情欲发于心脉，所以能够造出有人心智慧的傀儡，才算是我偃师一技的最高境界。”

“有心有智……”众人大惊，这可真是天外奇谭。

赵五郎模模糊糊听了一阵，心头突然闪过一丝不好的预感，他隐约觉得接下来的事可能会与紫云谷有关。果然，马车内的魁罍娘娘又呵斥道：“所以说你们这些人见识短浅！怎么，傀儡不能有心吗？”

“傀儡怎么会有心？”众人再度惊讶。

忽然一阵风起，一个人影从马车内飘了出来。这人影闪到戏台之上，如同凭空出现一般，速度真是快得惊人！原来是一个妇人。

这妇人满头银发，一身密花锦衣，拄着三头鸩鸟拐杖，还未言语，双眉就已经高高挑起，两片薄唇微微翘起，说不出的刻薄阴狠，她冷冷道：“你们不知道紫云谷的千机老儿，他已经造出了一个有心的傀儡了吗？”

“千机老人？那个杜长庚？”

“他的偃师技法确实高超，但能有这等本事？”

“傀儡无心这话原本不就是他自己说的吗？怎么……”

众人再次议论纷纷起来，显得十分惊诧。

赵五郎忽然有所觉悟：“他们说的那个有心傀儡肯定就是小仙的阿鬼！”

魁罍娘娘拄着拐杖，冷笑道：“这老儿最是狡猾，哪次不是满口谎话？上次我与他比试便是着了他的道。他还满口说什么傀儡无心，绝不能以生人魂魄心脉来造傀儡，可如今他自己却偷偷研究了这一法门，造出了天下间第一个有心傀儡。你说这等言而无信的伪君子我等该如何对付他？”

各傀儡师道：“杜长庚狠辣无情，我等怎么会不知？事到如今，自当抓了他好生责罚，要他吐露出这有心傀儡的制作法门！”

魁罍娘娘一下子就将默立不动的秀才傀儡推倒在一边，道：“所以说你们毫无见识！杜长庚性子倔傲，若是要他吐露这有心傀儡的秘密，只怕比登天还难。”

“那该如何是好？”众人毕恭毕敬问道。

“你们知道这老儿为何能有这等本事吗？”

众傀儡师面面相觑，低头道：“我等不知，但听娘娘教诲！”

魁罍娘娘道：“因为他有一个好地方，叫书海幻境，传说进了这地方便能参悟历代先祖遗留下来的傀儡奥秘。你说通晓了这些奥秘，我们还要这老儿何用？

这有心傀儡的秘密必然就在这幻境之中！”

偃童也道：“这书海幻境中想必无比神妙，且不说祖师偃师的惊天绝技，就是能得公输班、墨翟几分真传，也够我等耀武扬威一阵。”

众人再次拜服道：“还是娘娘英明！我等必当誓死跟随娘娘，夺取这书海幻境！”

“原来这些人是觊觎千机老头的书海幻境还有小仙的阿鬼！不行，这事我得赶紧告诉师父去。”赵五郎心中一急，就准备拔腿离去。

不料，魁礨娘娘转过头朝着旷野中冷声道：“怎么，看完了傀儡戏就想走吗？天下间哪有这等免费的好事！”

众人四处瞧看，大惊道：“啊，有人在这儿？”

赵五郎也是一惊，他这混元伞的隐身功能就算是再厉害的高手也未必能看出来，怎么这老太婆却一眼就能发现？这可是第一次遇到这种情况。

这魁礨娘娘的修为究竟有多厉害？

魁礨娘娘依旧双眼冒着冷光，慢慢地走下戏台，道：“臭小子，你用的可是混元伞？这宝贝可不多见。”

赵五郎心头更加骇然，她居然认得此物！

魁礨娘娘似是猜中了赵五郎的心思一般，哈哈笑道：“你不知道这混元伞就是我们祖师偃师造出来的吗？你拿着这东西在我眼皮底下偷听，可不是班门弄斧？”

她突然抛出一物，该物在空中像一团荧光粉一般散了开来，撒在混元伞上，立即显露出一个模糊的影像。

有傀儡师立即尖叫道：“看到了，在那树底下！”

魁礨娘娘阴冷道：“臭小子，出来吧。这混元伞虽然可以开辟一方新的世界，但我这显真粉正是破你这隐身法的不二法门！”

这显真粉乃是用昆仑山的五种异虫所炼，传闻这些虫子对世间异常的灵力十分嗜好，若是有一丝一毫的灵力，便会吸引这些异虫围拢不散。混元伞虽能创造出新的界限，但这宝伞所到之处空气之中必然会残留几丝灵气，所以魁礨娘娘一洒这显真粉，赵五郎就无所遁形了。

赵五郎眼见自己的隐身术被识破了，无奈之下只好收了红伞，口中却依旧强硬道：“算你有点厉害。那你想怎么样，要我花钱买张戏票吗？”

偃童忍不住冷笑道：“我以为是何方高人，却不想是这么个毛头小子，这伞怎么会在你手里？”

赵五郎反问道：“这伞一直都是我的，怎么就不在我手里？”

偃童道：“混元避世伞怎么可能是你的！你知道这伞是什么来历吗？”

赵五郎正好对这宝伞一无所知，此时偃童的话正中他心意，故意道：“嘿嘿，说得好像你知道一样！”

偃童正要显摆一番，却不想被魁罍娘娘拉住了，她嘿嘿笑道：“你这小道人还有几分狡猾，想来你对这混元伞的妙用也所知不多，想从我们口中套出秘密，你未免太过天真！”

偃童这才反应过来，立即恼羞成怒道：“臭小子，先把你的混元伞留下来再说！”

魁罍娘娘道：“我们刚才的话肯定也被他听到了，光把这伞留下可不行，这人也是走不了了！”

第三章

骷髅傀儡

魁轟娘娘这话的意思已是十分明显。

但赵五郎心想，自己现在可不是一年前的赵五郎了，什么大风大浪没见过？不论是尸神君还是阴王房长生都较量过了，这眼前的几个傀儡师算得了什么？于是大大咧咧地站住，很是自信道："我呸！就凭你们？"

偃童怒道："凭我偃童的本事还不够吗？"

赵五郎反呛道："够个屁！听都没听过！"

偃童更怒，他迅速一挥手，袖子中就飞出十余条手指粗细的小蛇，这小蛇非金非玉，浑身闪着幽绿的光泽，模样颇有些古怪。群蛇落地之后，迅速朝赵五郎游了过来。赵五郎急忙飞出一招火中火，火符化作一轮火焰扩散开来，但这些怪蛇显然并不惧怕，顶着火光依旧速度不减地爬了过来。

赵五郎急忙后退几步，又抛出一张撼地咒，轰隆一声，地面裂开一条大缝，利石化作岩刺穿了出来，依旧没能伤得怪蛇分毫。

偃童哈哈大笑道："我这傀儡蛇可是用天外奇石所造，你这普通的五行之术如何能伤得了？"

怪蛇穿过岩石又朝赵五郎飞速地蹿了过来，赵五郎急忙打开混元伞想要躲避，但他撑了几下发现伞好像被紧紧锁死了，急忙低头一看，却发现伞面上趴了一只长爪的蜘蛛，这蜘蛛八只长足像铁环一样紧紧地扣住混元伞面，让伞根本不能打开。显然，这些傀儡师早有准备，偷偷放出锁扣傀儡，牢牢锁住了赵五郎的混元伞。

魁轟娘娘道："到了我们这些傀儡师面前，怎么可能会让你使出这混元伞的威力？"

赵五郎心想这些傀儡师还真是难对付，一个个都拥有一大堆稀奇古怪的傀儡，一不小心自己就中招了。他急忙拍出一雷火符，想要打掉这蜘蛛，却不想雷火轰隆隆打了下来，长爪蜘蛛纹丝不动，反而捆得更紧。

十余条怪蛇已经飞了上来，像一支支利箭一般射过来，赵五郎挥动混元伞将这些怪蛇全部打了下来，但是群蛇很快就又蜂拥而上。赵五郎大怒，双指一点眉心，喝道："嚣张个屁！看我把你们的戏台子烧了！"

烈焱呼啸而出，一下就将戏台上的帷幕点燃，随后是一阵毕毕剥剥之声，那十余名傀儡师大怒道："好个臭道士，敢烧我们的戏台！"

戏台之下原本坐着不动的看客全部齐刷刷地站了起来，犹如僵尸一般朝赵五郎飞奔过来。赵五郎惊了一下，他再厉害也不能以一敌百，更何况他还算不上一流高手，他大骂了一声转身就想跑。原本剧烈燃烧的戏台之中突然弹出一道人影，这人影一下就闪到赵五郎的跟前，赵五郎定眼一看，正是那个卖眼珠子的秀才傀儡。

这秀才摇头晃脑，浑身上下的眼珠子齐齐晃动，尤其是帽子上那颗绒球眼珠一抖，赵五郎就觉得浑身软绵无力，整个人已是昏昏欲睡。

秀才咯咯咯地笑了起来："你这眼珠子好有神采，乌溜溜的真是惹人喜爱，来来来，给我给我！"

秀才的唇齿虽然不停地蠕动着，但这话却是从背后的老者身上传来，显然这造出来的傀儡秀才嘴巴能动却不能说话。

偃童不耐烦道："郭有勋，还不快快动手，说些什么破话！你以为还在表演戏法吗！"

老者一抖双指，傀儡秀才双指也迅速一探，直接朝赵五郎的眼睛剜去。赵五郎往后急掠了两步，但这傀儡秀才脚步更快，又迅速追了上来，这双指始终与赵五郎的双目隔了不到三分的距离，赵五郎脚步只要稍稍一慢，这双眼就要被戳成两摊血水。

千钧一发之时，戏台上猛烈燃烧的火光忽然一凝，化作一只火鸟如利剑一般飞了回来。

鸟如火箭，迅捷赛电，这一击直接将秀才击飞十几丈远，火光烧掉了秀才身上的衣服，露出它的本相，却是一具青冈木雕出的身子。这秀才浑身上下密密麻麻的眼珠子，一颗颗咕噜噜掉在地上，露出一身莲蓬一般空洞洞的眼窝子，看得叫人头皮发麻。

火精见傀儡秀才爬不起来了，又喷出一道火焰，烧得秀才满地打滚，这才飞回赵五郎的眉心。赵五郎抖了一下，整个人立即从眼球的迷幻术中彻底清醒了过来。

但此时，这戏台下的五十多名傀儡已经一个个如同僵尸一般朝赵五郎抓了过来。赵五郎再也不敢大意，他双脚一分，破开自己的中指，以血凌空画符，念道："气运五行，以血化龙，破！"这招血龙咒正是赵五郎从葛云生的天蓬火龙咒和自己的气运五行火龙诀中变化而来，因为天蓬火龙咒必须要有返照之境以上的威力才能施展，自己除非混元灵力暴发，不然绝难以掌控，所以他将这咒法中借血符提升火龙威力的法门融入气运五行术之中，倒也明显提升了这招火龙诀的威力。

阳血画符，符文燃烧化作炙热的火龙飞舞而出，还真有几分天蓬火龙咒的威风！

前面的几十个傀儡被火扫过，瘫倒在地，但这些傀儡就像尸体，没有痛觉和恐惧，只要傀儡师命令一下，就又不顾一切冲杀而至，那些被烧得残缺不全的傀儡也匍匐在地上挣扎着朝赵五郎蠕动过去。

魁礨娘娘大为不满道：“真是一群废物，就连这凝神之境的道人都打不过了吗？”

偃童听了这话，急忙俯首道：“师父莫恼，且看弟子如何收拾他！”说着，他一拍巴掌，就听不远处传来一阵马嘶声，正是那只骷髅白马。骷髅马奋蹄狂奔而来，赵五郎眼见这马模样古怪，也不敢硬拼，身子一闪，堪堪躲了过去。

骷髅马仰天长啸，马蹄一蹬，又朝赵五郎冲了过来。赵五郎驭出火精，双手一凝，化出一把锐利的火焰刀，直劈骷髅马而去。马匹碎裂成一团骨架。赵五郎大喜：这骨架马瘦得没皮没肉，果然不经打。

偃童冷哼道：“你死到临头都还不知道！”

被打散的骨架突然迅速合拢，最后合成一具接近两丈高的巨大骷髅卫士，手持刀盾，迅速朝赵五郎斩了过来。

骷髅卫士的刀看似轻薄无力，但每劈出一刀，生出的刀气都能将附近碗口粗的树木拦腰砍断，若是被这长刀劈中一下，不死也要断胳膊断腿。

刀锋再来，赵五郎祭起混元伞硬生生抗住，这一刀直接将赵五郎劈进土里几寸，再一刀，赵五郎只觉得双腿酸涩发麻，站都站不稳了。他大怒道：“我就不信打不过你这破骨架！”

他一手掏出一张震字符，往混元伞上一拍，力道透过混元伞击打到骷髅卫士身上，将这傀儡逼退了三步，随后他跳出土坑，以血画符，急急念道：“气运五行，以血化龙，破！”

火龙再度袭来，骷髅卫士舞刀在空中画了几个圈，这长刀竟然一变二，二变四，最后变出八把一模一样的木刀首尾相连，像八节锁链一般甩得密不透风，火龙冲击过来，竟然被这刀阵挡得一干二净！

赵五郎大惊，他以为这骷髅卫士也会白遇仙的千叶柬法术，能够一刀变出千百刀，再一细看，才发现这长刀竟然是骷髅的肋骨所化，骷髅卫士取下自己的肋骨化作长刀，这傀儡之精巧简直匪夷所思，仿佛它的每一根骨头，每一个关节都藏有无数的变化。

偃童得意道："怎么样，我的傀儡术如何？"

赵五郎冷笑道："也不过尔尔，变来变去还是个骨架子！"他嘴上虽然强硬，但心里早有了退意，一来这些傀儡师道法古怪人数众多，自己一人不易对付；二来这些人想对千机老人和施小仙下手，让他心头有些惴惴不安，原来阿鬼那么招这些戏法师的垂涎，那真不知小仙如今怎么样了。

若是平时，赵五郎一开混元伞自然逃之夭夭，但如今混元伞被蜘蛛傀儡牢牢捆住，打也打不开，唯有硬着头皮对敌。

偃童怒骂道："臭道士，我看你能撑到什么时候，今天非扒了你的皮不可！"

骷髅卫士御刀再上，这下却是八臂八刀，悉数朝赵五郎砍了下来。赵五郎叫苦不迭，他这一着急，心中一惧，混元灵力更显不出来。

他还要挥动混元伞抵挡，忽然觉得右臂一阵吃痛，却见原先被击飞的怪蛇不知什么时候咬住了自己的胳膊。蛇毒让赵五郎右手一麻，混元伞就掉了。

赵五郎大叫不好，想要伸手去抢回混元伞，不想另一条怪蛇立即一卷红伞，蛇身上两侧长出两排细细的长足，像一只蜈蚣一般迅速朝偃童爬了过去。

偃童将混元伞呈送给魁罍娘娘，讨好道："娘娘，你慧眼看看这混元伞可是真品？"

魁罍娘娘取过混元伞，只看了一眼，就笑道："果然是个宝贝，这东西落在这毛头小子手里真是暴殄天物，如今才算物归原主！哈哈！"

赵五郎心念宝贝，也顾不得骷髅卫士和怪蛇的围攻，跃出几步就想朝魁罍娘娘身上扑去，偃童怒喝道："臭道士，哪里轮得到你放肆！"

骷髅卫士浑身一散，竟然化作数百把长刀飞了过来。这一招当真致命，赵五郎一心想着混元伞，后背完全大开，如何还能来得及防备。

性命攸关之时，一个人影以迅雷不及掩耳之势飞来，一把掠走赵五郎，一手飞出一道五雷符。这雷符平平，但却生出惊天动地的雷光，只听得一声巨响，这百把长刀全部被震飞十几丈，一根根东歪西倒在地上，已是不成气候。

"你是谁？敢来多管闲事！"偃童大怒！

"我是谁？你也配问！"这来人的身姿气度狂傲不羁，不是葛云生还能是谁？葛云生随手放下赵五郎，吹了吹胡子，很是不屑道："现在这都是什么世道，几个不入流的木匠也敢如此猖狂？"

第四章

遁地阵法

葛云生说这些人是凿木头的，显然是大肆侮辱。所有人都很愤怒，偃童率先飞出一团黑色烟雾，这黑雾迅速扩散，就听得空中嗡嗡之声不绝于耳，竟是傀儡毒蜂，一只只不足一寸，尾部的毒针却足足占了六七分，若是被这毒蜂蜇到，后果显然不堪设想。

偃师之技，越是小巧，越是讲究功夫，这偃童可以造出这么精细的毒蜂，显然修为颇高。

葛云生却拂了拂袖子笑道："这真是雕虫小技了，可惜啊，在我面前，你玩这个跟操控蛆虫也没什么差别。"他双指一划，御气在空中书了一个火龙符，喝道："气运五行！火龙诀！"符文隐隐发光，而后光芒汇聚成火龙冲击而出，这简单的书画迸发出的威力却远胜赵五郎的血龙咒，火焰冲击而来，这些毒蜂一只只被烧作一团焦炭，噼里啪啦掉落一地。

偃童大惊，他再一挥手，残余的毒蜂突然爆裂开来，化作漫天的毒针飞了过去。葛云生冷笑道："你这东西越变越小，还有个屁用！"

他一弹黄符，喝道："清风送客！散！"

黄符迅速转动，化作旋风直卷毒针而去，这些傀儡针全部被卷得东歪西斜，朝四面八方飞去，有几只甚至刺中了来不及躲避的傀儡师身上。

偃童额头冷汗直冒，心说这来人的修为显然远胜于他，他朝魁罍娘娘看了一眼。魁罍娘娘也看出葛云生的修为极高，皱了皱眉头道："这道人不好对付。算了，混元伞已到手，我们还有正事要办，没必要与这两个道士纠缠不清，走！"

她一开混元伞，和偃童二人立即消失不见，其他傀儡师见状也立即作法，却见原本烧焦的偌大戏台竟然也可以变化，这戏台咔嚓咔嚓作响，变成一座古怪的阵台，十余个傀儡师急急忙忙登上去，手臂相连，大喝一声："遁！"

阵台快速旋转，一下子竟然凭空消失不见。

这些傀儡师逃遁的速度快得惊人，赵五郎刚反应过来这些人已逃了个精光，他急忙奔过去，大叫道：“我的混元伞！别走！还我混元伞！”

葛云生喝止道：“别追了，这几个人早就想好了脱身之计，这遁地阵已经闭合，你追不上他们的。”

赵五郎满脸心疼道：“但这伞……我的伞啊……”

葛云生安慰道：“混元伞虽好，但终究是外来之物，丢了就丢了吧！”

赵五郎依旧嘀嘀咕咕道：“但这混元伞真是个好宝贝啊！我好不容易有件称手的兵器。师父，想个办法我们去追回来吧，你一定有办法的对不对？”

葛云生见赵五郎失魂落魄的样子，整个人完全失了分寸，冷冷道：“瞧你这副没出息的模样，伞原本是属于你的吗？何必为一件本就不属于你的东西而乱了自己的心神？”

赵五郎叹了一声，悻悻地站在原处。葛云生的话是没错，但这等宝贝实属罕见，若是没了，换作是谁也要心痛不已，一时间他自然是有些难以接受。

葛云生瞧了一阵，再也沉不住气了，他一半怒意一半苦心道：“五郎，平心而论你的修为与那个侏儒差距有多大？”

赵五郎不知道葛云生为何有此一问，只好如实道：“他也是凝神之境的修为，比我高不出一成功力。”

葛云生道：“既然高你不过一成功力，你二人对决起来理应差别不大，但你老想着借助混元伞的威力来投机取巧，反而让自己身上的符箓道法不能完全施展，伞被傀儡所制，你更是完全乱了方寸，一味硬取蛮干，甚至连自己的安危都不顾，这等心境如何能成？这差距又何止在一成之间？我看这伞丢了也不算什么坏处！”

葛云生说到后面已是口气冷得发硬。

赵五郎听了这话，当即羞得满脸通红。葛云生说得极是，自从有了混元伞后，赵五郎睡觉的时候怕它丢了，打架的时候怕它坏了，他无论走到哪里都要背着它，若是有一天没带在身上，就觉得没有安全感，这种完全把心思借助在外力上的做法与符箓一门的修行是背道而驰的。

须知符箓道法乃是借天地诸神之力，与其他三门正道相比，最大的不同就在于除了必要的符纸外，几乎不用任何武器，要的就是修道者重视内力心法的修炼，因为任何武器都会让人产生依赖，唯独自己的心才是万法的本源所在。

赵五郎过分地依赖混元伞，这可不是入了歧途？

他羞愧道：“弟子知错了，人借外力便是走了捷径，走捷径便心生速成的贪念，这与魔道其实就是一个意思了。”

葛云生道：“倒也不至于这么严重，但借力之道须知有限有时，不能一门心思地全部倚仗，包括你我体内的混元灵力也是一样，这东西本就不属于我们，我们可以参悟它其中的奥妙，转为己用，但不能时时刻刻依赖这股力量。若是这样过分贪恋强者的力量，终究有一天要被这灵力所控，变成杀人不眨眼的恶魔！”

葛云生这话自然是有感而发，想当年自己对道法的渴求是何等迫切，那种渴望是远远超过赵五郎的，只是正是因为自己的贪念，才酿成了最终的悲剧。正邪两面本在一念之间，有时多生一分贪可能就是多筑一层障。这道理，天下间修道的人都懂，但若非自己有过惨痛的教训，如何能真真正正理解到？

葛云生的一番谆谆教诲让赵五郎心中逐渐开朗。自己年纪尚轻，历事不多，自然还是一块有瑕疵的璞玉，日后还需多多打磨，这眼前的得得失失从长远来看当真不足道哉，他这么想着，心中对失去的混元伞也就不再那么遗憾，不自觉地多了几分坦然。

但“坦然”没多久，突然又有另一丝恐慌涌上心头——他蓦然想起墨魇的话，说混元心已开，这“情”字终究要与自己无缘了，他心中突然焦虑起来，甚至有些惴惴不安。

这丝不安，就像时刻萦绕在自己身边的梦魇一样，仿佛随时随地都要把自己带入万劫不复的深渊。

他暗暗叫道：“从今往后，不到万不得已，我绝不能再用这灵力了，否则，真的就要如墨魇所说，无情无义了。”

葛云生走在前头，倒未曾注意到赵五郎脸色的变化，他自己打了个哈欠，头也不回道：“走吧，时辰不早了，也该回去补一觉了！你师父我是有本事，你小子有什么本事，也要学我到处乱蹿，害我又晚睡了一个时辰。喂，还不快走？”

赵五郎“哦”了一声，慢慢跟了上去，而后突然又快跑了两步，叫道：“哦，对了，师父，我忘了一件大事，刚才听得那几个傀儡师说要去找千机老道讨要有心傀儡，还要夺什么书海幻境，这老家伙估计有麻烦了。”

葛云生愣了一下，惊道：“他们怎么知道千机阁内有书海幻境？”

“这我就不知道了。不过为首的那个老妪好像也是个了不得的傀儡师，看来她跟千机老道应该是有不少过节。”

葛云生嘿嘿笑道：“应该是，这老家伙招惹什么不好，偏要去招惹这等灭绝老太，岂不闻孔夫子说的‘唯女子与小人难养也’？尤其是这种断了经、绝了种、闭了户的老石女最难对付，简直要缠得你脑袋爆炸，你说他可不是自找麻烦？”

赵五郎愣了一下，问道：“老石女？难道她是修炼御石之术的？”

葛云生白了他一眼，也懒得解释，随口胡诌道：“石女，石女，无情无爱，心硬如石的女人岂不就是石女？这都不懂！”

“哦，原来是这个意思，如石头般的女人，倒也贴切。”

葛云生简直不想再跟赵五郎谈论这种话题，他话锋一转道：“不如我们过几天也顺道去紫云谷走走，顺便看看有什么好戏。对了，这老鬼后山好像还有不少宝贝，我们刚好去弄点，也好回符箓门时用一用。哎哟，这样一来，可是要小赚一笔，这一趟走得！走得！”

赵五郎一听这话，忍不住喜上眉梢，笑道：“太好了，我刚好可以去看小仙了，不知道她现在怎么样了！”

葛云生故意板起脸孔道：“都这么长时间了你还记得那个雷公嗓啊。你这小子倒是个痴情种，看来我这符箓道法也是不能再传给你了。”

赵五郎脸色微微一变，道：“哪里有？我们只是好朋友呢，师父的符箓道法我肯定要好好学啊！”

葛云生突然眼珠子一转，装得春风和煦地问道：“五郎啊，师父问你一个很严肃的问题，如果你只能娶一个女娃娃，小茹和小仙你要选哪一个？只能选一个的！”

赵五郎见葛云生一脸的坏笑，立即就满脸生疑，哼哼道：“肯定有诈，这话从你口中说出就大不对劲儿！我不选，我要选择修炼符箓大道！”

葛云生立即咳了两声，换做一副慈父的模样，拉住赵五郎的手，语重心长道：“徒弟啊，男大当婚女大当嫁这是再正常不过。再有，俗话说了，哪个少男不怀春呢？你都这么大了有这爱慕之心也是正常。再说了，师父是那种不讲道理的人吗？我啊就想问问，你更喜欢哪一个？以后我心里也有个准备，毕竟你也年纪不小了。”

赵五郎毕竟天真，葛云生一阵胡诌，他就真以为师父要跟他聊聊人生大事，慢慢放下心中的戒备，很认真地想了想，然后回答道：“小茹虽然文静，但是有时也太安静了，我觉得还是小仙可爱一些！我喜欢小仙多一些哈！师父，要娶，我就娶小仙！你觉得呢？”

葛云生口气已经稍稍有些变化了：“那你就一点都不喜欢小茹吗？那小妮子可是真心真意喜欢你啊。”

赵五郎一说起施小仙此时完全是心花怒放，哪里还注意葛云生口气有没有变化，自己喜滋滋道：“其实，小茹也挺好的！温柔，可爱，善解人意，做饭还好吃！

哇,她做的那个鱼很好吃呢！小仙这方面就不行了,做的饭简直是太难吃了！但是,我还是觉得小仙可爱一些，谁叫她是我第一个抱过的女孩子呢！嘿嘿嘿！”

赵五郎还在一副满脸粉红的发春模样，葛云生已经横眉瞪眼，他大吼一声，双手啪啪啪地狂敲赵五郎的脑袋，破口大骂道：“还美滋滋！你还美滋滋！我说你一天天想什么呢？叫你打坐，叫你练功，你就一会儿不高兴，一会儿又傻笑，原来真是一门心思想女娃娃去了！还真以为两个都随便给你挑了？你还想得这么认真，笨蛤蟆还想吃大鹅！我告诉你，你这阵子不好好给我练功，就别想着谈情说爱，你一个都得不到！还看不起小茹，小茹你都配不上！”

赵五郎连连惨叫，抱怨道：“明明是你自己问我，我就如实说说而已。师父，你每次都这样，想打我就明说，非要设个圈套叫我跳，哪有你这样的师父！”

葛云生一副语重心长模样:“赵五郎啊赵五郎！我就是简单地试一试你的道心，没想到啊没想到，试出的全他娘的是色心，简直让我葛云生大失所望！我告诉你，到了紫云谷，我立马就告诉小仙一个秘密！”

“什么秘密？”赵五郎紧张道。

“我要告诉他，你在驭灵司找了个小妮子叫小茹，你夸人家温柔可爱，善解人意，做饭比她还好吃！还说施小仙做的饭像猪吃的！这可是你原话啊，我葛云生从来不乱捏造谎话的，你自己可不能否认！我看你还三心二意！我看你还怎么泡施小仙！”

“师父，你……太过分了吧！”

“严厉出孝子,毒辣出高徒！这可是至理名言！”葛云生大步流星头也不回道。

“师父，你真的太无耻了！”赵五郎仰头长叫了起来。

第五章

再入黎山

翌日，葛云生和赵五郎离了黎州，径直往茫茫大山中走去。黎山之中九曲十八弯，但葛云生早已轻车熟路，二人行了几日终于又回到了紫云谷。

此时正是早春时节，万物渐渐复苏，紫云谷中翠叶新吐，山花烂漫，四处蝶舞莺歌，景色更甚离别之时。不过因为是接近午时，山中雾霭消散，少了几缕如烟似霞的紫云环绕。

赵五郎满脸欢喜道："哈哈，没想到这么快就又回来了，这次要多住几天才行。"他眼见千机阁的竹楼就在目及之处，隔着老远就开始叫道："小仙！小仙！我回来了！"

葛云生揶揄道："你以前不是最不想来千机阁的吗？怎么现在这么高兴了？"

赵五郎嘿嘿讪笑道："现在不一样了嘛，有小仙在啊！"

葛云生啐了一口，骂道："臭小子现在是完全不避讳了，明目张胆地示爱了是不是？"

赵五郎厚着脸皮笑道："反正师父都知道我心意了，我也要坦荡荡地面对才对。再说了，我以前不想去千机阁是因为修为太低，老是被千机老儿欺负，但我现在修为可是进步很大的，所以我才不怕那些傀儡呢！"

葛云生冷笑一声："呵呵，口出狂言必有恶报，知道什么叫人傻皮厚还不长记性吗，为师掐指一算，就知道你一会儿又有苦头吃！"

赵五郎坚定地摇头道："绝不可能！"

二人吵吵闹闹终于到了千机阁的院落前。

此时已接近正午，蓝天上虽然艳阳高照，但这院子里依旧冷冷清清，十余个茅草垛堆在院子里一动不动，只有刚刚冒出土的绿色草芽还显露出一点点生气。

赵五郎大喊道："小仙！小仙！快出来，我们回来看你了！"

院子里毫无动静。

"他们在搞什么啊？"赵五郎嘟囔起来，他回头望了一眼葛云生道，"师父，小仙他们是不是不在家啊？”

葛云生一副爱搭不理的样子，道：“我怎么知道？你这么担心赶快进去看看啊，万一小媳妇出事了可不是心疼死了！”

赵五郎往前踏出一步，又立马收了回来，谨慎道：“不对，肯定有问题！嘿嘿嘿，我知道，他们又想试探我！”

葛云生哼唧了一声，道：“五郎师父，你的修为不是已经不可同日而语了吗，怎么还这么谨慎啊？再不进去，太阳都要下山了，小仙姑娘的心可都要等凉了！”

赵五郎一撸袖子，给自己鼓气道：“正是，我赵五郎什么大风大浪没见过，还怕了这些木头人不成？”

他“嗨”了一声跳入院子，叫道：“傀儡们，出来吧！”

他等了半天，也没见这些茅草堆里的墨竹傀儡蹦出来，心头不禁掠过一丝不安：“这，怎么回事？太古怪了！”

“千机阁是不是出事了？”

“那些傀儡师是不是已经来过了？”

赵五郎心头翻涌出无数个念头，他不顾一切地往千机阁跑去，但他人刚到阁楼前，忽然有一样东西从房檐上落了下来，却是一个人倒挂在房檐下！

赵五郎吓了一跳，正准备御符制敌。

这倒立的人突然转过头颅，一双乌溜溜的眼珠子看着赵五郎，这人脸如此的熟悉，不正是施小仙的阿鬼吗？

赵五郎原本紧张的神情一下子就松懈下来，“吓死我了，我以为是什么怪物呢，是阿鬼啊，好久没看到你了呢。”

“小仙呢？”赵五郎又问道。

突然，阿鬼身上传来嘎啦嘎啦的声响，衣服之中分出五六只手臂，一把就将赵五郎抓了起来。赵五郎脸色一变，叫道：“阿鬼，你想干什么？你怎么变成这个样子了？”

阿鬼依旧面无表情，身体中却分化出八只长长的胳膊，整个人像一只巨大的蜘蛛一样，抓着赵五郎就往屋顶上爬去。

赵五郎大叫道：“阿鬼，快把我放下来，不然我不客气了！”

这话还没说完，阿鬼就把赵五郎往水潭里摔去。

“扑通”一声，赵五郎只觉得浑身一冷，四周一片浑浊，而后又听一声闷响，无数胳膊又缠绕过来，将自己牢牢抓住。

这阿鬼竟然也跳入水潭里来抓赵五郎。

赵五郎气得大叫道："阿鬼，你太过分了！"但他一开口，就被呛了几口水，整个人在水中完全使不上力，也念不了咒，任由阿鬼将他一顿捶打折磨。

这阿鬼是疯了吗？

赵五郎被折磨得半死不活的时候，终于岸上有人喊了一声："阿鬼，回来吧！"

阿鬼抓着被它折磨得奄奄一息的赵五郎回到岸上，像一只大狗一样围在一个少女身边挤眉弄眼，像是在邀功一般。

赵五郎抬头，这眼前的少女可不正是自己时时念想的施小仙嘛。数月不见，施小仙出落得更加楚楚动人，一袭橙色的长裙衬得她活泼而不失娇美。

赵五郎心中欢喜，口中却有气无力道："小仙，你干吗啊？我一回来你就叫阿鬼来打我！"

施小仙"扑哧"一声笑了出来，道："葛师父前几日跟我师父飞符传书说你现在很不得了，要我好好'招待'你一下，我还想看看你的本事呢！唉，结果，还是老样子嘛！"

赵五郎恍然大悟道："原来我师父早就知道你们要来对付我啊！"

施小仙咯咯笑道："更确切地说是他吩咐的。"施小仙拉了一把赵五郎，道，"不过，我其实也挺想打你一顿！"

赵五郎道："为什么啊？"

施小仙假装生气道："为什么？因为你都不回我话啊！"她指的正是二人的小小白遇仙，"我每天都跟你说话，你一次都不回我，你说你该不该打？"

赵五郎嘿嘿笑道："这事可不怪我，是你的纸人灵力用完了。"

施小仙半信半疑道："这东西还要用灵力？看来与傀儡之法倒也有几分相似。"

赵五郎道："不过没事，我的纸人已经充满了灵力，一会儿我分你一点，这样我们的纸人又都可以用一阵子了。"

施小仙立即喜道："怎么分，怎么分？快分点给我！"

赵五郎突然脸色一红，羞涩道："这个，这个我一会儿告诉你。"他看了一眼阿鬼，道，"现在阿鬼怎么变成这个样子了？"

施小仙笑道："我把它改造了啊。现在阿鬼可比以前厉害多了，它的身子我用了精金、冰火蚕丝、墨竹、玄铁改造，一般的法术都奈何不了它了。而且，它现在还有三十六般变化，厉害着呢。"

说着阿鬼收了身上的手臂，又恢复成原来的模样，它朝赵五郎眨了眨黑溜溜的眼珠子，吱吱吱地叫了几声，似是在打招呼。

赵五郎赞道：“这千机老鬼还是有点道行的嘛，你学了几个月就有这么大本事了。”

施小仙点头道：“那可不是，我师父的偃师之技绝对是天下第一。”

赵五郎想起那夜林子里魁礨娘娘和其他傀儡师的密谋，忍不住担忧道：“恐怕千机老道也是自己树大招风了。”

施小仙听出了话中之意，问道：“我师父怎么了？”

赵五郎叹了口气道：“这事我也是偶然间遇到的，说来话长，一会儿告诉你吧。”

远处，葛云生也走上了栈道，叫道：“我说你们两个还卿卿我我呢！千机老儿呢，怎么没见他出来？”

施小仙道：“我师父这几日在研究他的书海幻境，这会儿估计又入幻局中去了。”

葛云生哼了一声，毫不客气道：“都死到临头了还有心思研究书海幻境，想带到棺材里去吗？”

施小仙听了这话，脸色倏得一变，急声道：“我师父他究竟怎么了？是不是惹了什么仇家？”

葛云生笑道：“几个小杂碎罢了，有我葛云生在，放心吧！”

施小仙依旧放心不下，拉住赵五郎道：“你快跟我说说，我现在担心死了。”

赵五郎叹了一口气道：“我前几日晚上，偶遇一群傀儡师，他们密谋着要来夺阿鬼还有那个书海幻境，那个为首的叫什么魁礨娘娘。”

施小仙并未听过这个名字，只是杏眼一瞪，有些不快道：“魁礨娘娘是谁？居然这么大胆子，也不看看千机阁是什么地方！”

葛云生哼了一声道：“什么地方？还不是个人住的地方？再说龙王庙也有被大水冲垮的时候。”

三人边说边推门而入，屋内陈设一如上次所见。

杜长庚端坐在火炉前，双目紧闭一动不动，仿佛入定了一般。

赵五郎有些好奇地想要碰一碰，问道：“千机老儿这是？”

施小仙急忙拉住赵五郎，道：“别动，我师父正在参悟书海之中的奥妙呢。”

“这就是老儿上次说的书海幻境啊？”

赵五郎抬头望去，屋顶上的书架缓缓转动，像一个漩涡一般，多看两眼，整个人都有些头晕。赵五郎急忙低下头不敢再看，转头问道：“这书海幻境进去有什么用啊？为什么这些傀儡师都要来抢这个东西？”

葛云生道：“书海幻境确实有些神妙，不过好不好用还得看人。”

赵五郎摇摇头道：“还是不明白。”

施小仙并不正面回答他，而是笑问道：“五郎，你喜不喜欢看书？你觉得天天看道书烦不烦？”

赵五郎立即一脸厌恶道：“我最不喜欢看书了，尤其是各种道书看得头会很痛。”

施小仙道：“那就是了，我师父也不喜欢看书，所以他创造了这个幻境。这幻境是各种各样书的世界，每一本书都会以实体的方式在你眼前展现而出，这样你就会以经历的方式来读完这些书，可不是简单有趣多了？”

赵五郎惊讶道：“还可以这样啊？那我也要进去看看！”

施小仙立即道：“不行，不行！这书海之中书本典籍太多了，浩瀚无边，无穷无尽，你若不懂其中的道理，一入书海必然找不到回来的路，就会永远沉溺其中，这太危险了！”

第六章

书海幻境

这书海幻境乃是杜长庚依着所藏的书籍而设，可能每一本书，或者每一页纸，甚至每一个字都是一个崭新的世界，人一旦入了其中，就能领略道的真正奥妙，有时就算只是一个字也能叫人受益无穷。

不过这幻境可不算是杜长庚的独创，他是模仿符箓门内一处异常绝密的秘境而造的。这秘境也是符箓门数百年前能够称雄正道的秘密所在。只是如今，即使坐拥这般奇境，符箓门却也无人可树，也算是悲哀至极。

施小仙随手捡起一本书，正是隋朝杜宝所著关于水傀儡制作方法的《水饰图经》，她翻了翻道："我啊，也是看书看不下去，我师父没办法才带我进了几次。你啊，暂时还是别想了，进去了肯定出不来。"

"不可能，我现在早已不同往日了！"赵五郎仍不死心道，"小仙，你叫千机老头带我进去看看嘛。我就看看里面是什么样子，又不会偷师你们的偃师技法。"

施小仙面露难色道："这，这得问问我师父才行。"

葛云生哼了一声道："有什么好看的？不过是些虚虚实实的东西，他这东西就是懒鬼发明来偷懒用的。"

施小仙"扑哧"一声笑了出来，道："我觉得也是这般道理。不过对我们这种偃师来说，这个法子倒是极好，一些精巧复杂的傀儡书我若是这么翻着看，一个月也看不明白，但是入了书海幻境，我一夜之间就可以看完几十本书，而且还可以通晓其理，记得清清楚楚，这样可不是精进很快？不过，符箓道法与偃师之技毕竟不一样，五郎，你还是安安心心练习你的道法才是。"

赵五郎颇为失望地"哦"了一声。

葛云生也不再理这几个人，自己径直往屋后走去，口中还叫道："我估计这杜长庚一入幻境，没个三四天是出不来了。我先去后山转转，记得上次看中了一株化金藤，这东西可以拿来制作紫色符箓。嘿嘿，趁这老鬼不在，先挖一点再说。"

施小仙也不好阻止，只是叫了声道："葛师叔……"

葛云生笑道："放心吧，这老鬼后山有这么多宝贝，我只要这株化金藤上那么一点点的枝丫就可以了。"

施小仙取来一双模样有些奇怪的鞋子，笑道："小仙不是这个意思，只是昨日有雨，这后山想必路滑泥泞，还请师叔换了这双特制的鞋子，走得更轻巧些。"

这下葛云生和赵五郎都有些吃惊。

几个月不见，施小仙不但容貌出落得更加娇美，还变得彬彬有礼，还这么细心，与原先的粗野撒泼模样完全不同，想来也是这杜长庚教徒颇有方法。

赵五郎道："小仙，我感觉你现在整个人都变了呢！"

施小仙捂住自己脸蛋，疑惑道："怎么了？怎么变了？"

赵五郎嘿嘿笑道："变得更可爱了呢！"

施小仙咯咯笑道："嗯，可能是经常进这书海幻境，不自觉就领会了一些书中的道理，常说'博学而明智，知书而达礼'，想来就是这个意思了吧。"

葛云生却摇头道："虽说腹有诗书气自华，但我看未必，你这副模样，怕是有心上人了，读万本书不如女子怀春，写千篇诗不如单相思。"

施小仙脸色立即一红，道："葛师叔，你乱说什么！"

赵五郎也叫道："就是，师父你不要胡说，小仙还小嘛！"

而后，他又皱眉自言自语道："完了，小仙不会真的有心上人了吧？"

葛云生哼哼道："看到没，看到没？臭小子就是典型的单相思了。五郎，看来你快要配不上人家小仙了，要没戏了！"

赵五郎连推带挤道："师父，我求你不再要说话了，快偷你的化金藤去！"

葛云生整个人被推出屋外，依旧还在问道："五郎，要不你跟我一起去？一会儿师父送你两张赤符作为补偿，怎么样？"

赵五郎大叫道："我才不要！"

"见色忘义啊！这可如何能成正果哦！"葛云生摇头晃脑自己背着手往后山走去。

千机阁内又恢复了一片宁静。

赵五郎看了看施小仙，二人皆是欲言又止。过了片刻，施小仙略觉得有些尴尬，说道："五郎，你刚才不是说，要分点灵力给我的纸人吗？"

赵五郎"哦"了一声，道："你先把纸人拿给我看看。"

施小仙从怀中掏出折叠得平平整整的纸人，道："你看，样子还好好的，就是说不了话了，好可惜。"

赵五郎也掏出自己的纸人，却是一副皱皱巴巴的丑陋样子。施小仙略有些嫌弃道："哎呀，你看你的纸人，都弄成这副样子了，平时肯定没有好好待它。"

赵五郎脸色微微有些羞愧道："才没有呢。只是我这几个月经历了不少事，这纸人能保存完整都很不容易了。"

施小仙这话原本也是开玩笑的意思，赵五郎与葛云生在外行走自是不能与自己在谷中安逸的日子相比，其中经历的波折磨难更是不得而知，她转了话锋道："不过只要还能用就可以了。对了，快给我的纸人分点灵力吧。"

赵五郎看了看施小仙，有些不好意思道："白大叔说，这两个纸人要传送灵力必须……"

"必须怎么着？"

"必须嘴对嘴。"赵五郎终于鼓起勇气说道。

施小仙脸色忽地一红，而后捶了赵五郎几下，娇叱道："呀！你什么时候学得这么不要脸了！"

赵五郎强辩道："白大叔就是这么跟我说的，这是唯一的办法……那你还要不要弄啊？"他自己心里也有几分尴尬，但嘴上依旧嘀嘀咕咕道，"纸人亲一下，又不是我们亲亲，也没什么啊。"

施小仙红着脸，道："应该，应该没什么，说好了哈，我们只是平分一下灵力而已。"

"对，我们就是平分下灵力，没什么的。"

说着，赵五郎把自己的纸人递了出来，施小仙也递出她的纸人。两个小纸人慢慢地靠近，四周的空气仿佛都变得舒缓而暧昧，赵五郎的手心更是热得滚烫，甚至微微有些出汗，他觉得这两个纸人好像就是他和施小仙，两个人换了一种方式将自己的肉体和心灵更加紧密地靠在了一起。

施小仙似乎也察觉出什么，不由自主地低下了头，有些不敢正视赵五郎，那手中的纸人也微微地抖动着，终于这两个纸人紧紧地靠在了一起，仿佛历经千难万险重聚一起的情人，白色的灵光从一处缓缓地流向另一处，两个纸人都复活了过来，轻轻地抖动着身体，曼妙而快乐。

古有借物而言志，在赵五郎和施小仙看来，这纸人如今也代表着彼此的情意吧。

这气氛原本是如此暖心，二人的心意也在一点一滴地互通，但不想赵五郎的人生真的是处处充满了意外，叫人防不胜防：只见赵五郎的纸人忽然十分霸道地搂住施小仙的纸人，而后直接将那个纸人按在地上，以一种十分粗野淫秽的姿势疯狂地蹂躏。

那姿势……就像两只媾合的野狗!

这气氛风云急转，完全是飞流直下三千尺，浪漫的气息瞬间转变为一股淫秽感扑面而来。二人一下子都震惊了！赵五郎更是脑子一懵，傻在原地。

施小仙终于沉不住气了，大吼道：“赵五郎，你干什么！”

赵五郎尴尬得无以复加，急忙想去拾起小纸人，让它们分开，但不想这施暴的纸人抱起施小仙的纸人开始四处逃窜，而且还很不要脸地边跑边猥亵，一个表情是哈哈狂笑，一个表情是娇喘吁吁，这画面着实香艳，看得施小仙脸蛋红得里外通透，不住地捏拳跺脚。

赵五郎追，纸人跑，场面根本没有丝毫缓和。

施小仙终于气得大骂道：“赵五郎，你平时到底对这纸人做了什么？怎么会这么下流！”

赵五郎哭丧着脸，道：“我什么都没做。我一个道士能对纸人干什么？我哪里知道它怎么就疯了？”

赵五郎忽然想起白遇仙临走时那个奸笑，一下子就明白过来：“哦，对了，我想起来了，肯定是白遇仙弄的，是他故意注入了这下流的灵力来戏弄我们，肯定是他！”

“赵五郎，放你娘的狗屁！灵力还有下流不下流之分？你以为我一点都不懂吗！还不赶快把纸人追回来，一会儿我师父出来看到就完了！”施小仙完全也没了刚才的温柔可人，又恢复一副泼辣蛮横劲儿，她也跟着赵五郎去追这纸人，不想这纸人跑得倒是飞快，一溜烟儿就跑到了大门口。

施小仙挽起袖子，撩起裙摆，跟个泼妇一样在后面大喊大叫道：“臭不要脸的小东西，快给我回来！看姑奶奶不撕烂你的腿！”

两个纸人回头做了一个鬼脸，又跑得更快。

二人一阵狂追，直追到门口，好不容易将这两只纸人逮个正着。赵五郎正准备教训他那个色鬼一样的纸人，忽然脸色一变道：“糟了，有人来了！”

“谁？”施小仙也是脸色一变。

只见院子前不知什么时候来了十余名模样怪异的戏师，为首的正是那夜遇到的魁礨娘娘和偃童，这十多个人个个面色不善，显然是有所图谋。

施小仙立即戒备道：“你们来紫云谷做什么？”

这紫云谷在茫茫黎山之中，有七层峡谷和迷障阻隔，外人想要找到紫云谷的位置着实不太容易，却不知这些人如何就能寻得此处。

第七章

宿敌来访

魁磊娘娘道："我们是杜老鬼的故人，想来找他拿几件东西。"

施小仙想起赵五郎的话，立即警觉道："我千机阁今日暂不待客，你们还是请回吧。"

偃童恼怒道："哪来的小丫头，你可知道我们是谁？"

施小仙毫不客气道："是谁也不行，送客了！"

魁磊娘娘露出一抹笑意道："我们可是杜老鬼的老相识了，你通报一声，他一定让我们进来。"

施小仙冷冷道："就算说了我师父这几日也没空。"

魁磊娘娘略略一想，突然冷笑道："恐怕杜老鬼正在参悟书海幻境吧？"

偃童也笑了起来说："可不是！他这一入幻境少说还得两三天才能出来，谷中如今只剩你二人，还不好好招待我们？否则我们可不会很客气的！"

赵五郎心中生疑，这几个人还未入阁楼怎么能知道得这么清楚，莫非他们用了什么法术？

施小仙眉头一皱，暗叫道："糟了，这些傀儡师早前肯定放出了探兵！五郎，你赶快看看自己身上有没有什么奇怪的东西！"

赵五郎一搜身上，果然在乾坤布袋里发现一颗浑圆的眼珠子，乌溜溜地闪动着妖异的色泽。

赵五郎心中大为厌恶，立即将眼珠往地上摔去，那个老者急忙念了声："回来！"就见这颗眼珠咕噜噜地滚回他的手中，而后这老者拍了拍身边的多眼秀才傀儡，得意道："我这酸秀才可不止会唱戏，他身上的每一颗眼珠子都是一件探兵，你这千机阁内的一举一动早被我探得一清二楚了！"

这探兵正是傀儡师专门制造出来打探敌情的傀儡，一般越精细越好，比如黄雀、夜蛾、甲虫之类，但不想这老者却把探兵做成眼球的模样，也是有些惊悚。

施小仙冷笑道："看来你们几个是有备而来！"

偃童得意扬扬道："是又怎样？"

施小仙怒喝道：“千机阁岂容你们这些人撒野！”

她急忙触动机关，茅草垛中的墨竹傀儡咔嚓咔嚓弹了出来。这些墨竹傀儡扭曲变化，组成一丈高的傀儡兵，一个个列阵护在院落门口。

魁罍娘娘笑道：“这等粗浅的傀儡技法如何挡得住我们！”话音刚落，背后的几名傀儡师就纷纷祭出自己的傀儡兵，有三头六臂手持刀械的金刚力士，有模样凶狠利爪森森的傀儡猛兽，更有牢笼陷阱，不一而足。

这些傀儡朝着墨竹卫士一窝蜂拥了上来。

金刚力士力大无穷，巨熊和猛虎爪牙锋利，但墨竹傀儡也不是一般的傀儡兵，黎山墨竹本就硬逾玄铁，加上杜长庚的符咒加持，更加坚不可破，双方打了一阵难分胜负。

偃童偷偷甩动袖子，袖口立即飞出一大群傀儡甲虫，爬进墨竹傀儡的体内，疯狂地破坏傀儡的齿轮、关节等内部结构。不过片刻，墨竹傀儡就僵硬在远处，动也不能动。

施小仙大惊。

偃童却将一只乌黑色的甲虫摊在手心，冷笑道：“小姑娘，觉得我的天机破甲虫如何？”

寻常傀儡都是外表强横而内里机关十分精细脆弱，一旦从内进攻就十分容易被破坏，偃童的天机破甲虫正是专门攻破各种傀儡的杀手。

施小仙学艺初成，未想第一次与人争斗就遇到这么厉害的对手：这些傀儡师的修为个个都不低，但最可怕的是那个一直未出手的魁罍娘娘，不知道她的修为究竟高到什么程度。

施小仙深吸一口气，喝了一声：“阿鬼！”

原本倒挂在屋檐下的阿鬼如疾风一般迅速奔走了过来。施小仙一下子骑在阿鬼背后，说道：“想要闯我们的千机阁哪有那么容易！阿鬼，给他们点厉害瞧瞧！”

阿鬼应了一声，手脚突然伸长，背上又生出四只胳膊，像个大蜘蛛一样趴在草地上。金刚力士和傀儡兽又扑了过来，阿鬼手脚并用，一只手拎起一只傀儡就往外甩。这阿鬼不但速度奇快，力气也大得惊人，一下一个，只是须臾之间，这十多个傀儡都被甩出了几十丈远，有的更是被摔得零件残碎，爬都爬不起来。

赵五郎喜道：“阿鬼现在好厉害！”

施小仙得意道：“那是当然！”

偃童大怒道：“不如再试试我的天机破甲虫！”他一舞动袖子，密密麻麻的甲虫又飞了出来。

赵五郎刚才见识过这甲虫的厉害，急忙飞出几道火符，提醒道："小仙，小心这些甲虫！"

火光闪过，这些甲虫丝毫未受影响。偃童笑道："为了对付你们这些臭道士，我特地将这些天机破甲虫放在无焰丹的溶液中浸泡了三日，如今早就是水火不侵了。"

甲虫继续朝阿鬼飞舞而去，闪耀出一团团的幽光。施小仙急忙驾驭阿鬼快速地拍打这些虫子，但这些天机破甲虫数量太多，不过一会儿就将阿鬼围得密密麻麻，不少虫子直接就往阿鬼的七窍之中钻去。

偃童大喜道："只要我的天机破甲虫一进你傀儡的七窍，任是再厉害的傀儡也要化成一堆废物！"

此时这虫子都围在阿鬼身上，赵五郎也不知道该怎么帮忙，反倒是施小仙冷笑道："说大话也不怕闪了舌头！"

偃童脸色微微一变，暗忖这小姑娘难不成还有破敌之计？思忖间，施小仙已经猛拍阿鬼背部，却见阿鬼身上红光大涨，犹如火焰在激烈燃烧一般，原本还活蹦乱跳的甲虫突然迅速熔化成一摊摊的金水。

偃童大惊，"你，你是怎么做到的！"

施小仙还未回答，魁罍娘娘已经冷冷道："是这傀儡体内的溶之符！杜长庚以前就是符箓门颇有修为的道士，自然懂得将这符箓道法结合到傀儡制作之中，他在这个傀儡体内画上消融符咒，任何侵入的异物都会被化掉。是不是这样，小姑娘？"

施小仙见这魁罍娘娘一语便道破阿鬼身上的秘密，微微有些惊讶道："你这老太婆倒有几分见识。怎么样？还有什么傀儡，快拿出来比画比画！"

魁罍娘娘死死地盯着阿鬼看，阿鬼被看得有些不舒服，化回了原形，微微有些恼怒地回盯了几眼。魁罍娘娘忍不住笑道："看来这就是传说中的有心傀儡了，果然是有心智却没有魂魄，好奇特的傀儡，老身真是越看越喜欢！"

施小仙急忙拉回阿鬼，叫骂道："你要喜欢就自己去造，还想来明抢？也不擦亮你的老眼看看这是什么地方！"

魁罍娘娘长眉一皱，阴冷道："长着一张可人脸，嘴巴却这么不干净！真是令人讨厌！"她的背后阴风骤起，一道白影已经飞扑了出来，正是那匹骷髅马。

施小仙一惊，这骷髅马显然比原先出来的傀儡厉害许多。骷髅马原地直立而起，身上的骨架咔嚓咔嚓组合变化，就变成八臂骷髅卫士，一手一把长刀砍了过来。

赵五郎深知这骷髅马的厉害之处，急忙率先冲了过去，五指一握，一招掌心雷就打了出去，雷光闪耀而出，直接就将这骷髅卫士击退四五步。但这次却没能打散它，骷髅卫士八把长刀全部飞出，变成首尾相连的骨刀锁链，朝赵五郎和施小仙击打过去。若是赵五郎自己一人，这骨刀虽然厉害，自保暂且不难，但他担心施小仙安危，一心想着护住小仙和阿鬼，心意两用，每一次都躲得险象环生。

偃童恶狠狠道："今天我等定要夺了有心傀儡和书海幻境，但在这之前先杀了你们两个毛头孩子显显威风！"骷髅卫士八臂一抖，身上的肋骨齐刷刷地飞了出来，化作三十六把长刀直刺赵五郎和施小仙而来。赵五郎的符箓道法历来都是制敌之招，极少有硬抗的法术，无奈之下只好画了个八卦，大喝一声："御！"

叮叮当当几声，这长刀都刺入八卦之中，骷髅卫士再一推手掌，长刀就破了赵五郎的防御八卦，直接杀了过来。

刀势迅捷，令人防不胜防！

就在这时，施小仙挥出一物，喝了一声："收！"

三十六把长刀被一张画卷全部收了起来，化作了几笔水墨画像，再无威力。

"这是……乾坤卷？"众傀儡师大惊。乾坤卷的妙用这些傀儡师大多都知道，天下间再也没有比乾坤卷更适合做傀儡师的宝物了。有了乾坤卷，就可以随身携带无数的傀儡和零件，可谓是傀儡师的绝配。众人一见此物无不垂涎欲滴，眼中贪婪之色更甚。

魁壘娘娘也有些惊讶，但这惊讶很快就转化成一个"贪"字："真想不到杜老鬼这里藏了这么多宝贝，今天我们可真是来对了！"

宝物当前，魁壘娘娘再也不袖手旁观，身子一闪就朝施小仙而去。施小仙大惊，这魁壘娘娘的身法快得惊人，自己完全没有反应过来，这老太婆伸手一捞就已经将乾坤卷握在了手里。但不想赵五郎反应也不慢，他反手一抓也扯住了乾坤卷的另一头。二人一拉一扯，只听刺啦一声轻响，画卷之上原有的一道小裂口被扯出两寸来长，赵五郎一时心疼，手掌一松，这画卷便被魁壘娘娘夺走。

魁壘娘娘正得意，不想又闪过一个人影，轻轻地弹了她的手腕处，魁壘娘娘只觉得自己的手臂登即酸痛无力，五指一松，这乾坤卷已经被来人抢了回去。

来人顺势将画卷还给施小仙，而后很不快地甩了下长袖，这身法气度正是千机阁的主人，天下第一傀儡师，杜长庚。

第八章

傀儡大战

杜长庚冷冷道："怎么，你们几个想趁我闭关来夺取我阁中的宝物？也不想想，你们的傀儡技法是谁教的！"

赵五郎和施小仙几乎是同一时间"啊"了一声，原来这些人是杜长庚的弟子，更准确地说，除了魁礨娘娘和偃童外，这些傀儡师都曾经拜杜长庚为师。那些傀儡师听了杜长庚这话，似是有些愧疚，不自觉地退后几步，显然是心中有了退却之意。

"给我站住，怎么，这老儿一句话你们就怕了吗？"魁礨娘娘怒喝道，而后朝杜长庚笑道，"是你教的还是我教的还重要吗？关键是现在这些人都愿意跟着老身做事，这就是你杜长庚最失败之处！"

杜长庚不以为意道："你们受不得符箓傀儡修行的艰苦，如今选择修炼引魂法的傀儡术，这等弟子我收一个都嫌多余，失败的是你们，而不是我杜长庚。"

魁礨娘娘道："你到现在还想以正道自居？别以为我不知道这紫云谷中埋葬了多少惨死的傀儡师，你手里沾的血还少吗？！"

施小仙听了这话，脸色一变，怒喝道："你这老太婆乱说什么！我师父可是堂堂正正的人物，岂容得你胡说八道！"

那个原先一直不说话的老者，站出一步，很是痛心疾首道："小姑娘，你来的时间还短，不清楚这紫云谷内究竟发生过什么。这人可不是什么好师父！不然，我们这些傀儡师如何会集体叛门而出？"

"我们这副模样全拜他所赐！"身后的其他傀儡师皆是跛着脚、佝着背，怨怒道。

"够了！"杜长庚怒喝道，"怎么，你们几个今日是准备来兴师问罪的？"

杜长庚这一怒吼，各傀儡师的气势登即又被压了下去。

"师父，这究竟是怎么回事？"施小仙不知原先发生了什么事，有些疑惑地问道。

杜长庚欲言又止，显然这过往的故事有些复杂，他也不知从何说起。

魁礨娘娘见此，忍不住又笑了起来，"原来你杜长庚也怕了。看来你对这小姑娘真的是万分宠爱啊！是不是怕她知道你以前是多么绝情绝义？怕她知道了真相会对你失望透顶？”

杜长庚冷笑道：“我杜长庚一生站得直行得正，还会怕你们这些人？”

魁罍娘娘道：“那好，那不如请你的这些徒弟们来说说看，你自己究竟做了什么光彩的事！”

那老者脸上早已布满了悲愤之色，他率先质问道：“杜长庚，这么多年了，难道你就没有一丝愧疚之意吗？”

杜长庚道：“老夫做事从不愧疚，昔日之事，不过是道不同不相为谋罢了，你们既然没有修行符箓傀儡的心，这技艺自然就不能再留给你们了！”

老者悲愤道：“你真是好狠的心！”

魁罍娘娘轻笑道：“说这些有什么用？还不如把你们那陈年往事说出来，也叫这小姑娘知道知道，心中也好掂量掂量。”

老者跨出一步，徐徐说起陈年往事。

当年，杜长庚沉迷于偃师技法，自己独自离开了符箓门，来到紫云谷隐姓埋名。这紫云谷内原本也并非渺无人烟，相反还住有几户打猎采药的人家，时日长了，杜长庚与这些人关系渐渐熟络，便教这些猎户药农一些粗浅的偃师技法，好让这些人捕猎采药时更加轻松方便。这些乡野村民见这偃师技法如此神奇，自然将杜长庚奉若神明，更有甚者在千机阁前长跪不起，愿意拜师学艺。杜长庚起初不以为意，但凡来者便好言相劝当面拒绝，但随着年岁渐长，他心想自己一身的偃师技法若无人学习，断绝于世也是十分可惜，于是他便挑了数十名资质较好的求学者收纳为弟子。

杜长庚修的是偃师技法中的符箓法，这技法必须要精通符箓道法，才能将这二者良好地贯通起来。但符箓之法本就难学，这些弟子修炼虽然勤勉却依旧精进很慢，杜长庚心中焦急，常常严厉责罚，叫这些弟子苦不堪言。

这些求学者本就是贪图傀儡之技的方便之处，却不是为了追求什么技法的真谛，而杜长庚却固执地坚持自己的教学方法，认为偃师之技与符箓大道一样，绝对没有速成之法，必须打牢根基，尤其严禁弟子修炼引魂法的偃师技法。

这是一条绝不可触碰的门规禁令！

众人怀着贪图便利之心入门，却遇到个追求大道的师父，这或许就是分歧所在，终于有弟子不顾这一条禁令，偷偷修炼引魂法的偃师术。这法门必须以生人魂魄为引，将生魂植入傀儡之中，让傀儡像常人一般行动做事。引魂法乃是速成之法，效果是显而易见的，不少弟子开始偷偷效仿，修为自然长进极快。

这些弟子每次都趁着杜长庚闭关修炼时，偷偷聚在后山杀人夺魂，练习傀儡之术。有一日，杜长庚提前出关，他一进后山便见几名弟子正在杀人取魂，场面血腥可怖，叫人触目惊心。

杜长庚大为震怒，不顾各弟子哀声求饶，将修炼引魂法的弟子全部击毙当场，并肢解埋入后山之中，而后剩余的弟子不论好恶，全部按门规责罚，抽去灵根，打折脊骨脚骨，逐出紫云谷，永不再见。也正因如此，杜长庚此后再也不收门徒，独自一人居住在这紫云谷内，而紫云谷也再无人随意出入。

老者说起这些，脸上依旧是愤意难平，“当日，我等并未修炼引魂傀儡，也并不知情，师兄弟十二名跪在千机阁前苦苦哀求，你都不为所动。我等深知被击毙的几名师兄罪孽深重死不足惜，但我们十二名师兄弟都是无辜的！”

“杜长庚，你身为师父，要抽去我等的灵根也就罢了，但我那时家中尚有老幼，恳求能给个完整之躯，但不想你这老儿当真是狠心，十二名弟子全部打断脊骨和脚骨，变成残废，而后丢入紫云谷的峡谷之中，任我们自生自灭，要不是当日魁罍娘娘路过此处，大义出手相救，我等早就葬身在这荒山峡谷之中。”

“老鬼，你杀害的弟子比他们修炼引魂法杀的人还要多！你怎么不赎罪！”

“这千机阁本就是我们齐心协力所造，凭什么现在只有你能住！”

众傀儡师面色激愤，出口叫骂道。

魁罍娘娘冷笑道：“小姑娘，你现在可听明白了？这人本心便狠辣无情、六亲不认，别看他现在待你如父，可是一旦他发起狠来，什么残忍的手段都使得出，所以我劝你还是小心为妙！”

面对众傀儡师的质问，魁罍娘娘的挑拨，施小仙却有着异于常人的果断，她直截了当道：“明明是你们这些人吃不得苦，心生邪念，妄图修行引魂法，这可是破了门规在先，我师父这么做也没有什么不妥，反倒是你们这些人不吸取教训，如今都修得一身邪气，当真是完完全全入了邪道了！”

偃童气得大骂道：“真是一条忠心耿耿的母狗！”

杜长庚原本听了老者的话，心中还有些许感慨，毕竟当日发觉自己弟子误入歧途，心头恼怒出手毫不留情，这责罚确实太重了，但他听了偃童辱骂施小仙，这愧疚立即消失无形，反而化作了一股愤怒，他怒吼道：“你是哪来的泼皮小子，也配在我千机阁说话！”

杜长庚这一声怒吼之后，碧水潭里一阵水花涌动，大泽龙蛇破水而出。龙蛇冲天怒吼，震得众傀儡师纷纷退避三舍。

除了一个人，魁礨娘娘。

这龙蛇张开巨口直接朝众人咬去，其他傀儡师早就吓得作鸟兽散，偃童急忙打开混元伞，原地消失不见。

赵五郎又见混元伞，忍不住心疼道："我的混元伞……"

龙蛇掉头又朝魁礨娘娘连连咬去，但魁礨娘娘身法快得惊人，每一次都躲得无比轻松。她迎着龙蛇巨大的头部飞身而上，敲了一下龙蛇的头部，不屑道："大泽龙蛇？模样倒是可观，不过想要破你这傀儡好像也不是什么难事！"

这话刚说完，大泽龙蛇突然就僵硬在半空中，动也不动。

赵五郎和施小仙惊了一下，这大泽龙蛇的威力他二人都是见识过的，五行不受，世间的诸多道法对它都毫无用处，这么厉害的傀儡兽未承想轻而易举就被这老太婆给破解了。

施小仙惊讶道："师父，这大蛇怎么动不了了？"

"是注魂！"杜长庚冷冷道，"好一个鸠占鹊巢！"

魁礨娘娘慢悠悠地朝杜长庚走去，口中说道："不错，你的傀儡是靠符箓催动，而我的傀儡都是靠魂魄牵引。我手中有练好的生魂，只要我把这魂魄注入你的傀儡之中，可不是刚好化为己用？"

施小仙惊道："但这注魂的过程听说十分繁复，看她又无生魂在手，她怎么能这么快就注魂成功？"

杜长庚道："因为她有凝魂玉镯。"

魁礨娘娘哈哈笑道："果然好眼力。"她轻轻地晃了晃手中的一只玉镯，玉质青灰，上刻如意纹，微微有些发亮，细看之下，似乎有无数的幽魂在玉色之中游动。这手镯可以收魂注魂，正是修炼引魂法的无上神器。

有了这个宝贝，对付任何傀儡都是手到擒来。

魁礨娘娘得意道："既然来了，我们就开门见山。杜长庚，我跟你斗法这么多年，再比下去着实没有什么意思，你也知道我的法门，我也知道你的破绽，不如今日我就跟你比最后一场，一场定胜负，谁赢了谁就执掌千机阁，还有把这个有心傀儡也留下。"

"凭什么要听你的？"施小仙不服气道。

"这书海幻境、有心傀儡以及乾坤卷的奥妙若是让天下尸道、鬼道的人知道了，你说你这千机阁会不会被这些人踏破门槛？你杜长庚还想安心住在这紫云谷吗？"魁礨娘娘显然是有备而来。

第九章

杀生禁助

魁礨娘娘目光之中是一副胜券在握的自信："今日你若不比，我便将这消息散出去，你也知道滇北有尸神君，滇南有长生门，荆州路还有百仙阁，这些人可都是对这些宝贝垂涎欲滴啊！你的傀儡再厉害能杀得完这三门的教众？这往后的日子你杜长庚可就要烦不胜烦了。但这么做我也得不到任何好处，反倒让别派的人有了可乘之机，损人不利已之事不到万不得已我魁礨娘娘也不想做。怎么样，杜长庚，敢不敢和我比试一场？"

魁礨娘娘这话说得句句都是威胁，若不按照她的意思，就要鱼死网破、两败俱伤。

施小仙气道："你这老太婆可真是歹毒！"

杜长庚却哈哈大笑道："笑话，我杜长庚还会怕了你不成？"

魁礨娘娘见杜长庚有了比试之意，忍不住笑道："那就好，今日我们不如别开生面，来一场群斗，你我各出三人，互相斗法，三局取两胜，输得人立即滚出紫云谷，永远不得回来！你敢不敢？"

施小仙一听这话，立即就不同意，叫道："你们有十多个傀儡师，我师父加我也就两人，这明显不公平！"

魁礨娘娘指了指赵五郎道："你们不是还有这个符箓道人吗？加上他不是刚好三人？"

施小仙道："五郎他又不是傀儡师，如何能算？这不行！"

魁礨娘娘道："杜长庚的傀儡术不也是从符箓道法之中而来的吗？通符箓而驭傀儡，这话不是杜长庚自已说的吗？"

赵五郎瞬间气结，"你这完全是狡辩！"

不想杜长庚却制止赵五郎道："不怕，这些傀儡师的本事我还是清楚的，我和小仙二人已经可以稳赢两局，就算五郎你输了也不碍事。"

赵五郎不知道这双方要比什么东西，心中有些没底，但他转念一想，不知道的东西多了，自己还不是一次次地涉险过关？只要是能拼尽全力的，自己必定不留余力，他不信自己还赢不了这些傀儡师，于是摇头道：“其实你说得不对，我赵五郎也未必就会输！”

施小仙士气大增，立即反问道：“老太婆，那若是你们输了怎么办？”

魁儡娘娘笑道：“自是离开紫云谷，永不再踏足此地。”她这算盘打得也是精细，她看施小仙明显刚刚修行傀儡技法不久，对付她应该问题不大，赵五郎完全是门外汉，对付他更是轻轻松松。而自己对阵杜长庚，这胜负犹未可知，不过这前两局胜负已定，自己何必再比这局？

最后，就算自己败了两局，离开紫云谷也没什么亏本的，这无本的赌局可不是稳赚不赔？女人心，细如针，施小仙一听这话就看穿了对方的算盘，当即冷笑道：“你可真是会做买卖，不出一分力就想卷走我师父的千机阁？不行，你也得拿出点压箱底的宝贝才行，若是输了，你们就把那柄红伞还给五郎！”

赵五郎忍不住“啊”了一声，问道：“你怎么知道这把伞是我的啊？”

施小仙哼了一声道：“瞧你看那伞的眼神，眼珠子都要掉出来了，还在假装不心疼，我就知道这伞肯定是你的。”

赵五郎叹了一口气道：“这伞原本确实在我手里，只是我师父说修行不能过分借助外力法宝，我也就……”

施小仙骂道：“说你傻，你还真是傻！你师父说你那是因为你把伞弄丢了，希望你别太介意这外力的得失，但是如今法宝就在眼前，你若还不拿那可不是十足的傻瓜？哪个修炼者不是以无上的法宝为资本的？你不要，那赢了就给我好了！”

她朝魁儡娘娘道：“输了，就把这伞留下来，你敢不敢？”

魁儡娘娘道：“好厉害的丫头，我倒真是小看你了！好，就依你所言，我再奉上混元伞，不过你也要再压一样东西！”

她指了指施小仙背后的画卷道：“加上乾坤卷！”

施小仙本想说“凭什么”，但她心想混元伞想必对赵五郎十分重要，今日怎么着也要把这伞给夺回来，于是她抽出自己的乾坤卷，看了一眼，道：“可以！希望你言而有信！”

魁儡娘娘喜道：“也希望你们言而有信！”

杜长庚冷哼道：“那就开始吧！说吧，你想比什么？”

魁儡娘娘转了一圈，徐徐道：“我们都是偃师，自然是比偃师的技法了。偃师之技有杀、生、禁、助四个法门，不如今天我们就比这杀、生、禁三门，老鬼你觉得意下如何？”

这杀、生、禁、助四门指的是偃师技法中的四种用途，一曰杀，顾名思义乃是驱使傀儡杀人；二曰生，乃是以傀儡术护主救人；三曰禁，就是以傀儡控制对手的身形，比如缠、缚、囚、笼等方法；四曰助，却是傀儡中用途最多的，协助偃师处理生活中的各类事务。魁礨娘娘提出比试杀、生、禁三门倒也合情合理。

杜长庚点了点头道：“这三门倒没什么。”

魁礨娘娘阴笑道：“那这第一门乃是杀道，不知你们三人谁先来？”

这三门各有不同，杜长庚自己无一不精，自信问题不大，但施小仙初学偃师技法不过几个月，虽然进步神速，但是实战经验比较少，很容易吃亏，而赵五郎对这傀儡术更是完全不懂，这二人当真要好生选择下才是。

杜长庚只可惜那个葛云生不在此处，不然以他二人之力何愁驱不走这群傀儡师。

他思索着这第一轮杀道，小仙杀心不够，若是与人比拼这个环节必要吃亏，所以这第一局必须自己上，先稳住阵脚才是。第二轮生道，小仙有阿鬼相助，护主一门最是合适，这二局我师徒二人拿下来，第三局比不比都无所谓了，就算退一万步万一小仙失手了，以赵五郎目前的修为，在禁道上也未必没有几成胜算。

杜长庚这般想定，道：“杀道自是你我二人出来的好些，老太婆你不会怕了吧？”

不想魁礨娘娘身后的老者却站前一步道：“千机道人乃是我的师父，弟子郭有勋多年未见，自然是很想谢谢当年抽灵断脊之恩，还请恩师不吝赐教才是！”

杜长庚未承想这郭有勋竟然主动前来应战，他冷笑道：“怎么，你们还想田忌赛马？这法子可不磊落！”很显然，郭有勋的修为是抵不过杜长庚的，但反过来施小仙也胜不过魁礨娘娘，最后赵五郎对阵偃童，可不就是拱手相让了？

魁礨娘娘笑道：“老身也很想跟你较量较量，但这郭有勋跟你确实有过师徒情谊，这其中的恩怨老身可就不好介入了。怎么，你还怕了自己的徒弟不成？”

郭有勋拱手道：“杜长庚，怎么，你当年打断我们脊骨的硬气到哪里去了，不会是怕了我吧？我苦修了十余年，报个断骨之仇你不会也不给我机会吧？”郭有勋明知不敌，却一再用语言相激，显然就是要逼迫杜长庚出手。

杜长庚这人偏偏就受不得激将，他明知是计，仍不受控制怒喝一声：“逆徒，这是你自找的！”他袖子一抖，阁楼内“砰砰”跳出两名金刚力士傀儡。

杜长庚面容之中杀机陡现，“杀之道，便是无情无心！你自甘堕落，入了邪道，就不要怪我出手狠辣！杀！”金刚力士手中一抖变化出一把利剑，立即朝郭有勋杀去。郭有勋也算有些道行的傀儡师，他急忙退后几步，身后的酸秀才、持棒农夫护了上前。

先不说实力如何，单是傀儡的造型工艺郭有勋都已经大大逊色。

施小仙也忍不住冷笑道：“这傀儡光看模样都已经输了不少，看来你还是没学到师父的多少真传。”

郭有勋嘿嘿笑道：“我虽胜不了你，但你也未必能赢得轻松！”酸秀才突然一晃帽子上的绒球眼珠，一圈圈微不可见的光环荡了开来。赵五郎急忙叫道：“小心，这傀儡会迷惑人心！”

施小仙笑道：“五郎，你忘记了傀儡是无心的，它这迷心法对人有用，对傀儡可不是一无是处？”

话音刚落，两名金刚力士就像中了邪一般，身子都慢慢停滞下来，似乎有些昏昏欲睡。

施小仙惊道：“怎么可能，这金刚力士不过是傀儡，怎么也会被迷惑住？”

郭有勋大为得意，道：“你以为我这酸秀才那么没用吗？”

他又立即驱使农夫御铁棒去敲打这两个金刚力士。

杜长庚冷笑一声道：“你这引魂倒是用得不错，可惜还是逃不过老夫的双眼。”原来郭有勋跟着魁罍娘娘练的是引魂法，这酸秀才身上每一颗眼珠子都是一个独立的傀儡，他用秀才头上的绒球吸引对手的注意，而后偷偷溜出几枚眼珠，利用之中的魂魄来控制对手，所以不论是傀儡还是生人都会被他的招式所惑。

杜长庚飞出两根银针，“扑哧”两声就将藏在金刚脚下的两枚眼珠子刺破，一股酸臭的污水流了出来。

杜长庚再喝一声：“破敌！杀！”

金刚力士猛然惊醒，利剑挟带金光猛劈而下！农夫傀儡急忙御棒挡了一下。这农夫看起来弱不禁风，却不想力气着实不小，这一剑挡得稳稳当当。

酸秀才又弹出两颗眼珠，它们在半空中爆裂，墨绿色的酸水喷了出来，洒到金刚力士身上立即腐蚀冒烟。郭有勋道：“现在知道为什么叫酸秀才了吧！这酸可不是曲艺上的酸戏法，而是我特别配制的，为的就是专门对付你们这些符咒傀儡。”

杜长庚白眉竖起，怒道：“当真是越来越叫老夫失望！这人尸酿出的神仙醋你也敢用！”他一御符箓，两张黄符飞了过去，拍在金刚力士的背上，口中念道：“借神力，开金光！咄！”

第十章

大意落败

金刚力士金光大涨，神仙醋立即被闪得无影无踪。酸秀才还想故伎重施，但金刚力士左臂一抬，竟然化出一面虎首盾牌，盾牌上描绘符咒文，金光爆射而出，这神仙醋再也没能侵入一分一毫。

金刚力士举剑狂砍，酸秀才躲无可躲，被一剑砍断了大腿，一颗颗眼珠掉落一地。施小仙见了，皱起眉头，叫道："好恶心的傀儡！造这东西自己看着不难受吗？"

说话间，另一个金刚力士朝农夫砍去。农夫还想御棒再挡，却不想这金刚力士突然速度变得更快，一剑就刺入农夫体内，巨剑一搅，只听体内咔嚓作响，零件掉落一地，这傀儡已是不能用了。

另一边，酸秀才还想晃动头上的绒球，金刚力士不再迟疑，一剑便将它的头颅斩了下来。

这一局杀道，二人的实力差距着实有些大，自然是杜长庚胜了，赵五郎和施小仙忍不住欢呼起来。

但不想郭有勋却面露诡异之色道："这一局恐怕还胜负未分！"

"什么？"施小仙大惊。

只听那金刚力士突然生锈了一般，咔嚓作响，再过片刻已是动也不能动，而后突然嘭的一声，一大群黑压压的天机破甲虫从体内涌了出来，无数破碎的零件弹射而出。

杜长庚面色一冷道："怎么可能？你……原来你一开始就放探兵偷偷潜入了我的傀儡体内？"

郭有勋得意道："不错，我等今日跟踪到此后，就提早放出了探兵，我把天机破甲虫藏在眼球傀儡之内，而后偷偷潜入你的这些傀儡之中，你的金刚力士虽然威猛，却也只能抵御外敌，如何能对付得了体内的虫子？所以，这局是你输了！"

杜长庚冷冷道："那倒也未必，大不了同归于尽，你我今日打个平局！"他一捏指诀，喝了声“破”！

金刚力士突然爆炸开来，一道火光冲天而起，天机破甲虫瞬间也被烧成灰烬，一阵焦臭的刺鼻味道弥漫开来。

郭有勋嘿嘿笑了起来，他从怀中掏出一枚眼球道：“不，不，不，我可没输，这些眼球才是我真正的傀儡，所以今日是我赢了。杜长庚，看来你真的是老眼昏花了。”

赵五郎和施小仙无比震惊，他们原以为杜长庚的实力远胜于郭有勋，这一局是十拿九稳，但不想却遭了意外。这些傀儡师显然是有备而来，布下了层层计谋，就是想要一举击败他们！

“哈哈哈！精彩，真是精彩！”魁罍娘娘忍不住鼓掌笑道，“杜老鬼，没想到你英明一世，竟然败在了自己徒弟手上，这可真叫人大开眼界！不过这也怪不得人，常言道骄兵必败，过于自负哪有不败的道理？”

杜长庚脸色铁青，显然他也有些难以接受这一局面。

“师父！”施小仙轻轻拉了下杜长庚，“师父不必灰心，我和五郎未必会输。”

“未必会输？小姑娘你有这么大的信心吗？如今你们可是大大地被动。这一局老身亲自出马，不知你们谁敢来应战？小姑娘，刚才可是你师父对你师兄，这会儿怎么也该轮到你出马了吧。”

郭有勋靠计策意外地赢了杜长庚，令局势一下子失衡，不论是魁罍娘娘还是偃童，在傀儡技法上都是远超赵五郎和施小仙的，但魁罍娘娘还是想一举解决掉施小仙，好让杜长庚败得彻彻底底，毫无反驳之力。

两局全胜，一举夺下千机阁！

此时也看不出杜长庚有什么太多的神情，只是他一向自负，历来对郭有勋等人的修为不放在眼里，如今也是这点自负让自己着了这些人的道，真是大意失荆州。

如今这局势可真是骑虎难下，阴沟里都要翻船了。

魁罍娘娘一再挑衅，施小仙早已按捺不住，她正准备向前迎战，赵五郎却一把拉住了她，“小仙，这老太婆显然修为很高，这一局恐怕比的不仅仅是偃师的技法。不如就让我去好了，我自有办法拖到第三局，你留着到时全力对付那个侏儒。”

施小仙担心道：“但是你又不懂偃师技法，我怕你会吃亏，而且这老太婆狡猾得跟狐狸一样。”

赵五郎笑道：“现在我知道了，他们根本不是想田忌赛马，而是想生吞活剥。她恐怕不仅仅是想胜这一局，而是想杀你。不过她有神仙计，我也有登云梯。”

赵五郎也不等施小仙回话，自己上前一步，道："我看不如就让我来领教下你的傀儡。"

魁罍娘娘冷眼看了一眼赵五郎，忍不住笑道："你？哈哈哈，小道人，这还用比吗？杜长庚，你们这么快就想认输了？"

赵五郎也笑道："老狐狸，不比怎么知道？说不定我玩得比你好！"

魁罍娘娘怒道："小子，我可警告你，这局虽然是生道，可也是会死人的。"

赵五郎笑道："就是因为我知道会死人，才要自己来。"

这第二局生道，原本比的是傀儡护主之道，但却不知道魁罍娘娘想怎么比。

赵五郎问道："说吧，如何比试？"

魁罍娘娘从怀中取出两个七寸大小的偶人，道："这一局，比的是傀儡护主的本事，但是你不懂傀儡技法，我若要求只能用傀儡技的话，你显然毫无胜算，杜长庚也必不会同意。这样，这一局我们反过来，比试人护住傀儡的本事。这里有两个普通木偶，没做过任何手脚，你用你的符箓道法，我用我的傀儡技，若是谁先击垮对方的人偶，谁就算获胜。这规则你觉得可以吗？"

这第二局似乎已是定胜负的一局，魁罍娘娘显然对自己的傀儡术十分有信心，允许赵五郎用符箓道法来对阵，这倒也合情合理，让赵五郎不再那么吃亏。

赵五郎接过人偶看了看，突然对施小仙道："这傀儡我也看不出好坏，小仙你帮我看看，千万别让老狐狸做了手脚。"说着他把傀儡递给施小仙。小仙看了一遍，确认是普通的傀儡没什么问题，然后在傀儡的后背上做了一个记号，这才把这人偶还给赵五郎。

这一局比人护住傀儡的本事，说到底还是比二人的内力修为。

赵五郎点头道："规则倒算公平，那就开始吧。"

"好！"魁罍娘娘将自己的傀儡放入袖口之中，而后缓缓走过来，突然冷笑起来，道，"小道人，虽说只要击垮傀儡就能赢你，但我现在却想先杀了你！因为你实在是太讨厌了，一次次地出现在我面前，坏我的好事！"

魁罍娘娘右手一震，手中的三鸩拐杖竟然化出一把巨大的镰刀，她身子一闪，这镰刀已化作一抹银光闪了过来。

赵五郎哪里想到这魁罍娘娘并不召唤傀儡，而是自己直接杀了过来，他立即拍出一张黄符，喝了声："御！"金光闪耀，化作一面八卦。

魁罍娘娘冷笑道："这防御的道法可是太下乘了。"镰刀劈过，八卦应声破裂，银光攻势不减，朝赵五郎的脖颈处砍了过来。

赵五郎无奈，往地上一趴，堪堪躲了过去。

这一招虽然狼狈，但是却把这一刀完全躲过去了。魁礨娘娘欺身再上，弯月一般的镰刀早已化作一抹抹半月刀光飞舞而来。

赵五郎且战且退，衣服、手脚已被划出了一道道口子，完全处于下风。这符箓道法最怕的就是对阵快刀型的对手，魁礨娘娘虽然走起路来老态龙钟，但一旦上阵杀敌速度却快得惊人，她整个人不过赵五郎的肩膀高，舞起一丈大小的骷髅镰刀却毫不费力，整个人仿佛完全与刀融合在了一起，煞是威风凛凛。

施小仙看了一阵，突然看出了门道，问杜长庚道："师父，这老太婆的镰刀就是她的傀儡？"

杜长庚面色凝重道："正是！她原本就是舞刀的好手，学了傀儡技法后就把这镰刀改成傀儡，所以她驾驭这镰刀完全是靠御魂，而非靠气力，只怕她这镰刀还有不少后招。"

施小仙不由得担忧起赵五郎，叫道："五郎，小心！"

魁礨娘娘冷笑道："哈哈，你的小情人可是担心得很啊！不过你放心，我杀你这等凝神之境的道人，就如捏死一只蚂蚁一般容易，不会让你太痛苦的！试试我这一刀！"银光在空中一聚，忽然化作一抹巨大的镰刀形状，呼啸着朝赵五郎斩杀过来！

"五郎！"施小仙惊呼了起来。

赵五郎突然嘿嘿笑了起来，"老太婆，你也不过是返照之境，我赵五郎打败的返照之境高手多了去了！"

他眼中红光一闪，急急念道："火精助我！"

清啸之中，火精飞舞而出，赵五郎一捏指诀，喝道："凝火成盾！御！"火焰在空中层层堆叠，竟然化作了一个巨大的盾牌。魁礨娘娘有些惊讶，她未承想这小道人还有这本事，心中不由得更加恼怒，半月刀光力道更增了几分，直接砍中火焰盾。

一声巨响，火光飞舞，半月刀光一下子击破了火精的盾牌，但这刀光也在猛烈的冲击下溃散无形。赵五郎又立即捏诀，喝道："凝火成兵！杀！"

残余的火焰又迅速一合，也化成一把弯月一般的火焰刀朝魁礨娘娘劈了过去。这凝火成兵的本事乃是从五鬼汪仁处学来，如今赵五郎驾驭起来已是十分得心应手。

施小仙惊愕道："这是什么招式，五郎什么时候学会了火焰刀法？"

杜长庚也有几分错愕，道："这不是符箓道法，是驭灵术！这小子怎么也学会了这法术？"

赵五郎整个人跃在半空，双掌合十，火焰擎天而起，他高喝道："你用傀儡御刀，我用火灵御刀，不如就看看谁的刀更锋利！"

第十一章

智取一局

火焰刀击劈而至，魁礨娘娘也不躲避，而是奋力舞了两下镰刀，空中两道半月弯刀交叉化作十字刃一般的刀势，顶着火焰刀飞了过去。

魁礨娘娘道："你的刀有形无势，不过是绣花枕头，不堪一击！"果然，火焰刀一下子就被十字刀刃劈成四瓣，火焰在空中一散，已难以形成攻势。

赵五郎还想再凝火光，魁礨娘娘已经抢先一步，她整个人如闪电一般穿过这火光，又飞出一刀，刀光闪闪，裂空呼啸。赵五郎急急后退两步，急忙念道："北斗七真，统御万灵，朱雀解意，与我通灵！敕！"

火光从身上辉耀而出，直接将他燃成一个火人，这火光冲天而起，破开刀光，而后直接化作一只巨大的烈枭朝魁礨娘娘飞扑而去。

这一变招，让在场所有人都大惊失色。魁礨娘娘哪里想得到这小子竟然会这以身化灵的通灵法，火光扑了过来，魁礨娘娘只觉得双手一痛，鸩首镰刀已经掉落在地。

烈枭大为振奋，又狂扇双翅，掀起层层火浪朝其他傀儡师烧了过去。众人被烧得焦头烂额，急忙四处逃窜。

魁礨娘娘怒吼道："气杀老身！老身的耐心可没那么多了！"

她身子一闪，直接掠过这些火光，在半空中抖了下玉镯，玉镯快速旋转，化出一团灰气。魁礨娘娘凝着这股灰气飞出一掌，掌力浑厚异常，微微带着暗灰色的光芒，如同一记铁拳一般，击中烈枭。赵五郎只觉得自己整个人魂不守舍一般，晃了几下，一下子就与火精分离开来，肉身如同断了线的风筝一般飞了出去。

赵五郎心中的震惊远远超过肉体上的疼痛，"怎么可能？这一掌竟能把自己的人灵打散！"

魁礨娘娘冷冷道："你可知我这一掌叫什么？"

杜长庚冷峻道："分魄掌！"

"不错！"魁礨娘娘哈哈笑道，"我魁礨娘娘可不止会用刀，拳脚也是我的长处！我修的是引魂法，自然知道怎么注魂分魄，就你这毛孩的通灵术修为也敢班门弄斧？”

这分魄掌乃是将凝魂玉镯中的魂魄化作一记重拳，采取以魂撞魂的方法，将人的魂魄和肉体一下子分离开来，所以赵五郎的人灵合体在这一击之下很快就彻底分开，短时间内都难以再聚合了。

魁礨娘娘顺手拎起赵五郎的傀儡，阴狠道：“今日，我就先毁了你这傀儡，再杀了你！”

赵五郎怒吼一声：“那不如先杀了我可不是更好？”他中门大开，整个人毫无防备地朝魁礨娘娘扑过去。魁礨娘娘叫骂道：“愚蠢至此，当真是自寻死路！”

她又拍出一掌，击中赵五郎的胸口。鲜血喷了出来，但赵五郎整个人依旧不后退，他完全是死缠烂打的模样，又朝魁礨娘娘扑去。两人拉扯一阵，赵五郎终究是被魁礨娘娘一脚踢飞。

魁礨娘娘捡起赵五郎丢在地上的傀儡，看了两眼，抑制不住喜悦道：“胜负已分，你们滚出千机阁吧！”她伸手准备捏碎人偶，忽然赵五郎爬了起来，他摊开手掌，手中露出一只一模一样的人偶，道：“老太婆你太大意了，刚才光顾着出掌，却没看好你的傀儡！”

魁礨娘娘大惊，她的傀儡明明放在自己身上，怎么会被赵五郎夺走了？她恶狠狠地道：“原来你小子刚才死缠烂打，就是为了偷我的傀儡？”

“这可不叫偷，叫抢！”

魁礨娘娘冷笑一声，道：“不过就算这样，你也一样输了，因为你速度可不如我快！”

她猛地一捏傀儡，咔嚓几声，傀儡成了一堆木屑，与此同时，赵五郎也用力一扯，将手中的傀儡撕成两半。

魁礨娘娘哈哈大笑道：“你终究还是慢了我一点，这局可是我胜了！我们已胜两局，你们输了！”

各傀儡师大叫道：“你们输了，快滚吧！”

赵五郎嘿嘿笑道：“恐怕这局是你输了！”

“什么？”魁礨娘娘惊道。

施小仙挪了一步道：“确实是你输了，你毁掉的是我的人偶，而不是五郎的。你们二人打斗时，我依照这人偶的样子也做了一个，而后把五郎的人偶给换了，所以你毁掉的只是我做出的人偶，真正的人偶在这里。”施小仙撩开裙角，果然还有一个一模一样的傀儡躺在施小仙的脚下。施小仙捡起这傀儡道："我先前故意在这傀儡上做了一个记号以示区别，你自己看，这记号可做不了假。"

魁礨娘娘难以置信道："你们，你们这是耍赖！"

赵五郎抹了抹嘴角的血渍，笑道："你可没说我们不能换一个人偶放在这里，再说小仙姑娘从头到尾没有动过我的傀儡，只是把它用裙子盖住罢了，这哪里违反比试规则了？老太婆，你自己眼神不好怪谁？"

施小仙道："眼下这局是你输了，我们是一比一！胜负可还未分！"

魁礨娘娘震怒道："好个阴险的小娃娃！"

赵五郎嘿嘿笑道："若说阴险，谁比得过你这老狐狸！只是你机关算尽反而是大意了。这第二局我若让小仙与你对阵，你必然多加防范，但我对傀儡术一窍不通，你反倒瞧不起我，所以你输在自己的自负上了！"

魁礨娘娘还心有不甘，杜长庚却直接打断道："怎么，不服气吗？还不开始第三局？"

魁礨娘娘抖了下衣袖，恶狠狠地道："好！好！好！这局算你们赢了！偃童，这第三局若有什么闪失，你就再自断一条腿给我！"

偃童急忙俯身道："师父放心，弟子必定全力以赴，叫他们输得心服口服！"

前两局打了个平手，第三局就成了胜负局，这边自然是施小仙出战，另一边正是魁礨娘娘的徒弟偃童。

偃童故作客气道："这局比的是偃师技法中的禁术，不知道小姑娘还有什么话说？"

施小仙道："禁者，便是控制。傀儡一法本就不拘于形式，只要能控制住对方就可以了，还有什么好说的？"

偃童目露凶光道："好！我要的便是你这句话。这一局便是没有规矩，谁让对方不能动弹谁就是最后的赢家！不过在我看来，只有死人才会躺得最安静！"偃童这话说得极为冰冷，显然他的杀机已起，准备置施小仙于死地。

施小仙本来就是个胆大性烈之人，这般威慑的话如何会对她有用？她喝了一声招来阿鬼，问道："少放臭屁，你的傀儡呢？拿出来试试吧！"

偃童的骷髅傀儡早已被施小仙的乾坤卷收走了，却不知他此时手中还有什么傀儡。

却见他拍了拍巴掌，原本四处爬行的天机破甲虫，慢慢汇聚了过来，拼凑成一只巨大的黑色甲虫。这甲虫生得巨螯铁爪，端的怪异可怖。

第十一章　智取一局

偃童摸了摸甲虫，冷笑道：“我的傀儡数不胜数，今日就先用这只来收拾你！”

甲虫六爪齐动，一下子就钻入土中，施小仙和阿鬼面面相觑，不知道这甲虫想干什么。

赵五郎突然大叫道：“小仙小心，这是土遁术，赶快躲起来！”

话音刚落，施小仙和阿鬼四周的草地上涌出六支巨大的长足，这六只长足一合，就变成一个牢笼朝施小仙和阿鬼围拢收缩。

施小仙倒也沉着，她跳上阿鬼的背，拍了下阿鬼，阿鬼整个人形状大变，手脚也立即变长，这长手长脚往四周一顶，硬生生将这个牢笼顶住。

虫爪再收，阿鬼大吼一声，突然双手化刃，猛地一劈，就砍断了两只巨爪，这甲虫立即缩进土中。施小仙和阿鬼急忙跃了出来，朝偃童扑去。

偃童一甩袖子，泥土之中跃出一个黑影，又是这只甲虫。甲虫空中一弹，张开巨螯朝阿鬼咬了过来。

施小仙怒喝道：“就你这笨模样，还想咬阿鬼！撕了它！”

阿鬼吱了一声，双手迅速握住甲虫的巨螯，猛地向外一掰。但这甲虫也是力气大得惊人，阿鬼这一掰没能把巨螯掰断，而是僵持在原处。施小仙在阿鬼的背上拍了一张黄符，喝道：“行符箓，借神力！咄！”

阿鬼仰天怒吼一声，身上黄光大涨，刺啦一声，将甲虫的巨螯掰成两块，整个甲虫立即溃散成一群群不足树叶大小的天机破甲虫。阿鬼体内有杜长庚设下的溶之符，这些甲虫也不敢靠近阿鬼体内，一只只盘旋围绕，把阿鬼和施小仙层层围了起来。

偃童眼见自己的大甲虫被破了，也不恼怒，他立即抛出一物，这东西白如玉，圆如球，上用镂空技法雕刻龙雀蛇虫，精细无比，却不知是个什么宝贝。

但见这球在空中快速旋转，越转越大，内里更是层层繁复，似有无数机关法门，玲珑一般的球突然开了一个口子，直接将阿鬼吞入其中，而后又迅速旋转，层层阻隔下，只能透过一点点镂空的缝隙看到被困住的阿鬼。

施小仙惊道：“九重鬼工球？想不到你能造出这等傀儡！”这鬼工球又名玲珑球，取自鬼斧神工之意，原本是技巧超高的雕刻匠人雕刻牙雕时的一种工艺品，象牙之中雕刻同心的九层镂空球，每一层球面上都刻有模样不同的一条龙，合起来便是九龙至尊之意。

但偃童的这个鬼工球显然大不一样，每一层上都雕刻着不同的飞禽走兽，每一层都是一个独立的傀儡。这些飞禽走兽均如同活物一般，顺着旋转的球面死死地守护着被困在其中的东西，九层同心，就如同九道屏障一样，十分难破。

偃童大笑道：“入了我的九层鬼工球，只怕你这傀儡要被绞碎在其中了。”他一转鬼工球，球体开始逐渐缩小，最里层的球面上化出一层层利刃，球面快速转动，刀面如锯齿一般划过阿鬼的身体。

“阿鬼！”施小仙吓得惊叫了起来。

第十二章

十二傀儡

杜长庚见了这九重鬼工球也不禁神色一变。若说傀儡技法中的禁术一门，最复杂的莫过于这鬼工球。据说有那千重鬼工球，每一层都是一个独自的关卡，若是解困者找不到每一层转动的规律，贸然出击，必然被球面上的傀儡兽和暗器所伤，甚至可能被绞成一摊肉泥。

阿鬼尝试直接破阵而出，却不想球面上的利刃一下就将它的一根手指头削断了。手指头流落在各层球面上，不过片刻，就化作了一堆齑粉。

球体不断收缩，眼看阿鬼就要被搅成一团碎末，施小仙忽然心生一计。她迅速掏出乾坤卷往外一抖，原本被困在画卷之中的几十把骨刀飞了出来，叮叮当当地朝鬼工球飞去。这些骨刀坚硬无比，一下子便卡在个各层球面的缝隙里，九层鬼工球咔嚓几声竟然无法转动。

偃童立即快速搓动双手，骨刀受到他的召唤，眼看就要飞出来。施小仙急忙拍出一张黄符，喝了声："定神将！"

偃童被黄符一扰，骨刀将飞未飞，各层鬼工球又开始缓缓转动，这些骨刀登即就被绞得变形扭曲，卡在其中再也飞不出来了。

球体越转越快，赵五郎急得大叫道："小仙，那球又要动起来了，快把球收进乾坤卷里！"

施小仙摇头道："不行，我就算把它收进了乾坤卷内，这球还是会转动，阿鬼还是会被绞碎。"

她眉头一竖，突然咬破自己的手指，朝九层鬼工球内抖出一点血液。血液如同一点红色的小虫子，避开层层傀儡和机关，径直朝阿鬼的心口处快速移动过去。

偃童疑惑道："你这又是什么法术？"

施小仙冷冷道："你们不是想要这个有心傀儡吗？但你们不知道，这傀儡只有我施小仙才能驾驭。我的血便是这傀儡的全部动力！"这滴血一下子融进阿鬼身上，阿鬼忽然面容大变，整个人变得通红如炭。

偃童大惊，这阿鬼怎么变成这副模样了！

阿鬼怒吼一声，声若震雷，紧接着双臂猛地撑开，这一击之下，竟然直接将九层鬼工球打出两个窟窿。这鬼工球精细无比，被破了两个口子自然就不能再转动。阿鬼又暴喝一声，直接将鬼工球撑成碎片，而后整个人身子暴涨三倍有余，化作一丈多高的巨人，面容也是如同罗刹鬼一般恐怖。

赵五郎惊得瞠目结舌，“这阿鬼究竟是什么东西？这难道是旱魃吗？”

红光闪闪，面如恶鬼，当真有几分旱魃的暴戾！

杜长庚嘿嘿笑道：“有心傀儡，乃是天地造化，这世间只有这么一具，你们这些傀儡师也配得到它？”

施小仙此刻好似与阿鬼的神志交融在一起，她整个人也发出炙热的红光，忽然猛地一闪身子，径直朝偃童打出一拳。这一拳叫赵五郎看了更加震惊！

因为这一拳快得像霹雳一样，力道更是远远超过了施小仙应有的能力。

仿佛……

仿佛这阿鬼与施小仙融合在了一起，阿鬼就是施小仙，施小仙也是阿鬼，这一人一傀儡变成了两具半人半傀儡的诡异东西。

难道这就是有心傀儡的能力？

抑或这才是偃师之技的最高境界，人与傀儡合二为一，爆发出力量和智慧的极致？

这二人动作一无二致地朝偃童打去。偃童躲得过阿鬼的第一拳，却躲不过施小仙的第二拳，一下子就被打断了两根肋骨，整个人直接仰面八叉地摔在地上。

这场上突生的变故，除了杜长庚外，其他人都惊讶不已。魁轟娘娘又惊又急，这般形势下去，偃童必输无疑，这可如何是好！

有心傀儡纵然厉害，但偃童绝不能输！魁轟娘娘眼珠子一转，便有了主意，她轻轻抖动凝魂玉镯，几丝细不可察的幽魂往四处飘去。

杜长庚虽然年事已高，耳目不算聪明，但这气流之间的微弱变化还是被他察觉了出来，口中立即喝道：“臭老太婆，你想干什么？还想偷奸耍滑吗？”

魁轟娘娘阴冷地笑道：“自是将东西物归原主。你的徒弟有这通天傀儡，我这徒弟的傀儡也不只这几个！”她把自己的玉镯递给偃童，冷冰冰道：“今日胜负就在此一举，你若再败，就自决于此吧！”

偃童见此玉镯，心头一震，看来魁轟娘娘是要他背水一战，不成功便成仁！

偃童手握玉镯，笑道：“好！好！好！今日我便让你们见识见识我引魂傀儡一门的真正威力！”

赵五郎不知这玉镯之内有什么不同寻常的威力，他怒道：“你们这是耍赖！”

偃童笑道：“耍赖？开始不就说好了吗？这一局的规矩就是没有规矩，谁生就是谁赢，谁死就是谁输！”他双手捏住凝魂玉镯，喝道：“奉娘娘号令，驱驭傀儡神兵，为我一战！出！”

忽然，身后十二个傀儡师身形一怔，眼中的表情都变得有些木讷。

“御傀儡师！”杜长庚惊道，“你们竟然将生人造成傀儡，难怪这些人断了脊骨还能正常行走！”

原来郭有勋等傀儡师的体内早已被魁礨娘娘植入了机关，这些机关顺着骨骼经络而设，一方面能给这些原本残废的躯体以新的活力，另一方面也让这些傀儡师的一举一动都可以随时掌控在魁礨娘娘的手中。

魁礨娘娘哈哈笑道：“杜长庚，这天下间并非只有你对傀儡术情有独钟。老身参悟傀儡术一生，自诩对任何傀儡都一清二楚，唯独这有心傀儡的法门始终参悟不透，实在是令人遗憾，不过我用自己的法子造出的傀儡恐怕也不比你这有心傀儡差！”

偃童一声令下，十二名傀儡师已经朝施小仙抓了过去，杜长庚和赵五郎也护了上前。

魁礨娘娘忍不住笑道：“杜老鬼，如今这二人的比试还没结束呢，你这是准备自动认输还是想出尔反尔？”

这十二名傀儡师虽然是活人，但现在也是偃童的傀儡，这论起道理来，确实也合乎二人比试之前的规矩。

赵五郎气得大叫道：“你们这么多人对付小仙，太无耻了！”

偃童也哈哈笑了起来，道：“傀儡之术，本来就是信奉以多胜少，以外力胜内力，你能说出这话也足可见你的无知！”

杜长庚道：“你们以为多几个人就多了几分胜算吗？若是你自己亲自化作傀儡，这局小仙估计真的要输了，但若只是这几个傀儡师，恐怕你还是赢不了。”

偃童怒喝一声：“少说废话，接下我的傀儡师再说！”他一挥手，身后的傀儡师蜂拥而上，傀儡师手中还有傀儡，一时间无数的傀儡拥了过来，将原本就不算太宽阔的草地挤得水泄不通。

施小仙依旧被红光包围，也看不出她的表情，她见这些傀儡朝她冲了过来，立即身形一闪，挥出几拳，拳风之中挟带炙热的气焰，将为首的几个傀儡击得粉碎。

身旁的阿鬼也快速出拳，又有几个傀儡应声倒下。

这二人如同上阵的父子兵，不顾一切地朝傀儡阵中冲杀进去。偃童见普通傀儡根本制不住施小仙，大喝一声：“列十二傀儡阵！”

十二名傀儡师突然守住十二个方位，口中念念有词，手臂相连，结成一个巨大的圆形牢笼，一道强劲的气场在四周树了起来。过了片刻，这些傀儡师的肚子之中似乎有什么东西不断地往外鼓动，仿佛即将临盆的产妇一般。

“这又是什么傀儡术？”赵五郎惊道。他原以为傀儡术就是木偶之类的把戏，但是今日的对决让他见识了千奇百怪的傀儡术，简直叫人匪夷所思，目瞪口呆。

杜长庚面色凝重道：“这十二傀儡阵以人形傀儡守住十二地支，吸取这十二方位中的邪气，从而孕育出新的更加邪恶的傀儡。”

郭有勋原本干瘦的肚子此时已膨大得犹如十月怀胎的孕妇，他的面色更是痛苦无比，显然被体内的傀儡所驾驭，并不是件愉快的事。

“啊！”各傀儡师纷纷发出十分痛苦的惨叫。

郭有勋的肚皮终于被硬生生撑开，一只黑红色的血鼠跳了出来。这老鼠有黄狗大小，生得怪模怪样，走动之时还十分生硬，显然也是一具傀儡。

这血肉模糊的傀儡，正是肉胎傀儡。

而后，其他的傀儡师也纷纷爆破肚皮，跃出丑牛、寅虎、卯兔、辰龙、巳蛇、午马、未羊、申侯、酉鸡、戌狗、亥猪十一只傀儡。这些傀儡均是模样丑陋，一身血腥。

子鼠傀儡忽然张口发出尖锐的叫声，两枚尖牙冒了出来，身子一弹就朝施小仙身上扑去。

施小仙见这子鼠来势凶猛，急忙欲取下乾坤卷来迎敌，却不想偃童早已放出一只傀儡蜘蛛，八爪一抱将乾坤卷牢牢锁住了。

这一瞬间的耽搁，子鼠已经咬中了施小仙的胳膊，咬下了一片红光。

各色傀儡兽群起而攻，阿鬼和施小仙虽然有红光护体，但也阻挡不住这潮水般的攻势，红光被一点点撕裂，露出二人的真身。

偃童道：“你能以血化光，如今我也能以血化傀儡破你的血光，这岂不是正好？今日你是必输无疑！”

施小仙没了红光的守护，完全就是一个手无缚鸡之力的少女。她如今神志恢复清醒，眼见这肉胎傀儡血腥凶猛，脸上也流露出几分恐惧和胆怯。

赵五郎此时更是心急如焚，他担心施小仙再过片刻就要被这些傀儡兽生吞活剥，急忙拉了一下杜长庚道：“老家伙，你还不出手救小仙吗？”

第十三章

师徒一场

杜长庚表情有些木讷，摇摇头道：“我杜长庚向来说一是一，说二是二。我既然已答应了比试，就绝不会有反悔之意，纵使……”

“纵使小仙命丧当场你也在所不惜？”赵五郎大为惊愕道。

杜长庚依旧一脸麻木道：“我怎么会舍得这么好的徒弟？但我杜长庚一生从不食言！若是小仙死了，我必叫这群人日后给她陪葬！”

赵五郎根本无法理解，他吼道：“老鬼，我看你是真的疯了！”

魁罍娘娘冷笑道：“小子，你现在终于知道这老鬼有多么冷血了！他能亲手杀那么多自己的徒弟，又打残了这十二个弟子，自然也不会在乎再多一个。这女娃才跟他多久？郭有勋可是跟了他整整十年！”

郭有勋突然嘿嘿笑了起来，“真是好师父啊，你这么冷血也会有报应的！”

但他笑了一阵，突然脸色一变，似是十分痛苦，又像是有什么东西在他体内跟他争夺一样，口中又厉声叫唤了起来：“啊！啊！啊！”

“你是谁？为何要占我肉身！”郭有勋一阵暴喝。

“你的肉身，这是你的肉身吗？”这声音虽然也是郭有勋发出来的，但明显与方才的有所区别。

“师父，快救我！弟子受不了了！我不想被魁罍娘娘的傀儡所束缚，快杀了我！师父，弟子知错了，快杀了我！”

这——却是第三个不同的声音。

“千机老儿，你给我滚开，我要杀你偿命！你这冷血无情的老儿，我要你死无全尸！”

“师父，快救我！是师弟李泉风的魂魄被囚禁在我体内！快杀了我！”

“千机老儿，难道你还要追杀到这肉身之中吗！”

郭有勋一人仿佛扮演了三个人的角色，互相呵斥，面容更是时笑时怒，诡异至极。

其他傀儡师也是如此，叫声此起彼伏，整个圆形的傀儡阵内一片哀号，好像有几十个傀儡师在同时争夺肉体，各色傀儡兽也因为这十二名傀儡师的异变而停滞了下来。

赵五郎不明白这是什么缘故，只觉得整个气氛恐怖得震慑人心，仿佛一下子多出了一倍的无形傀儡师。他朝杜长庚看了一眼，却见这老儿一直面色冷冷，并未有出手相助之意，也不说一句话。

赵五郎心中无名火起，忍不住用力拉了一下杜长庚的长袖，喝道：“老鬼，都这时候你还无动于衷吗！”

赵五郎没控制住力气，一下子扯断了杜长庚的袖子。

长袖脱落，露出令人惊诧的景象。

全场一片哗然。

魁罍娘娘和偃童似乎看见了什么惊天骇人的事，表情急剧一变道：“怎么，怎么可能？”

赵五郎也吓得退后两步，因为——这杜长庚竟然是假的！

杜长庚破损的衣襟内露出的是木质的手臂，上面还有皮革和丝线，这杜长庚竟然是一具傀儡！

刚才与众人斗法的杜长庚原来只是一具傀儡！

那真的杜长庚究竟去哪里了？

这一变故大大超出魁罍娘娘和偃童的预料，二人纷纷退后几丈，生怕这其中有什么埋伏。

忽然郭有勋停止了号叫，抬起头哈哈大笑起来说：“老狐狸，你能注魂相助，我就不能遣魂帮忙吗？我杜长庚可不是一板一眼的正道人士，若论偃师之术，天下间还有能与我抗衡之人？今日你能走歪门邪道，我也可以剑走偏锋！老夫要的就是让你输得心服口服！”

魁罍娘娘大惊道：“你如何进了我傀儡师的体内？”

郭有勋笑道：“这就不是你该管的事了。”

魁罍娘娘想了一下，大叫道：“是你的元神，你想用元神逼走我注入的魂魄！”

魁罍娘娘夺过偃童手中的凝魂玉镯，急急一抖，各色魂魄又飞舞而出，一记分魄掌眼看就要打出来，但杜长庚显然速度更快，他喝了一声：“散！”团团黑气从这十二名傀儡师的体内飘散而出。

魁罍娘娘心疼道：“我的魂魄！”

她还要用凝魂玉镯来收，赵五郎也眼疾手快，拍出几道东岳镇鬼符，符咒在空中化作几道金印，金光疾闪，将这些魂魄彻底打散了。

施小仙也从怀中掏出一只小小的黄雀傀儡，命令道："黄雀破锁！"

这黄雀是施小仙造出来专门破锁用的小傀儡，它跳到乾坤卷上用锐利的鸟喙用力啄击蜘蛛傀儡，几下就将其啄烂。

施小仙立即舞动乾坤卷，将十二只傀儡兽收了起来。

偃童怒道："你们，你们这是违反了比试规则！"

施小仙冷笑道："你忘了，我们约定的这一局的规则就是没有规则！"她一拍阿鬼，阿鬼又立即朝偃童扑去。偃童此时的十二傀儡师都被杜长庚所控制，身上再也没有合用的傀儡，吓得急忙往外逃去。魁礨娘娘眼见大势已去，也恶狠狠道："算你们走运，我们先走！"

"想走？哪那么容易！"施小仙见这二人要跑，急忙和赵五郎要追上去。

杜长庚阻止道："穷寇莫追！"

施小仙这次却不管不顾，她依旧驾着阿鬼一下子拦住了偃童，叫道："想走可以，但把那伞留下！"

偃童冷笑道："我有这混元伞在手，你还想抓我？"

但他这话刚说完，整个人就僵硬在当场，因为他的脑门后已经被贴上了一张黄符，正是赵五郎拍出的定身符。

施小仙一喜，一把抢过偃童背后的混元伞，丢还给赵五郎，道："如今这才叫物归原主！你们滚吧！"

赵五郎撕下定身符，一脚将偃童踹出了院子，骂了声："滚！"

偃童骂骂咧咧，连滚带爬地追着魁礨娘娘而去。

而此时杜长庚也已经从郭有勋的体内返回到自己的傀儡之中。

十二名傀儡师失去了支撑，轰然倒在地上，一个个如同软泥一般爬都爬不起来。

杜长庚一眼都不想看，只是冷冷道："如今你们炼成这副人不人鬼不鬼的模样，当真是咎由自取。"

郭有勋瘫倒在地，只剩喘息的力气，良久，他口中勉强挤出几句话："嘿嘿，想不到我们师徒会这样见面。这感觉，就像是做了一场可怕的噩梦，一梦醒来，竟然还是在这紫云谷中。"

郭有勋环视了一下紫云谷中的景色，叹道："还是没变，什么都没变。真想不到，最后我们还是要死在这紫云谷中。哈哈，也算此生无憾了。"

杜长庚见这些傀儡师被魁罍娘娘折磨得不成人形，心中虽有一丝同情，但很快就被脸上的冷漠取代，他冷冷道："我紫云谷可不是千家冢，不会容留你们这等污秽的残躯。"

郭有勋笑道："师父，你的性子还是一点没变。"

杜长庚道："我虽已不修道了，但是我的心比任何人都坚定，怎么会变？你们自己意志不坚，辨不清来去之路，还能怪谁？"

"师父啊，师父！你冷血都冷得让我们这些弟子这么熟悉，哈哈。"郭有勋口中不停地流出鲜血，显然已是枯尽之灯。

杜长庚道："我早已不是你们师父，不必说这话。"

郭有勋苦笑道："师父，那你又何必说这些？说实话，当日你责罚我们，我们心中其实并无怨恨，只是你把我们逐出师门，让我们在魁罍娘娘处受尽了折磨，当真是如丧家之犬，苦不堪言。师父你千不该万不该，不该赶我们走，哪怕杀了我们也好过这样。"

他笑了一阵，突然悲戚道："师父，事到如今，我们十二个师兄弟都活不成了，看在师徒一场的份上，就把我们埋葬在后山吧，这里始终是我们学艺出山的地方。"

他突然决绝道："但求师父赐我们一死，只求能留这残躯在紫云谷中，此生无憾！"

"但求师父赐我们一死！"众傀儡师齐声央求道，这声音融合着血腥惨烈的味道。

虽是早春了，但赵五郎却蓦然觉得有些萧瑟苍凉。

杜长庚微微抖了一下，而后依旧冷漠道："你们若是真能觉得死而无憾，那是最好，莫要心有怨恨，化作厉鬼，反倒误了自己轮回。"

众傀儡师纷纷再次拜谢。

杜长庚冷冷道："你们可以瞑目了。"

听到这话，郭有勋等十二个傀儡师齐齐合上了双目，已是一副副安详的神态。

赵五郎和施小仙面面相觑，不知该说什么。

"师父，那他们……"

杜长庚道："小仙，为师原本还在幻境之中参悟，可惜被这几个人惊扰了，所以迫不得已用元神驱驭傀儡前来相助。这道法太费心神了，为师也很累了，剩下的事就交给你处理下，把他们都埋葬在后山冢陵之中吧。"

"是，弟子遵命！"施小仙恭敬道。

杜长庚自己缓缓地往竹阁中走去，步态颇为蹒跚。

赵五郎又看了一眼地上残缺不全的尸首，感叹道：“又是误入歧途的人，太可怜了。”

施小仙也有些沉重道：“所以我师父一再考验我的本性，就是怕我也学坏，我现在才明白师父的苦心。”

赵五郎急忙道：“你可别学这些人，把自己练得人鬼不分。”

施小仙道：“不会啦，这种事我还是会分辨清楚的。”

赵五郎吁了一口气，又道：“对了，这千机老儿竟然还有这等道法，可以将自己的元神混入傀儡之中？太厉害了，以后我再也不喊他老儿了。”

施小仙不满道：“他好歹是我师父，别老是‘老儿老儿’地叫他。我师父这招叫借杖之法，傀儡术中就有这一门，受到伤害时，可以将自己的肉身突然借换成傀儡，而自己依然可以毫发无伤，只不过这一法门需要极高的修为才可以，施展起来也十分费精力。”

赵五郎点头道：“这跟金蝉脱壳倒有几分相似。”他看了看院子里围成一圈的十二具尸体，皱眉道：“那这些尸体怎么处理啊，这么多。”

施小仙道：“这个我一会儿叫傀儡才抬就是了，只不过这污血可不好弄，要冲洗很久。”

这院落内的气氛终究是太沉重了，二人有些待不住，安排了几个傀儡处理现场，而后顺着栈道往千机阁走去，心中皆是感慨万千。

第十四章

御风飞扬

二人正讨论着，忽然阁楼后面闪过一个鬼鬼祟祟的人影。赵五郎眼倒是快，大叫道：“师父，你刚才跑到哪里去了！”

那个人影尴尬地站住了，可不正是葛云生！只见他背上还拖着一条胳膊粗细、金灿灿的巨大藤条。葛云生嘿嘿嘿笑道：“哎呀，不是跟你们说了嘛，我去后山借条老鬼的化金藤来用用。”

施小仙指了指那条化金藤，目瞪口呆道：“但你这根金藤也太大了！葛师父，你是不是把我师父的整棵化金藤都挖下来了？”

葛云生叉着腰愤愤道：“你不提这事还好，一说起来我就来气。我不过就想折几个旁枝画画符罢了，没想到这棵化金藤这么小气，一毛不拔也就算了，最后居然还想缠住我！我葛云生哪有这么好欺负，它想缠住我，我可不是要把它连根拔起来？”

赵五郎怎会不知葛云生的性子，肯定是眼馋这金藤珍贵，干脆一不做二不休直接来个连根拔起，但他眼见葛云生偷人家东西还这么理直气壮，忍不住叫道：“师父，你真的太过分了！”

葛云生啧啧道：“好个吃里爬外的浑小子！我说你以前可没少偷这老鬼的玩偶和果子，这回居然好意思来说我！你这一看到小仙姑娘，都不要你师父了是不是？”

施小仙“扑哧”笑了。

赵五郎顿时尴尬道：“一码事归一码事，这化金藤多宝贵，能跟那几个果子比吗？”

葛云生摇摇头道：“第一，偷一文钱和偷一万贯那都是偷，没有区别！第二，为师这叫万不得已自保，情有可原！而你那是自己心生贪念，不可饶恕！”说着，他将金藤丢在地上，蹦了过来，但他一靠近这栈道，就瞧见不远处院落上一片狼藉，忍不住捂嘴叫道：“哇！这怎么回事，刚才有仇家找上门了吗？”

赵五郎大为不满道：“可不！刚才黎州那群傀儡师找过来了，要不是我们奋力抵抗，这千机阁早就被人抢了。师父，怎么每次一到关键时刻都找不到你人影啊？”

施小仙也道：“是啊，刚才要是葛师父在就好了，这帮人也不至于这么嚣张。”

赵五郎哼了一声，道：“可别指望他，每次他都是这样，我早就习惯了。”

葛云生不屑道：“不过是几个不入流的傀儡师罢了，哪里需要我葛云生出手。”他走过去，翻了翻几具傀儡师的尸体，道：“这人都炼成跟傀儡一样了，也是够可悲的。对了，五郎刚才那招探囊取物用得不错啊，还有点小聪明，脑瓜子是越来越开窍了。”

葛云生刚说完这话就发觉自己说漏嘴了，赶快捂住嘴巴，背起化金藤就跑。

赵五郎和施小仙等葛云生跑远了才突然明白过来，两个人顿时肺都要气炸了，追着大叫道：“好啊！师父，原来你一直在旁边看好戏，情况那么危急你也不出手！”

“葛师父，你太过分了！”

葛云生头也不回道：“我哪里知道这些傀儡师这么不经打？我倒是想出手，结果他们就跑了。”

“少来，你每次都这样！”赵五郎叫道，“你明明是舍不得丢下手中的化金藤！”

三人一阵打闹，终于进了竹阁，果然杜长庚依旧盘坐在火炉前，而他的那具傀儡化身已不知所踪。

葛云生抬头望了望书海幻境，幽幽道：“看这情景，千机老鬼一定是在参悟什么不得了的功法，不然也不至于火烧眉毛了也不出来，还冒着这么大的危险以元神驱使傀儡分身来比试。”

赵五郎疑惑道：“小仙，你师父究竟在练什么啊？”

施小仙摇摇头道：“我也不知道。前几日只告诉我他要进书海幻境一阵子，要我好好看家，尽量别出门，其他就没有交代了。”

葛云生道：“这偃师术虽然千奇百怪，但是不外乎牵丝、符咒、引魂三种法门，真不知道他还想练出个什么东西，只是别毁了自己修行才是。”

施小仙想起方才那些傀儡师的疯狂模样，忍不住心有余悸，她见葛云生和赵五郎都是信得过的人，终于吞吞吐吐说了实话：“其实我师父……可能是想研究我的阿鬼吧。我师父说阿鬼是他见过的第一具有心傀儡，傀儡有心还能与人无异，这是不可想象的，若是能参悟出其中的奥妙，自然就能破解出傀儡化人的最后一道屏障。”

“傀儡化人？”赵五郎惊道。

须知傀儡之技源自周朝的偃师，他以革、木、胶、漆、白、黑、丹、青造出与活人几乎无异的歌姬而惊动朝野。偃师的傀儡技艺叫公输班、墨翟等祖师都终身不敢语艺，可见此人技艺之高超。但即便是这样高超的匠人，也无法造出有心傀儡，盖因人之心乃是得天地之造化而生，傀儡虽然也是遵照阴阳五行之理而造，但形易得而灵难寻，所以要让傀儡化人，可比妖精修成人还要困难百倍。

葛云生摇头道：“蛇鼠鹿龟等灵物修炼成精尚且还要数百年，而且还必须遭受三劫，杜长庚以傀儡化人就不怕被天谴吗？这等做法太疯狂了。”

施小仙也有些担忧道:“但我师父好像对此事已是十分痴迷,我劝也劝不住了。”

杜长庚对傀儡技法的痴迷比起葛云生当年对符箓道法的痴迷也毫不逊色。这傀儡化人的钥匙毫无疑问就在阿鬼的身上，葛云生突然问道：“对了，你阿爹是怎么死的？我是说，你的亲生父亲。”

施小仙愣了一下,摇头道:“这事……我也不知道。只是我阿爹临终前特地交代,他的事一概不准跟外人说，所以这事即便我知道了也不能说的。”

葛云生料想这是一段难以言说的往事，只好叹道：“算了，反正傀儡的事是你们这些偃师的家事，我也不多问了。”

施小仙抬头望了望书海幻境，层层书架如同漩涡一般缓缓转动，在这千万本书籍、卷轴、竹简之中是不是真的可以解开自己的谜团？阿爹临死前叫她参悟阿鬼的秘密，又叫她不能告诉外人他的身份，这究竟又藏了什么重大的机密？

这冥冥之中似乎指引着她走向一条未知的路途。

紫云谷中，时间就如山中的云雾一般，缓慢而恬静。

葛云生得了化金藤，自己关起门来，将其研磨成粉，混着朱砂、鹿血、玉石，再饱吸日月光辉，没日没夜地在紫色云纹符纸上勾画各种紫符，整个是乐不思蜀。

紫符乃是五色符箓中的第四色，仅次于墨色的玄符，是催动符箓返照之术的必备符箓，但画此符需天时地利人和，若是乱了任何一环，符箓的效果便要大打折扣。此时正值三月阳春之时，万物复苏却又未尽长，三阳开泰却还余有残阴，画制颠阴倒阳、回春续命类的符箓自是最好。

葛云生难得这般清闲，整日醉心于画符，除了正常的饭食之外，几乎都不怎么外出。而赵五郎和施小仙则乐得逍遥自在，二人整日里游山玩水，或者摆弄傀儡玩偶。这男女之间的情感也如春季里的花草一般，慢慢地在酝酿、破土、发芽。

这日清晨，天刚蒙蒙亮。施小仙蹑手蹑脚地推开赵五郎的房门，轻声唤道："五郎，五郎，快起来了！"

赵五郎半梦半醒道："小仙，这么早啊，又要去采乾花吗？"

"乾花有什么好采的，我师父屋里多得是。"施小仙低着声故作神秘道，"五郎，我带你去看一个好东西。"

"什么好东西？"赵五郎刚才还迷迷糊糊的，眼下表情却是一亮。

"去试下我师父的凌风鸟。"

"什么凌风鸟？"赵五郎整个人蹦了起来。

施小仙拉着赵五郎道："快点，快点，你跟我去看看就知道了。"

赵五郎急忙道："喂喂喂，你别急，我这衣服鞋子都还没穿好。"

"快，快！"施小仙催促道，"一会儿天亮了就不好玩了。"

二人一路鬼鬼祟祟绕过竹阁，来到后院之中。这后院后面还有一个暗门，施小仙打开它，进去后豁然开朗，竟然还有一个不大不小的院子，堆满了大大小小的茅草垛子。按照原先的情况判断，这茅草垛里毫无疑问藏的应该都是各式各样的傀儡。

施小仙拉开一个罩着的茅草帘子，露出一只巨大的木质傀儡，像一只飞鸟，鸟身和骨架都是用轻巧的空心木制作，翅膀用的是绸布，乍一看像一只长着蝙蝠翅膀的巨鸟。

"这就是凌风鸟？"赵五郎赞道，"好精巧的设计，这也是你师父做的？"

施小仙道："凌风鸟乃是唐开元名匠马侍封所创，只不过我师父把它改了下，更适合乘人。这鸟前几日坏了，我昨天才把它修好。"

她拍了拍凌风鸟，笑道："怎么样，很漂亮吧！"

赵五郎嘿嘿笑道："好看！这个可比院子前面得那些傀儡好看多了。"

施小仙拉了一把赵五郎道："走，我带你去兜兜风！"

二人迅速爬上凌风鸟。施小仙掰了几下鸟首上的开关，就见这巨鸟身上青光一闪，而后浑身咯咯作响，再过片刻开始缓缓抖动身子，张开翅膀鼓动风潮。

"五郎，抓紧了！"

凌风鸟突然一振翅膀，整个鸟身拔地而起，一下子就跃上离地五六丈的距离，再振动两下翅膀已是飞到几十丈的高空。赵五郎第一次乘坐傀儡鸟，这么御风而飞，当真觉得既惊险又刺激。

赵五郎兴奋道：“小仙，我们飞得远一点去看看！”

施小仙“嗯”了一声，驾驭凌风鸟张开双翅，往山谷外飞去。山谷之外便是七道天堑般的峡谷和连绵不绝的高山，此时天色虽然还未大亮，但从空中看去，也觉得景色美妙多姿。

二人御风而飞，如同鲲鹏遨游天际。

清晨的风挟带着谷中的水汽吹来，湿润而饱含草叶的清新，叫人闻之神清气爽。

施小仙调皮道：“我师父平时不让我玩这个，怕我驾驭不住，跌到谷中就糟糕了，但他不知道我私底下偷偷驾着这飞鸟跑出去过好多次了。五郎你先闭上眼睛，我带你去一个好地方。”

“什么好地方？”

“别问，你闭上眼就是了！不会让你失望的。”施小仙笑道。

第十五章

难逾红尘

赵五郎“哦”了一声，闭上了眼。眼前一片漆黑，只剩耳畔有风在呼呼作响。他突然觉得鼻头有些微微发痒，那是施小仙飘扬的发丝，之中还有一阵阵沁人的幽香。这幽香是如此熟悉和令人悸动，仿佛在午夜梦醒之时总能若有若无地徘徊在枕边。

赵五郎不禁有些意乱神迷。

他只觉得自己现在就像是做梦一样，眼睛闭着，却能看到五光十色的光影在眼前浮动，这些光影交织变幻，越来越明亮，越来越清晰，越来越生动，最终化出了一张少女的笑脸。

那是临江城里，五色花瓣坠落中，施小仙对着赵五郎微微笑着的脸；是闯荡云机社时，白云流离中，施小仙回眸一笑的脸；也是紫云谷中，紫红色云霞下，映衬得红扑扑的等他回来的笑脸……

他突然不自觉地笑了起来，心道：“是了，就是这个笑脸，在自己的梦里出现了那么多次，原来自己真的是喜欢施小仙的。尽管只是淡淡的想念，但却如鼻尖的一缕清香，始终是萦绕在旁，挥散不去。”

他心头想着，手掌忍不住紧紧地握住施小仙的手。施小仙自然是不知道背后的赵五郎在想什么，只是这一握一阵暖流如电击一般涌来，她整个人都愣了一下，而后突然就低头笑了起来，身子都微微有些悸动。

施小仙迎着风，俯瞰山谷，墨绿之中已有鹅黄嫩绿一片一片地出现，更有一些赶早的花儿已经迫不及待地等着太阳出来，准备在清晨中绽放出最热烈的色彩。

这早春的气息，终于是吹进了茫茫的黎山之中。

二人双手紧握，指尖连心，一切尽在不言之中。

只是过了一阵，施小仙突然回头道：“五郎，快到了，你可以睁开眼了。”

赵五郎睁眼一看，眼前光影闪过，而后渐渐清朗，却是一道巨大的瀑布，更准确地说是九道瀑布，一道连着一道从一座万丈高的绝壁上倾斜而下。这绝壁如同九道巨大的台阶一样，所有的水势落到一个平台上又倾泻到下一个平台，无数的水花翻溅，层层反复，蔚为壮观。

赵五郎这才听到水声隆隆震天，他想起刚才自己竟然一点都没注意到这声音，不禁哑然失笑。都说情爱能让人迷心丧志，现在想来果然不假，自己只不过动了一丝情念，那六识可就都被迷住了。

施小仙喜道：“五郎，你看这瀑布好不好看？你先等下，一会儿太阳出来了更漂亮。”

此时，东方已经泛白，山头四周晕染了一片绯红，再过了不一会儿，一轮红日终于跃出晨雾，四处云蒸霞蔚，金色的阳光辉耀而出，温暖而明亮。

眼前的景色开始剧变，只见原本暗绿的山谷仿佛被高明的画师染上色彩一样，立即变得万紫千红，五彩缤纷。阳光又照射在瀑布之上，一串串水珠闪动出七彩的光芒，这些光彩在水雾之上汇聚起来，终于化作了一条巨大的彩虹横跨在九层瀑布之上。

赵五郎被眼前的景色惊呆了，这朝霞晨光伴着七色绚烂的彩虹美得震人心魄。

施小仙眼见赵五郎看得眼睛发直，忍不住笑了起来，“五郎，你傻了啊？来，我们飞到彩虹里去看看。”

施小仙驾起凌风鸟，往瀑布上方飞去，点点水珠悬在空中，如同珍珠洒满了天地，巨大的彩虹桥触手可及，二人伸手触碰这若有若无的光华，一不小心，竟然搅动了漫天的色彩。

七彩环绕，处处生辉，美得如同梦境。

此情此景，二人心中备受触动。施小仙见赵五郎的手一直还在握着自己，忍不住低下头怯生生地问道：“五郎，你喜不喜欢跟我在一起？”

赵五郎呆了一下，他未料到施小仙会这样直接问他，当即脸色一红，一句话早就噎在喉头，呼之欲出，但奈何一紧张，就变成了一抹口水咽了下去。

施小仙见赵五郎又是咽口水又是冒急汗的，问道：“怎么不说话啊？”

赵五郎有些着急，吞了口水，喘着气急急忙忙道：“喜欢啊，我喜欢的！”

“你喜欢什么啊？”施小仙故意问道。

“我……我喜欢你啊。”赵五郎傻愣愣道。

施小仙这才“扑哧”一声笑了出来，她道：“那你为什么喜欢我，我脾气又不好，长得也不漂亮。”

这话原本就是女人惯用的伎俩，故意说自己这不好那不好的，等得就是少年夸她漂亮可爱。施小仙低头娇羞等待着，但不想赵五郎直愣愣地点了点头肯定道："嗯，好像白大叔也是这么说的！"

施小仙气得身子差点栽到水潭里面，她瞪了赵五郎一眼，低声道："你，你可真是个笨蛋！"

赵五郎突然嘿嘿笑了起来，"虽然他这么说，但是我不觉得啊，我觉得你很好看啊！小仙，你还记得我们第一次见面是在哪里吗？"

"在彩云社啊，我把你骂了嘛。"施小仙一想起当时的场景，忍不住又笑了起来。

这笑容在晨光的衬托下，是如此明亮通透，教赵五郎看来是如此迷人。

他也笑了起来，而后却摇头道："不，是在临江街上，你当时浓妆艳抹的样子好奇怪啊。不过感觉这时间过得好快啊，不知不觉都过了一年了，我长这么大除了师父，只跟你待过这么长的时间，从临江走到京都，再从京都走到了滇南，几乎走过了大半个祁国。我原以为在幻境的冰海之中就是我人生的终点了，我去救你的时候就在想，反正要死了，不如跟你一起，和你在一起我觉得很快乐，从来没觉得孤独过，如果你能在我身边，我也很知足了。"

"小仙，我喜欢你！"赵五郎的眼神清澈如水，却又炙热如火。

施小仙的心颤了一下，四周仿佛都安静了下来，早春的山谷依旧有些寒意，迎面吹来的风冻得赵五郎的鼻尖有些发红，但这少年眼眸如星，始终笑容依旧。

施小仙时常回想起二人的往事，一直都是嘻嘻哈哈，热热闹闹，仿佛快乐始终环绕着他们二人，从来不曾离去。只是有那么一瞬间，施小仙突然开始明了赵五郎的心，这眼前的少年或许并没有她想得那么没心没肺，他爱嘻嘻哈哈或许是因为他是一个害怕孤独的人，他爱热热闹闹或许是因为他怕自己也会跟他一样孤单，原来赵五郎和自己一样，都是一只被人遗落的孤鸟，用尽力气欢笑，只是为了等待另一个靠近自己的同类。

青鸾舞镜，对影而歌。不就是为了让自己看起来不那么孤单吗？那么她施小仙能做陪伴赵五郎一生的那只飞鸟吗？

施小仙在心里默默道："五郎，我也喜欢你。"

两人的手紧紧地攥在一起，凌风鸟呼啸着越过彩虹，飞向更加开阔的湖面。

旭日已然东升，四处一片灿烂如金。

二人转了一圈，又飞回了紫云谷，刚一落地就听得千机阁内传来争吵之声。

正是杜长庚和葛云生二人正在争执不下。

施小仙惊道：“糟了！我师父出关了。”她急忙把凌风鸟放好，跟赵五郎一起蹑手蹑脚地走到阁楼外。

杜长庚道：“葛云生，你这是自取灭亡！符箓门那几个老家伙你又不是不了解，你如今还想回去做什么？”

葛云生道：“这你别管，我师父交给我的事我必须做到。”

杜长庚冷笑一声道：“你真的以为五郎可以击败李默然？我听说李默然在三大道人的亲自教导下，已经突破了返照之境了！五郎到现在才勉强入了凝神之境，这其中的鸿沟你不是不清楚。你现在教五郎去参加仙武会，不是白白送死吗？”

葛云生也不客气道：“你懂什么？这是他的使命，他有了混元心就必须为光复符箓而战！若是符箓门的弟子人人都像你这样，躲进深山过着潇洒隐居的日子，那我符箓门的凌虚峰早就被人踏平了！”

杜长庚听了这话，不禁勃然大怒，讥讽道：“你厉害！你葛云生多了不起，符箓门最有天分的弟子，亲自将符箓门屹立千年的牌匾都打下来了！”

“你……你能不能不提这事？”

“为什么不提，我偏要提！”杜长庚道，“我也只是提醒你，反正去送死的是你师徒二人，又与我无关。”

葛云生道：“我葛云生自会护得五郎周全，这点还用质疑吗？”

杜长庚反问道：“五郎大不了入不了符箓门，白走一趟，但是你自己呢？”

葛云生一时语塞，垂首道：“我……我早已是罪人一个，自己的生死又算得了什么？若非我师父的遗愿未了，我何须这般苟活于世！”

“遗愿未了！遗愿未了！谁也不知道玄天子当初交给你什么遗愿，你就这么一直苦苦背负着。”杜长庚气呼呼地叫骂了一阵，而后冷静下来叹道，“算了，你的性子历来比我还倔，除了你师父，谁也劝不住你。我本来就不再是道门中人，这事我不再管了。只是，回了符箓门莫要意气用事才是，尤其是五郎，他毕竟还不是符箓门的正式弟子，那几个老家伙能不能同意还是个未知数。”

葛云生道：“师兄不必多说，这事我自己心里有数。”他回头见赵五郎和施小仙两人呆呆地站在门口，惊愕了一下，而后叹气道：“五郎，你都听到了吧，我们待也待得差不多了，准备启程返京吧。”

赵五郎愣了一下，他也知道这紫云谷不是久待之地，只是没想到这次走得这么快。他有些恋恋不舍地望了施小仙一眼，口中是欲言又止。

施小仙原本也是心头一暗，但她见到赵五郎一脸不舍，反倒觉得不能这般留恋，她一脸轻松地笑道："五郎，既然你们要走，我这就给你们准备些干粮，反正来去也不过千里，我过阵子学会了做飞鸟傀儡，飞过去找你们也不过十天不到的时日。"

赵五郎动了动嘴巴，道："可是……"

施小仙瞪了他一眼，故意喝道："可是什么？你不是说回符箓门拜师是你一大心愿吗？如今你学艺已成，回了符箓门定要给葛师父长长脸才是，千万可不能再吊儿郎当的，不然丢了人，我可不想去找你玩了呢。"

葛云生道："我看，不如明日就走吧。这一路到京都也少不了折腾几番，得提早出发才是。"

赵五郎无奈道："是，师父。"

杜长庚看了一眼赵五郎，摇摇头又叹了一口气。

这一夜，明月当空，谷内清风幽幽，阁楼内时不时地传来一阵辗转反侧之声，想来有人是一夜无眠了吧。

第十六章

收服二妖

翌日，四人再度拜别。

赵五郎和施小仙四目相对，二人情窦初开，刚刚表露了心意，如今就要分别，这难舍之情自不必说。

施小仙照例采了一大把归去来送给赵五郎，道："五郎，事成之后记得回来看我。"

紫花如霞，芬芳沁人。

伊人在侧，终须离别。

赵五郎点头笑道："小仙，你放心吧，我很快就会回来找你的。"

施小仙也笑道："你要回不来也没事，我学好了技艺，驾着凌风鸟去看你。"

葛云生心知赵五郎与施小仙已生情意，心中也有几分纠结。道门之中成大道者莫不是断绝"情欲"二字为先，若是这般深陷男女私情，修道之事如何能成？但要他硬生生地棒打鸳鸯，也有几分于心不忍。他想来想去，只有气得哼了一声，叫道："走吧，走吧！又不是去了就不回来，这磨磨唧唧得可真是看得难受。"

葛云生连拉带拽将赵五郎拉出了紫云谷。

二人走了一阵，赵五郎终于按捺不住好奇心问道："师父，这么急去符箓门做什么？"

葛云生道："你不是想参加道坛决吗？要入道坛决必须先通过四大门派的仙武大会，只有在各自门派的仙武大会上取得前三名的道人，才能有参加道坛决的资格。"

"仙武大会？"

"不错，这仙武大会每十年举行一次，原本是通过比试，选拔出本门派内修为卓绝的弟子，意为督促各弟子加紧修炼，但自从有了道坛决后，这仙武大会就成了道坛决前的一次初选。原本符箓门的仙武大会是在六月六举行，今年不知为何提前到了五月五举办，所以我们得提早动身，这一路到凌虚峰少不得几番折腾。"

赵五郎双眼之中不禁露出几分期盼，“仙武大会？那不是要遇到李默然？听说他可是新一代十大高手之一，很厉害的！”

葛云生哼了一声道：“不过是刚入返照之境的毛头小子罢了，有什么好羡慕的？为师我十七岁就入了返照之境，二十二岁入了返照的地境，若非造化弄人，我现在早就是天境的修为了。李默然已经二十四岁，才入人境，此生修为恐怕最多达到地境。”

赵五郎双眼放光道：“返照地境！那不是跟师父一样厉害了？”

葛云生哼了一声道：“瞧你这没出息的样子，你打过的返照之境的对手还少吗？我们有混元灵力，若是练好了，是凌驾三重境界的混元之境！”

赵五郎笑道：“那是，若是我把神明如电练好了，击败李默然应该也不难。”

葛云生道：“你若还练个一年半载，击败李默然自然不在话下，但如今时间剩下不到两月，我得给你想个速成的办法才行。”

葛云生想了想，忽然想起什么事，大叫一声：“哎哟，差点忘了一件大事！糟了糟了！”

赵五郎问道：“师父，怎么了？”

葛云生道：“好在还有时间，走，我们赶紧先去荆州江陵府一趟。”

“江陵府，去那儿干什么？”

“去百仙阁啊！”

“百仙阁？那是什么门派？”赵五郎问道。

“哼，都是些蛇鼠妖人，修炼成人了也敢妄自称仙，你说这样的是什么门派？快走吧，赶上登仙会，说不定能让你多长点见识。”葛云生看似闲庭信步，却已经走出了几十丈的距离。

赵五郎兴致满满道：“登仙会？听起来倒是个有意思的场面。哎，师父，别走那么快，等等我！”

半月后，江陵府附近。

夜色沉沉，已是子夜时分。一条红影从阁楼上一闪而过，而后两个人影从黑暗处蹿了出来，急急追了过去。

前头的正是葛云生，紧跟着的是赵五郎。

葛云生道：“五郎，看清楚没，刚才闪过的是什么东西？”

赵五郎道：“猫不像猫，虎不像虎的，好像是狳猁！血红色的狳猁这也太少见了，莫非是……”

“不错，正是血猞猁！”葛云生加快了速度追了上去，道，“这妖物可有些难寻，不过遇到了就算它背运。”他飞出一张火符，喝了一声：“疾！”

火光激烧而去，这血猞猁在空中身形一闪，就跃到另一栋屋顶上。赵五郎也打出一枚雷球，喝了一声：“击！”

雷光闪过，这血猞猁速度却快得惊人，跃了一下又躲过去了。它回头恶狠狠地盯了赵五郎一眼，这才看清它口中还叼着一个婴儿。

赵五郎喝道：“孽畜，快把小娃娃放下！”

血猞猁鼻腔里哼了一声，它还想夺路而逃，葛云生突然飞出三道黄符，化作三枚火球朝猞猁的三个穴位打去。猞猁见无路可逃，松了口直接将婴儿朝大街上丢去，而后巨口一吼，一圈圈音浪冲了出来，直接将这三枚火球冲成灰烬。

赵五郎呀了一声，叫道：“糟糕！”

因为此时猞猁身在阁楼顶上，这婴儿已经被高高抛到半空，一旦摔在地上，后果谁都知道。

赵五郎双脚一蹬，急忙朝这婴儿扑了过去，但他人还未抓到婴儿，就见另一道白影飞了过来。这白影在空中一旋，将这婴儿牢牢缠住，正是一条巨大的独眼霜蟒。

霜蟒银白如雪，浑身散发出阵阵的寒气。它身子一转，迅速化作一个美妇人，双手紧紧抱住婴儿，抱怨道：“每次出来都能碰到这些臭道士，烦不烦人！”

血猞猁也站了起来，化成一个红发青年男子的模样，恶狠狠道：“臭道士，你二人一晚上穷追不舍，到底想怎样！”

赵五郎道：“先把这小娃娃放了！”

霜蟒精笑道：“小道人，你知道我外号叫什么吗？”她摇摆着身姿，娇滴滴道，“人称我为饕餮霜蟒精。饕餮你知道吗？上古神兽，胃口极好。哼，到我手的东西哪有送回去的道理？”

说着，她抚摸着婴儿轻哼着曲子，显然是满脸的疼爱。这美妇人还要张口亲这婴儿，忽然一道巨大的黑影闪了过来，一下就将婴儿夺了过去。

一个声音当空娇喝道：“那你知道我的外号叫什么吗？横刀夺爱小侠女！”这人穿着一身橙色长衫，蒙着黄色纱巾，手里抱着婴儿，骑在一只巨鸟身上，口气颇有几分嚣张。

霜蟒精怒喝道：“臭丫头，把小宝贝还我！”

橙衣女子哼了一声道:“你是妖,他是人,他怎么会是你的小宝贝?不知羞耻!”

霜蟒精还要出言反击，却听得赵五郎惊喜道：“是小仙！你怎么来了？”

橙衫女子立马捂住脸矢口否认道：“这位少侠，小女子可不是什么小仙，你不要乱喊啦！”

赵五郎笑道：“你的声音我怎么会听不出来？快下来，小心别摔了！”

那女子无奈，只好扯下面纱，无趣道：“没意思，一下子就被看穿了。”

霜蟒精高挑的凤眼露出凶光道：“我以为是什么高人，不过是一个平平无奇的小丫头罢了！快把这小娃还我！”她身子一旋,化作独眼霜蟒朝施小仙扑了过去。施小仙正自顾自说话，忽然眼见这霜蟒扑了过来，慌忙躲闪，一声尖叫从屋檐上摔了下来。

这霜蟒一口咬中施小仙身下的凌风鸟，将这傀儡咬得稀烂。

施小仙大为心疼道：“我的飞鸟！”但她手中抱着婴儿也不敢撒手。赵五郎急忙一步跨上前，将施小仙抱住。

霜蟒吐了吐口中的木屑，冷笑道：“原来是个傀儡师！”她准备昂首再击，赵五郎已经放下施小仙冲了过来，五指一握，掌心化雷直接甩了出来。霜蟒口中一喷,一股寒霜如千百把利剑射出,赵五郎双掌一拍黄符,冰刃就被尽数挡了下来。

霜蟒再喷一口，寒霜寒意更甚，淡黄色的乾坤御法防护气体也被迅速冻结。赵五郎心想这妖物还真有几分厉害，急忙捏出御火诀，想要破掉这寒霜冰刃，却不想这霜蟒独眼一凝，寒气迅速凝聚成一把冰剑直插过来。这一剑并没有飞向赵五郎，而是在空中拐了个弯，直接朝施小仙飞去。

赵五郎大惊，急声道：“小仙，小心！”施小仙却颇为镇定，不慌不忙取下背后的乾坤卷，一开画卷，喝了声：“收！”

“扑哧”一声，冰霜剑直接被收入画卷之中。

霜蟒惊了一下，“你这是什么宝贝？”

施小仙一抖乾坤卷，冷笑道：“还给你！”

冰剑破画而出，霜蟒躲避不及，被击中额头，整个身子摇了一摇，直接摔倒在一棵大树下。

另一边，血猞猁也化出兽形，想要过来帮忙，却被葛云生一下截住。葛云生嘿嘿笑道：“怎么，舍不得自己姘头吃亏吗？”

一道火光飞舞而出，血猞猁冷笑道：“御火术对我可没什么用！”它猛地一扑，直接穿过火光朝葛云生咬过来。

葛云生哼了一声道：“畜生终究是畜生！”单手一握，喝道，“缚！”火光一旋，化作层层朱绫绞缠过来，将这猞猁捆缚在地。

霜蟒眼见血猞猁被制住，神情大乱，便更不是赵五郎和施小仙的对手。赵五郎飞出一张黄符，念道：“天灵灵，地灵灵，定身祖师来降临，吾奉太上老君急急如律令！定！”

第十七章

登仙大会

霜蟒脑门上贴了张黄符，瞬间被定在树下。它独眼滴溜溜地眨巴了两下，眼神已经转为绝望。血猞猁被捆缚在地，口中呜呜咽咽，而后伸出前爪叫了一声："娘子！"

霜蟒也扭动着身子惨戚戚地呼应道："相公！"

一兽一蛇又化作人形，不停地挣扎着，二人泪眼相望，越看越觉得自己悲惨可怜，不一会儿就哭得稀里哗啦，当真是肝肠寸断再寸断。血猞猁哭天抢地道："娘子，今日你我二人不幸遭遇贼人之手，看来缘分便要断送于此了，只有来世再来相恋了，真不甘心啊！"

"相公，娘子也是爱你不够！说好了要爱你一生一世，来世不论化作何物，都要与你不离不弃，倾城绝恋，不死不休啊！"霜蟒精遥遥呼应道。

血猞猁凄厉道："不，不！死了都不能休！千万不要休！死了我们还有下一世，还有下下一世！说好了彼此相爱生生世世，差一天，差一个时辰，差一个回眸的瞬间，那都不是生生世世，那都不是生生世世！"

霜蟒精眼含泪花，也悲戚道："是的，奴家只爱相公一人，怎么能说出这等考虑不周的话？是奴家该死，是奴家爱得还不够深沉！真是羞耻！"

这两只妖精一唱一和，一呼一应，情话绵绵不绝，听得赵五郎和施小仙满头冷汗。这也难怪，方才还是一对生猛的恶兽毒蛇，转眼间就变成张珙和崔莺莺的旷世绝恋，确实叫人难以适应。

这二妖还要再叫唤，葛云生走过去一脚就踹翻了血猞猁，大喝道："吵什么吵！演戏呢？"

血猞猁哭得鼻涕都冒出泡来，吼叫道："我们是真爱，你这道士懂什么，活阉官一个！"

施小仙"扑哧"一声笑了出来。

血猞猁又叫道："你个傀儡师也不懂情爱，笑什么笑？我和娘子才是世间最纯洁最无瑕的爱情，我一时一刻都不能跟娘子分开！臭道士，你知道吗，现在我的心，痛如烈焰焚烧，痛如烈焰焚烧！”

霜蟒精也哀声道：“相公，我知道，因为我的心更痛，比你还痛，痛如千刀剜心！”

赵五郎双手已经牢牢地堵着耳朵，皱眉道：“喂喂喂！你们两个别吵了，我们又没说要杀了你们，至于这样要死要活吗？吵死人了！”

血猞猁吸回了鼻涕泡，立马就止住不哭了，问道：“小道士，你说什么，不杀我们？”

霜蟒精也急声道：“这位小哥，做人可得守信，你可不能骗我们！”

施小仙也好奇道：“对了，葛师父，你们抓这两只妖精干什么啊？”

葛云生道：“嘿嘿，想入登仙会，必须得沾染点妖气——我们只要你们分点妖气给我们就行了。”

血猞猁睁着圆滚滚的眼睛问道：“妖气……怎么分？”

葛云生道：“借你们内丹一用！”

血猞猁和霜蟒精愣了一下，又哭天抢地道：“说到底还是想杀了我们，我们真是命苦哇！”

霜蟒精更是扯开嗓子直接唱了起来：“可叹苍天似那无情汉，狠狠甩我一巴掌，硬生生要拆散好鸳鸯，直叫天下有情人都心寒！都！心！寒！”

这二人又一人一句对唱起来，咿咿呀呀百转千绕。

葛云生被吵得头都大了，急忙喝道：“停！”

这两个妖物还不罢休，一副梁山伯非得哭塌祝英台坟包的架势。施小仙倒是利落，走过去啪啪就是几巴掌，喝道：“叫你们闭嘴，话怎么还这么多！”

这二妖被打得肿起了半边脸，终于闭嘴老实了。

葛云生这才有机会继续说话：“我看你们这俩妖物本性不坏，抓这婴儿不过是想感受为人父母的喜悦，所以才没将你们就地正法。不过我葛云生明晚有一急事，要借两位内丹一晚，天亮之后必当奉还。”

血猞猁还想争辩，赵五郎道：“放心吧，也就一晚，保你们平安无恙。”

霜蟒精咬咬牙根道：“我冷傲霜是何等身份，如今却要把内丹吐给你们，这等丢了脸面又赔本的买卖如何做得！”

施小仙性急，她“嘿”了一声，威胁道：“你不吐，我们就杀了这血猞猁，直接取丹，叫你当个活寡妇！”

霜蟒精立即脸色一变，惨叫道：“亏你们还是正道人士……不准对我相公下手！

我相公死了我也不能活了！我俩本是比翼鸟，一只亡来一只哀，你怎么能如此狠心！可叹啊可叹，比翼鸟也有分道扬镳日，连理枝亦有被人挖根断截时！”

“你给我闭嘴，就说答不答应？”赵五郎见这女妖又要开始叫唱，急忙怒冲冲地压住她。

血猞猁一脸委屈，问道：“内丹是我们妖兽的命根，我们没了内丹，你们如何护我们周全？”

赵五郎道：“这你不必担心。”他朝施小仙道，“小仙你来得正好，你一会儿用乾坤卷把这两只妖兽装起来不就行了？”

“乾坤卷？”血猞猁和霜蟒精面面相觑道，“就是刚才那个东西？”

“对！”

“只要你们不杀我们，这内丹可以借你们一晚，但是天亮必须归还！”血猞猁央求道。

“那是自然，私吞你们的妖丹对我们也没有任何用处。”葛云生道。

“那就成了，快进来吧！”施小仙一抖乾坤卷就将这二妖装了进去。

赵五郎道：“这妖丹有了，师父，那我们准备什么时候去参加登仙会？”

葛云生道：“不急，登仙会要在明晚子夜才举行，届时这附近的妖物都会过来一聚，共赏百仙阁主的宝物。对了，小仙你怎么过来了？是自己偷跑出来的？”

施小仙道：“我师父说要外出远游，立下了法阵就不管我了，我待了几日觉得无趣，就想来找你们了。”她看着阁楼上被咬毁的凌风鸟，心疼道，“可惜我的飞鸟被咬烂了，不然就可以直接带你们飞一阵了。”

赵五郎道：“飞鸟坏了还可以修的嘛，反正我们到凌虚峰时间也还充裕，不如你就跟我们一起去看看登仙会吧。”

施小仙喜道：“好啊，好啊！”

赵五郎突然又皱眉道：“但今天我们只抓住了两只妖兽，可不是只有两枚妖丹？”

葛云生道：“不怕，这血猞猁身上刚好有两颗内丹，一颗是兽丹，一颗是血丹，我们到时候每个人拿一颗就好了。”

三人一起往回走，赵五郎道：“小仙，那你不如晚上就先跟我们住一起好了，一个女孩子在外面还是太危险了。”

“好啊，好啊！”施小仙又拍手笑了起来。

赵五郎转头又问葛云生道：“对了，师父，这八门之中，各有各的道场和宗派，为什么唯独妖精一门零零散散的最不成气候？这百仙阁究竟有多大的能耐？”

葛云生道：“妖道不成气候自然是有原因的，一则万物修炼成精十分不易，妖的数量本来就少；二则这百妖有百种习性，妖与妖之间互不对付，极难共处一室，加之当今世上又无道法通天的妖王出世，如何能开宗立派？如今，妖道之中唯独百仙阁算是声望最高的一宗，不过这声望也只是在江陵一带罢了。”

登仙峰上的百仙阁，清幽而神秘。

百仙阁主名叫莫将离，具体是什么妖精谁也不知道，修为有多高也没人知道，似乎他修得人形后就从未参与过俗世的争斗，常年在百仙阁中很少外出，低调得令人发指。不过这莫阁主有一宝贝，可是颇有名气，名曰离风镜，能够预测前程福祸，照出人的前世今生。此宝镜只在四月初七这一天夜间展示，当夜，明镜倒悬于离风阁之上，走过的妖精照一照便能在镜中看到自己将来的归宿。

据说有妖精照了镜子，发现自己可以羽化登仙，喜不自禁，勤加苦练，不过三年真得了机缘，化仙而去。不过传言真真假假叫人难辨，即便真的有，这概率也如同鱼跃龙门一般渺茫，但妖门之中依旧对此事津津乐道，还把这一盛会称为登仙会。

坐地而悟道，临镜而登仙，说得便是这一真意吧。

葛云生要带赵五郎去这登仙会有什么目的？这二人莫不是也想去问问此去符箓门的凶吉？

恐怕不到当夜，谁也不得而知。

翌日夜晚，登仙峰。

山势陡峭，如同绝壁，四处黑影幢幢，仿若无数鬼影妖兽。

三人站在登仙峰脚下。

葛云生道：“这百仙阁非得身怀妖气才能看到，我三人速速把妖丹取了。”

施小仙打开乾坤卷，血猞猁和霜蟒精依旧一副你侬我侬的模样，仿佛永远亲昵不够，三人看了忍不住一阵恶寒，鸡皮疙瘩都起了一身。

葛云生喝道：“自己把内丹吐出来，省得一掌打下去，难免伤了你们几根肋骨。”

二妖扭捏一阵，极不情愿地吐出了两颗内丹。

赵五郎问道：“大猫妖，还有一颗呢？”

血猞猁脸色一变道：“没了，我怎么可能有两颗内丹？”

赵五郎道：“你刚才吐的是兽丹，还有一颗血丹呢！”

血猞猁还未说话，霜蟒精难以置信地尖叫道：“相公，你竟怀有血丹？”

血猞猁争辩道：“娘子，我没有，不要听他们胡说！”

葛云生哼了一声，猛地一弹画卷上血猞猁的胸口，血猞猁呕了一下，一颗朱红色的血丹就飞了出来。

“那这是什么？”葛云生手捏血丹冷笑道。

第十八章

离风宝镜

葛云生手中握住的分明是一颗散发红光的血丹。

铁证如山，不容狡辩。

“相公？”霜蟒精双目含泪，哀怨道，“你竟骗我！你都修炼出两颗内丹了，为什么要骗我，呜呜呜！”

“娘子，你听我解释！”血猞猁立即惊慌道。

“不！不！不！你不要解释，一切解释都是苍白的，都是残忍的，都是言不由衷的！我不听！”霜蟒精嘤嘤哭泣道。

赵五郎“唉”了一声，道：“这也太意外了，两人看来要反目成仇了呢！”

施小仙点头道：“就是呢，我昨天还被感动到，今天看来，唉……真是人心隔肚皮呢——你以后可不能这样对我。”

赵五郎哼了一声道：“我怎么会像妖兽这么无情无义，翻脸不认人！”

乾坤卷中，两只妖兽已经吵得不可开交。

“娘子，你听我解释啊！”

“不必解释了！”

“不，一定要解释！”

“不，不要解释！我不知道，原来你是这么的爱我，你已经炼出了血丹，是怕我觉得会配不上你，故意不告诉我，是不是？为什么要这么爱我？为什么！奴家承受不起这份沉甸甸的爱！你的解释就是要让我更仰慕你！”

血猞猁一把攥住霜蟒精的手，双眼之中泪花滚动，情意绵绵道：“天哪，娘子，果然只有你是最懂我，最爱我的！得此娘子，夫复何求！”

“有夫如此，我心不悔！”

“娘子！”

“相公！”

葛云生啐了一口，大吼道：“施小仙，你还不赶快把乾坤卷给我收起来！快点收起来！听到没有！”

施小仙赶紧依言收起。

三人心有余悸，异口同声道：“太可怕了！”

此时，三人各握一枚妖丹在手，葛云生拿的是血丹，赵五郎拿的是兽丹，施小仙拿的是蛇丹。

妖丹上各色妖气隐隐环绕，将这三人轻轻地包裹起来。赵五郎嗅了嗅道：“为什么我这颗妖丹这么臊哄哄的呢？”

葛云生道：“你那是猹猁丹，在猹猁的下腹，可不是要臊气冲天的。嘿嘿，血丹是在心脏附近，味道当然就没那么重了。”

“师父，我要换血丹！”赵五郎道。

“师父爱干净，你就忍一忍吧。”葛云生转了转手中的血丹道，“一会儿我们进了百仙阁，你们要把这妖丹含在口中，但切不可吞进去，不然妖丹入体，轻则污浊了自己的真气，重则可能化妖。”

赵五郎一脸嫌弃道：“啊？还要含在口中啊，这么臭！”

施小仙拍了下他道：“葛师父要你含你就含啦！”说着，她自己也嗅了嗅道，“我这蛇丹倒还好啊，还有股冰冰凉的清香呢，想来这蛇妖还挺爱干净的。”

赵五郎不满道：“为什么每次运气最差的总是我。”

葛云生道：“你个笨小子有就不错了，赶紧走吧。”

此时，有了妖丹的妖气环绕，三人明显看到山巅上有一座灯火辉煌的殿阁，想来那就是百仙阁了。

“一会儿你们两个跟紧点，别乱跑，听到没？”葛云生再次叮嘱道。

“知道了，师父（葛师父）！”二人答道。

到了百仙阁前，只见四处人影晃动，这些妖物都已化出人形，依次排队往百仙阁正殿中行去。

施小仙肉眼凡胎自是看不出端倪，只觉得有些人长的模样有几分怪异。

但葛云生和赵五郎用符咒开了天眼，此时一眼望去那真是动物聚会，豺狼虎豹，鸟雀龟蛇，应有尽有。

赵五郎嘀咕道:“呵！原来这么多动物可以成精啊！啊,那里还有一只松树精！原来松树五百年成精真是树皮发白，叶如华盖啊！”

施小仙急忙问道：“哪里，哪里，哪个是松树精？”

赵五郎指了指一个老者，道：“你看，就是那个老道士。看到没，脸皮都皱成一团了。”

葛云生低喝道：“你们两个少说话，话多了你阳气透了出来，会教其他妖精察觉到的。走，我们这边来。”

葛云生显然对这里颇为熟悉，拉着这两个人从另一条小径直接翻进了百仙阁的后院。这后院里亭台水榭，奇花异草，倒也装扮得颇为清雅。

葛云生四处瞧看一阵，径直朝一水榭处走去，他跃下池中，摸索了一阵，似乎毫无所获。

赵五郎好奇道：“师父，你不是说要带我来练手的吗，为什么到这后院来了？对了，你在找什么啊？”

葛云生一脸凝重道：“你安静点，我想想！”

赵五郎和施小仙完全搞不懂葛云生想干什么。

葛云生时而跳到亭子底下摸摸，时而又撬开大石头看看，四处又翻了一遍，还是一无所获。他瘫坐在地，暗骂道：“惨了，惨了，真是惨了！”

他突然站起来，自言自语道：“看来真的不见了！莫非被人发现了？不可能啊，我藏得如此严实！”而后他冷冷道，“不过好在今天是登仙会，正好可以去问问离风镜。走，我们到前面的离风宝阁去看看！”

这离风宝阁正是存放离风镜的地方，三层阁楼高耸如塔，四周铜墙铁壁如同囚笼，只有正面、背面各留了一个仅容一人出入的口子，一次一人入阁楼，镜中之事除了莫将离阁主和当事人自己外，其余人等概不能知。

此时，离风阁前的队伍早已排成一条长龙，足有上百号妖精在翘首以盼一睹离风镜的风采。赵五郎道惊道：“这么多妖精来看那什么镜子啊，这不得排到天亮去了？”

葛云生道：“离风宝镜，子夜时开，到鸡鸣时便要收起，一年只开这一夜，来的人自然多了。不过，我们可不能这么等下去！”

他一步跃到队伍前端，各色排队等候的妖物精怪纷纷打量这三个贸然闯入的不速之客，不自觉地把前后距离缩得更紧，生怕这几个人插队进来。更有甚者已是目露敌意，一副“你敢插队，我就跟你拼命”的架势。

葛云生摩拳擦掌冷笑道：“恐怕今夜只能得罪诸位了！”

赵五郎有些担忧道：“师父，这样不好吧？这妖精可是有点多啊！”

葛云生哼了一声，道：“为师又没瞎，看不出这状况吗？前门进不去，我们从后门进！”

这离风阁的后门正是出口，看过宝镜的精怪就自觉地从后门出来，但因为入阁的人看镜中的前世今生必然有一段时间，所以这后门经常都是空荡荡的一个人也没有。

葛云生大摇大摆地从后面进去，赵五郎和施小仙也跟了进去。阁楼内正有一人抬头仰望离风宝镜，这人年纪有些大了，驼着背，腿脚短粗，但脖子却伸得很长，显然是一只巨大的龟精，它看到自己二十年后要被人抓去垫皇陵石碑，忍不住哀从心起，哭得不能自已。

他边摇头边悲哀道："这祁国都要亡了，还要抓老道去垫石头，天理何在！"

葛云生打断它道："老龟，看完了没，看完了快让开，我有个急事，先看一下。"

龟精扭头吓得抖了几抖，道："这离风宝阁，一次一人入内，外人概不得偷窥他人镜中事。你……你们怎么还一次进来三个！这，这太不合规矩了！"

葛云生不耐烦道："你先让开，贫道有急事在身，看完就走！"

龟精双目一凝，突然阴笑起来："你们不是妖类，你们是人！"

赵五郎和施小仙惊了一下，急忙争辩道："我们，我们是妖精啊！"

"我是大猫妖！"

"我是白蛇妖！"

"喵喵喵……"

"嗞嗞嗞……"

龟精缓缓走了过来，嘿嘿笑道："你们身上虽有妖气，但明显不纯，尤其是一开口，纯阳之气显露无遗。你们是修道之人！修道人士也敢来百仙阁，当真是大胆！"

老龟一步一步朝赵五郎和施小仙逼近过来，他的脸色在阁楼内夜明珠光亮的映照下，显得青灰诡异，甚是可怕。

这老龟越靠越近，一股腥臭的气息熏人欲吐。

"说这么多话，关你屁事！"葛云生终于忍不住骂了一声，从背后抬起一脚，将这龟精踢翻在地。老龟精"哎哟"一声反倒在地上，四肢摇动，却怎么爬也爬不起来。

赵五郎道："吓我一跳，我以为是好厉害的妖精呢！哈哈，这倒好，自己把自己困住了。"

施小仙也叫道："可不是，刚才装得怪吓人的。"

葛云生见它暂时起不来身子，就说道："我先看下这离风镜，你二人看好这老乌龟，它可没那么简单，别让它打扰我。”

葛云生抬头望去，阁楼顶上悬挂着一面铜盆一般大小的镜子，镜面光滑皎洁，如同明月高悬。

葛云生抬头望去，心中默默问一些事情，果然离风宝镜之中有光华显露出来。

而这老龟被掀翻在地爬不起来，颇有些恼怒，突然脖子一伸猛地长出一丈多长，像一条人首巨蟒一样朝赵五郎咬了过来。

赵五郎躲了一下，惊道：“这是什么怪物？龟精也能这样？”

老龟冷笑道：“我可不是普通的龟，我乃玄武之后，既是龟也是蛇。”他脖子猛地一绕房梁，将整个身子拉了起来，终于又恢复了直立的姿态。

老龟有些怒意道：“不知道百仙阁是我妖道的地盘吗？你们三个未免太不把我们妖道放在眼里了。”

说话间，这老龟的头颅化成了鹰嘴鳄龟的模样，脖子猛地一弹，就朝葛云生咬了过去。葛云生此时正聚精会神地观看离风宝镜，赵五郎怕师父受伤，急忙闪了过去，一把拽住这蟒蛇一般的脖子。

老龟脖子一扭，直接将赵五郎卷了起来。

施小仙急忙掏出乾坤卷，放出阿鬼，道：“快救五郎！”

阿鬼应声而上。不想这老鬼身子一抖，脖子处又伸出两个脑袋，分别朝施小仙和阿鬼扑来。

阿鬼八臂一伸，奋力抓扯两只头颅，将施小仙紧紧护在身后。

而赵五郎被捆在半空，浑身被勒得骨骼都要断了，感觉呼吸都十分困难。他迫不得已张大嘴巴大口呼吸，这一呼吸，口中的兽丹就露了出来。老龟一见此物忍不住嘿嘿笑道：“没想到你口中还有一颗狰狮兽丹，你又不是妖，不如给我如何？让老龟我也易天改命！”

第十九章

误食兽丹

赵五郎急忙闭住嘴巴，含糊不清道：“这兽丹是别人的，不能给你！”

老龟道：“你不给，老夫自然就抢！”它张口吐出一条长舌，直奔赵五郎的嘴里去，想要夺走兽丹，赵五郎一阵恶心，赶紧闭紧牙关，不停地扭头晃脸。

但不想这长舌灵活如蛇，舌尖之上还生有许多细长的触须，这些触须伸进赵五郎的口中，一阵酥麻感从口中传来，赵五郎只觉得嘴巴都不是自己的了，整个下颚“啪嗒”一声好像脱臼了一般掉了下来。

“五郎！”施小仙以为赵五郎中毒了，惊叫了起来，立即抖动乾坤卷，飞出几把飞刀。老龟脖子一缩躲了过去，而后再长舌一伸，眼见这兽丹已经唾手可得。

赵五郎心想这兽丹看来是保不住了，与其给它不如一不做二不休自己吞了。

圆滚滚的兽丹直接跌入腹中。

老龟脸色一变，长舌破开喉头也伸了进去。赵五郎只觉得自己体内一股热流散了开来，浑身燥热难耐，这燥热触动了体内的火精，整个人烧了起来。

这一举动让老龟大吃一惊。

火焰激烧，难免有些吃痛，它急忙收回三个头颅，四肢也纷纷收了进去，整个人化作一个半圆形的龟壳。

火精烈焱飞出，击打到龟壳上，直接把龟壳掀翻了几圈，烧得外表一片焦黑。

阿鬼也冲了过去，对着龟壳一阵硬掰硬撬，但这老龟吃了大亏，吓得蛰伏其中一动不动，任是阿鬼怎么用力，也伤不到它分毫。

而此时，入口处已是一片喧哗嘈杂，在排队的妖精一个个都等得极其不耐烦了。

“这玄真老道怎么进去这么久啊？会不会他已经出去了？”排在门口的一只年轻的狐妖着急道。

“不可能，若是他出去了，这离风阁上的铃铛肯定会响，我可是听得一清二楚，这铃铛是丝毫未动。”狐妖身后的鹿精似是颇为熟悉这里的规则。

“会不会是这铃铛坏了？”有精怪再问。

“怎么可能？离风阁的登仙会至今开了百余年，从未出现这等情况。”鹿精道。

“莫不是这老道年事已高，在里面睡着了？”

“这乌龟一睡千年，我们不是要等到死？”众妖愤愤不平道。

“轰！”离风阁内突然传来一阵剧烈的爆裂声。

“这是什么声音？”狐妖惊道，“莫非有人偷偷进去，发生了争斗？”

“不好，有生人的气息！”一只白鼠妖抽了抽鼻子，惊叫道。

门口的妖精蜂拥而入，果然离风阁内已是一片恶斗过的痕迹，赵五郎御起雷火二术又要击打这龟壳。

鹿精摇晃着脑袋大叫道：“大胆！登仙大会，岂容你们这群小妖如此胡闹！”

白鼠精笑道：“恐怕这三个不是妖，而是偷了妖丹的道人！”

“啊！”众妖更加惊愕。

“太大胆了！生人竟敢闯入我们妖族的地盘，兄弟们，抓了这三人再说！”众妖愤怒，群起而上。

鹿精飞出一对精钢七尖叉，双叉夺命，直奔赵五郎而去；白鼠精抖动巨尾，犹如一条软鞭一样朝葛云生甩了过来；千足虫口吐毒液，墨绿色的毒汁四处狂喷；虎精身子一抖，浑身烈焰激烧，化作一只火虎直冲施小仙和阿鬼而去。还有赤狼、青雕、毒蝎、蜘蛛等妖物，也是齐齐显形，整个离风阁内打得天翻地覆。

这血猞猁本就是好斗的猛兽，赵五郎兽丹入体，加之这么多妖气纵横，他只觉得浑身燥热难耐，而后肉身不断变化，肌肉更加强横，速度更加迅捷，体内的阳火之力更加充沛，一动起来，每一招每一式都比原先快上一拍，强上一层。

白鹿精钢叉刚刚飞来就被赵五郎双掌拨开，回身再一掌，带出五雷掌的电芒，直接就将白鹿精击飞在墙角。

葛云生正看到紧要处，也没留意到赵五郎的变化，只见那离风镜中显露出一栋建筑，一栋在海上的建筑。葛云生奇怪道：“我明明是藏在了这百仙阁内，怎么会跑到海上这么远？”

他还要再细看，无奈一对赤狼骚扰不止，让这显真一事一次次被打断。因为这离风镜有个特点，那便是只要镜前有两个人影，就不能再准确显示未来之事，除非这两人宿命同归，不然一人一个影像，如何能显像？

赤狼尖牙利齿疯狂袭来，葛云生一道雷符暂时逼退这对狼精，而后干脆一不做二不休，几步跃上阁楼顶上，一下摘了这离风镜。众人一见葛云生竟然直接取了宝镜，都吓了一大跳。

这真是前所未有的举动!

取走莫将离的离风镜，这真是太大胆了!

“兄弟们,快把宝镜抢回来！别让这牛鼻子道人抢走了！”众妖齐齐攻了过去，想要争夺宝镜。

葛云生怕打斗中碰坏了离风镜，凌空朝赵五郎一甩，喝道：“五郎，先接着！”

镜子空中旋转，映照出赵五郎和施小仙的影像，这下镜子银光闪耀，竟然显露出了一副图像。

那是一丛丛紫红色的花朵,夕阳之下,有晚风轻轻拂过,紫花颤动,连绵到天边，与晚霞汇成了一片，美得难以言说。

赵五郎原本正杀得发狂，被离风镜一照人也清醒了一些，此时看到这一镜像，问道：“这，这是哪里?”

施小仙突然惊喜道:“这是紫云谷,那紫色的花是归去来,这花只有紫云谷才有！”

葛云生听到这话突然脸色一变，这二人能看到彼此一起的镜像?这是二人共同的归宿?那……这算好事还是坏事?难不成赵五郎此次仙武大会不能成功，要隐退紫云谷?

宝镜反转，终于落入赵五郎手中，各色妖物纷纷调转方向又朝二人追杀过来。

赵五郎打了个火中火，暂时逼退这些妖物，但门口拥入的精怪越来越多，赵五郎也有些应付不过来，也甩出宝镜，喝道：“师父，还是你拿着吧！”又丢还给葛云生。

众妖被耍得团团转，正恼怒不已，狐妖突然跨出一步，怒喝道：“看来唯有我九尾神狐出马了！好好收拾收拾你们!”

众妖大惊失色，一脸惶恐。

“一口真气，神清气爽！”她“噗”的一声，放了个响屁。

这离风阁内除了两个仅容一人出入的门口外，其余都是密不透风，这一狐臭熏来，瞬间威力加倍，整个阁楼内立即臭不可闻。

赵五郎和施小仙“哇”一声吐了。

各妖物也是纷纷招架不住，瘫倒的瘫倒在地，呕吐的呕吐不止，崩溃的神志不清,还有稍稍清醒的,张口叫骂:“什么狗屁神清气爽！这真是要了本妖的老命！”

“我早就料到这厮没什么好招式，没想到还是躲避不及！悔之晚矣！”

狐妖尴尬道：“未承想这密室之中，狐屁威力如此巨大！”

葛云生急忙屏住呼吸，挥了两下袖子，叫了声：“臭死了，我们走！”

三人急急忙忙从后门逃遁。

这前门还有一群妖物争着往里挤，但刚一进去，就被熏翻在地，后面的人却还在挤，现场好不热闹。

三人刚离了离风阁，忽然前头银光一闪，一道人影堵住了三人的去路。

“怎么，偷了我的离风镜，就想这么走了？”

这来人未见其形，但闻其声，已是叫人震惊不已——虽然不高，但却十分清亮，如同龙吟凤鸣一般透人心魄。再看其形其貌，满头银发，容颜却不过三十出头，身穿一袭素色的长衫，飘飘然如月下仙家。

“莫阁主，好久不见！”葛云生笑了一声。

这来人正是百仙阁主莫将离，他微微皱了眉头道：“又是你？怎么，十五年前大闹我百仙阁饶了你一次，今日又来作乱？”

葛云生道：“非我存心捣乱，只是有一物遗落在百仙阁内，特来找找。”他翻了下离风宝镜，道，“阁楼内妖物太多，这镜子看不了，如今清净了，我看完了就还给你。”

银光辉耀而出，镜子里的景物初露端倪，但莫将离一招手，这银光又瞬间消失不见。

“扰乱了我登仙大会，还想预知前程？”莫将离有些冷言道。

这莫将离白白净净，看起来颇有几分教书先生的文气，只是满头银发如雪，加上一双眼眸瓦蓝一片，凸显出他不同寻常之处。

葛云生道：“宝镜神妙，借我一观也不会折损一分一毫，莫阁主何必这么小气呢？”

莫将离依旧漠然道：“我的宝镜虽然很多人都可以用，但唯独不给你们这些正道人士用。尤其是你，葛云生！毁了我曾经的离风阁这事就忘记了吗？”

葛云生讪讪道：“昔日无心之举，还望莫阁主多多包涵啊，我这不也道歉了吗？”

莫将离轻哼了一声，一摊手，离风宝镜已经出现在他手里，他翻了下宝镜道：“你想观镜无非是想找回那块令牌是不是？”

葛云生脸色一变，急声道：“那块令牌被你拿走了？”

莫将离缓缓道：“非铁非石，非金非玉，黑如墨，白如霜，阴阳两面，虎鹤双形，可是此物？”

葛云生震了一下，道：“正是此物，此物对贫道至关重要，还望归还于我，贫道在此谢过！”

莫将离道：“若有这么容易，我这百仙阁不如直接拆了算了，还留着何用？”

第二十章

百仙阁主

葛云生道："那莫阁主想怎样？"

这世上极少有能让葛云生说话不放肆的人，真不知道这百仙阁主莫将离是什么来头。

莫将离的脸庞始终清清冷冷，也不怒也不笑，也说不上高傲但也谈不上不客气，仿佛他整个人与世隔绝，世间俗事在他看来都是一般无异，不会引起他任何情绪的波澜。他道："你这东西对我也没有任何用处，原本还给你也不算什么，但你前有大闹百仙阁的旧事未了，如今又有破坏登仙会的新账没算，我若这般就还给你了，叫我百仙阁今后如何立足？"

此时原本在离风阁内的精怪也追了过来，一个个叫嚷着："好像在那边，那几个道士好像在那边！"

众妖刚刚跑过来，一见银发如瀑、身姿俊秀的莫将离矗立在前方，吓得立即噤声，连靠近都不敢，只是远远地躲起来瞧看。

莫将离根本未理会这些精怪，自己又道："我百仙阁虽然不爱参与各门派的纷争，但也从不惧怕任何一个门派，葛云生，这点你应该清楚。"

葛云生心知自己有求于人，也没有办法，只好应允道："那还请阁主明言，要怎样才能把这东西还我？"

莫将离道："十五年前你大闹百仙阁，但终非你的本性，只是体内混元灵力作怪罢了，此事我可以既往不咎。今日你又扰乱这登仙会，我也可以网开一面，只要你答出我几个问题，这事便也作罢，你的东西我也必会双手奉上。"

"什么问题？"三人齐声问道。

莫将离道："道门之中都说葛云生心有九窍，聪明无双，那我问你，道门这五百年来可有人得道成仙？"

莫将离一心欲求登仙之术，会问这问题，葛云生其实早有预料，他如实道："登仙之事虽然常有耳闻，但大多是虚妄揣测之语，据我所知未尝有人能飞升仙界。"

莫将离点点头，再问："为何？"

葛云生愣了一下道："不为何，只是向来如此罢了。"

莫将离道："此话怎讲？"

葛云生反问道："莫阁主，请问何为仙？"

莫将离不知葛云生为何问这个，道："仙者，长生也！能入天界之名箓，能掌天地之法则。"

葛云生冷笑道："对，也不对。若说长生，何又为长生？千年万年，还是与日月同辉，不生不灭？若说名箓，你若得道，有没有仙班名箓又有什么区别？求仙者本就是为了得个自由自在，如今又因为仙班名箓再陷新的羁绊之中，这岂不是无稽之谈？想要成仙，阁主为何不先弄清自己要成为什么样的神仙？"

葛云生停了一下，故意不再说话。

莫将离的眼眸子闪动了一下，继续道："你再说。"

葛云生"嘿嘿"笑了两声，道："你知道为何古时神仙多，而如今登仙难吗？"

"为何？"

"因为民智渐开，道法兴盛！"

莫将离疑惑道："道法兴盛岂不是更有助于众人修道成仙，怎么，这反倒成了阻碍了吗？"

葛云生笑道："古时，修道者寡，能遣云招月、呼风唤雨者，莫不被人以仙人尊称，修道者老死，便被人以羽化登仙称之。而如今修道者众，各种术法你会我也会，你会我不会的我也懂得其中大致原理，人与人、人与妖水平虽有差距，却也能以神智理解明白，自然就不觉得对方是仙。

"仙者，不过是异于凡人而言。人寿七十，你若能活过三百年，那于常人而言便是仙家之身，人寿若是到了数百，你活千年也不足为奇。莫阁主，人与妖一样，寿命再长也始终有限，道法再高，也不可逆天，这才是世间的大道所在。但可笑有些人非要逆天而行，寻求什么长生不老，却不知长生本就是违反乾坤阴阳之事，须知有死才有生，避除生死便是扰乱阴阳，这怎么会是大道呢？这又算什么修仙呢？

"你追求的仙道不过是想凌驾于世间规则之上，独一无二无人能及的境界罢了，这本身就是一种执念，以入魔的执念来走仙道的大路，这事你说能不能成？所以贫道还是再问阁主一句，你究竟想修的是什么仙？"

莫将离脸上的表情抖了一下。良久，他喃喃自语道："我想修什么仙？我五百年前化得人身，一直苦心修炼，不贪不求，不嗔不痴，我到底要修得是什么仙？”

莫将离一心求仙，然而到头来却依旧搞不懂这仙到底是什么。他原以为长生便是仙，但若长生之后如同顽石一般屹立万年又有何用？他原以为道法通天，更改天地法则便是仙，却不知这“法则”二字本就是运行之道，你道法通天之时自有更高的法则来束缚你，那你的道法再高是为了凌驾于谁？这仙到底是什么？

这问题恐怕谁也解答不了。

莫将离的脚步微微有些踉跄，他道：“我原以为自己放下了一切杂念，数百年隐居在这百仙阁苦修，到头原来还是一场空。若人人修道都能活过百年，我便想要活过千年，若人人都能活过千年，我必然想要万年，但万年之久于我是个什么概念？长生于我又是个什么概念？我真的长生不灭了，天地都在我掌控之中了，我存活在这个世间上又有什么意义？如果这世界对我而言不过是一群蝼蚁，一洼水坑，我凌驾在这些东西上又有何意义？”

“道，可真难懂啊！”莫将离叹道。

葛云生见莫将离有些恍惚，忍不住打断道：“莫阁主！”

莫将离一回头，漠然道：“你还有何事？”

“我可算回答你的问题了？”葛云生道。

莫将离叹了一声，点头道：“你虽没给我答案，但已经让我知道那个方向是错误的，这也算对了一半，所以我也只能给你一半的奖赏——那东西在四海阁之内，你自己去找吧。”

“四海阁？”赵五郎问道，“这四海阁在哪里？”

“四海阁就在百仙阁的最高处，你们自己去找吧。”莫将离身子一抖，露出了真身，竟然是一条银白色的蛟龙，有鳞无角，却有三足，它盘旋半空中道：“天下既然无仙，这百仙阁如今看来也只是虚妄之名，留着何用，不如散去。”

莫将离欲腾空离去，各妖物纷纷跑了出来，跪拜道：“阁主莫走，天下妖道皆以阁主为首，你切不可轻言离去啊！”

“是啊，莫阁主，我等之所以皆愿归顺百仙阁一门，正是因为仰慕阁主威名，如今你这一去，叫我等如何投靠？”

莫将离身子如银光般在空中环绕，他的声音依旧清冷而寡漠：“世间飞禽走兽，修炼无不以修成人形为第一步，然妖与人本没什么区别？修得人身本身就是自欺欺人之法，自视轻贱之意。这天下哪有什么人道、妖道？都只有一个‘道’字。我如今已经悟得真道，成不成仙看来并非道的本意，顺天性而生，才可得此生自在，这才是道的意思！诸位，愿后会有期！”

莫将离昂首发出一声龙啸，径直朝夜空中的云层飞去。月下蛟龙腾空，一片银光熠熠，场面神圣而震撼。

众妖再拜，更有妖人大叫道：“莫阁主得道成仙了！”

“登仙会真的能让人飞升登仙！”

“莫阁主千秋万载，福禄永存！”

赵五郎抬头望了望天际，忍不住赞道：“师父果真厉害，三言两语就把他说跑了。”

“诡辩之术罢了。”葛云生拉了一把赵五郎和施小仙道，“我们赶快走，一会儿这些妖怪冷静下来，必然找我们讨要说法。”

“为什么啊？”赵五郎奇怪道。

施小仙瞪了赵五郎一眼，道：“你真傻，如今群妖无首，各妖怪必然会怨我们把这个莫阁主劝走了，有点修为的妖物可不要趁机杀我们立威，来抢占这百仙阁的地盘？”

赵五郎这才恍然大悟道：“也是啊！”

“赶快走！”葛云生又催了一下，三人急急忙忙往四海阁而去。

四海阁在百仙阁最高处，一座四四方方的孤楼冷冷清清，倒是有些像莫将离的性子。赵五郎道：“我还以为这四海阁是个极为雄伟的建筑呢。”

施小仙也失落道：“这个阁楼确实小气了点，都不如师父的千机阁呢。”

葛云生道：“小是小，机关可不少，我们先进去看看再说。”

三人推了下门，却发现推不开，再一用力，就有一道银光闪耀而出，将赵五郎和施小仙双双弹了出去。

赵五郎伸出手指惨叫道：“这门好像会咬人！”

葛云生走了过去，道：“这门上设了个法阵，我看看。”

他借着月光看了两眼，果然那门上精心雕刻了一个巨大的罗盘，罗盘左右刻了两条拇指粗细的蛟龙，一左一右，顺着罗盘纹理缓缓游动，一旦有人欲强行破开木门，这两条蛟龙就会触发罗盘上的机关发出银光将来人弹走。

而最左边的那条蛟龙更是高昂着头，一副蠢蠢欲动想要咬人的模样。

葛云生伸出一根手指，轻轻点了下木门，两条蛟龙果然扑咬了过来。葛云生笑道：“这门锁有点意思，不过这天下的阵法还很少有能难住我葛云生的。”他双指抵住罗盘的兑位和震位，又点了下火和金两个位置，双掌御住罗盘向左转了两圈，最后猛地拍了下中宫。

木门“咯吱”一声，自动打开了。

三个人还未进屋，就觉得一阵冷风呼啸而出，这风中还挟带着一股浓烈的咸腥味。

赵五郎皱眉道：“这什么味啊！”

施小仙朝里面看了一眼，黑洞洞的什么也看不清。

三人犹豫要不要进去。

这时，四海阁下方的离风阁附近已经传来一阵阵叫喊声：“兄弟们，抓住刚才那几个道士，杀道祭天，振兴我们妖道！”

“那几个道士好像往山上的四海阁跑去了，我们追上去！快！”

山下火光闪动，不少人影迅速闪了过来。

葛云生道：“快进去，我们取了东西就走！”

三人直接冲了进去，迎面而来的是一阵阵更加冷冽的寒风，赵五郎急忙点了个符火，弹到半空中。

“噗”！火光莹亮，终于将这阁楼内照了个真切。

“啊！”三人齐齐惊呼了起来。这……这阁楼内竟然是一片汪洋大海！

第二十一章

阁藏四海

众人惊得目瞪口呆，火光所及之处，尽是一波一波连绵不绝的海浪，海风阵阵，浊浪滔天，原来这四海阁内真的藏了一片大海！

赵五郎望了望脚下一块仅容得下十余人的青石台阶，下方便是无尽的汪洋，惊道："这阁楼外面那么小，怎么里面这么大？莫不是我们又中了幻术？"他转身一看，那木门依旧还在原处，只是木墙已是高耸入云，高度和长度都看不到边界。

这真是一个奇怪的世界。

葛云生面色凝重道："这不是幻术，是反转乾坤、颠阴倒阳之术。是我太大意，中了莫将离设下的陷阱了。"

施小仙道："这莫阁主不都要悟道了吗，怎么临走还要摆我们一道？"

葛云生道："也并非他要故意害我们。他不是说了吗？他觉得我没给他明确的答案，所以也只能给我们一半的奖励，剩下的这一半要靠我们自己来拿，这东西拿不拿得回来就靠我们的本事了。"

赵五郎奇道："师父，那令牌究竟是什么东西，为什么非拿不可？"

葛云生叹了一声，似乎有些答非所问，道："当年我神志不清，昏癫到此，醒来之后万分悔恨，又失落至极，就想与过去暂且做个了断，就把这令牌藏在了百仙阁内。我原以为这是最安全的地方，不想如今……"

他神情已是有七分懊恼，边说边沿着海边不足一人宽的石阶缓缓走去。他四处瞧看了一阵，又转了话锋，徐徐道："我明白了，这四海阁就是个法阵，门口的蛟龙罗盘正是这法阵的钥匙，打开这罗盘的同时，也会触动这其中的阵法。莫将离他本就是蛟精，自然对大海有舍不断的情感，百仙阁所处之地是内陆没有海洋，所以他直接利用法阵将这片汪洋收缩在小小的四海阁内，从外面看不过四四方方亭子大小，但一进这阁楼就别有洞天了。阴阳颠倒，乾坤逆转，可令大小无序、时节反常，如今这四海阁，可不成了他的后花园？这法门可真是极为罕见啊。"

"阴阳颠倒？乾坤逆转？"赵五郎心中震惊不已，这莫将离的道法何其通天，竟然可以直接将大海收纳在一个丈方的小小阁楼内。这人若是有一丝狼子野心，恐怕早就率领这天下的妖物开创一门足可与各正道抗衡的宗派了。

赵五郎惊叹归惊叹，但眼下阁楼内处处惊涛骇浪，找起东西就更加不易，他道："师父，眼下在这里找一个几寸大小的令牌，可谓真正的大海捞针了。"

"就算是大海捞针，我们也要把它找出来。不过……"葛云生凝着双眼盯着这海潮，冷冷道，"这令牌很可能就藏在某只深海的巨兽怀中！"

施小仙惊到："深海巨兽？这海里有巨兽？"

赵五郎也道："莫不是……"

话音未落，波涛汹涌的海面上水浪更加汹涌，一层层浑浊白花翻了起来，突然轰隆一声巨响，一股巨大的海潮爆炸开来。

整个阁楼都抖了一下。

"巨兽来了！"施小仙叫了起来。

海浪之中迅速扬起一条粗长的黑色尾巴，尾上黑鳞密生，闪动着冷冰冰的金属光泽，显然是一只巨大的海蛇之类的猛兽。

一声巨响，水浪再次爆裂开来，巨尾沉入海中，与之替代的是一个巨大的头颅破出水面，同样黑森森的鳞甲，一个怪异的独角，还有一双如灯笼般幽绿的双眼，这……竟然是一条独角黑蛟！

黑蛟高高盘旋在半空中，足有四五丈高，两只利爪缓缓舞动，一双眼睛如魔神一般冷眼瞧看葛云生等人。

赵五郎不知为何一见这黑蛟就莫名的心惧，这心惧倒不是因为这黑蛟模样可憎，而是心底的一种原始恐慌。他暗道："为什么会这样？这黑蛟怎么似曾相识一般，难不成以前遇到过？"

葛云生倒是毫不畏惧，他仰头朗声道："深夜来访，多有打扰。那虎鹤令牌是不是在你身上？莫阁主答应把令牌还给我们，还请行个方便！"

黑蛟龙开口道："虎鹤令牌，可是此物？"说完吐出长舌，舌尖上卷着一面七寸大小的黑色令牌。这令牌果然无光时色如玄铁，有光时亮如白银，正反两面分别刻了一只猛虎和一只灵鹤，周边还有无数篆文，正是葛云生一直寻找的虎鹤令。

葛云生一见令牌，脸色微微一抖，道："正是此物，还望归还，贫道在此多谢了！"

黑蛟道："主人既有口谕，那必定有手令。手令何在？没有手令我不能把这令牌给你。"

赵五郎道："手令？他没给我们啊，莫阁主刚才已经走了！"

黑蛟神情一变，道：“走了？主人在这百仙阁内足不出阁数百年，怎么会突然走了，他去哪里了？”

施小仙道：“莫阁主刚才得道成仙，化作一条银蛟飞走了！”

黑蛟整个身子都在抖动，空气中的气息在一波波地流转扩散：“他真的成仙了？你们没骗我？”

葛云生打断道：“是不是成仙我不知道，这也不是我们该管的事，但是他临走前答应把令牌还我这是千真万确，还望通融一下。”

黑蛟顿了一顿，神情颇为复杂。而后缓缓低下巨大的头颅，朝葛云生和赵五郎嗅了过来。

“好熟悉的气息啊！”黑蛟突然仰起头道，“我年岁已高，这四海阁内又无灯火也看不清，我若是贸然把这些东西给你们，回头万一主人怪罪起来，我可担当不起。不如你们点个烛火，好好照亮自己，再自报家门，让我认识认识，若是出了岔子，我也有个交代，你们说如何？”

葛云生心中生疑，但眼下又无其他办法，只好叫赵五郎点了一个符火，道：“贫道葛云生，这是我弟子赵五郎，还有一位是偃师施姑娘，你可看清了？”

黑蛟身子又是一抖，径直破浪而来，俯下硕大的蛟首，用两只幽绿的眼睛扫射着葛云生和赵五郎，看得极为仔细，而后黑蛟突然张开嘴笑了起来，这笑声如同鬼魅一般，听得人心头发寒。

黑蛟双眼之中突然绿芒暴涨，显然是敌意迸发。“葛云生，没想到真是你！真是冤家路窄啊！”

赵五郎惊道：“师父，你认得这黑蛟？”

葛云生迎着风也冷笑了起来：“何止我认识，你不也认得它吗？”

“你是……”赵五郎蓦然想起来一个妖物，但这二者差别甚大，觉得有些不敢相信，惊恐道，“原来是你，你是洛水河神蚩伯！”

黑蛟哈哈狂笑道：“不错，正是本座。老天真是待我不薄，昔日雷印之辱今日可以双倍奉还了！葛云生，你这是自投罗网！”

葛云生道：“我早就该猜到，我种下的雷印也只有莫将离能解得了，但我未料到你竟然连真身都变了，从水蟒化成了一条黑蛟。”

蚩伯笑道：“龙能削角断足化作蟒，蟒自然也可以长角化回蛟龙，不过此事说来话长，你们也不必知道。”

这话说得虽然轻巧，但他眼神之中都是满满的恨意和不甘，显然背后的故事没这么简单。想他原先还是蟒妖之时，雄霸洛水多么逍遥，要不是那次中了葛云生的雷印，他现如今还在四处水域潇洒自在，何须被人囚禁在四海阁内镇守孤海。

莫将离的四海阁内，除了大海一无所有，空荡荡得比地下的无尽之海还要孤寂，这里只有风，只有浪，只有寒冷，只有孤独，其他什么都没有，一年又一年，待得蚩伯都要疯癫了。

但是莫将离替他解开了葛云生的雷印，自己就要答应臣服于他，生生世世替他镇守这阁楼，只是在守阁之前，蚩伯争取到了五年的自由之身。

这五年的时间里，蚩伯做了他想做的事，也做了让他更后悔的事，这些往事清晰如画，一天天地印在它的脑海里，就是等着有一天可以全部返还回去。

蚩伯双眼已是满满杀气。

赵五郎道："你……你不是被逐月夫人杀死了吗？"

蚩伯听到"逐月夫人"四个字，双眼之中的青光已经转为血红。他摇晃头颅，一点点化出人形的脑袋和双臂，露出上半身的人形，道："逐月夫人？可是李嫣儿这贱人？这忘恩负义的贱婢，我教她嫁梦之术，她却反过来用梦境来杀我！嘿嘿，可惜她忘了这些道法是谁教给她的，她能对付我，我自然也有办法返还给她，哈哈！"

蚩伯扬了扬手，水浪之中飞出一个水球，一抹红艳赫然在其中，正是逐月夫人李嫣儿。她整个人似是睡着了一般，虽然美艳绝伦依旧，但脸色惨白得吓人，瘫软在水球之中毫无知觉。

这逐月夫人虽然对葛云生恨之入骨，但赵五郎毕竟对她有一份自小认识的情谊在里面，他眼见美人受刑，忍不住喝道："蛇妖，你快放了她！"

蚩伯冷笑道："小子，你还记得这贱女人啊，准备再救她一次？"他一捏水球，水球激荡挤压，逐月夫人脸色更加痛苦，显然这水牢的折磨可不舒服。

赵五郎有几分不忍道："你把她怎么样了？快放了她！"

蚩伯道："放她？那不如拿你的肉身来换她的自由如何？"

葛云生冷笑道："笑话，这是你师徒二人狗咬狗，与我们何干？不过你若不把令牌交出来，我要你比这逐月夫人还痛苦百倍！"

第二十二章

大战黑蛟

蚩伯哈哈大笑道：“你还是这般狂妄！我要的就是你这么无知，而后你才会知道自己会有多惨！”

他目光越发冰冷：“就像这臭娘们儿一样，以为学了我几分嫁梦之术，就想为所欲为，到头来还不是班门弄斧自讨苦吃！”

逐月夫人学艺初成后，偷偷潜入蚩伯的梦境，在梦中对蚩伯嫁梦，想让它陷入梦中梦不能逃遁，但她过于大意了，忘记了蚩伯也可以在梦中对她进行嫁梦。蚩伯营造出的梦境让逐月夫人误以为已经成功杀了这妖物，其实并没有，相反蚩伯在她的脑海中埋入了梦根，时时刻刻掌控着她的梦境。

“可惜她道法已成，我这梦境只能控制她却不能杀了她，数月前我发现她受了重伤，又送给她一梦，骗她说你们在此处受困，这贱婢果真就来了。她入了我的四海阁，你说还有可能再出去吗？哈哈哈，这贱婢心肠歹毒，忘恩负义，我要把她永生永世留在我身边，让她一辈子陷入噩梦之中不能自拔，让她以最痛苦的方式死去！”

蚩伯脱去水牢，露出逐月夫人惨白的脸庞，他狠狠地亲了一口，而后嘲讽道：“真是绝世的美人啊，可惜有个毒蝎一般的心肠。葛云生，看到没有，她的下场就是你们的下场，这就是无知的后果！”

“呸！”半梦半醒的逐月夫人突然睁开眼啐了一口。

“贱人！”蚩伯大怒，扬手就要扇一巴掌，但手在半空又停住了，他嘿嘿笑道：“我才舍不得动手打你，我要好好地折磨你，用你最喜欢的梦境来折磨你，让你堕入不能逃脱的噩梦之境！”

“无耻！”赵五郎怒吼道。

逐月夫人抬头道：“葛云生，你也是我的仇人，但念在我与赵五郎有过一面之缘的份上，今日不如给我个痛快吧。”

这逐月夫人与这师徒二人的关系着实有些微妙，赵五郎道：“师父，我们……”

第二十二章　大战黑蛟

葛云生干脆道：“反正要得虎鹤令，我们就要先杀这蛟龙，逐月之事你不必顾虑。”

赵五郎心中一安道：“师父，我明白了。”

“这事可就真有意思了。”蚩伯俯视三人，冷笑道，“不如你们跟这贱人一起来试试这噩梦之境如何？”

“噩梦之境？”葛云生笑了起来，他一步步踏着水浪往前走去，与眼前巨大的黑蛟龙相比，他的身形渺小得如同一只蝼蚁，但寒风吹来，葛云生的神情又冷傲得不可一世，“嫁梦之术对别人或许有用，对我师徒二人恐怕是没什么用了。你化成龙，也不过是我的手下败将！今夜，还想逞什么威风？”

蚩伯仰头笑道：“你以为我还是以前的洛水河神吗？主人给了我蛟龙的灵力，我早已脱胎换骨，如今我是四海的龙神！葛云生，你在四海阁内还想赢我？”他怒吼一声，整个四海阁内巨浪滔天。

这巨浪冲击而来，瞬间将石阶全部淹没，葛云生拉着赵五郎和施小仙高高跃起。

葛云生喝道：“五郎，设静水道坛！”

赵五郎应了一声，向八个方位飞出八道黄符，捏诀念咒道：“道合三微，浮翔八极，设阵御水，凌风踏波，急急如律令！”八道黄符光芒一闪，这方圆三丈内海潮平息，露出一面圆镜一般平滑的水面。

三人踏在水面上如履平地。

葛云生道：“我倒要看看莫将离教了你什么本事！”

赵五郎原先的恐惧早已换做一阵激动，他道：“师父，这黑蛟的修为有没有强过李默然？”

葛云生道：“洛水河神不如李默然，但这黑蛟可是远胜于他！”

赵五郎大喜道：“好，那我击败了他，就一样能击败李默然了！”

“无知小儿！”蚩伯摇身一变，又化作黑色的蛟龙劈头盖脸地朝这静水道坛冲了过来。

黑蛟来势凶猛，剧烈地撞击道坛，金色的光芒在这一击之下猛烈摇晃了几下，原本平滑如镜的水面也起了一道道裂痕，这裂痕之下便是汹涌如沸水一般的波浪。

施小仙站立不稳，差点就从缝隙中跌下去。

赵五郎急忙拉住，道：“小心！”

施小仙稳住身形，笑了一下道：“你放心，我现在可不是以前那个柔弱无力的女子了。”她打开乾坤卷放出阿鬼，骑了上去，喝道：“阿鬼，我们也御水出击！”

阿鬼八只手掌间生出薄膜，手足并用，像一只水蛛一样跳出静水道坛，直接踏浪而行。

赵五郎原先还有些顾虑施小仙的安危，此时见她驾驭阿鬼在巨浪中如平地般穿行，心头也舒了一口气，他抬头朝黑蛟叫道："不管你是蛇还是蛟，今天若不把虎鹤令交出来，便要折了你的角，剥了你的鳞，再抽了你的筋！"

"口出狂言！"黑蛟甩起巨尾，蛟尾破浪而出，如同南天一柱般擎天而起。

蛟尾急急拍下，轰隆一声巨响，静水道坛终究抵不过这强横的一击，金光溃散，八道黄符齐齐烧了起来。

葛云生道："五郎，今日我师徒二人就屠龙来祭凌虚之行！"

"好！"赵五郎神情振奋，紧追其后，二人跃上蛟尾，顺着蛟龙背上突起的龙脊往黑蛟身上飞去。

"神符御雷，击！"

"神符御火，疾！"

二人手中两张符纸化作一道火光和一道雷光飞了过去，雷火交加，劈斩而来。黑蛟甩动身子硬生生地受了这两道术法，雷火之力击打上去，竟然未能伤它分毫。

赵五郎道："这黑蛟身上的皮甲还有些厚实！"

葛云生怒道："它有皮甲，那我们便破甲给它看！"

赵五郎道："龙有逆鳞，但蛟好像不一样，要从哪里破甲？"

葛云生道："寻常蛟只有二足，修炼千年后下腹便能再生一足，谓之三足蛟，若是生出了这第三只足，龙甲便十分难破，但若它还未炼出这一足，嘿嘿，这地方便是它最大的弱点！"

赵五郎喜道："我懂了，此处无鳞，一击必杀！"

黑蛟见这二人踩在它背上，立即翻江倒海，搅得整个海域波涛更汹涌。

葛云生和赵五郎高高跃起，正愁无处下脚，幸好施小仙驾着阿鬼踏着浪花而来。施小仙打开乾坤卷又抛出样东西，道："我这次带的水傀儡不多，先给你们应应急！"

东西一落到水面上立即悬浮起来，一个个圆溜溜的像桌面大小的龟壳，任凭风浪再大也掀不翻。

葛云生和赵五郎各落在一个龟壳上，才发现这龟壳之下是无数船桨一样的长足在快速划动，一旦有风浪经过它便会自动根据水浪来划行抵御水势，防止被水浪冲走。

赵五郎踏在龟壳上迅速燃符捏诀道："师父，我先引它出海，你再想法子破它的龙甲。”

“北斗七真，统御万灵，朱雀解意，与我通灵！敕！”赵五郎浑身火光一闪，整个人化作烈枭朝黑蛟飞了过去。黑蛟大怒，张口便喷吐水浪，海水化作炮弹一般砸了过来。

烈枭在空中一凝，化作一支火焰利箭直接穿透水浪，直击黑蛟脸面而去。

黑蛟吃了大亏，大为震怒，搅动身子，带起层层巨浪，整个四海阁内巨浪挟带着狂风呼啸，仿佛世界末日一般。

赵五郎化作的火精逆风而飞，身上的火焰被狂风吹卷，拉出一条长长的尾巴，犹如孛星降落。

狂风越来越大，施小仙放下的水傀儡也渐渐支撑不住，赵五郎突然一转向，由逆风改为顺风飞行，速度陡然快上几十倍，他借着这一力道再次破开狂风，朝黑蛟飞去。

“臭道士找死！”黑蛟怒极，整个身子高高跃出水面，直接朝火精绞杀过去。这黑蛟浑身黑甲如铁，层层绞杀如同巨大的黑色锁链缠绕过来，赵五郎只觉得眼前一暗，仿佛天地都合并了起来。

“五郎小心！”施小仙又一抖乾坤卷，十几把黑色的傀儡刀飞了出来。这些傀儡刀一飞上黑蛟身上立即化作十几个墨竹傀儡，持刀疯狂砍杀蛟龙。

海面上叮叮当当，火星四射。

原本即将闭合的龙甲，也稍稍松弛了几分，被围困在其中的火精也有了喘息之机。它爆燃而起，火光从各个缝隙中透了出来，眼看就要挣脱出来了。

但不想这蚩伯颇为狡猾，整个身子突然迅速滚动，而后径直往海中沉去，刚刚起势的火焰又被遏制了回去，而这滚动带出的海潮又将那十几个墨竹傀儡全部冲散到四面八方，根本不能靠近黑蛟十丈之内。

鳞甲绞动，密不透风，犹如铁桶一般严实。

葛云生担心赵五郎化作的火精要被绞杀在其中，也不等黑蛟露出下腹的破绽，直接踏浪跃起，双掌一合，高声念道：“混沌无象，一气化生。开朗天地，霹雳降临！急急如律令！”

原本混沌无光的四海阁内忽然风起云涌，葛云生整个人凌空御雷，无数雷光将他包裹起来，紫蓝色的闪电翻飞如霜蝶银鸟，又如火树擎天。

“疾！”葛云生大喝一声，万千紫电轰隆一声化作一道利剑劈了下来。黑蛟大惊，更加快速地滚动身躯，将火精牢牢绞压在自己身躯之内，而后龙鳞闭合，像一只穿山甲一般卷曲了起来。

惊雷炸起，电芒直接穿透龙甲，将黑蛟炸得抖了一抖。这雷电的威力太过惊人，施小仙和阿鬼也被激起的巨大海浪掀飞出去，不过好像二人紧紧抓在一起，并未跌落海中。

“好个九天会雷神咒！你以为我还会再吃你雷法的亏吗！”黑蛟怒吼道。

葛云生冷哼一声，双掌再御，又一神雷化作利剑刺了下来，整个四海阁内一片银白。

黑蛟怒极，身子一绞，赵五郎化作的火精被绞成无数火光碎片，这孽畜再身子一旋，张口便朝雷剑吞去。

第二十三章

封印四海

雷剑劈来，当真是威武万千，不可阻挡!

黑蛟并不躲避，而是一抖龙身，浑身黑光一闪，张口就将这雷光电芒悉数吞了进去。

黑蛟怒吼道：“我乃是四海龙神，这风云雷电本就归我族所管，你却想以雷电来杀我，岂不是自取灭亡？葛云生，你的雷法招式对我不管用了！”

黑蛟张口一吐，巨浪化成一道水柱朝葛云生弹去，这水柱之中还挟带着跳跃的雷电之力。

葛云生躲避不及，从半空跌入海中。

“葛师父！”施小仙惊道，急忙驱使阿鬼朝水中游去。

黑蛟哈哈笑道：“蝼蚁之躯，入了我四海之中，哪有存活的希望！”

“这四海阁里，唯我独尊！”

黑蛟摇动蛟尾，晃动着整个海域，嚣张跋扈不可一世！它掀起巨大的海浪，化成一个水球狠狠地砸向葛云生，这一击直接将葛云生和施小仙双双砸入深海之中。

“妖孽！”原本被绞缠散落四处的火光突然一凝，又化作更加威盛的光芒，这光芒一点一点凝聚起来，又迅速弹出，这烈焱却不再是一只烈枭模样，而是一头燃烧的野兽!

更确切地说，是一只巨大的火焰猞猁!

火猞猁在巨浪中快如闪电般地奔袭过来，无数海浪和狂风涌来，都挡不住它的身形。

快！实在是太快了!

猞猁本就是速度极快的猛兽，加上火精的威力，如今已然是快得根本看不出它的真实模样，只见一道火光劈波斩浪地冲了过来。

轰隆一声，火猞猁一掌拍中黑蛟的脑袋，这一掌力气很大，竟叫亭台一般大小的蛟头都歪了下去。

黑蛟身子一扭，愤然冲出水面，他仰天一吼，水潮再次震开，海浪排山倒海般拍来，但火猞猁却如利剑一般破开水浪，直冲黑蛟的腹部而去。

这腹部之下，果然有一处微微凹陷的地方，正是蛟龙的命门所在。

红光闪过，黑蛟突然甩动一道红影飞了出来。

赵五郎化作的火猞猁与之相对而飞，撞上去只是眨眼之间的事。但他定眼一看，这红影正是被囚禁的逐月夫人。赵五郎怕自己的烈焱灼烧到她，急忙收了道法，一把捞住她的裙角，二人双双跌入海中。

黑蛟冷笑道："果然是妇人之仁！"

海浪翻滚而起，四面八方的海水汹涌而来，一片肃杀之意！

葛云生、赵五郎、施小仙还有逐月夫人都沉入阴暗的海水之中，海面上翻江倒海，人力根本难以抗衡，海面下处处混沌未开，冰寒销金蚀骨。

四人正准备往海面上游去，忽然眼前开始有了光影变化。这光影丝丝缕缕，如同阳光透过了海水一般。葛云生一哆嗦，突然惊醒道："糟了，我们赶紧游出海面！"

阿鬼拖着葛云生和施小仙，赵五郎拉着逐月夫人纷纷涌出海面。

一出海面，却见四处一片风平浪静，方才巨浪滔天的景象早已消失不见。四处安静得像个空空的黑洞，连风都没有一丝。

"那蛟龙呢？"赵五郎又点了一个符火四处照了照，惊讶道。

众人一时间不知怎么回事，方才还是翻滚不息的大海，不过眨眼间已是一片宁静，连浑浊的海水都变得清澈澄净。

施小仙道："难不成这怪物被五郎打跑了？"

赵五郎摇头道："不可能，我刚才还未伤到它的要害，这妖物对我们恨之入骨，绝不会这么轻易放过我们。"

施小仙紧张道："那它究竟躲哪里去了？"

葛云生冷静道："这四海阁内除了天上就是海里，他是蛟龙不能飞天，自然是沉入海中。小心脚下！"

众人借着微弱的火光低头一看，果然一团巨大的阴影浮了上来，这阴影很快化作一个血盆大口。

口大如深渊，颗颗利牙都清晰可见。

一双绿眼更是亮得幽森诡异。

葛云生和赵五郎急忙御法朝水中击打而去，但不想这法术入水就如石沉大海，根本毫无反应。

这巨口越来越近，眼看近在咫尺。

施小仙一阵恐慌，忍不住尖叫了起来：“啊，救命啊！”

声如天雷奔袭而过。

这一尖叫把原本昏沉的逐月夫人惊醒了。她摇晃了脑袋，有些惊讶道：“你们……你们怎么在这里？”

“葛云生！竟然是你……你们救了我吗？”逐月夫人的眼神有些复杂，愤怒、无奈以及痛苦。

赵五郎急忙叫道：“夫人，先别管这事，赶紧一起对付这黑蛟才是正事啊！不然我们都出不去了！”

施小仙吓得爬在阿鬼身上，道：“是啊，它上来了！我们快跑！”

但此时能往哪里跑？这四海阁内除了大海，什么都没有，有何处可去？

葛云生忽然摇头道：“不对，这里不对劲儿！一定有问题！”

“因为……这是梦境。”逐月夫人冷冷道，“我们现在看到的不过是蚩伯的梦境罢了。其实我们还沉在海中，再不出去，恐怕就要被淹死了。”

“什么？”众人惊恐道。

逐月夫人冷笑道：“这噩梦我做得可不少了，这样的梦境怎么还能骗住我？”

她破开自己中指，念道：“赤月引路，赤血破梦，破！”

几点鲜血飞了出来。这鲜血像火焰一般燃烧起来，发出血红色的光芒，这光芒正是赤月的光华。

火光之中，四处扭曲破裂，破裂处又有海水灌了进来，仿佛天地漏了一样。众人又被海水包围起来。施小仙有点要昏迷的意思，而葛云生和赵五郎则突然醒了过来。

原来，刚才看到的真是蚩伯造出的梦境！

逐月夫人见葛云生和赵五郎醒了，赶紧指了指上方，意思是快游上去。

众人再次游出海面，长长地吸了几口气，胸闷难受的感觉才稍稍缓和一些。

黑蛟依旧盘旋在海域上，冷冷道：“贱婢，没想到你能挣脱我的封印，重新用上你的赤月之力！”

逐月夫人也冷笑道：“这得多亏了这姑娘的响雷一般的声音！蚩伯，如今你再也关不住我了！”

“太天真了！”黑蛟道，“你以为你们能破了我梦境就可以出这四海阁了吗？”

此时，施小仙已经完全昏迷了过去，阿鬼紧紧地抱住她，急得叫个不停。

葛云生道：“看来今日是不死不休！我非杀了你，再挖出虎鹤令不可！”

“令牌就在我腹中，想要令牌就来决一胜负吧。不过很显然，今日输得肯定是你们！”黑蛟突然张口一喷，一道水箭飞了过来。葛云生双掌一御，一道八卦显露出来，将这水柱挡了下来。

赵五郎再御火精，又想化作火猞猁冲上前。不想这黑蛟十足狡猾，身子一旋，却朝昏迷的施小仙杀了过去。

“你这混蛋！”赵五郎大怒，但他此时再回身守护施小仙已来不及了，葛云生眼见这一情景，急忙身子一闪，又御出一符，想要挡下这一进攻。

一道浓烈的血腥味涌了出来。

葛云生双眼圆睁，有些难以置信，赵五郎失声道：“师父！”

原本昏迷的施小仙竟然一刀刺中了葛云生的腹部。

她的双眼之中是一抹妖异的奸笑。

这究竟是怎么一回事!

赵五郎再也不顾得其他，御水狂奔而来。

葛云生捂住腹部，鲜血汩汩流出。施小仙脸色越发异样，手中的匕首再次出击，赵五郎怒吼道：“小仙，你在干什么？”

四周海浪依旧，却渐渐不可闻其声。

葛云生嘿嘿笑道：“是我们大意了，我们还在梦境之中，她不是小仙，是蚩伯！”

“施小仙”哈哈狂笑起来，“葛云生，现在才发觉中计已经晚了！我若在第一层梦境中就来杀你，你必然有所防备，所以故意让逐月替你们解开第一层梦境。在第二层梦境里我再化作这小姑娘来杀你，你果然没了防备，被我一剑击中！”

“施小仙”化作一条黑蛟盘旋而起，四周海水弥漫。

层层梦术，依旧未醒。

葛云生的鲜血弥漫在海水之中。

赵五郎面容扭曲，怒吼道：“孽畜！你伤我师父，害我朋友，今日我要你血债血偿！”

赵五郎震怒之下，体内沉寂已久的混元灵力再度迸发而出，蓝光辉耀，整个海面一片幽蓝。

黑蛟惊讶道：“这蓝光？原来你就是那日献祭的男童！老天真是待我不薄，

今日不但送来了葛云生，还把昔日的童男童女一并送来了！这是天意！”

黑蛟化出蚩伯的真身，双手捏诀，念道：“奉四海龙神令，逐浪捣阴阳，翻海镇乾坤，封！”

巨浪急旋化作巨大的漩涡，一层层的浪花凌空而起，化作一条条灰黄色的水带。这些水带交织缠绕，像无数的丝带一般绕着赵五郎旋转。

赵五郎目露蓝光，悬浮在半空中，如同神明附体。他嘿嘿笑道：“封海咒?你能遣咒封海，我亦能御法破浪！烈焱！疾！”

火光从体内爆射而出，无数的烈焱化作一条条火焰丝带反向绞缠海水而去。半空中，火与水针锋相对，水雾升腾，火光不息，场面越发的激烈。

蚩伯大喝道：“借我神威，封印四海！”

赵五郎也怒吼道：“化我烈焱，道法破印！”

火光再次暴涨而出，海水被一击之下四处溃散，这封海咒终究是没能施展出来。赵五郎浑身火光熊熊，唯独双眼幽蓝如月，他遥遥一指蚩伯，喝道：“孽畜，新仇旧怨，不如就此解决吧！”

蚩伯怒吼道：“我正有此意！”

他又化作巨大的黑蛟从空中飞舞下来，赵五郎也化作一只巨大的火猞猁冲了过去，两头恶兽猛烈冲撞，整个四海阁一阵剧烈抖动。

四周的空气也隐隐有些破裂。

这二人竟然把这第二层梦境都撞击得难以维系。

第二十四章

如梦似幻

黑蛟再度起身扑来，巨大的蛟身在空中张牙舞爪，整个天地都为之一暗。

黑蛟怒吼道：“小小蝼蚁，还想撼动四海？”

赵五郎迎着风浪,原本有几分英武的脸庞变得越发狂傲,他冷笑道:“一条长虫，还真以为你是真龙？”

黑蛟哈哈狂笑道：“即便是蟒，也强过你这地上的泥猴！”巨大的蛟身如一道黑色闪电袭击而来。

赵五郎双足一点，踩着水浪，高高跃起。

海浪飞溅，黑蛟旋动着身子，再度咬来，道：“我要把你这泥猴一点一点咬成碎片！”

赵五郎人在半空，手中的指诀快速翻飞，一道道蓝色光芒随着指诀闪耀而出，口中的咒法已疾疾念出：“逐浪捣阴阳，翻海镇乾坤。奉四海龙神令，封！”

无数海水涌了上来。黑蛟大惊失色，惊恐道：“怎么可能？你怎么会我的封海神咒！”

赵五郎冷冷道：“你的道，便是我的道！你不知道神明如电便是夺法之道吗？”

海水层层而上，化作无数水带缠绕黑蛟，将它结结实实地反捆在半空中。

以水缚蛟，闻所未闻的招法！

黑蛟原本入水是如鱼得水，却不想反被自己的绝招所控。海水被混元灵力掌控，更加张狂，一道道勒进黑蛟的鳞甲之中，如千针齐齐扎入。烈焱不能破甲，但是无孔不入的水却可以，以其人之道还治其人之身，这便是神明如电之法。

海水卷缚而上，黑蛟腹部的命门已是暴露无遗。

赵五郎毫不犹豫，化作一头火猞猁猛地冲向这命门。火光凝成一把利剑破开腹部柔软的皮肉，烈焱如水银一般注入黑蛟的皮甲之间，火光四处蔓延，整个龙身仿佛烧红的木炭，星星点点的火光从龙鳞之下爆射出来。

“嗷！”黑蛟仰天长吼，痛不欲生。

“烈焱破甲！”赵五郎再度喝道。

整条蛟身全部燃烧起来，无数玄铁盔甲一般的鳞甲四处翻飞，整个龙身一片血肉模糊。

黑蛟痛苦道：“我……我竟然输给了一个道人！一个凝神之境的道人！”

赵五郎冷冷道：“你输给的是混元之力！”他一手掏出黑蛟腹部的虎鹤令牌，再度捏诀，怒喝道：“封印四海！”

道力再涨，巨浪猛地翻倒过来，葛云生和施小仙在阿鬼在保护下，急忙御水躲避。这海浪开始翻上了天，将烧焦的黑蛟直接捆缚到了海中，整个大海仿佛全部飘到上空又狠狠地摔了下来。

又一阵巨响！

赵五郎猛地睁开眼，第二层梦境终于硬生生地被破除了，四周依旧是冰冷的海水，只是这海水再也不是汹涌四溢，而是安安静静得如同一潭死水。

这大海竟然真的被封印住了，四处就像镜子一般平滑，空中是无数破裂的余光，那是构筑梦境的光华，被巨大的威力撕碎坠落，纷纷扬扬，闪动着雪白色的光芒，就像大海上下起了雪。

赵五郎体内的混元灵力也逐渐消失，神志恢复往常。他环顾四周，葛云生捂着肚子依然飘荡在水中，施小仙早已昏迷不醒，阿鬼还在紧紧地抱住她准备把她拖出水面，逐月夫人早已消失不见，而那条黑蛟就在自己的脚下，双眼中的绿色光芒正不甘心地一点点消散。

巨大的龙身慢慢沉入海中，最终化成了一团阴影。

“师父！”

“小仙！”

赵五郎奋力地朝二人游去，但方才的恶战已经消耗了他几乎所有的体力，赵五郎只觉得全身发软，再过片刻就因为力不从心，眼前倏地一黑，昏厥在冰海之中。

四海阁，终于安静得如同虚无之境。

赵五郎再度醒来时，已是正午时分。

眼前是一个破旧的房舍，屋顶上是灰黄色的横梁和深褐色的瓦片，其间悬挂着几张白蒙蒙的蜘蛛网，还有几缕阳光从破损的瓦缝里透了下来。

这春天的阳光暖洋洋的，照得人有些舒坦，若是用力嗅一嗅，似乎还能闻到青草和野花的味道。

“这是哪里？”赵五郎伸了伸懒腰。

“师父！”

“小仙！”

他猛地蹦了起来。

“别吵了，你昏睡就昏睡，还时不时一惊一乍的，吵死了！”葛云生在一旁打着哈欠抱怨道，“还以为你要死了呢，搞得我们两个一晚上没敢睡。”

赵五郎一把抱住葛云生，一副劫后余生的姿态道：“啊？师父，你没事啊，吓死我了，我以为你被小仙杀了呢！”

施小仙莫名其妙道：“你疯了吧，我怎么可能杀葛师父？我跟葛师父关系这么好，五郎你是不是又做噩梦了？”

赵五郎点头道：“对了，那是蚩伯变成的你，不是真正的你——师父，你伤势怎么样了？”

葛云生道：“我没事啊，什么蚩伯啊？你睡迷糊了？”

赵五郎惊道：“啊？我们在四海阁里……”

葛云生奇怪道：“对啊，去了四海阁拿了东西我们就走了啊，然后你小子突然就昏倒在地上了，中邪了一样，莫名其妙的。”

赵五郎更加惊讶：“不可能，那黑蛟，四海阁里的大海，你们都忘记了？”

施小仙这下也过来摸了摸赵五郎的额头道：“不会是真睡迷糊了吧？我们进了四海阁，里面只有一尊海蛟神像，那令牌就放在神像的口中，我们拿了就走了。”

葛云生道：“对了，你眼睛不老实，一直盯着那个神像看了，估计是遭了那个莫将离设下的迷魂阵了。”

赵五郎惊得无以复加，这四海阁内发生的事到底是真的还是假的，难道真的只是因为自己中了阁楼内的迷魂阵法？

赵五郎还是有些不信，他跑过去掀葛云生的衣服道：“师父，别想骗我，让我看看你的伤口！”

葛云生骂道：“还想扒你师父的衣服，没大没小，成何体统！没看到还有小姑娘在吗？”

赵五郎缩着头摆出一副不相信的表情，“可是这迷魂阵也太真实了。”

施小仙笑道：“你呀，肯定是睡迷糊，做梦了。来，先喝口水。”她给赵五郎递了个葫芦过来，而后突然叫了一声，“哎呀，不好，忘记了还有两只妖精在我画里呢。”

第二十四章　如梦似幻

施小仙急忙打开乾坤卷，画卷之内，血猹猁和霜蟒精早已化为兽形，一副昏昏欲睡的模样，看来没了兽丹果然影响很大。

葛云生眉头一皱，道：“糟了，糟了，答应天一亮就把妖丹还给它们的，这下晚了些，估计损伤了些元气。”

施小仙也道：“可不是，都不精神了。”

他和施小仙急忙把血丹、蛇丹掏了出来。这二人出了离风阁后把妖丹吐出来，就一直揣在身上，自然是未损分毫。

葛云生道：“五郎，你那颗兽丹呢？快拿出来！”

赵五郎四处摸了摸，突然想起来这兽丹早就被自己吞下去了，他脸色一变道：“好像，好像被我吃了……”

“吃了？”葛云生和施小仙齐齐叫道。

赵五郎尴尬道：“你们没看到我打斗的时候，都化出了火猹猁的样子了吗？”

葛云生疑惑道：“什么时候？”

赵五郎道：“是在四海阁内对阵蚩伯的时候，你们真的都不记得了啊？”

施小仙拍了一下赵五郎道：“明明是你贪吃，还找借口呢！”

“我没有！”赵五郎道，“那这兽丹被我吃了怎么办？”

葛云生哼了一声道：“能怎么办，吃了就吃了，难不成把你杀了挖丹吗？”

施小仙有些担心道：“那对五郎会不会有什么影响？”

葛云生道：“猹猁丹毕竟是兽丹，乃是妖道的灵力，与符箓大道有本质的区别，到底会有什么后果我也不知道。不过这猹猁精修的是纯阳之术，与五郎的火精倒是不相冲突，希望没什么大碍吧。”

赵五郎听了这番话，心中稍稍安了一些，随后又道：“那，一会儿怎么跟猹猁精交代啊？”

“这……见机行事吧。小仙，把这二妖放出来。”

施小仙“嗯”了一声，一抖画卷，血猹猁和霜蟒二妖就跌了出来。二妖一落地，又服了自己的妖丹，神态渐渐有所好转。

过了片刻，血猹猁和霜蟒精化出了人形，齐齐行礼道：“多谢几位道长不杀之恩。”

“不谢，不谢……嘿嘿。”三人面色尴尬，搓了搓手。

行了礼，血猹猁又抬头问道：“对了道长，我还有一颗兽丹呢？”

“哦……”葛云生双眼急忙看了看窗外的天，湛蓝湛蓝的，看起来天气似乎不错。

施小仙也立即收了画卷盯着自己裙角，一阵拨弄，似乎根本没听到猞猁精说什么。

最后只剩下赵五郎一人，他眼珠子轱辘来轱辘去，最后发现无处可看，只好硬着头皮道：“对不起二位，这兽丹不小心被我吞了……”

“你吞了我的兽丹？”血猞猁握紧拳头尖叫道。

“你……吃了我相公的兽丹？”霜蟒精也叉着腰失声惊呼道。

“对不起，对不起，我不是故意的……”赵五郎磕磕巴巴地还想解释。

“算了，小道人，不要解释了！”血猞猁眼睛之中是难以置信，随即又哼了哼道，“其实我好担心我娘子知道我有两颗内丹，会因为我修为比她高而嫌弃我，如今阴差阳错竟然叫你吞去了一颗，真是老天垂怜我夫妻二人，叫我二人如今又平起平坐！”

他转头握着霜蟒精的手，说道：“娘子，现在你不必再怀疑我了，我也只有一颗内丹了，我会一心一意爱你的！”

霜蟒精也喜极而泣道：“相公何需此言？无论你炼出几颗内丹，奴家爱都爱不够，何来嫌弃二字！”

这二妖四手紧握，一副再也不分离的模样。

“相公！”

“娘子！”

葛云生拉了下看呆了的赵五郎和施小仙道：“快走，快走！这时候不走，还想看一天吗？”

三个人东西都来不及收拾，急急忙忙地奔出了破屋。

三人沿着山路一顿狂奔。赵五郎跑了几步，就觉一阵眩晕。白晃晃的太阳光下，他突然又看到了一个曼妙的红色身影。

“五郎！”

第二十五章

剑宗四少

这声音……如此的熟悉……

赵五郎整个人怔了一下，有些难以置信。

红色的身影款款而来，这人不正是逐月夫人吗?

她怎么又来了，难不成她心有不甘，还想过来杀葛云生不成?

赵五郎咯噔一下，心头万千疑问汹涌而来，立即有些戒备道:“夫人，事到如今，你还想着报仇吗?”

逐月夫人的身影慢慢地来到赵五郎跟前，只是光芒太盛，这人始终笼罩在一层光晕之中，看不清她真实的容貌。

“我若想杀你们，昨日便杀了，何须留到今日?”逐月夫人柔声道。

“那你还想干什么?”赵五郎谨慎道。

“五郎，你不必惊慌，今天我来不是为了报仇，而是与你道别。”逐月夫人道。

“道别? 你要去哪里?”

“回我的望舒山，替我师父好好延续赤月一门的命脉。”

赵五郎终于舒了一口气，道:“这样也好。其实我师父原本也是无心之举，并非有意加害洛州乡民。”

“有心无心都无所谓，如今我已想通了，这洛水的恩怨早已难以说清。我十一岁时目睹全村被洪水淹没，而后又见河妖疯狂吞噬我的亲朋挚友，我忍辱负重求得生存之机，只为日后能报此血海深仇。我这一生都为仇恨而生，仇恨成了我滥杀无辜的借口，这几年我用嫁梦之术杀过的人也不计其数，我从未觉得内疚。若是计算起来，我也是罪行累累，也是死有余辜。其实这么说起来，我跟蚩伯又有什么区别?

“师父接我入门时，曾告诉我嫁梦之术亦有正邪之分，嫁梦者能帮人达成所愿，乃是行善积德之事，赤月一门原本该是与万生为善，如今却也是沾满了血腥，这是我的罪过。从今日起我就回望舒山，安心继承我师父的衣钵，不再过问道门之中的事了，但愿师父能宽恕我的过往。所以你也不用再担心我会找葛云生的麻烦了。只是临别之际，想起了故人，特来道个别。”

赵五郎最怕听到“道别”二字，即便是亦敌亦友的逐月夫人，也忍不住生出几分不舍。

逐月夫人毕竟是他年幼时认识的人，对于赵五郎这种无亲无故、无根无底的孤儿来说，这种关系就好比通向自己故乡和童年的一根丝线，有一种说不清道不明的亲切感在其中。或许，对逐月夫人而言，赵五郎给她的也是这样一种感觉吧。

“故人”二字，可不是代表着过去共有的时光？四野静静，二人一时无言。

过了片刻，逐月夫人转身欲走，赵五郎突然想起四海阁中的奇遇，急忙问道：“姐姐，你先别走，我问你个事，那四海阁内的事究竟是真是假，还只是我在做梦？”

逐月夫人“扑哧”笑了出来，光影之中虽不能见她美艳无双的容貌，但光听这笑声都可教人沉醉半晌，“是真是假对你来说有区别吗？如果有一天你发现你现在的一切都是一场梦，又有什么关系呢？经历了的东西不管真假，对你而言都是真的。五郎谢谢你，但愿后会有期。”

赵五郎一时没听明白逐月夫人的意思，又问道：“你这话还是没说明白，到底是真还是假啊？”

“浮生好似一场梦，劝君莫问假与真。”

红光散去，渐渐消失在白炽的阳光下。

葛云生拍了下赵五郎，诧异道：“你又迷糊了啊？你这脑瓜子越来越不好用了，一天要昏几次啊？”

施小仙也忧虑道：“五郎啊，你这是要变少年痴呆啊！”

赵五郎根本没听这二人的揶揄，他呆呆地回想了一阵，突然叫了起来：“我明白了，我明白了！这是真的，我记得的才是真的！你们都被骗了！”

“这……真是疯了呢！”葛云生和施小仙齐声道。

“越来越傻，无药可救，完了！”葛云生摇头道。

赵五郎激动地跳了起来，他突然明白了，那一夜四海阁内众人昏迷不醒，肯定是逐月夫人最后救了他们，而后又将葛云生和施小仙的记忆抹去了。

但是她为什么要这样做？是不想这世上的人记起还有逐月夫人这个人？还是觉得难以面对自己救了的本要杀掉的仇人？抑或是不想再面对这有关蚩伯的一切？

“浮生好似一场梦，劝君莫问假与真。”

赵五郎喃喃自语，他突然明白了，逐月夫人最后的这句话不是说给他听的，而是说给她自己的，她希望自己的过往都像四海阁中的梦境一样，消失在深海之中，永远地离她而去。

或许，那天晚上是逐月夫人施了个术法，让所有人的记忆回到进入四海阁前的那一刻，她再用新的梦境骗了葛云生和施小仙，教他们以为这四海阁内空无一物，轻而易举便拿到了虎鹤令，唯独赵五郎的记忆留了下来。

又或许，真的只是赵五郎受到了迷惑，做了一个长长的梦，在梦里勇斗恶蛟，救了所有人。但就算是梦又如何呢？赵五郎已经学到了新的东西，对道有了新的感悟，这就足够了，不是吗？

赵五郎想到这些，所有的疑问都抛诸脑后，他嘿嘿地傻笑起来，自言自语道："说不定我不傻呢，我只是聪明得比较特别！"

葛云生看了一眼，摇头道："不要安慰自己了，你是蠢，蠢得让人生气！"

三人往京都方向走，来到一地，位置上已近京都。

此地前不着村后不着店，一片荒凉。

三人见前头有一家不大不小的客栈，名曰"长福"，正是个落脚的好去处。

葛云生道："不如今夜就在这儿住下，明日再走吧。"

"好！"赵五郎和施小仙齐齐应道。

三人进了客栈，订了两间二楼的偏僻客房，葛云生先上楼，赵五郎和施小仙随后跟上。这时就听得楼下传来一个清亮的男子声音："今日这客栈我们包了，叫其他人另投别家吧！"

紧接着就是"当"的一声，赵五郎回头望了一眼，却是一锭偌大的白银掷在了桌子上。

这来人随手一掷，银锭已经陷入木桌之中，仿佛嵌进去了一般，显然这人手上有几分力道。

施小仙嘀咕道："这是谁啊，这么嚣张！"

赵五郎却耳朵一竖，心中暗道："这声音听着怎么有些耳熟？"

他俯下身子透过栏杆偷偷看了一眼，来客约莫有十余人，一个个背对着赵五郎，看不清具体样貌，说话的那个穿着绿衣服，厉声道："听到没有，快点清理客栈！"

掌柜有些为难道："几位大侠，这实在是有些难做呀！"

"怎么，是嫌银两不够吗？"那人又丢出一锭白银，喝道，"少废话，速速安排！

我家少主不想有外人在旁边扰了清净。”

掌柜解释道：“这倒不是银两的问题，只是先前已有几位客官入住，如今再喊他们走，恐怕不妥啊。要不我把后院的几处厢房腾出来，你们住那里倒也清净，不怕其他人打扰。”

“叫你清理客栈你清理就是，怎么这么多废话？谁敢不走，就丢他出去！”那人已是微微有些怒意，单手一拍，原本平整的梨花木柜台已现出一个清晰的掌印。

“太嚣张了！”施小仙有些生气了。

赵五郎却觉得有些蹊跷，拉住施小仙道：“我们先看看，这些人好像都是有些修为的剑客，那个青衣服的背影看起来尤为眼熟，我好像在哪里见过一样。”

施小仙奇怪道：“怎么，你还认识？”

赵五郎想了想又摇头道：“看不清他的脸，有些想不起来。”

厅堂之中，这青衣男子正欲动手，忽然，门外传来一声清喝：“柳侍不得无礼！”

“柳侍？”赵五郎惊了一下，终于恍然大悟，原来是在齐云飞梦中见到的那个柳侍，南宫少羽的柳龟二侍之中的柳未申！

那这些人是御剑宗的门人？

赵五郎心中翻腾出一串念头，不知该走还是再继续偷看几眼，犹豫间门外已先后步入四名气度不凡的剑客，为首的蓝衣剑客颇为眼熟，正是当日在柳云社曾出手相救的男子，御剑宗的大弟子秦少商。

施小仙道：“是他，那个秦少侠！”

紧接着进来的是其他三名剑客，身着紫衣的南宫少羽也赫然在列。

各剑客一见这四人进来，急忙俯首道：“见过四位少主！”

柳侍急忙上前谄媚道：“秦少主，在下查看过了，这家客栈后院有几处厢房，正好适合四位少主入住，其他客房我等随后就速速清理。”

四人之中一长发冷面剑客抛出一枚铜板，冷冰冰道：“三师弟果真教的一众好奴才，真会办事，比我长卿宫的人会做事得多，赏！”

铜板划过一道弧线，柳侍双指一接，喜滋滋道：“谢二少主打赏！也是三少主教得好！”

原来这长发冷面剑客，正是剑宗四少排行第二的冷少卿。

南宫少羽嘴角微微一扬，道：“我柳龟二侍若是连这点事都做不好，留着又有何用？长卿宫的人也是该好好教教了！”

冷少卿冷冷道：“我可不及三师弟这么有排场，听说飞羽宫的剑侍比大师兄的商阳宫还多了一倍不止，真是叫人艳羡。”

南宫少羽斜飞双目，轻笑道：“二师兄这话可是有些不中听。大师兄如今是代掌门，他若想要，这御剑宗的哪个人又敢说不是他的侍从？区区飞羽宫不过是在清虚山的第七重天罢了，你又何必计较。”

冷少卿与南宫少羽历来不合，这是御剑宗内人人皆知的事，如今这二人一进客栈，又是针锋相对，秦少商的脸色已经有几分不快。

在一旁的龟侍倒是沉稳，他见此情景，急忙打圆场道：“我说诸位少主，连日赶路想必也是有些疲惫了，不如先入厢房歇息片刻，如何？”

柳侍立即朝掌柜喝道：“还愣着干吗？还不快去准备房间！我限你半个时辰内，将其他人全部赶走，一个不留！”

秦少商眼见这些人一副耀武扬威的姿态，不禁皱了皱眉头，叹气道：“诸位师弟，下山前师父反复告诫，我等出来切不可太过张扬，亦不可失了宗派的气度，不知大家可还记得？”

众人面面相觑，不知如何作答。

南宫少羽笑颜依旧，仿佛这事与他无关一般。

而冷少卿依旧面冷如霜，状如一尊冰雕。

唯有这三人背后的一个少年怯生生道：“师父诫语，少宗自然铭记在心，绝不敢越雷池一步！”这少年五官十分清秀，远远看去与齐云飞还有几分相似，只是身材十分瘦弱，脸色更是有些惨白，仿佛大病初愈一般。不过，他有一双灵动清澈的双眸，显示了灵气与天赋。

这人自然是剑宗四少之末，传说中剑门天资第一的丁少宗。

丁少宗的话虽然有气无力，甚至有几分收敛，但叫外人听来却是无比坚定——王琼风的话对丁少宗而言，那便是金科玉律，绝无违反的道理。

第二十六章

八方黄雀

南宫少羽笑了一下，道：“我等自然应该遵守师父诫语，只是我这几个不成器的奴才竟然坏了规矩，如此大呼小叫，倒是叫大师兄费神了。柳侍，还不速速给秦大师兄致歉！”

冷少卿见此，忍不住冷笑道：“三师弟这风头转得可是真快啊，墙上茅草，四面能倒，就怕你这立场不稳，口服而心不服！”

南宫少羽也不发怒，依旧笑道：“那倒不知二师兄的立场有多坚定？想来你苦修千机剑，是准备安心当个守剑长老吗？九层剑冢的灵剑阁可是空了一年多了。”

“南宫少羽，你真是越发的不分尊卑！”冷少卿冷面更加冷峻，已是如冰霜一般。

南宫少羽捋了下冠带，不紧不慢道：“御剑宗历来只以剑术分尊卑，二师兄再不努力，只怕都快不如少宗师弟了。”

丁少宗立即俯首谦逊道：“少宗不敢！”

冷少卿恶狠狠道：“看来，你是想试一试我的千机剑了？”

南宫少羽也冷笑道：“我的柳龟剑近来也是未遇敌手。”

现场的气氛再次降到冰点。

“够了！”秦少商怒喝一声，这声音虽不算多响亮，但也足以教在场之人全部噤声。

秦少商有些怒意道：“少卿！少羽！在众师弟前如此这般，不怕丢了自己的身份吗？平日在剑宗内你们这般冷言冷语也就罢了，如今出了宗门，我等作为御剑宗的弟子，怎么还如此不识大体？若是还这么放肆，不把我秦少商放在眼里，我便要代师父下令，立即遣送你们回御剑宗，从今往后，不得下山一步！”

秦少商一瞪虎目，声若洪钟道：“出我御剑宗者，便是背负‘宗门’二字，有辱师门者，不论资历，都必罚不饶！”

秦少商一字一句说得斩钉截铁，莫说其他剑客，就算是冷少卿和南宫少羽也不敢再多说一句话，众人唯有齐齐应声道：“大师兄息怒！我等谨记师兄教诲，绝不敢再犯！”

施小仙佩服道：“秦师兄果然有魄力，若非他在，恐怕刚才这二人要闹得天翻地覆。”

赵五郎却有些忧虑道：“却不知道这些御剑宗的人出来想做什么，是不是还在找云飞？”

“对了，云飞干吗去了？好久没看到他了。”施小仙问道。

赵五郎摇摇头道：“我好久都没听到他的消息了。”

就在这时，有人在背后拍了一下赵五郎，回头一看正是葛云生。

“你俩猫在这儿干吗呢？”葛云生问道。

“师父，嘘！小声点！”赵五郎急忙拉着葛云生缩回墙角处。

“怎么了？”葛云生问道。

“下面有人，是御剑宗的人！”赵五郎道。

“御剑宗？”葛云生皱眉道，“怎么，他们也准备去京都？都有谁来了？”

赵五郎道：“我只认得南宫少羽，对了，还有他们的大师兄，秦少商！”

“秦少商也来了？”葛云生惊了一下。

若说南宫少羽是名声在外，那这秦少商便更是无人不知无人不晓，尤其是近些年王琼风基本上深居简出，门派内的事务都是交给秦少商打理，正邪两道的人都知道，四年后御剑宗的掌门之位必是传给秦少商无疑。

这样一个日理万机的代掌门，怎么也下山来了？

必定是有什么大事要发生了！

葛云生也偷偷瞄了一眼，低声道：“何止这二人？看来剑宗四少是悉数出动了，有大事啊！”

赵五郎道：“难不成，他们还在找云飞？”

“不至于啊！乾坤九剑虽然重要，但以齐云飞的修为，任何一个剑宗四少都足以应付，何必这么兴师动众，四少一同下山？这可是极为罕见的。”葛云生思虑道，“不行，晚点的时候得去探探口风！”

葛云生眼见这些剑客开始上楼，急忙拉住赵五郎和施小仙躲回了房间里。

入夜，这些御剑宗弟子用了晚饭便都回房歇息，而剑宗四少的饭菜都是由各剑侍送到房间里。

葛云生推开窗户，看了看天色，道：“快子时了，这些人运完功就爱串门讲点重要的情报，这个时候去偷听正好。”

赵五郎一听要去打探消息，也兴奋道：“师父，我也去！”说着他撕了一块灰色的衣角，蒙在脸上，笑道：“这样就好了，他们就认不出了！”

葛云生咳两声道：“瞧你这衰样，这是准备去做贼吗？”

赵五郎不以为意道：“刺客啊探子啊什么的不都是这样打扮吗？我是小刺客赵五郎！”

说着，他还比了个手势。

葛云生哼了一声道：“真是低劣的手段啊！你等会儿，看师父给你弄个高级的。”说着他拿出一张黄表纸，用朱砂在上面画了一张歪歪扭扭的人脸，而后道：“把头抬起来！”

“师父，你想干吗？”赵五郎缩了两步，心中闪过一丝不安。

“叫你抬头你就抬头，哪来那么多废话！”葛云生突然踹了赵五郎一脚。赵五郎“哎哟”一声，葛云生已经把黄表纸拍在了他脸上。

葛云生灌了一口茶水，直接朝赵五郎脸上喷去。赵五郎刚被踹了一脚还没缓过来，就又被喷了一脸水，一肚子委屈道：“师父，你又想搞什么？你踢我就算了，还吐我口水，师德何在！”

葛云生捂住赵五郎的嘴道：“大半夜叫这么大声，准备把御剑宗的人都喊过来吗？”

这二人吵吵闹闹，把隔壁的施小仙给惊醒了，她跑过来敲门问道：“葛师父，五郎，你们没事吧？”

葛云生急忙给她开门，笑道：“没什么，五郎刚才还说想你呢，你快进来！”

施小仙“扑哧”一声笑了，道：“这话我可不会信！”不过她还是往屋里探了一下头，而后突然捂着嘴巴，咯咯笑个不停，完全不能控制自己。

“五郎，你……你怎么戴了这么个面具啊？眼睛嘴巴都是歪的！哈哈哈，太好笑了！”

赵五郎急忙摸了摸自己的脸，好像是有点不一样，感觉嘴巴不是嘴巴，眼睛不是眼睛的，他急忙跑到铜镜面前一照，登即被气得要晕过去——只见自己一张原本还有些英武的脸庞已经变成歪鼻子歪嘴巴的痴呆脸。

“师父！”赵五郎怒道，“你到底对我做了什么？”

“你给我小点声！”葛云生喝了一声，而后又嘿嘿笑了起来，道，“你不是要别人认不出嘛？这是从一本书上看到的画皮术，我也是刚学的，可惜没画好。”

第二十六章　八方黄雀

施小仙也是第一次见识画皮术，有些兴奋地跑过来扯赵五郎的脸蛋，惊讶道：“哎呀，这完全看不出是假脸，跟真的一模一样，太神奇了。对了，可不可以给阿鬼也画一个，画个好看一点的。”

葛云生摇头道：“这可不行，画皮术只能画活人的脸皮，阿鬼的话，你还是自己造一张假脸吧。”

施小仙有些失望地“哦”了一声，突然又兴奋道：“那要不给我画一张漂亮点的脸皮，我也要变得更漂亮点！”

这二人一会儿猛揪赵五郎的脸，一会儿又在讨论画皮术，完全无视赵五郎的处境。赵五郎被气得鼻孔都要冒烟了，但他这一生气，就觉得脸上痒痛得不得了，整张脸都要被撕裂了一样，他痛苦道：“我的脸，我的脸！完了，我要毁容了！师父，我会恨你一辈子的！”

葛云生拍了他一下，道：“你少装蒜，这画皮术也就维持一晚上，你睡一觉明天起来这符纸自然就脱落了。走吧，时间不早了，我们去探探情况。”

“探什么情况？”施小仙问道。

“打探下这些御剑宗的人有什么目的啊，怕他们对云飞不利。”赵五郎道。

施小仙突然拍了一下赵五郎道：“你傻呀？去刺探情况干吗不用混元伞，那个不是可以隐身吗，还用画什么皮？”

葛云生捂住嘴巴“扑哧”笑了出来。

赵五郎瞬间明白了，“师父，你就是故意试试你的画皮术的对不对？你也知道有混元伞，就是不提醒我对不对？——哎哟，我的脸！”赵五郎又痛得叫了起来。

施小仙也咯咯笑了起来，道：“行了，行了，我道是什么事呢，大半夜的这么折腾。想要探口风，还不如找我施小仙呢！”

葛云生和赵五郎退了一步，问道：“怎么，难道你还想去色诱御剑宗的人？”

“呸！”施小仙杏眼瞪了一下，道，“你们忘了我是偃师了？这偃师里的探兵可不比你们大摇大摆地跑过去方便多了？混元伞虽然好用，一次也只能窥探一人，我这探兵可以全员拿下。”

二人这才想起偃师技法中本就有探兵这一傀儡。

施小仙取下乾坤卷，从中抖出八只傀儡黄雀。这黄雀两两一对，雄雀为探兵，专门飞出去探察情况，而雌雀守在施法人身边实时汇报雄雀的所见所闻。

施小仙破了下自己的中指，将血渍往八只黄雀的额头上点了一下，轻声道：“八方黄雀，速去速回！”

四只雄雀额头红光一闪，立即扑扇着翅膀从窗户飞了出去。

赵五郎有些难以置信道：“小仙，你这法子到底靠不靠谱？”

施小仙笑道：“你等一下不就知道了？”

这黄雀径直朝剑宗四少的四个厢房飞去，第一只黄雀轻啄最里间窗户上的窗纸，定眼往里瞧去。

这是秦少商的房间，可惜厢房内黑黢黢的，显然空无一人。

在葛云生房内，施小仙双指一点雌雀额头，喝道：“显！”

雌雀双眼猛睁，额头上的红光突然炙热起来，渗透进黄雀的身子内，又从双眼之中透射出来，映出一副景象，正是雄雀所看到的最里屋的情况。

第二十七章

再生疑云

这黄雀显露出的画面之中黑乎乎，空无一人。

“唉……”施小仙失落道，“看来人没在，烛火都没点。”

“没事，还有其他三只呢，说不定这几个人聚在一起商讨什么事呢。”赵五郎安慰道。

施小仙依样画葫芦，第二只黄雀也透出一副画面，这次不再是一片漆黑，而是有两个人影。

正是秦少商和那个孱弱的少年丁少宗。

施小仙第一眼看到丁少宗时，忍不住惊呼道：“这人好像云飞！不过要瘦弱很多，好像生了什么大病。”

葛云生也疑惑道：“是有几分相似。听说丁少宗身子骨自小就不好，但天资却很高，有剑门天资第一的称号。”

葛云生这么一说，赵五郎和施小仙忍不住多了几分钦佩。

画面之中，秦少商关切道：“少宗，这几日赶路，会不会有些劳累？”

丁少宗笑道：“师兄不必担心，少宗虽然内力差了些，但也不至于这般不济，只是离开清虚山多日没有见到师父，有些不习惯罢了。”

秦少商笑了笑：“各弟子中就数你最听师父的话。师父也是怕你一直待在御剑宗内眼界小了，所以才特地要你此次下山多走走，你也别急，不过数月我们就可以回山了。”

丁少宗“嗯”了一声。

这少年言谈举止始终有几分怯生生的感觉，他的眉眼之间清亮纯粹得如同婴儿一般，让人忍不住生出想要保护他的冲动。

秦少商叮嘱道：“早春夜寒，早点休息吧，明早还要赶路。”

丁少宗笑了一下，轻声道：“谢谢大师兄。”

秦少商正待出门，丁少宗忽然又问道：“对了，师兄，少宗心中还有一个疑问，本来不该多问的，但是……我既是此行的人员之一，还是想了解更多一些——不知此行是何事情，竟然要三位师兄齐齐出马，想必不会是走走看看这么简单吧？”

秦少商愣了一下，回过身子，有些歉意道：“这事可是怪师兄了，原本应该早一点告诉你的。你还记得灵剑阁内的那个齐云飞吗？”

丁少宗想了想道：“不曾见过，不过我听师父说过。”

秦少商道：“嗯，他拿走了乾坤九剑，如今一直下落不明。半个月前，有人直接入御剑宗给师父送了一封密函，密函中说，端午正阳之时，乾坤九剑会出现在凌虚峰符箓门中，若是想夺回神剑，请亲自来取。”

丁少宗惊道：“是何人？竟有这等本事，可以只身进入师父的琼风阁之中？”

秦少商一脸愁云道：“这就不得而知了，但对方可以这般来去如风，显然修为极高。你说乾坤九剑为什么会出现在符箓门？这必然是对方设下的一个局，只等请我们入瓮。”

丁少宗道：“我猜想，此次受邀的恐怕不仅仅是我们御剑宗一派。”

“我也这么觉得，听说有一些旁门左道的人也正陆续前往京都，想必也是与此事有关。此行只怕必是一番血雨腥风！”秦少商说到这里不由地叹道，“我原本不想跟你说这些，就是想到了符箓门后找个借口让你避开此事，但现在一想，其实你也早已长大了，练剑之人终究要上阵杀敌，此次师父肯让你下山，也是对你有充足的信心，我若再这么做恐怕也不妥，不过少宗你放心，只要有师兄在，必保你无恙。”

丁少宗微微有些激动道：“师兄放心，少宗虽然不及诸位师兄，但也绝不会叫人小瞧了御剑宗的剑法。不管对方是谁，他敢下此战书，我师兄弟四人也敢叫他有去无回，誓要夺回神剑。”

秦少商眼中显露出一抹振奋，连声赞道：“好小子，倒是师兄小看你了！”

葛云生三人一个个面面相觑。

乾坤九剑，符箓门，御剑宗，这其中究竟有什么阴谋?

还有，这给王琼风送密函的人究竟是谁？可是那黑衣人玄天明？这人究竟有什么目的?

葛云生突然叫道：“糟了，端午之时，正是今年符箓门仙武大会之日，只怕这些人另有目的！”

赵五郎急忙问道：“什么目的？”

葛云生还欲说话，忽然第三只黄雀也开始散出红光，光影里有三个人，细细一看，正是南宫少羽和柳龟二侍。

柳侍上前给南宫少羽沏了杯茶，恭敬道：“少主连日劳累，这是上好的云参，夜间喝了最是安神。”

南宫少羽“嗯”了一声，问道：“他们三人现在在做什么？”

柳侍道：“冷师兄依旧在打坐运气，秦少商不在房中，好像是去了少宗的房间。”

南宫少羽道：“少宗身子羸弱，又是第一次下山，大师兄自然不放心，多加照顾他也是应该的。”

柳侍口中略有不屑道：“也就少主宅心仁厚，这般体恤同门之情，我看若非少宗像条狗一样跟着掌门师尊，就他那修为，如何能与少主并列为剑宗四少？真不知道掌门师尊看中了他哪点？”

南宫少羽挥手道：“这你就有所不知了，少宗的身子骨虽然弱了些，但他的天赋确实百年难得一见，剑门天资第一也不是信口胡说。这等听话又有天赋的弟子，师父喜欢他也是理所当然。再说我二人好歹同门一场，柳侍你也不必再说这等轻贱之话。”

南宫少羽说这话时虽然言语之中颇为尊敬，但脸上却依旧一副笑里藏刀的模样，显然他心中也是有几分轻视的，只是在下人面前，不愿表露出来罢了。

柳侍未曾察觉，讪讪道：“属下只是替少主鸣不平，以少主的修为，剑门之内除了掌门师尊和秦师兄，恐怕已无人能及。”

柳侍一再拍南宫少羽的马屁，南宫少羽也不置可否，他轻抿了一口参茶，转头问龟侍道：“我叫你查万剑冢中的剑谱，查得怎么样了？”

龟侍俯首道：“禀少主，属下已查到柳剑九式的其余四式剑谱，只是……”

“只是什么？”南宫少羽脸上略有不快。

龟侍如实回答道：“只是这剑谱目前在黑水长老手中，他似乎不是很愿意交出来。”

南宫少羽双眼迸裂出一丝寒光，怒道：“常御海？他当真是不识好歹！”

龟侍又道：“不过属下无意间又探听到另一件事，不知当说不当说。”

“说！”

“属下探听到，齐云飞与一神秘人出现在荆州云梦之泽附近，好像……好像是在修炼雷霆双剑！”

“雷霆双剑？”南宫少羽一下子捏碎了茶杯，冷冷道，“他的乾坤九剑已经精进到这个层次了？那神秘人是谁？”

龟侍道："属下不知，但据说那人剑法极高，恐怕与御剑宗也是大有瓜葛。"

南宫少羽冷笑道："御剑宗内懂得驾驭乾坤九剑的不外乎师父王琼风、陆子阳和魏青虹三人，陆子阳早已命丧剑灵阁，这人显然是魏青虹！"

柳侍赞道："少主果然睿智神武，一猜便猜出这人的身份。"

龟侍却疑惑道："属下听说当日灵剑阁内的争斗颇有些蹊跷，各宫各家弟子赶到时，只有掌门师尊一人在场，很多人曾怀疑是……"龟侍有些不敢说下去。

"怀疑是师父杀了陆子阳对不对？"南宫少羽倒不以为意，直接替龟侍说道。

"正是！"龟侍见南宫少羽并不忌讳此事，这才继续道，"但我也曾听人说，杀死陆子阳的并非掌门师尊，而是另有其人。"

"啊？"这一声惊叫，不仅仅是柳侍发出来了，就连雌雀旁的葛云生和赵五郎也叫了起来——齐云飞一直坚信是王琼风杀了自己师父，如今这龟侍却似乎怀疑凶手另有其人。

"那你觉得是谁？"南宫少羽故意问道。

"少主你想，以陆师伯的修为，这天下间恐怕没有人能够一剑击毙他，这人必是他最亲信的人，只有至亲至信之人，他才没有防备，以至于被一剑穿心毙命。而小人听闻，当日灵剑阁上的海潮汹涌而下，这一剑显然是借了东海的海潮之力，才能威力如此惊人！"

柳侍这下听明白了，惊叫道："是六宗神剑中的海宗剑！听闻他们三人都曾修炼过这海宗剑！"

他惊讶道："所以，杀人者……是……魏师叔？"

南宫少羽冷笑道："柳侍，他早已叛出御剑宗，不再是你的魏师叔，你再这么不懂分寸，是要吃大亏的！"

柳侍急忙俯首道："少主教训得极是，属下知错了！"

龟侍方才一番分析，显然自己都觉得有几分得意，他冷眼看了一眼柳侍，不禁有些鄙夷：只知道人前争宠，却不懂背后下苦功夫，终归也就是条摇尾巴的狗，活脱脱的奴才命。

但他这得意的念头刚起来，南宫少羽就泼了盆冷水，冷笑道："不寿，你倒颇有心思，虽未亲历现场，却能分析得头头是道，若说是魏青虹杀了陆子阳，乍一看倒也合情合理，但有一个很大的疑点！"

柳龟二侍急忙低头道："但听少主高见！"

南宫少羽道："且不说传闻陆子阳和魏青虹关系亲密犹如龙阳之癖，魏青虹昔日能自动弃剑舍名下山而去，现在怎么可能反过来杀自己的师兄？再说，若是真如你所说，魏青虹杀了陆子阳，师父一到现场必然知晓，但他却绝口不提这二人之事，也不追捕魏青虹，只是下令召回齐云飞和乾坤九剑，这其中可不是疑云重重？”

南宫少羽显然分析得更加透彻，只是这样一来，这凶手究竟是谁，就更加扑朔迷离。

柳龟二侍道：“那以少主的分析，这人是谁？”

南宫少羽得意道：“若论计谋，御剑宗内又有谁能骗得过我南宫少羽的眼睛？显然有人装得道貌岸然，布下这重重疑云，想要掩人耳目。”

二人还欲再问，南宫少羽忽然脸色一变，他双眼如鹰隼一般凌厉，朝窗外冷笑道：“竟有人偷听！”

第二十八章

调虎离山

柳侍急忙一抹蛇眼，朝窗外看了一下，道：“禀少主，不过是只小小黄雀。”

南宫少羽哼道：“亏你还有双碧蛇眼，你见过半夜三更还出来走动的黄雀吗?这明显是个探兵！”

他双指一抖，黄雀眼中的红光闪一下便熄灭了，显然黄雀已被南宫少羽毁了。

施小仙惊道：“这人好厉害，竟然能察觉出我的探兵！”

赵五郎道：“这南宫少羽本来就是个狡猾角色，被他发现也不足为奇。不过刚才他们说杀害云飞师父的不是王琼风，而是另有其人，我猜云飞是不是被人利用了？”

葛云生凝思道：“这事还不好说，看来御剑宗内不像外表这般太平，只不过这样一来，云飞的处境恐怕就更危险了。”

他还要再说什么，突然“嘘”了一声，吹灭了蜡烛，道：“有人来了！”

三人围在一起，一言不发。

过了片刻，果然听到楼道内有人员来回走动之声，这些人一间一间地推开房门，询问盘查，显然是御剑宗的人在细查每个房间的情况。

施小仙有些担忧道：“这下怎么办？”

葛云生不紧不慢道：“怎么办？睡觉呗！”

赵五郎担忧道：“但好像他们是一间间地查，恐怕躲不过去了。”

葛云生嘴上说得轻松，其实心里早就想出了数个应对的法子，只是想挑个最优的罢了。若论实力，真要斗起来，葛云生倒也未必会怕这剑宗四少，只是一来这偷听偷看别派机密，说出去确实也不光彩；二来葛云生毕竟还是道门的叛徒，这些正道人士人人都可以与他为敌；加上先前他们三人与齐云飞走得颇为熟络，这若是一见面揭开了锅，恐怕就没那么好收场。自己三人还未到符箓门就与御剑宗斗得两败俱伤，这不是葛云生想要的。

葛云生听着这些人越走越近，从怀中掏出两张黄符，往门口上拍了拍，口中念道：“天盖地藏，云遮月隐，诸事不见，诸形不显，急急如律令！”

这是消隐咒，可以让这个房间的入口在外人面前消失。果然，那些剑侍直接从这个房间前略了过去，走进了隔壁的施小仙房间。

施小仙惊道：“糟了，阿鬼还在我屋里！”

“阿鬼如果被这些剑客发现，可不是要被拆烂不可？”赵五郎焦虑道，“这样，我去引开这几个剑侍，小仙，你去把阿鬼叫回来。”

“好五郎，真是有担当！”葛云生哼唧了两声，把混元伞丢了过来，道，“你还是带着这把混元伞出去，万一打不过了就赶紧自己跑，跑得越远越好，可千万别连累我们！为师困了啊，要眯一会儿，就不陪你去折腾了。”

赵五郎气道：“师父，你就是懒！”

但时间不容耽搁，他拿了混元伞，开门闪了出去。这门一合上，立即凭空消失不见了，葛云生的消隐咒果然好用。

赵五郎眼见两个剑侍走了过去，大叫一声：“你道爷在此！”而后拔腿就跑。这两个剑侍见一个怪头怪脑的人莫名其妙地喊了一声，急忙追了过来。

赵五郎心想，可得把这几个人骗远一点，才好让小仙把阿鬼救出来。这么想着，他就一个劲儿地往外跑。

跑了约莫两里地，赵五郎回头一看，背后一个人都没有，暗叫：“糟了！估计自己跑太快，这几个剑侍没跟上，这可如何是好！”

他刚想往回走，忽然发觉空气中有一丝异样，似乎有什么东西振动引发了气体轻微破裂。

突然，“嗡”的一声，一枚暗器飞了过来。

好在赵五郎现在的身手也算灵活，身子一跃便躲了过去，但身后突然又飞来两枚暗器，赵五郎人在空中，无法躲闪，中了一招。

这暗器入体，如同法轮一般迅速转动，快速地锯动着自己的皮肉，甚至还有一丝丝的血液被吸了进去。破肉饮血！这暗器可是有几分熟悉，赵五郎猛地拍出一张符文，喝道：“天帝释章，佩戴天罡，破秽！”

暗器掉落在地。

是一枚紫金色的龟甲铜板！

赵五郎冷哼道：“果然是这只胖乌龟！”他解下背上的混元伞，戒备道：“出来吧，龟不寿，你这龟纹铜钱剑早已被我识破了！”

黑暗中有人惊了一下，不多时从树丛后走出两个人影，正是柳未申和龟不寿。

龟不寿道：“不想道门中竟然还有人认识我龟不寿的独门法器，真是惭愧。”

柳未申哼了一声，道：“你到底是谁？竟敢来探听我御剑宗的消息，胆子可不小啊！”

赵五郎起初还有些惧怕被这些人认出来，后来一想自己是个无名小辈，不过是在梦中见过二人，对方怎么会知道自己是谁？

赵五郎嬉皮笑脸道：“我是谁，说了你们也不认识，倒是御剑宗柳未申、龟不寿二位剑侍可是大大的有名。”

这话教柳、龟二侍听了颇为受用。柳未申道：“那是，我二人的柳龟双剑也不是浪得虚名的！我的柳剑快如疾风，他的龟剑变化多端。小子，算你有几分识相，速速投降，我饶你不死！”

赵五郎笑了一声，道：“我的意思是，江湖上都知道飞羽宫养了两条狗，一条像乌龟，一条像青蛇，可是你们二位？”

“放肆！”柳未申大怒，喝道，“丑八怪，你这是找死！”

赤炼青柳飞舞而出，这柳剑在深夜中散发出翠绿色的光芒，如同夜明珠一般璀璨耀眼。

龟不寿也双掌一拍，二十一枚龟甲铜钱凌空而立。

赵五郎早就在梦中见识过这二人的剑法。青柳剑如同青蛇出洞，又快又毒，尤其是青色剑芒之中还暗藏一柄暗红色的赤炼剑，稍有不注意，就极易被这赤炼剑所伤；而龟不寿的龟钱剑更是变化极多，每一枚铜钱都是一件嗜血的杀器。这二人配合起来，一个招招致命，一个见缝插针。赵五郎斗了一阵已觉得有些吃力。

好在混元伞可以随时隐身，赵五郎一见躲不过这二人的剑招，就直接隐身，再偷偷闪出拍出一道雷火，如此打了一阵，这二人也未能伤得赵五郎一分一毫。

柳未申大怒，他又一抹双眼，想要观察赵五郎的去处，但始终一无所获。

龟不寿低声道：“这小子的红伞有些神妙，看我如何制他。”他偷偷地弹出两枚铜钱，铜钱之间系了一条红绳，如一条双头蛇一般在草丛里缓缓游动。赵五郎不知有诈，收了混元伞又拍出一道火符，火光喷涌而出，柳未申躲避不及，被烧得滚了两滚。

龟不寿立即捏指道：“缚！”

两枚铜板连着红绳迅速缠绕，一下就将赵五郎捆了起来。

龟不寿喜道：“臭小子，总算是把你抓住了，看你还怎么隐身！”

这红绳看似细软，却十分坚韧，两枚铜板绕着赵五郎奋力拉扯，绳索很快就勒进了赵五郎的皮肉里。

柳未申恼怒道:“长得这副模样,想来也不是什么正道,说,你是哪个门派的?”他单手一劈，青色剑芒就斩了过来。

赵五郎就地一滚，躲过了这一剑，冷笑道:“就你这绳索还想捆住你道爷?”

赵五郎默念通灵咒诀，浑身火光暴涨而起，这一招把柳、龟二侍吓得迅速退了几步。赵五郎喝了一声，便挣脱了绳索，整个人化作一头火焰巨兽奔袭过来。

柳未申躲避不及，硬生生吃了赵五郎一击，“嘭”的一下飞出十几丈。龟不寿急忙御剑还击，但赵五郎的烈焱更加强盛，直接冲飞了龟钱剑。烈焱咆哮而来，下一口就要将龟不寿吞噬掉。

眼看柳、龟二侍就要吃大亏，突然一道青色剑芒尖啸而来，这剑芒破开夜色，如同一条巨蛇般蜿蜒而出，诡谲而凌厉。

烈焱巨兽、青色巨蛇猛地撞击在一起，赵五郎只觉得这剑芒威力凌厉霸道，一对击之下，自己气血有些不畅，人灵一下子分离开来。

火光溃散，赵五郎“扑通”一声跌落在地。

“柳剑乱阴阳?”

这混乱对手体内真气的剑法，可不正是那招柳剑乱阴阳吗?

“你是谁，为何认得我的剑法?”青色剑芒一收，一个身姿挺拔的男子步出阴影，这俊美的容颜、凌厉的眼神，紫色如水的长衫，可不正是教赵五郎闻之色变的南宫少羽!

赵五郎见南宫少羽过来，怕暴露了自己身份，急忙用手遮住自己的脸，柳未申一把扯开，喝道:“死到临头了还遮什么遮?”

南宫少羽一见赵五郎歪鼻子歪眼睛的，不禁皱了下眉头道:“怎么生得如此丑陋，让人恶心!”

柳未申急忙俯首道:“是属下失职，不该让少主看到如此丑陋之物。”

赵五郎这才想起，自己脸上还贴着葛云生的画皮符纸，这脸早已不是自己原来的脸皮,他坦然道:“嘿嘿,我的脸皮是父母给的,长成这个样子我也没办法啊。”

南宫少羽满脸厌恶道:“丑陋之物就不该留在世上!说，你究竟是谁，为何对我御剑宗这么清楚?说清楚了，还能留你一个全尸。”

赵五郎嘿嘿笑道:“我是谁，你们猜猜啊!”

“放肆!少主叫你说你就赶快说，如实交代听到没有!”柳未申怒喝道。

“南宫少侠容颜如此俊俏，想必是御剑宗内的一枝花了吧?”赵五郎根本未理柳未申的问话，自顾自地又问道。

“你这泼皮满口胡言乱语，当真是找死！”柳、龟二侍纷纷怒骂道。

南宫少羽双眼一眯——这眼前的怪人说话这般没头没尾，显然是想故意拖延时间，他脸色一变道：“你是想调虎离山？糟了！真正的幕后人估计已经从客栈跑了，杀了他，我们赶紧去追！”

三人劈剑而来，赵五郎再也不敢放肆，急忙开了混元伞，“嗖”一下消失不见了，只留下南宫少羽和柳龟二侍三人在原地一脸震怒。

第二十九章

听音练剑

赵五郎趁着夜色折返客栈。

客栈内并无其他动静，想来这南宫少羽并未通知秦少商等人，而是自己追了出去，由此更可见这剑宗四少关系并不和睦。

赵五郎从窗户进了房间，见葛云生和施小仙安然无恙，心里安心了些，遂问道："阿鬼呢，过来了没？"

施小仙拍了拍乾坤卷，道："早收到我画卷里了。只是现在这个样子，今夜我恐怕是回不去了，那我住哪里啊？"

葛云生不以为意道："你就在这儿睡呗。"

施小仙有些尴尬道："这样……这样恐怕不好吧？"

葛云生哼了一声，道："有什么不好，你就当这里是个破庙不就得了。不过我先说好啊，我老人家身子骨差，睡眠不好，我得睡床。喏，这里还有一张床，你们两个就挤一挤好了！"

施小仙羞道："不要！"

赵五郎也觉得这大大不妥，叫道："师父，你这话也太不负责任了。"

"那你们说怎么睡？"葛云生反问道，"难不成要我这么一个正气凛然的有道之士跟小仙睡？成何体统！"

这话刚说完，他就"咣当"一声倒在床上，浑身长了根一样动也不动一下。

赵五郎"唉"了一声，道："小仙，要不今夜你就委屈一下，睡这张床吧，我睡地上好了。"说着他自己和着衣服往墙角一躺。这时还是春季，夜间气温还有些寒冷，赵五郎整个人缩成一团，看上去有几分可怜巴巴。

施小仙心疼道："五郎，要不你也睡床上吧，反正有被子……也不要紧。"

她见赵五郎没有反应，又喊了两声。

"五郎，五郎？"

葛云生吧唧了下嘴巴，像说梦话一样："小仙，你就不要再叫了，臭小子肯定睡着了。”

施小仙有些不信，这才一会儿的工夫怎么可能睡着？她借着月光走过去，又轻叫了几声，果然传来了赵五郎巨大的呼噜声。

施小仙无语道：“你这入睡得也太快了吧。”

葛云生哼了一声，道：“人傻睡得快，这是至理名言。”

但这话刚说完，他也很快就呼噜呼噜地睡着了。施小仙搬了床上的被子给赵五郎盖上，而后自己静静地坐在赵五郎的身旁。

月色渐渐清朗，映照在赵五郎的脸上泛出光滑的色泽。施小仙想起二人有过的经历，这里面有那么多难忘的快乐时光，也有那么多惊心动魄的生死历险，尤其是当日在云机社幻境之中，她几次命悬一线，都是赵五郎一次次不顾一切跳入海中救起自己，那海中的赵五郎也是像现在这副模样，脸蛋玲珑剔透得如同青玉雕琢出来一般，那乌黑的浓眉，透亮的眼眸，还有傻笑时如贝壳一般的牙齿，跟现在一般无二。

这少年似乎一直没有变化，无论他经历了什么，无论他的修为已经突破了什么境界，他似乎总是一股傻憨憨的样子，一副嘻嘻哈哈的模样。他的喜好，他的品性从不曾改变，或许也正是因为这样，让他这份单纯在这乱世中显得犹为可贵。

施小仙突然笑了起来，“其实看久了，觉得你也挺俊俏的。”

赵五郎突然一个翻身，施小仙“呀”了一声，不禁有几分害羞，她刚想说话，但不想紧接着就是“咕咚”一声，赵五郎的脑袋直接砸在了墙角上。

“五郎！”施小仙惊呼。

赵五郎“嗯嗯唔唔”了一下，歪着脑袋又呼噜呼噜睡了过去。

施小仙不禁哑然失笑，道：“真是傻瓜！”

翌日，师徒二人长啸一声，各自醒来。

赵五郎歪着脖子，大叫道：“哎哟，我是不是落枕了？脖子好痛啊！”他搓了搓脖子，看了一眼双眼通红的施小仙，有些心疼道：“小仙，你怎么醒得这么早，是不是昨晚没睡好啊？”

施小仙晃晃悠悠地站了起来，道：“不是没睡好，是根本就没睡！”

“怎么了，睡不惯啊？”

葛云生哼道：“肯定是怕被五郎非礼，一晚上惴惴不安，不敢入眠，贫道表示十分同情。”

施小仙回头瞪了葛云生和赵五郎一眼，道：“我说你们师徒两个，呼噜打得一个比一个响亮，跟两头牛一样在我耳边轰隆隆的，我怎么睡得着！”

她挂着两个黑眼圈道:“真是名师出高徒呢！葛师父,不会这呼噜也是你教的吧？”

葛云生道：“话不能这么说，有些是可以教的，有些则是天生的，五郎打呼噜这种属于自学成才，一个词儿——本性难移！”

这两个人奚落自己，赵五郎也不理，他摸了摸自己的脸，果然恢复正常了，他喜道：“终于不用再当丑八怪了！对了，御剑宗的人呢，他们还在吗？”

施小仙道:“一大早这些人就悄无声息地走了。”

葛云生问道：“哪个方向？”

施小仙打开窗户，往东北方向的一条大路指了指道：“喏，就是那条路。”

葛云生道：“估计他们是往青阳路方向直接奔凌虚峰去了，看来今天我们得换一条路才行。”

赵五郎有种不好的预感，皱眉道：“那不是又要走山路……”

施小仙道：“走山路好啊，比动不动就打架强多了，再说反正我有阿鬼背我！”

赵五郎无语。

葛云生道：“多走山路刚好练练你的脚下功夫。翻过前面两座山，我教你三个阵法吧，你已入凝神之境，是该学习我符箓的阵法了。”

赵五郎大喜道：“真的吗，师父，是什么阵法？”

葛云生哼了一声，道：“先教你一个圆光阵法吧，我只说教，学不学得会就看你自己了。现在我先告诉你口诀，赶紧记住，师父只说一遍哦！天地孕真气，日月显神光……”

赵五郎见葛云生已经一溜儿烟走出客栈，跑出十余丈之远，急忙追了上去，叫道：“师父，你不是说翻过山头再教我吗，怎么现在就开始教了？”

葛云生道：“当年我师父也是这么教我的，所以我也只能这么传给你！于不经意间传道授业，要你时时刻刻都要关注为师的一言一行！这才叫悟道啊！”

赵五郎两眼翻白，气嘟嘟道：“这符箓门的都是些什么师父啊！”

而此时，相隔数百里之外的云梦之泽。

玄天明和齐云飞正站在一片柳叶舟上。

大泽境内，水雾层层笼罩，仿似千年不散，不知笼罩了多少不为人知的秘密。

玄天明依旧戴着黑白色的面具，语气也依旧冰冷：“小子，能看清这水雾之中有什么吗？”

齐云飞眼力虽好，但看了一阵，发觉前方除了水雾还是水雾，并无其他东西。他摇头道：“未见异样。”

玄天明道：“那是因为你用眼睛看世界，自然会被这水雾所遮掩，须知雷剑乃是声势之剑，想要御声势之剑，你得用耳朵才行，你且闭上眼睛试试。”

齐云飞闭上双眼，只觉耳畔一片寂静，除了自己的心脉跳动声，几乎听不到其他任何一点声音。

玄天明道：“你的心跳得太快了，先把心静下来，然后告诉我你听到了什么。”

齐云飞闭上双目，听了良久，道：“我听到泽水缓缓流转的咕咕声，还有水雾飘动互相摩擦的沙沙声，这水底没有鱼，却有草，水流过水草，也会摩擦出一丝丝声音，就像女子的手划过丝绸。”

“还有呢？把自己的意念放得更远一点，这云梦大泽可不只有你身边的数百丈远，就好比你手中的剑，可不是只控制这百丈之远。”玄天明冰冷道。

齐云飞依旧闭着眼，不知又过了多久。

玄天明又问道：“现在听得如何？”

齐云飞徐徐道：“师叔，刚才的声音传出一里有余却突然溃散了，那地方好像有个东西挡住了。”

玄天明眼中闪过一丝异样的光彩，道：“那你再听下！”

四野依旧寂静，似乎连风都没有。

齐云飞突然睁开眼睛，眼中露出一抹杀气，“原来不是雾在飘，也不是水在动，而是有东西在呼吸！”

玄天明终于笑了出来，“真是聪明！你这资质假以时日必然不逊于王琼风那老儿！”

他单足一点，整个人化作一团浓墨飞上半空，语气恢复冰冷道：“你听到的是云梦大泽的巨耳蝠！这世上耳朵最灵敏的灵兽。小子，在这里水雾遮眼，你的眼睛可没有任何用处，你若杀得了这些巨耳蝠，才算入了这第六剑的门槛！听音辨位，御声为剑，这就是第六剑的入门之道！你试试吧！”

远处，“吱吱吱”的狂叫声越来越嘈杂，这巨耳蝠有成百上千只。水雾在巨耳蝠翅膀的扇动下，化成汹涌的雾潮席卷而来，灰色的雾海更加浓厚，黑色的柳叶舟早已淹没在雾海之中，而这雾海里似乎还有无数跳跃的黑影穿破水浪而来。

哗啦！哗啦！

吱吱！吱吱！

齐云飞傲立在柳叶舟之上，惊涛骇浪从他两侧分流而去，冰冷得如同碎冰划过脸颊。他缓缓闭上双目，右手抚摸着九色剑匣，冷冷道：“就让你们来祭我的第六剑吧！”

第三十章

情剑两难

云梦之泽，浓雾依旧。

柳叶小舟早已被乌黑色的鲜血沾满，无数黑色的巨耳蝠漂浮在小舟附近，一只只残缺不全，显然是被利剑一一斩杀。

齐云飞喘着粗气，浑身也是一片血污，唯有背后的剑匣依旧光洁如新，散发出一道道的杀气。

空中“呼”地出现一点浓墨，落在船头，化成了阴阳墨客玄天明。他摇头道：“御声为剑，却并非以剑破声，你这一剑剑地把这些巨耳蝠杀死，除了徒耗内力之外，并无太多益处。如今你已学会了听音辨位，察声观气，但你还要学会以声化剑才行！”

他猛地一拍齐云飞的剑匣，忽然一阵嗡鸣，夔兽首的雷剑已是剧烈颤抖呼之欲出。

玄天明道：“你看那水波。”

齐云飞低头一看，这才注意到刚才这雷剑嗡鸣时，小舟四周的湖水纷纷荡漾开来，一圈一圈。

“这就是御声之道？”齐云飞自言自语道。

“不错！你要学会控制这细微的声音，而后才能控制雷电般的轰鸣。雷霆之剑不仅可以召唤万千雷电助你杀敌，更是利用雷音将对手的招式化解得一干二净。”玄天明随手抛出一片树叶，这树叶飘飘摇摇落到水中，一道水波荡了过来，“啵”的一声细响，这树叶竟然瞬间化成粉末，随波散去。

“啊？”齐云飞有些震惊，原来这雷音的威力却是在此。

玄天明道：“剑法的修行，可不仅仅是在剑本身。你的乾坤九剑既然敢称‘乾坤’二字，自然是蕴含着诸多乾坤变化之理，你要修行此剑就要对这些变化烂熟于心，做到内化于气，外化为剑。这样，这剑才是你的剑！”

齐云飞仔细回想玄天明的话语，虽然简单，但真要完全领会加以应用，就算自己天赋再高也绝非一两天就能做到的。

玄天明道：“今日不如就到此为止吧。明日你我再来——东边十里处，有一只湖沼恶蛟，最是凶残狡猾，你明日只守不攻，就想着怎么用雷音来化解它的攻势。”

“是！”齐云飞点头道。

二人正准备驾舟离开，忽然玄天明摆了个姿势，整个人停了一下，冷笑道：“当真是个痴情人儿啊！”

齐云飞有些不解，问道：“师叔，此话何解？”

“这隐身术倒是有几分高明，可惜还是逃不过老夫的双眼！”玄天明飞出一团浓墨，墨色在空中“啪”地一散，一团黑影便现在了空中。

这黑影一撕，虚空之中化出一只黑色的巨大乌鸦，上坐一个白衣女子。

这女子清清冷冷，双眸如寒月照人，一副遗世独立的模样，正是驭灵司的百无心。

“果然又是你这妮子！”玄天明冷冷道。

“无心，你怎么在这儿？”齐云飞惊讶道。

玄天明“啪”的一声又飞出一枚墨球，喝道：“这还用问吗，难不成她是无心路过此处不成？一路追踪到这儿，也真是煞费苦心！”

墨球旋转而去，百无心急忙双指一点，喝道：“玉阳生辉，破！”

百无心胯下的闭月乌猛地一抖，变成雪白色的玉阳雀，玉阳雀双翅一扇，白光暴涨，一下将这浓墨挡了回去。

玄天明道：“看来这次是带足了灵物，想跟老夫斗上一斗？”

百无心驾着玉阳雀凌空盘旋道：“前辈的道法卓绝，我百无心没有心思跟你斗法，我只是想看着你，不让你对云飞有什么歹意。”

玄天明冷笑道：“先不说我与他是何关系，但就凭你，如何看我？”他又飞出一点墨汁，这次化成一柄巨大的墨剑杀了过来。

墨剑森森，来势迅猛！

百无心一挥右掌，突然一团黑影飞舞而出，正是那只黑色的巨鸟闭月乌。闭月乌迎着墨剑狂扑而来，一下子就将墨剑吞了进去。而后玉阳雀突然昂首一吐，墨剑竟然从玉阳雀的口中飞了出来。

玄天明单手一挥，急急收了自己的墨剑，身姿虽谈不上狼狈，但也失了原先的潇洒。

“好一对阴阳神雀！”玄天明惊讶道。

第三十章　情剑两难

这下就连齐云飞也被震慑到了，百无心的这招可是有些神奇。百无邪曾无数次说过，百无心的实力可以排进新一辈十大高手前五，原因就在于她有这一对阴阳孔雀。这阴阳孔雀若是单独一只，都算不得什么太厉害的神兽，但若是两只齐出，那便是天下不败的法门。

因为阴雀能收，阳雀能吐，这两只神雀心意相通，一吞一吐，可破天下任何兵器道法的攻击——你再厉害的道法都可以照单全收，再返还给你。

有这对神雀在手，百无心自然是立于不败之地，位列新一辈十大高手前五也不算过分。

百无心冷傲道："怎么样，现在我有资格说那句话了吗？"

玄天明道："你的阴阳双雀虽然厉害，但不可能没有弱点，只是我现在暂时想不到击破的法门。不过小姑娘，你就算再这么跟下去也没有用，云飞已是铁了心要修炼乾坤九剑，你难道不想他早日达成所愿吗？"

齐云飞也劝道："无心，我知你心意，但我亦心意已决，你不必再这般追着我们，快回去吧。"

百无心苦笑几声，道："我百无心做事历来固执，自己认定的事从来不会轻易更改。我不能眼睁睁地看着你有朝一日被他所害，你昔日救过我一次，这次我必然要回报你。"

"无心……"齐云飞愣在原处，他未承想百无心竟然这般坚定。自己明明一直待人不冷不热，她却为何要这么护着自己，这一路冒着生命危险，从滇南追踪到了云梦之泽。如果自己一辈子都练不出乾坤九剑，这百无心也要跟着自己一辈子吗？

这又是何苦呢？

玄天明讥讽道："却不想名震滇南的玉翎仙子竟是一个这么痴情的女子。但你这份痴情却用错了地方，云飞根本没有半点想要与你谈情说爱的意思，你这么不要脸地追来，不觉得羞耻吗？"

"师叔，不可这么说她！"齐云飞制止道。

"怎么，你喜欢她？"玄天明冷冷地问道。

"我……"齐云飞不知如何回答，一边是一心想要追求的剑道最高境界，一边是向自己表露了心迹的痴情女子。

剑与情，犹如忠与孝，自古两难全，这真的太难选了。

"云飞……"百无心此时表面上好似不动声色，其实玄天明这话问的正是她想知道的，她早就心潮激荡，心中比玄天明渴望一百倍地想要知道答案。

玄天明道：“云飞，你若愿意与这位姑娘走，我也不拦着你，你今日便可离开，但这乾坤九剑你只怕今生都未必能练得出来了。你若愿意留下，就速速断了这情丝，给我安心练剑，我保你一个月内，练出霹雳双剑！快下决定吧，犹犹豫豫可难成剑术大道。”

齐云飞抬头望了一眼百无心，他开口道：“无心，其实我……”

不料百无心冷笑一声，道：“你不必说了，我一路跟你过来，可并不是要听你说喜不喜欢我，这话不论何种选择听了都叫人大倒胃口。我这一路只是想保你安然无恙罢了。云飞，你切勿想多了。”

“保你一路安然无恙”，冷冰冰的一句话，却叫齐云飞听了百感交集。自己出世以来，除了师父之外，很少有人能这般一心一意地关心自己，百无心虽然外表冷漠，但她的心意，就算是瞎子都能看出来，如此出色的女子这样对自己，哪个少年能不动心呢?

百无心与齐云飞四目对望，一个冰冷之中其实炙热如火，一个傲气之中却满是愧疚，齐云飞的心思繁乱如麻，他“唉”了一声，再也不敢多看百无心一眼。

百无心朝玄天明傲气道：“我看你一时半会儿也不会对云飞不利，但时日长了可就难说了，我会时时刻刻跟着你们，你若叫云飞做大奸大恶之事，我必不会轻易饶你！”

百无心一抖闭月乌，黑影一闪，整个人便消失不见了。

玄天明见百无心走了，冷笑道：“云飞，看到没？这便是受困于‘情’字的下场。想当年王琼风也是重色轻友，为了一个阮惜初选择与我师兄弟二人决裂！‘情’字可是修道之人的大敌，你若碰了，便没回头路了。”

齐云飞此番没有答话，只是他的心却如这大泽之水，看似平静，却暗涌不迭。

时日如水，又过了将近一个月，正是端午前夕。

葛云生三人终于到了凌虚峰脚下。

凌虚峰高耸入云，重峦叠嶂，是为中原第一名山。

自古山不在高，有仙则名，凌虚峰虽不算中原最高的山峰，但其山脉中道观佛寺无数，尤其是千年前常陵祖师开创符箓一门，令天下符箓皆出于此，此山便成为道门之中的有名道场。加之五百年前，一代宗师道无极横空出世，以人力参透混元心的奥妙，修得了无上的符箓真法，将符箓门的声望带至巅峰，至此符箓一门执道教之牛耳百年，成了名震天下的四大道门之首。

然而世事无常，盛极转衰也是常有之事，无极道人仙逝之后，符箓门仿佛被耗尽了所有灵气，门派之中再无绝世高人出现，反观丹鼎、御剑、驭灵等门派，精锐弟子层出不穷，香火日益鼎盛，这曾经的四大道门之首也渐渐没落到四门之末。

如今，又过了数百年。

葛云生站在山脚下，抬头仰望山色青青的凌虚峰，眼前山峰依旧，清风依然，数百年来似乎没有太多变化，只是物是人非，一切都不比从前，心头不禁百感交集。

想他多少次梦回凌虚，如今终于是回来了。

这究竟是怎样一种心情，恐怕只有他自己才能体会。

赵五郎和施小仙此时也被这气氛感染，二人站在葛云生身后一句话都不敢多说。

葛云生看了一阵，渐渐收回了目光，道：“走吧，既然来了，就上去看看吧。”

第三十一章

重返凌虚

葛云生带着赵五郎和施小仙从山后绕了上去，沿途映山红开的正灿烂，青松翠柏更是生机勃勃，不远处林海茫茫，一棵棵参天大树如同卫兵一般，矗立山间守卫着这千年的道场。

这里的每一处山石每一棵树木，对葛云生而言都是那么熟悉。年幼时，这条山路自己走了不知多少遍，春时饮松露，夏令抓野兔，秋天采野果，冬季集梅雪。红松翠柏之下，自己与师兄弟嬉戏打闹，修行练功，窥探这天地间道法奥妙之所在，那时自己虽然还是无名小辈，但一切都充满活力和希望，是多么快活啊!

而今再走一遍，却已然是不同心境了。

葛云生放眼望去，满眼的熟悉竟然渐渐变成了陌生，不由得叹了一口气。

三人走了一阵，到了一险峰回旋处，赵五郎低头一看山下，突然叫道：“师父你看，好像有人上山来了！”

三人定眼一看，可不正是！一队身着绛色道袍的道人不急不缓地往凌虚峰上行去。

赵五郎对这衣服并不陌生：“是丹鼎观的门徒！怎么，他们今天也要来符箓门？”

施小仙道:“哎呀,前几天御剑宗的人也说要来符箓门,今日丹鼎观的人也来了,这么多人都到符箓门，是不是来抓你们的啊？”

葛云生嘿嘿笑道：“他们自有他们的目的，我不信到了符箓门，这几个道士能翻出什么水花！”

三人转头过了险峰，又走了一阵，就来到一绝壁处。这悬崖得有几十丈高，无数粗壮的藤蔓密密麻麻地绞缠在其间，整个山崖像一面绿色的屏障，神奇而又壮观。

葛云生颇有些感慨道：“此处是凌虚绝壁，以前是各弟子面壁思过的地方，如今只怕已没有多少弟子来过这地方了。我们攀上这悬崖就可以看到符箓门的祖师殿了。今晚先在这崖壁下露宿一夜，明日一早再进符箓门不迟。”

施小仙道：“葛师父，我们为什么不今天进去？”

葛云生道：“仙武大会明日才举行，我毕竟是道门的叛徒，今日进去必然生出许多事端，不如先过一个安稳的晚上再说。”

赵五郎担忧道：“那明天进去不也一样吗？师父，你会不会有事？”

葛云生笑了笑道：“放心吧，此事我自有安排，你不必多虑。”

施小仙也劝解道：“葛师父可比你聪明多了，他这么安排肯定有他的用意，五郎你就别担心了，你还是再把葛师父这几天教你的阵法好好想一想，说不定明日比试大有用处呢。”

葛云生点头道：“还是小仙说得有理，快去把那三个阵法演练演练！”

赵五郎无奈道：“那好吧。”

赵五郎一个人在空地上比画了一阵，三套阵法越发得熟练。葛云生看了一阵有些满意：这少年随着时日的增长，变得日益勤勉和懂事，若不修行以灵性为主的符箓道法，他可能会是个还不错的侠客吧。

施小仙捡了一小堆柴火，小心翼翼地问道：“葛师父，五郎一定要参加这个比试吗？”

葛云生双眼一暗，道：“天底下哪有什么事是一定要做的呢？要不要做只是自己的选择，或许这是我的选择，是我一定要他参加这个比试吧？”

施小仙咬了咬嘴唇，道：“或许这有些自私，但是我师父如果要我做什么事来达成他的心愿，我想我可能也会义无反顾，这就是道义吧。”

葛云生笑了笑，道：“小仙，其实我还是有些对不住你，若非我这样抓着五郎不放，你二人可能会过更简单快活的日子。”

施小仙急忙摇头道：“葛师父不要说这话，五郎有他的使命这是好事，男女之事怎么能抵得上道义的重要？哪个好男儿会整日与女子磨鬓厮守？这样的男子我也不要。”

葛云生道：“好个大义的女子！小仙，你虽是女儿身，却比很多男子还要磊落，这点贫道十分佩服。”

施小仙笑了下道：“我自幼都是跟着戏班子玩耍，戏社里就我一个女子，他们也从没把我当女的看，这样久了可不就把自己变成男子的性情了？”

施小仙笑着笑着，突然脸色微微有些担忧道：“葛师父，我冒昧地问句话，如果……五郎他输了会怎么样？”

葛云生愣了一下，道："输了……如果输了，那可能就是天命如此吧，但我相信五郎一定不会输。"

施小仙还想说些什么，但见葛云生这般坚定，只好点头道："我也相信五郎可以获胜的！"

此时天色将暗，赵五郎汗流浃背地跑回来，问道："你们聊什么呢，有吃的没，我都练饿了！"

施小仙笑道："你啊，就想着吃，要吃可得自己动手啊。"

她与五郎简单地劈了些柴火，烤了些干粮，三人便背靠着山崖聊天休息。葛云生依旧调侃着赵五郎，赵五郎有时蠢蠢有时调皮的样子，让施小仙不时地哈哈大笑起来。

施小仙突然觉得，如果这一天能够变得很长很长，长到一辈子，那么活在这样的一天里，虽然只是荒山野岭，只是风餐露宿，但还有什么比这更开心的呢？只是，这终究只是个念想，因为到了明日，恐怕一切都不一样了。

入夜，天边新月如钩。

山林之中，除了偶尔风过松林的沙沙声外，四处倒也有几分静谧，想来凌虚峰这等道场附近，野兽夜枭也较别处的文静一些。

赵五郎和施小仙蜷曲一旁，睡得正酣。施小仙放出的阿鬼照例照看着篝火，双眼无限柔情地看着施小仙。有那么一瞬间，这阿鬼仿佛已不再是一具简单的傀儡，而是一个活生生的人，一直守护在施小仙身旁。

过了一阵，山崖之上断断续续地传来一阵窃窃私语声。

赵五郎和施小仙睡得很深，根本没有察觉，倒是阿鬼比较机警，它轻轻推了推二人。赵五郎半眯着眼道："阿鬼，干吗啊？大半夜的。"

阿鬼比了个"嘘"的手势，指了指上方，吱了一声。

赵五郎耳朵竖起来细心一听，山崖上果然有两个人在密谋什么事情，他和施小仙相互看了一眼，突然发现葛云生又不见了！

赵五郎无奈道："我师父就是这个样子，我都习惯了。"

施小仙道："那我们要不要上去看看？说不定可以探听到什么情况，或许对你明天比试有利呢。"

赵五郎有些担心道："不知对方来路，这样贸然上去有点危险。这样，你还是在下面等我，我有混元伞，上去看看就下来。"

第三十一章　重返凌虚

施小仙也是个好奇心有些重的人，这事自然也想去看个究竟，但赵五郎担心她去了更加危险，最后总算劝住了她。

赵五郎背上混元伞，顺着藤蔓迅速朝崖顶爬去。

过了一盏茶的工夫，赵五郎已经攀上山崖的顶处，他见旁边有棵大樟树，立即闪了过去。

这声音正是从另一头的树下传来，其中一人阴阳怪气道："你这次带来的货未免太少了些。你都是要当掌门的人了，怎么还这么小气啊！"

另一个人哼了一声，道："你别人心不足蛇吞象，这都是我派内至宝，岂是你们这些邪道能轻易得的？我师父要的东西呢？"

那人道："老鬼要的东西三日之后我便叫人送到府上，这你不必担心，本座做事自然有分寸。"

赵五郎心想，看来这是哪个门派的弟子与邪道的人在做交易。只是这邪道的人声音尤其熟悉，却一时想不起来。

赵五郎探了探脑袋想看看是谁，另一头的两个人立即有所察觉，怒喝道："是谁！"

赵五郎刚想打开混元伞隐身，忽然背后闪出一个人影，一把将赵五郎的手脚都捆缚住了，随之而来的还有一阵剧烈的腐臭味。赵五郎急忙挣扎，却发现这人力大无比，如同铁钳一般夹住了自己。

"小子，你中了我的地尸捆缚术，还想逃吗？"

黑暗之中树丛里走出两个身影，那个阴阳怪气的邪道人士愣了一下，又冷笑了起来，道："我道是何方神圣，竟然是你，当真是冤家路窄！"

赵五郎看到他也惊了一下。

这来人头戴黑帽，身穿黑色宽大衣襟，穿着打扮正是尸神君的样子，但他的身材和脸庞却是飞天尸魔姚文君。另一个人身形颇为高大，着黑色劲装站在阴影里，看不清具体模样，只听他冷冷道："不过是个凝神之境的符箓道人。神君，那这里就交给你了，务必做得干净点，省得再添麻烦。"

姚文君笑道："这小道人与我本就有些过节，这事你不说我都要解决他。"

黑衣人点头道："那就好！"说完其单足一点，便消失不见。

这山崖上只剩下姚文君和赵五郎两人。

赵五郎惊讶道："姚文君，你怎么还没死？刚才那人是谁？"赵五郎刚问完就想抽自己一个嘴巴，这人的身份显然极为隐秘，姚文君怎么可能会告诉自己？

看眼下的情景，姚文君摆明了是要杀自己灭口。

姚文君笑道："小道士，你竟然还没死！葛云生呢？他怎么没跟你在一起？"

赵五郎见只有姚文君一人，心头松了一口气，道："对付你还用我师父？"他一用力，浑身火光暴涨而出，直接将背后捆缚他的尸体挣脱开，随后单手一扬，一道雷光劈了过来。

姚文君也不躲避，右手一招，一具尸体拔地而起，这尸体人不像人，狗不像狗，正是尸道三十六种尸体中的猎尸——如猎手一般的尸怪。猎尸一跃而起直接吞了雷光，而后四肢朝地如同野狗一般朝赵五郎扑了过来。

赵五郎惊了一下，这姚文君的实力什么时候变得这么强了？这简简单单的一手招尸，却已有返照高手的境界。

第三十二章

一身两魂

赵五郎急忙御出火精，喝道：“凝火成兵，斩！”

火光飞舞而出，迅速在空中凝聚成一柄弯刀，劈向飞驰过来的猎尸。“轰”的一声，尸体被劈成两半，但不想这两半尸体怔了一下，而后变成两具残尸又奔了过来。

赵五郎急忙一变火精，化出两道烈焱锁链捆住这两具残尸。

尸神君道：“臭小子，修为进步倒是够快啊！”他一扬手，喝了声：“化！”两具残尸突然一缩，变成一摊尸水，而后尸水再度凝聚，变成两具一模一样的猎尸冲了过来。这下赵五郎根本躲避不及，两只大腿直接被猎尸抓个正着。

这一左一右两具猎尸奋力拉扯，刺啦一声，赵五郎的裤子已经被撕破了，紧接着就觉得腹股沟处一阵撕裂的疼痛。

“嗷！”赵五郎惨叫了一声。

姚文君冷笑道：“臭小子，你师父在哪里？是不是死了？不说实话，我就撕了你！”

赵五郎怒道：“你才死了呢！你不是姚文君，你到底是谁？”

姚文君嘿嘿笑道：“我自然不是姚文君，我只是借了他的皮肉罢了！”

“你是尸神君！你居然没死？”赵五郎大骇。

尸神君道：“有什么大惊小怪的，你不知道尸道一门中有借尸还魂的法门吗？你们毁了我的肉身，我只好借这不成器的徒弟的皮肉一用。”

尸神君一阵暴喝，就要撕碎赵五郎。

“住手！”一声清喝。

随着这声清喝，一只虎形傀儡兽扑了上来，它吼了一声，直接将两具残尸咬成碎片。

来人正是施小仙，她听得赵五郎的惨叫声急忙驾着阿鬼爬了上来。虎形傀儡兽之后，她又放出了一只熊形傀儡兽，只听她怒道：“看来你也是尸道的败类！”

施小仙一见尸道的人就分外眼红，想当初自己阿爹施卫公就是被尸道的杜七圣所杀，她恨不得杀尽所有修行尸道的人。

尸神君单手一扬，又飞出几具猎尸，这些尸体俱是手脚并用爬行，如同猎狗一样快速凶残。

赵五郎和施小仙二人赶紧御法迎敌。赵五郎凌空画符，喝道：“气运五行，以血化龙，破！”火龙飞舞而出，猎尸被火焰一冲，纷纷倒退，但只退后几步又迎上前来，猎尸口中一裂，化出无数交错的犬牙利齿，看起来委实可怖。

施小仙急忙一拍阿鬼，阿鬼化出八支长臂，每一条长臂都高举着一把长刀，朝这些猎尸砍去。阿鬼速度甚快，力气也大，一刀一个毫不留情，加上熊虎两只傀儡兽，杀得这些猎尸根本无法靠近。

但这些猎尸被劈成两半就化作两具尸体，劈成四瓣就变成四具尸体，到最后一大群猎尸如同狼群一般围着三人咆哮不止。

尸神君得意道：“本座尸道的法术千变万化，你二人如何能抵得过我？孩儿们，给我撕了他们！”

一群群猎尸开始朝施小仙狂扑过来，赵五郎急忙护住施小仙，拍出一道道雷球将它们击飞。紧接着又飞来一群，施小仙想起了背后的宝物，急忙拿出乾坤卷一开，喝了一声：“收！”将猎尸全部收了进去。

尸神君一见乾坤卷，大喜道：“真是踏破铁鞋无觅处，得来全不费工夫！原来这宝贝在你这儿，还不快把乾坤卷还给本座！”他五指一张，就朝施小仙抓了过来。

这一爪速度快如疾风，阿鬼和两只傀儡兽急忙挡了过来，却不想尸神君身形更快，空中一转，拍了三掌，一掌震碎了熊傀儡，另一掌拍烂了虎傀儡，再一掌直接将阿鬼拍落山崖。

赵五郎双掌一合，猛地劈出一道火焰刀，尸神君袖子一卷，便将这火焰卷得无影无踪。

“怎么，还想用火焰来伤我？速速把乾坤卷还我！”

尸神君不依不饶，一爪猛地朝施小仙抓了过去。这尸神君虽然在龙涎阁内先后被赵五郎和玄天明重创，但他毕竟元神未破，借了姚文君的百命猫肉身，苦修半年，也恢复了七八成的功力。

饶是只有七八成功力，他也是一等一的高手，对付赵五郎和施小仙也是绰绰有余了。眼看这一爪就要抓到施小仙，突然他脸色大变，口中叫道：“哎哟，师父，你干吗？大半夜的又跑出来做什么？”

尸神君在空中停住了身形，猛地拍了自己一巴掌，骂道：“姚文君，本座借了你的肉身是看得起你，你竟敢不从，还敢与本座共用肉身，真是大胆！还不速速退下！”

这话刚说完，尸神君又变了一副哭丧面孔，自己回答道：“哎哟，师父，你饶了我吧！我上有老下有小，好不容易炼成了百劫不死的百命猫肉身，你现在还要夺了去，我命咋这么苦啊！”

尸神君说完这话就要跪地求饶。

但他又猛地拍了自己一巴掌，怒喝道：“哭什么哭，跪什么跪！你现在哭就是本座在哭，你现在跪就是本座在跪，成何体统！”

尸神君又哭丧道：“哎哟，师父你可别再打我了，脸都打肿了。”

“你以为本座自己打脸不痛吗！你个逆徒，跪下！”

“师父，你不是不让我下跪的吗，我跪就是你自己跪啊！”

这尸神君一会儿要跪一会儿不让跪，一会儿要哭一会儿不让哭的，场面颇有几分怪异和滑稽。赵五郎立即明白，肯定是尸神君夺了姚文君的肉身，但不想姚文君的魂魄极其顽强，尸神君驱赶不走，只好与他共用一个肉身，这才变成现在这副奇怪的模样。

尸神君回过头喝道：“臭娘们儿，把乾坤卷给我！”

从他的袖口中，墨色的黑血幡飞舞而出，挟带出一阵阵鬼哭狼嚎。这旗幡席卷而来，排山倒海一般，施小仙躲无可躲，只好后退两步，但不想背后就是山崖，她一脚踩空，跌落了下去。赵五郎眼见施小仙坠崖，也顾不得一切，奋力一跃，在空中紧紧地抱住施小仙。

尸神君急忙往下一望，却见下面一片青雾弥漫，也不知崖壁有多高，不敢贸然跳下去，只好放出几只尸怪顺着藤蔓爬下去察看情况。

二人坠落山崖，只觉耳边风声猎猎，快得如同破风飞行。一旦坠落到地上，只怕要粉身碎骨。

施小仙气道：“五郎，你太傻了，何必跟我一起白白送死！”

赵五郎道：“你有危险，我怎么可能见死不救？”

施小仙气道：“但如今，这样不是都要死？你就是傻！”

赵五郎嘿嘿笑了几声，道：“谁说我们都要死？我们还要一起好好地活很久呢！”

“嘭”的一声，他打开混元伞。二人下坠的速度立马减缓，周围陷入一片雾蒙蒙的世界。

今夜原本是新月之夜，四处晦涩无光，但此时透过薄纱，只觉得天地间一片晴朗，幽蓝色的月光将四处照得尤其明亮，万物好像都染上了一层淡蓝色的水银，熠熠生辉。

施小仙惊魂初定，此时才想起被赵五郎紧紧抱在怀中，有些羞涩起来。过了片刻，她看了看四周，似乎发觉一些异样，道：“五郎，这月光好奇特，好像……好像这光芒不是来自天上，而是来自这面山崖。”

赵五郎原本一心都在施小仙身上，感觉这伞下当真是最甜蜜的世界了，他听到这话，才注意身后的山崖果然有一道道清幽色的光芒从密布的藤蔓后面透了出来。

“这是什么光？”赵五郎奇怪道。

“好像是个巨大的圆形。”施小仙比画了一下道，“这里还有条曲线。”

二人从上往下慢慢飘落，赵五郎道：“小仙，你抱紧我。”

施小仙脸一红，道：“你干吗？”

赵五郎道：“你先抱紧我。”而后他突然收了混元伞，朝山崖拍出一掌。这一掌将赵五郎和施小仙反震出去，而后赵五郎再次打开混元伞，这下二人离山崖远了一些，终于看清了——这面山崖竟然是一个巨大的八卦阵，无数星象符文缓缓流动，发出月光一般的青芒。

尸神君放出的几只尸怪一爬到八卦上面，立即就被青光穿透，化作一缕黑气消失不见。

赵五郎惊道：“原来这山崖是一面能破污秽的巨大法阵，却不知道这法阵是做什么用的。”

施小仙道：“看样子葛师父也不知道这里有个法阵。若非今天凑巧有混元伞，我们也是根本发现不了的。”

赵五郎点头道：“这法阵被藤蔓长草覆盖，平日里自然是看不出来，唯有在这混元伞下才能看到法阵的灵光，倒是设计得极为精巧，想来这里也是符箓门不得了的秘密场所。”

施小仙突然“啊”了一声，道：“我感觉，这法阵的几个符咒与我师父的书海幻境有几分相似，莫非有什么共通之处？”

“书海幻境？”这时，二人已经安然落地，赵五郎抬头仰望山崖，崖壁高耸仿佛可摘星辰，这法阵究竟有什么作用，为何连师父葛云生都不知道，难道这其中又隐藏了什么天大的机密?

二人参悟不透，也不知崖顶的尸神君走了没有，干脆就躲在混元伞下熬了一夜。直到破晓之时，葛云生才风尘仆仆地回来。

赵五郎收了伞，不满道："师父，你大半夜又去哪里了？昨夜我和小仙看到尸神君了，差点被他抓住。"

"尸神君？"葛云生惊了一下，问道，"他居然还没死？"

"他说自己是借尸还魂，现在用了姚文君的肉身。"赵五郎道。

葛云生冷峻道："这尸神君可真是有些道行，那一剑竟然没劈死他！"

赵五郎又道："对了，师父，昨夜尸神君还和一个黑衣人在崖顶上做交易，估计那黑衣人是正道中颇有威望的弟子，尸神君说他都要继承掌门之位了。"

葛云生冷笑了一声，道："你这么一说，我就知道是哪个人了。嘿嘿，这老家伙果真是偷师了尸道的法门。"

第三十三章

正式拜师

赵五郎疑惑不解道：“师父，那人到底是谁啊？”

葛云生道：“你忘了我们在对阵尸神君时他用的金甲尸了吗？金甲尸若是没有金甲丹如何能成？这么一想，黑衣人是谁不就清楚了？”

赵五郎恍然大悟道：“原来是他，堂堂一个正教弟子竟然跟尸道勾结，真是不耻！”

他骂了一阵，而后又问道：“对了，师父，昨晚我们发现这山崖后面有一个巨大的法阵，不知道是干什么用的，你看看。”

“法阵？”葛云生惊诧道，“哪里，这面山崖？”

“对！一个很大的八卦法阵！”施小仙补充道。

葛云生拨开层层藤蔓，果然能看到几个模模糊糊的符文，字迹古朴，不知历经了多少年岁。他在符箓门待了也有十几年，却从未听人提及过这面崖壁背后还有什么玄机，他沉思片刻，突然想起一些事情，自言自语道：“难道这里就是……”

“师父，怎么了，有什么玄机吗？”赵五郎急忙问道。

葛云生道：“我想起一个地方，原先在古籍中曾提及过，不过也不能确定，我想就算是的话，这地方也不是我们现在能参悟得了的。先不管它了，天都亮了，我们办正事要紧，先去符箓门祖师殿上炷香吧。”

“嗯！”赵五郎和施小仙应道。

三人再次登上崖顶，此时天色越来越亮，眼前所见与昨夜自然是大大的不同，昨夜的打斗痕迹还在，只是已被尸神君稍稍处理了，看起来不是那么明显。

而不远处是一道丈高的围墙，围墙之内可见一座三层高的殿阁，红墙绿瓦，在葱翠的山色中十分醒目。赵五郎和施小仙齐齐赞道：“好地方，果真是个幽静的修道之处！”

葛云生原本还要说些什么，但他看了看这殿宇，脸色骤然一暗，整个人都呆了，最终才吐出两个字：“走吧。”

第三十三章　正式拜师

三人走到围墙下，葛云生突然停下脚步，转身道："小仙，进了这道门，我师徒二人身份就不一样了，此事与你并无关系，也不知道入了这门会发生什么事，你还是先在这儿等候我们吧。我二人若明日还不能出来，你也不需再等我们了，就自己回紫云谷吧。"

施小仙见葛云生的话说到了这份上，心中更加担忧。她自然是想跟他们一同进去，哪怕里面是刀山火海也无所谓，只是葛云生说得很对，这是他们门派内的事，与她是无关的。赵五郎想要回归宗派，必然要自己去走这一遭，她再担心再着急也没有用。

施小仙神色纠结，良久才坚定道："五郎，不管成与不成，我会一直在这里等你的，你若一日之内不能出来，我便进去找你，管他是掌门还是长老，我也不会让你有事的。"

赵五郎怔了一下，道："小仙……"

施小仙见赵五郎这副表情，赶紧笑了起来，安慰他道："你快进去吧。我啊，刚好在这凌虚峰好好转一转，看看这初夏的景色。"

赵五郎道："那你自己要注意安全，这山里难免有一些猛兽，你不要跑得太远。"

施小仙笑道："没事的，不是还有阿鬼陪着我嘛！"

葛云生道："五郎，时候不早了，我们快进去吧！"

二人跃上围墙。赵五郎站在墙头上，回头望了一眼施小仙，这女子眼眸含笑，如两汪春水一般清澈明亮，仿佛多看两眼，就会深陷其中不能自拔。赵五郎看着看着也笑了起来，有山风掠过，吹起他青色的道袍，像一只青鸟般轻舒羽翅，等待高飞。

赵五郎的胸中仿似有一股股暖流在激荡，他朗声道："小仙，你等我，我一定会回来的！"

施小仙也回应道："五郎，我也会等你回来的。"

又挥了一阵手，葛云生和赵五郎跳入了围墙，却见围墙内冷冷清清，几株松柏肃穆萧瑟，一缕青烟凝而不散。

赵五郎抬头看了下眼前的阁楼，正是祖师殿。

祖师殿，供奉的是历代羽化登仙的祖师牌位，是道门之内最庄严肃穆也是最清冷孤寂之地，平日里除了负责上香打扫的弟子早晚过来一次，其余时间这里几乎时看不到任何人影。

葛云生缓缓跨过门栏，走入大殿，整个人呆呆地立在殿中。他的前方是如山峦一般堆叠而起的牌位，最中间最大的牌位是常陵天师，其他牌位如众星拱月一般围绕着他，他的师父玄天子的牌位也赫然在列。

这牌位之上不过寥寥数字，却牵动往事如潮翻涌，更夹杂千万种情绪，叫葛云生看了再也难以平静。符箓门于他毕竟有再造之恩，玄天子是他此生唯一的师父，这恩情自然是重如泰山。

这份情，他如何能忘记?

过了良久，他才回头道：“五郎，快过来拜见历代祖师。”

赵五郎急忙跟着葛云生伏跪在蒲团之上，磕了几个响头。

葛云生言语有些颤抖道：“师父，弟子葛云生来看你了！”

赵五郎也拜了拜，恭敬道：“各位祖师在上，弟子赵五郎也来看你们了！”

葛云生缓缓站了起来，对赵五郎道：“五郎，要参加符箓仙武大会，必要先入我师门。我道门之中拜师历来有两种，一为拜本师，二为拜学师。你我二人虽以师徒相称，但毕竟没有科仪，也未有掌门、长老及诸位同门见证，我也未授冠赐名，还算不得拜了本师，你顶多只是拜了学师，我做了一个授艺的师父罢了。今日祖师作证，我正式收你为徒，你愿不愿意?”

赵五郎一改往日嬉皮笑脸的模样，庄重道：“弟子愿意，请师父收我为徒！”

葛云生转身朝历代祖师牌位作揖俯首道：“三清在上，祖师明鉴，符箓门第一百十六代弟子葛云生，奉掌门师父玄天子之命，欲收洛州弟子赵五郎为入门弟子，一师一徒，终身不改，特禀各祖师今日在此见证！”

葛云生脚踏罡步，手焚三炷清香，朗朗道：“弟子赵五郎听命！从今往后，你皈依我符箓大道，需要时时皈依三宝，一要皈依无上道宝，即皈依太上无极大道，能永脱轮回；二要皈依无上经宝，即皈依三十六部尊经，能得闻正法；三要皈依无上师宝，即皈依玄中大法师，能不落邪见。这皈依三宝，汝能持否?”

赵五郎跪拜道：“皈依三宝，弟子能持，此生不渝！”

葛云生又道：“入我道门者，还需遵守三大戒律，三十六条清规，上为君本，下为民安，谨从师训，遵守道规，修善积德，仁慈俭朴，一心振兴我符箓大道，汝能持否?”

赵五郎再跪拜道：“崇道尚德，弟子能持，此生不悔！”

葛云生点头道：“甚好！甚好！拜师之事原本还要斋醮科仪，今日情境特殊，这些礼节能免则免，但拜师父如同睁眼投胎，一生只拜一位，这‘师父’二字，正是事师如父，你我二人便是一生一世的师徒之名。按理礼仪，我也应当赐你道号，不如就叫‘望之’吧，位列我符箓门第一百三十七代弟子。”

赵五郎三叩九拜道：“谢师父赐名！谢各位祖师庇佑！”

葛云生哈哈笑道：“赵五郎，如今你已是我符箓门列入名录的正式门徒，从今往后必要安心参悟符箓大道！”

“是，师父！”

葛云生将赵五郎扶了起来，二人刚准备出祖师殿，就听门外传来怒喝：“葛云生，你这叛徒还有脸回来！”

二人抬头一看，却见祖师殿门前不知何时来了十余个道人，为首的身着赤红色道袍，发须皆白，面容有说不出的威严，显然是符箓门中身份极高的人物。

赵五郎只觉得这道人有些眼熟。

葛云生已经朗声笑道：“神霄长老，真是许久未见了！”

这红衣老道正是赵五郎梦中见过的四大道人之一，神霄道人。只是不想如今这道人已是须发皆白，苍老了许多，显然这十多年来符箓门的日子并不好过，这些道人为了道场不被其他门派吞并，还真是煞费精神。

神霄道人的急躁性子依旧不减半分，他口中怒喝着：“逆徒来得正好，今日就叫你血债血偿！”话还未说完，他的五指已经化出一枚赤红色的雷球。

其他道人也纷纷围了过来，想要困住葛云生师徒。

葛云生看了两眼神霄道人，突然嘿嘿笑道：“神霄长老，你的神霄雷法逆天而练，本就是自伤心脉的法术，再加上你脾气这么刚烈暴躁，难免要气竭血干，须发枯白，看这模样你只怕活不过三五载了！”

神霄道人怒喝道：“我能活多久用你这逆徒来计算？先吃我一掌！”说着赤雷已经催之欲发，这时他身旁的一名年轻道人急忙劝道：“师父，这背后是祖师堂，恐怕要谨慎才是……”

“逆徒在前，还管这做什么？”

神霄道人单手一扬，雷球呼啸而出，化作一道红光。葛云生毫不退却，径直拍出一张黄符，喝了声：“化雷！”雷光刹那就四处消散不见。

葛云生微微有几分怒意道：“神霄老儿，祖师殿你都可以不顾了吗？”

神霄道人哈哈笑道：“葛云生，你还担心伤到这祖师殿？你也配跟我谈尊师重道？这是我听过的最可笑的笑话了！”

神霄道人还要运雷再攻，葛云生却大吼一声：“神霄，够了！”

说着他从怀中掏出一物，将它高高举起——正是从百仙阁找回来的虎鹤令。

第三十四章

虎鹤太玄

这令牌一出，在场所有道人都吓得纷纷退后几步。神霄道人更是惊得脸色煞白，他难以置信道：“这虎鹤太玄令怎么在你手里？我就说为什么一直找不到这令牌，原来真的是被你偷了！”

虎鹤太玄令，乃是符箓一派掌门的象征。

见虎鹤令，如见掌门，这是符箓门历代的规矩。

符箓门之所以在玄天子仙逝后，始终没有选出新的掌门，正是因为这象征掌门权威的虎鹤太玄令消失不见了。这十余年来，符箓门上下四处搜寻而不可得，选拔新掌门之事只好一再搁浅，清微道人无奈之下只好以代掌门的身份处理门派内的事务。

却不想，这令牌竟然一直在葛云生手里。

只是这么重要的令牌，葛云生居然丢在了百仙阁，这也太匪夷所思了。

赵五郎也看出了令牌的不凡之处，他惊了下，问道：“师父，这……这东西原来是掌门令牌啊，那你就这么到处乱丢啊？”

葛云生的脸抽了一下，喝道：“什么叫乱丢？为师聪明一世就不能有糊涂的时候吗？你又不是不知道，为师四处收妖最是容易遗落东西，这令牌要是一直放在我身上，迟早得丢，所以……为师也是无奈之举啊。”

赵五郎哼了一声，道：“明明就是你丢三落四！这样看来，放在百仙阁是比放你身上安全百倍。”

葛云生怒喝道：“滚，给我退到后面去！”

赵五郎悻悻地退后了两步，装作看风看云的样子。

葛云生这才举着令牌上前道：“这令牌并非我偷取，而是我师父亲手传于我的！”

神霄道人冷笑道：“掌门师兄亲手传给你？哈哈哈，可能吗？你杀师夺宝，已是尽人皆知的事，还敢说这虎鹤太玄令是掌门师兄传给你的？偷的便是偷的，还找这个理由抵赖，真是荒唐得要命！”

第三十四章　虎鹤太玄

葛云生冷冷道：“神霄，不管你信不信，我葛云生再大逆不道也不会去偷虎鹤令。我之前若想当掌门，可不是水到渠成之事？何须多此一举还落得如此下场？再说就算我葛云生想杀师做掌门，试问，那夜你们有谁能挡得住我！这符箓门内又有谁能比得过我葛云生！就算你们四大长老，又能奈我何？”

葛云生一字一句说得极为霸道，这话叫神霄道人竟然一时无力反驳——以昔年葛云生的实力，莫说这符箓门的掌门之位早已是囊中之物，就算是道坛决上，也足以与王琼风、严明崇、徐长元等人一较高下！

他的心，怎么会只在这区区掌门之位上！

神霄道人一时语塞，而后不住地摇头，继而开始转为满眼的怨恨道：“葛云生，你这话虽然狂傲，但也是事实。昔日你虽不在我神霄门下，一向与我也是性情不和，你知道我对你更是有诸多不满，但是昔年你要去参加道坛决，我神霄道人也是全力支持的，我符箓门没落已久，就算你与我不和，就算你偷师我的神霄雷法，我都无所谓，我也要全力支持你，因为符箓门内所有人都把你当成振兴门派的希望所在。可我万万没想到，最终我们等来的却是一个欺师灭门的叛徒！你彻彻底底毁了我符箓门！”

神霄道人脸上的肌肉因激动而不停地抖动着，他再也遏制不住自己的愤怒，猛地大喝一声，浑身雷光嗞嗞作响，吓得各道人纷纷退后道：“长老，不要冲动！”

“长老，少安毋躁！”

方才那个年轻道人倒是颇为冷静，朝后面的道人喝道：“你们快去禀报清微、净明两位长老，这边有我应付就够了！”

这道人眼见神霄发狂，也不惧怕，而是婉言相劝道：“师父莫急，葛云生失踪了十六年，今日突然回来，想必是另有目的。不如我们先了解清楚了再做处罚，你看如何？切不可为他自伤了身子。”

这年轻道人说话还颇有分量，一向急躁的神霄道人的脸色也稍稍有些缓和。年轻道人见此，踏出两步，径直朝葛云生问道：“不知葛前辈今日回来所为何事，恐怕不是好心好意地想送还我符箓门的虎鹤令吧？”

这道人说话不算轻狂，也不算客气，很有几分自信和胆色。

葛云生瞧了他几眼，问道：“我若没猜错，你就是李默然？果然是个俊才！”

李默然脸上不动声色，但双眼之中还是微微露出几分得意，他昂首道：“正是晚辈，不想‘李默然’三个字在前辈心中还有几分印象。”

这人说话越发得自信，赵五郎忍不住细细打量起他来。

年纪约莫二十五六，一身青黑色的道袍，模样虽不算不上多么俊美，但胜在身姿挺拔，气质出众，说话时铿铿锵锵，中气十足。在滇南之时，他就曾听百无邪说过，符箓门如今出了一个颇有资质的人才，可列入年轻一辈十大高手之列。如今一见，果然风采气度不凡，与自己相比显然是高出一筹。

但葛云生却嘿嘿笑了起来。

李默然不明所以，再度问道："不知葛前辈今日所来何事，还请快人快语。"

葛云生收住了笑意，哼了一声，道："虽然是个俊才，但却有些过度自负，你方才这几句话说得可真的不中听！我记得'李默然'三个字，并非因你在我心中有多少分量，而是贫道我耳聪心明，过耳不忘。你这修为虽然在符箓门内已是鹤立鸡群，但若要上道坛决，嘿嘿，恐怕八门你都进不去！"

葛云生所说的"八门"乃是太虚崖上的八个方位入口，道坛决时各门各派参加比试的弟子从四面八方涌来，争夺这八个进门的资格，每个门只能进一个人，能入八门者才有资格进入真正的道坛决。

葛云生这话显然是说李默然的实力还不足以进入道坛决的八强。

李默然何等的心高气傲，听了这话如何会服气？世人都说他只能排十大高手第十位，但在他自己看来，他显然不止这个排名。李默然冷冷一笑道："葛云生，你也别转移话题，就问你今日为何来我符箓门？"

葛云生冷冷地回了一句："这事是你该问的吗？符箓门掌门之位还没轮到你这毛头小子吧！"

"你……"李默然被葛云生问得登即无语。

这时，背后一个紫衣道人闪了过来，他怒喝道："逆徒，那我配不配问？来我符箓门想做什么？"

这来人正是四大道人之首，清微道人。

其实，如今符箓四道道人已名存实亡，仅剩三大道人，太平道人当年被葛云生一击之下重伤难愈，加之自己年老体衰，不过六七年便仙逝了。

葛云生见了清微道人也忍不住收敛了几分嚣张，口气转缓道："清微长老自是有这资格，我这话也只说给你听。"

神霄道人以及背后的净明道人脸色微微有些难看。李默然更是大为不服，道门之中传言葛云生是符箓门内近百年来最有天分的弟子，对符箓道法的参悟远胜其他同门，他对此是半信半疑。他只觉得自己入门以来修为一路精进，在同批弟子之内早已是难逢敌手，就连三大道人对自己也是多有夸赞，认为自己的修为是近十余年来的第一人。江湖传言多有人为夸大的时候，他不信这眼前的半老之人能有多厉害。他朝清微道人低语道：“师伯，葛云生乃是我符箓门的罪人，你断断不能与他单处一室。”

清微道人还未发话，葛云生就哈哈笑道：“小子，我是越发地不喜欢你了，你怎么如此自作聪明，我何时说过要单独与他说话？”

李默然道：“你刚才明明说有些话只说给我师伯听。”

葛云生冷笑道：“不错，我这话是只说给他听，却就在此地说，因为你们听到了也没有用，这话只需清微长老听清了就可以了。”

李默然再次羞恼道：“你……”

净明道人拉住李默然劝道：“你何必跟他斗嘴，这逆徒就是十个你加起来也说不过他！”

清微道人道：“那你说吧，你所来究竟为了何事？说完你的事，你就安心的伏诛吧！”

葛云生笑道：“我今日敢回来，自然是要一个了结，也没想着走出这符箓门，这点各位长老大可不必担心。”他踏出一步，环视一圈渐渐围拢过来的符箓门各弟子。这些弟子各个神情戒备，十五年前的恶战他们大多都没有参与，只是从各前辈口中听说这九窍魔头疯狂屠戮门派弟子的故事，如今亲眼见了真人，心有忌惮者有之，疑惑不信者有之，恐慌惧怕者更有之。

葛云生嘿嘿笑了起来，他的目光越过这些弟子，跳到了更远的山下，祖师殿在凌虚峰的最高处，一重重山峦往下依次建着玉皇殿、三清殿、雷祖殿、火帝真君殿、灵官殿、钟鼓楼等，红墙绿瓦依着山势古朴大气，钟灵毓秀。

美中不足的是，昔日人丁兴旺、香客熙攘的至尊道场，如今早已门可罗雀，冷清得不像样子。

多好的道场啊！若非昔日自己一步踏错，符箓门必然是今非昔比。葛云生浑身都有些微微颤抖，神情之中那狂傲的气势早已荡然无存。

清微道人再次问道：“葛云生，我们没空跟你闲聊，也没空看你发呆，你有什么事快说吧！”

葛云生收回了目光，徐徐道：“今日，我是为仙武大会而来！”

第三十五章

往事如潮

这话一出，在场的众弟子立即惊愕不已。

葛云生要回来参加仙武会！

这个叛徒竟然还敢回来参加仙武会！

如果他参加仙武会，符箓门中又有谁是他的对手？

难道真的要让一个叛徒来当掌门？

众人之中，尤其以李默然最为惊讶，今年的仙武大会，他原本是势在必得，但若是葛云生也参加，自己岂有胜算？

不想，葛云生却笑道："诸位莫惊恐，参加仙武大会的并非贫道，而是我的弟子赵五郎！"

他拉了一把有些愣住的赵五郎，道："还不拜见各位太师叔、师伯、师叔和师兄弟。"

赵五郎朝众人傻傻地作个道揖，恭敬地叫了一遍。

神霄道人见这人虽然生得有些精壮，眉眼之间也算英气勃发，但模样动作看上去呆头呆脑，显然远不如自己门下的李默然，忍不住哼了一声，冷言道："他是何人？凭什么你说参加他就能参加，你当我符箓门是什么地方？"

净明道人也摇头道："葛云生，你自己都是戴罪之身，又何必连累这无辜的小道人呢！而且这小道人的资质也……"净明这句话虽然没好意思说出口，但大家都能猜出其中的意思，明眼人一看就知道，这赵五郎并非修炼符箓道法的好苗子。

葛云生收了笑意道："我这话并非说来与各位消遣，今日回来，正是为了我弟子参加仙武会一事。"

清微道人道："凡参加仙武会的弟子，第一必须是我符箓门的门人，第二必须通过三关考验才能入选拔名录，第三必须掌门人亲自批录。你这徒弟三样都未通过，想参加仙武会，如何能成？"

参加仙武大会的人选关乎一个门派未来掌门人的敲定，自然是一件十分慎重严格的事，所有参加比试的门人都要通过德品、修为和心境的三关考验，能入仙武大会的自然都是弟子中的精英人物。

葛云生道："你这问题问得好，那我便一一回答你。其一，赵五郎方才已经行了拜师礼，已是我符箓门第一百三十七代弟子，此事有历代祖师为证，自然不是问题; 其二，三关考验原本不过是为了检验弟子的实力，筛选掉实力不济的弟子，原则上突破凝神之境的道人都可以参加，赵五郎已经突破了凝神之境，这环节自是可有可无；其三是最重要的，赵五郎乃是我师父玄天子钦点的，你说到底是你这个代掌门说话管用，还是我师父说话管用？"

各道人脸色纷纷一变，神霄道人更是怒道："放肆！掌门师兄早已仙逝多年，如何会钦点一个毫不相干的弟子？你这谎话未免也太随口而来了吧！"

葛云生哈哈笑道："我若是随口胡诌，何须来此走这一遭？我要亲自踏上仙武会道坛，你们谁能敌我？"他举起虎鹤令，道，"这令牌是师父临终前亲自交给我的，他传我一道密谕，要我带回一样东西，这东西若是在我手中，便叫我不论什么情况都要接替掌门之位，这东西若在别人手中，能夺则夺，不能夺就带他回来，参加这仙武会，重振我符箓之威！"

赵五郎听到这里也一脸的惊讶，这些事葛云生从来没跟自己说过，只告诉自己要回来参加仙武会，却没提过当年玄天子留下的是什么遗志。

原来这就是葛云生念念不忘的事情!

各道人更是震惊得无以复加。昔日夜间，玄天子命葛云生单独前往他的寝宫，所有人都不知道这二人究竟聊了什么事，只知道深夜之时，玄天子的长明宫内爆发出剧烈的打斗声，而后就听得葛云生一声哀号，再接着便是众人追捕，葛云生疯狂屠戮血洗符箓门之事。

清微道人颤抖道："掌门师兄说的这个东西难道是……"

"神！明！如！电！"

葛云生一字一顿地说道。

众人再次哗然，清微道人更是抖了一抖，整个人都有些站不稳。

"长老！"各道人纷纷扶住他。

绝大多数的道人更是不懂这"神明如电"究竟是什么东西，为何能让清微长老这么震惊。

这也难怪，万法辨真、神明如电，乃是符箓门内至高无上的机密，是符箓门历代掌门才能拥有的至宝，一般的道人听都不曾听说，更别说一窥这灵力的威力。只可惜这两股灵力虽然十分强横，但非天资卓绝、心性聪慧之人不能掌控。

清微道人发抖道："你真的找到了另一颗混元心？那一夜，究竟在长明宫内发生了什么事？师兄为何要这样做？"

葛云生喃喃自语道："师父他为什么要这么做？为什么……"

十六年前的往事，似乎终于要揭开迷纱。

那一年，正值新一届道坛决即将来临之时。

葛云生的横空出世，令符箓门上下惊喜不已，沉寂多年的符箓门终于有了能够与其他三个门派一较高下的弟子。葛云生自己也深知使命所在，日夜勤学不辍，生怕浪费了一寸光阴。

但符箓道法太过博大精深，非人力所能尽数参透，葛云生年纪尚轻，修为在符箓门内虽然已然通天，但与王琼风等人相比，仍有一丝差距，而这一丝差距便足以令他在道坛决上铩羽而归。

葛云生的师父玄天子把这些都看在眼中。

问鼎道坛决，他比葛云生都要迫切几分。

正是基于这种求胜之心，玄天子做出了一个惊人的决定。

一日夜里，玄天子传密令叫葛云生到他的长明宫。

长明宫内，烛火摇曳，照得四处摇晃不定。

玄天子问道："云生，距离道坛决不过一个月时间，这一战你有几分把握？"

葛云生反问道："师父问的可是对谁？"

玄天子道："当今正道内，论修为论道法最高的也就三人，御剑宗的王琼风、丹鼎观的徐长元，还有驭灵司的严明崇，我问的正是你对这三人的把握。"

葛云生想了想，答道："以目前之势，在胜算上，王琼风有四分，严明崇有三分，弟子亦有三分，而徐长元一分都没有。"

玄天子淡淡道："你们四人都是返照地境的修为，徐长元为何一分不得？"

葛云生道："丹鼎道法乃是速成之法，一分道力一分自损，徐长元虽然已修得九转丹的第八转，但自己内力也伤得七七八八，若他突破不了这第九转，修不成不败金身，这胜算自然是等于零。"

玄天子点头道："那你与王琼风这一分却是差在何处？"

葛云生道："王琼风有六宗神剑在手，他的剑与他早已融为一体，人剑可合可分，犹如双人之力，这一分便差在他那把神剑上。"

玄天子又问道："那严明崇呢，他也可得三分。"

葛云生道："驭灵道法，是借力之法，这借力与符箓又有所不同，符箓之力从心神而出，心到法到，而驭灵之道却是人与灵兽的沟通，始终有间隙在。若论道法他差了弟子一分，但严明崇以灵兽强化内力，万灵心经虽然刚修炼至第七层，但也足以弥补这一分的差距。所以，我二人可平得这三分。”

玄天子赞道：“你心中明了，这是最好，那你可有稳操胜券之技？”

葛云生想了想，摇头道：“事到如今，唯有‘全力’二字，无他法！”

玄天子笑道：“‘全力’二字？上了道坛决，谁人不是全力以赴？你若与严明崇对阵，这‘全力’或许还有几分胜机，但若是对上王琼风，这一分的差距便是沟鸿，你唯有一败涂地！”

葛云生垂首道：“即便如此，弟子也决不放弃！”

玄天子道：“葛云生啊葛云生，我符箓门没落百年，好不容易出了你这么个出色的弟子，我若不再助你一臂之力，我玄天子便是愧对列祖列宗！我符箓门可不知还要沉沦多久！”

“你随我来！”玄天子踱入自己的寝宫之中，偌大的房间内布置得极为简朴，除了一张床，便只有两尊虎与鹤的紫铜雕像。

玄天子自言自语道：“虎有刚猛之力道，代表的是地之威；鹤有拨云之轻灵，代表的是天之阔。虎鹤二兽正对应我辈对符箓道法的追求：刚中带灵，巧而不柔，天地之间任我遨游。只可惜有此境界者真是寥寥无几。”

他猛地震开床头矗立的紫铜虎雕，一声清微的裂响，床头的墙壁上显出一个法阵，玄天子破指挥血入阵，急急书写，正是“万法辨真，神明如电，道合符箓，速随心意”十六个字。

十六字写毕，法阵光芒大盛，这光辉之中现出一个乌黑色的木匣子。

玄天子取出木匣子，凝视良久，叹道：“这法物传给我已经整整二十年了，只因为师的资质有限，始终不敢轻易使用，白白浪费了这二十年的光阴，愧对历代先祖。其实，何止为师，每一代的掌门都不曾敢尝试这法物，只怕辜负了祖师的期望。”

葛云生眼见这匣子古朴，料想是什么宝贝，急声问道：“师父，这里面是什么？”

玄天子嘿嘿干笑，道：“你自己看看吧！”

说着他打开木匣子，一道明亮的蓝色光芒透了出来，葛云生急忙遮住自己双眼。过了一阵他见光芒减弱，才定眼看了一下，但只是这一下却叫他脸色一变。

这匣子里藏的竟然是一颗人心！

一颗鲜红的还在跳动的人心！

扑通！扑通！扑通！每一下都牵动着葛云生的心脏。

葛云生惊道：“师父，这是……”

第三十六章

混元灵力

玄天子道："我符箓门千年基业，留有三大奇宝，这正是其中之一。此乃是无极祖师的心，它跳动了五百年，只等另一个天资卓绝的弟子来使用它！"

"这个人就是你！"玄天子的目光如炬。

葛云生再聪慧，此时也完全不知所措，这血淋淋的心脏怎么会是个奇宝？他有些惊恐道："师父，这究竟是怎么一回事？"

玄天子道："天地之初，生有混元真灵，这灵力乃是天生地造之物，拥有无穷的妙用。但随着时日推移，各团灵力逐渐幻化成日月星辰、风雨雷电以及万物生灵，唯有一些拥有自主意识的灵力躲过了这些转化，它们寄居在拥有大智慧的人体内，靠人的气血为生。这些灵力历经千万年的积累，逐渐生出不同的特点，有人统称它们为'混元灵力'。

"得混元灵力者便可在体内生出混元心，得混元心者自能参透常人所不能窥探的秘法，成为天下高手中的高手。无极祖师是天下间第一个拥有两股混元灵力的修真者，这两股灵力正是'万法辨真'和'神明如电'。万法辨真可窥破世间一切术法的破绽，叫诸般法术不能困你；神明如电可过目不忘，一眼之间看穿万法的真谛，转而将他人的法术化为己用。这两股灵力比世间任何法器都要珍贵，道门之中若是谁能得此一物，都已经是绝世高人，更何况同时坐拥二股神力，那岂不是天下无敌！"

"万法辨真"是破法之道！

而"神明如电"却是夺法之道！

御法者，谁人不怕这破、夺二法！

葛云生不禁问道："既然我门派内有此宝贝，为何还要沉寂数百年，各掌教为何不早日吸取这两股灵力，化为己用？"

玄天子苦笑道："哪有那么容易？这灵力已得神智，它既然是把利刃，必然能杀敌也能伤己。历代掌门之中也有人尝试吞并这颗混元心，无不落得自焚的下场。

无极祖师留有遗训，唯有拥有天境以上修为的大仁大智之人，才能修炼他的混元心。葛云生，你是我符箓门下数百年来第一个突破地境修为的弟子，虽然还未到达天境，但也只是一步之遥了，再加上你的聪慧也不逊于无极祖师，我相信，剩下的差距便是这仁义之心。”

“道坛决之战，只可胜，不可败！你吃下这颗混元心，驾驭它，就有了必胜的把握！”

“云生，大战在即，机不可失，你敢不敢试试这股灵力？”

玄天子的眼中流露出比葛云生更加渴望的色彩。

葛云生望着这颗闪动着蓝色妖异光芒的混元心，心中的念头如同室内的烛火一般摇摆不定。数百年来，符箓门无人能成功驾驭混元心，那他可不可以？是不是也会落得个失控自焚的下场？

但在葛云生的心中，师门之重，远胜自己的性命。

为了符箓一门，他可以惜牺牲自己的一切！

玄天子道：“云生，你若参不透混元心的奥秘，此生都难胜王琼风的六宗神剑，这道坛决于你便毫无意义！但你若参透了，这天下间再也无人可以奈何你！成，便是我符箓门成！败，便是我符箓门败！我问你，敢不敢试试你的道心！”

玄天子的目光炯炯，那眼中分明是无限的渴望。符箓一门太需要在这一战中耀武扬威，他的弟子一定要称雄这道坛对决！

葛云生嘿嘿笑了起来，道：“师父，若为符箓大道，莫说这混元心，便是万劫不复永堕魔道，云生也心甘情愿！”

“好，好，好！那你便把它吃下去！承我祖师之大道，扬我符箓之威名！”

玄天子双手一递。

葛云生上前捧过匣子，盯着那颗跳动的心脏，它不急不缓地跳动着，蓝色的光芒仿佛是魔鬼的诱惑，在那蓝光之中，葛云生仿佛看到了自己进入混元之境，称霸道坛决的场景。

一朝问鼎，四方朝拜，符箓门从此重回道门之首！

他葛云生就是符箓门新的救世主，就是符箓门振兴的希望所在！葛云生哈哈狂笑起来，一伸手将心脏抓了出来，一口一口撕裂，咀嚼着吞了进去。

蓝色的光芒顺着血液流进葛云生的全身，这灵力一入体就开始四处游走，葛云生明显感觉到这混元力道是如此的强横，以至于他的每一处经脉，每一寸血管都在爆裂。他感觉自己的身子要炸开了一般，最终所有的力量都往心脏汇聚而去，整个心脏快速跳动，根本难以掌控，仿佛要跳出来一样。

“啊！”葛云生怒吼一声跪倒在地，双眼之中蓝光迸发而出。玄天子喜极而泣，道：“成了！当真是无极祖师显灵了！”他跪拜道：“祖师再上，请庇佑我符箓一门，重振雄威！”

然而这跪拜并未等来无极祖师的庇佑，而是葛云生的手掌。葛云生已然掌控不住这两股灵力，整个人瞬间入魔。他再吼一声，一道蓝色的灵力忽然破体而出，是神明如电，它化作一道蓝色的闪电迅速向外逃窜。葛云生急忙运气封住另一股灵力，万法辨真无处可逃，再度入了绛宫，终于被新的主人所收。然而这万法辨真和神明如电本是一股灵力，一半是疯狂，一半是冷漠，二者必要相互制约，才能牵制两股灵力的缺点，让修炼者安然无恙。

如今，神明如电逃遁，只剩下万法辨真，葛云生只觉自己神智大开，眼中所见的场景与平日里已大不一样，迷迷蒙蒙，但又清清楚楚，他的眼里再无血肉之躯，只有内力和道法。

每一个修道者于他而言都不过是一团等待他破解的道法罢了！

玄天子便是第一个！

葛云生一把揪住玄天子高高拎起，嘿嘿笑道：“好师父，你送我的这颗混元心可真是份好礼！你的道法如今在我看来，当真是不堪一击啊！”

玄天子的修为虽不如葛云生，但也是入了返照之境的，若是正面交手，也不至于这般一招被制，只是葛云生突然发狂，而且这一掌刚好掐中命脉，将玄天子所有的真气都堵在这一档口，竟叫他丝毫不能抵抗。

“云生……你疯了！”玄天子大骇，他突然意识到葛云生也无法完全驾驭这混元灵力，急着叫喊道，“云生，你还不能完全驾驭他，快把混元灵力逼出来！快！”

葛云生笑道：“师父，如今灵力在我体内，我怎么可能还给你？不如今夜就拿你的血来给我的混元灵力开祭罢！”他飞出一掌，击爆了玄天子的心脏，鲜血喷涌而出，溅了葛云生一脸。

玄天子用尽力气喝道：“赤血化咒，镇！”鲜血在葛云生脸上迅速游走，结成一道镇邪符咒。这血咒暂时压制住了混元心的力道，葛云生恢复了一半的神志，他看到眼前奄奄一息的玄天子，惊得慌张无措。

“师父！师父！”葛云生凄厉惨叫。

玄天子被击爆了心脏，只剩下一丝气息，他苦笑道：“看来真是天命如此，这事却不怪你，只怪我太过心急。祖师爷有遗训，非天境修为之人不能持有混元心，何况是两股灵力，如今你才不过地境，果然还驾驭不住这灵力。云生，你误杀了我，如今出了这道门必然是百口莫辩，神霄等师弟平日里就与你颇有嫌隙，如今更不会放过你。但门内至宝不可以丢失！我要你即刻下山，找回那股飞走的灵力，他日你若能将这两股灵力同时掌控，不论什么情况都要回来接替掌门之位。若是这东西在别人手中，能夺则夺，不能夺就收他为徒，带他回来参加仙武大会，让他替我们重振符箓之威！”

玄天子已是气若游丝，他将自己的虎鹤令递给葛云生，道：“弟子云生，跪下听令！”

葛云生跪地俯首，泣不成声。

玄天子道：“见虎鹤令如见掌门，日后你受再大的冤屈，遇到再大的困难也不能轻言放弃！就算有一天你众叛亲离，再也没有人相信你了，你也要守住这个秘密，直到你夺回飞走的混元灵力之时，这块令牌也能为你昭雪沉冤！”

葛云生早已泣不成声，他手握虎鹤令牌，更像是握住了符箓门最重的使命。

然而，长明宫里这么大动静，终于还是引来了符箓门的弟子。杀师夺宝，已然在目，葛云生也不再多做狡辩，夺门而出。

玄天子说得对，这情景，他已是百口莫辩。

混元心是他吃的！

掌门玄天子是他杀的！

虎鹤太玄令也是他拿的！

这一切摆在眼前，还有争辩的必要吗？

万法辨真，能辨世间万般法术，却唯独要迷惑人的良知，叫人疯狂入道，因为人若有良知，又怎么能癫狂如天才般的疯子一般，摈弃一切的干扰，只看重他想要的规则？葛云生此刻便是疯子，玄天子的血咒渐渐消隐，他已经完全入魔，这世界在他眼中，只剩下一道又一道亟待解开的道法难题罢了！

道破道法道破法，以道破道，便是先诛已心！

杀戮，不过是解开一道难题罢了；疯狂，不过是因为丢弃了理智罢了。

只有无心之人，才能彻底看清道的规则！

回想往事，葛云生黯然神伤到难以自持。那一夜，他杀出了符箓门，一路从京都奔袭到了荆州，整整七天都疯狂不休，不知道杀了多少人。在登仙峰的百仙阁里，他突然清醒过来，望着满身的血污，他痛得撕心裂肺。

他想要撕裂自己的心脏，他抓扯自己的头发，一时哭一时笑，像个疯子一样自言自语。

我原本应该是个英雄，不是吗?

我原本是要重振符箓大道的，不是吗?

我葛云生一生奋斗，都只为“师门”二字，如今我却成了杀师叛门的魔头!

这是多么大的笑话!

若可以选，我宁可战死在道坛决也不要这混元灵力!

这灵力，我要来何用？!

这“辨真”二字，我如今要来辨别什么道，什么理!

第三十七章

前尘往事

往事历历在目，每每回想起来都是万般痛苦。

葛云生双眼发红，浑身颤抖，各道人都以为他又要发狂，吓得纷纷退后一丈，却不想葛云生的眼中闪动的是莹莹的泪花，他垂首苦涩道：“神明如电，与我身上的万法辨真本是一脉而出，我找了近八年，如今就在赵五郎身上。掌门曾有遗训，得神明如电者若愿入我符箓一门，便当好生教导，将我符箓道法发扬光大，有朝一日倚仗他振兴我符箓门。如今，我已将这弟子带回符箓门。这是师父的遗志，也是我的使命，你们还有何异议？”葛云生的须发半白，脸上饱含风霜，看上去远比他实际的年龄还要苍老，但就是这个精瘦的老道士，竟教符箓门上下都不敢直视他一眼！

清微、神霄、净明三大道人面面相觑，不知如何回答。

李默然神色显然有些着急，质问道:“你老是说什么掌门遗训，我们都没有听过，谁知道是不是你胡编乱造出来的！”

“住口！”清微道人怒喝道。李默然整个人都愣了一下，他不知道清微道人为什么这么生气。

净明道人也训斥道：“任何谎言都可以捏造，唯独这混元心不可能造假！能得混元心，必能修得大道！这是天选之人！”

众人一时间议论纷纷，声如鼎沸。

清微道人沉思良久，道：“掌门师兄是否有此遗训我们都不得而知，你执意要这小道人参加道坛决究竟是什么目的我们也猜不透，不过他既然得到了我符箓门的混元心，就绝不可能让他再离开符箓门。”

他转头道:“净明，今日仙武大会照常举行，名录多增一人，安排在空缺的震位。”

净明道人立即俯首道：“是，师兄！”

神霄道人着急道：“师兄，三思啊！这人究竟什么来历都没搞清楚，就这么让他参加仙武大会是不是太草率了？万一……”

清微道人道："他怀有混元心，如今不为我符箓门所用，难道要拱手送给其他门派吗？神霄，已近午时了，驭灵司等其他门派观摩的人也到了七七八八，你该去看看仙武道场了。"

神霄道人无奈道："是，师兄！"

"禀报长老，御剑宗秦少商率一干弟子来访！"一个道人从山脚下疾奔而来。

"御剑宗，他们来做什么？"净明道人疑惑道。

"这御剑宗十几年都没来过我符箓门了，怎么今日突然来访？恐怕不是专门来观摩我们的仙武大会吧？"李默然插了一句。

神霄道人道："不管是何居心，在符箓门的道场，还要怕了他们不成？"

清微道人点头道："走吧，既是御剑宗的大弟子来了，这礼数还是断断不能少的，我等速去迎接。"

"那这两个人怎么办？"李默然问道。

清微道人想了一下道："葛云生，不管怎么样，你都是戴罪之身，你给我留在祖师堂面壁思过，这小道人跟我们走吧！"

葛云生笑道："你留我在祖师堂，不怕我又一走了之？"

神霄道人一时又气急，喝道："葛云生，不管你是因为什么原因才做之前那些事，但你罪债累累，这是不争的事实，我符箓门今日有盛会在前，暂且不与你计较，但也不要太过分！"

葛云生朗声道："我说过，我今日回来就没想过再走出这符箓门，前尘旧事我葛云生自会负责，这事各位长老不必担心，但赵五郎是我徒儿，按照规矩，徒儿上仙武大会比试，做师父的怎么能不到场？"

神霄道人怒吼道："葛云生，你这逆徒，符箓门是你想怎样就怎样的吗？"

葛云生冷笑道："如果我真想怎么样，你们也奈何不了我！"

净明道人望了一眼清微，低声道："师兄，这事……"

清微道人头也不回，道："葛云生，我信你是言而有信之人，但愿你不要忘记方才自己所言，仙武大会后，不论你的徒弟比试结果如何，符箓门都要以规法处罚你，希望你不要再做无谓的挣扎！"

葛云生心中坦然道："云生愿受处罚！"

神霄道人恶狠狠地盯了他一眼，道："好！这话我可是听得清清楚楚！"

三大道人带着众弟子急急忙忙下山而去，葛云生落在最后面，走得极慢。赵五郎走了两步又回过头，担忧道："师父，究竟是怎么一回事，仙武大会后你真的要受罚？他们……他们不会杀了你吧？”

葛云生默然不语。

赵五郎道：“师父，我不参加仙武大会了。我们走吧，走得远远的，再也不理这些道门的纠葛了。我也不想当什么天下第一，更不想当什么掌门，我只想跟着你当一个捉妖道人，一起快快乐乐潇洒自在的多好。”说着，赵五郎便过来拉着葛云生想往山上走。

葛云生一手按住了赵五郎，而后苦笑道：“五郎，我们能走到哪里去？师父是戴罪之人，我的梦境你也见过，不管是什么原因，那些同门确实是为师杀的，就算各位师叔不惩罚我，我的心里也是时时愧疚难安。你要让师父当一世的罪人吗？我现在只有这么一个念头，就是希望你传承我的道法，将来有朝一日把符箓门发扬光大。”

赵五郎摇摇头道：“师父，五郎愚笨，大道理我不懂，我也不想听这些，我只是不想你有事，这比试我不参加了。”

赵五郎担心葛云生的安危，执意要走，葛云生却突然怒喝道：“五郎，你怎么还这么幼稚！身为修道之人，要懂得‘使命’二字！这使命不论是大到天道还是小到一个承诺，都必须要生死不负，都要问心无愧，你明不明白？”

赵五郎惊了一下，不明白葛云生为什么这么生气，他不曾完全经历葛云生的一生，这“使命”二字自然是不明白的。

沉默，二人均是一阵沉默。

良久，葛云生面色从愤怒渐渐转为凄然，他开口道：“五郎，其实此事本与你无关，就当是师父自私吧，你给师父一个解脱吧，师父也累了。”

葛云生这话说得甚是凄凉。

赵五郎只觉得心中有千万斤的石头压了下来，重得似乎有些喘不上气，他眉眼低垂下来，悲伤难过掩饰不住，他觉得好像下一刻，葛云生就要永远离他而去，这是他从来不敢想象的事。在他心中，葛云生高大得就像一座巍峨的山峰，怎么可能会输，怎么可能会塌，怎么可能会离他而去？之前历经那么多的磨难，面对那么多强劲的对手，葛云生却从没绝望过。葛云生不绝望，他就不会绝望，就永远觉得会有希望。

而人活得不就是一个希望吗？

只是他未曾想过，师父也是会老的，有一天也会死的，毕竟这世界上是没有“长生”二字的。

至少，眼前的葛云生的心开始老了，想要给自己的宿命找一个归宿。

是啊，鸿雁高飞，也终究要落脚；浮萍飘零，有一天也会静默在池水的一隅；修道的人生命再长，也要找一处灵魂的归宿。

如果“生死不负，问心无愧”这八个字真是葛云生自己想要的归宿，那他赵五郎除了成全还能干什么？这可能也是自己的使命吧！赵五郎似乎想通了，他的眼神里慢慢地有了更多的光亮，神情庄重道：“师父何须说这话，你的话我都一一铭记于心，这仙武大会我参加便是。只是五郎愚笨，怕难以担负这一重责，辜负了师父的期望。”

葛云生摸了摸赵五郎的头，笑了起来，“小子，怕什么？你在我面前都笨了八年了，你不知道这八年我有多么绝望，如今我反倒充满了希望。五郎，你有一点比我强，你有仁爱之心，你将来的成就是不会逊于我的！”

赵五郎仰头望着葛云生，台阶之上的师父高大得像一尊雕像，他仰望着葛云生，仿佛仰望着这座屹立千年的凌虚青山。

山高千丈，有时却不如一个人的心，来得那么令人敬仰。

五郎坚定道：“师父，弟子必当全力以赴，不负所愿！”

葛云生笑道：“这才是我的好徒弟！走吧，午时快到了，我们该下去了。”

三清殿前，仙武大会道场。

黑白色的巨大八卦泾渭分明，各色道幡、旗帜迎风飞舞，场面热闹而庄重。

三清殿下，三大道人依次就座，驭灵司的伏虎长老，御剑宗的秦少商等剑宗四少分列两侧，符箓门、御剑宗、驭灵司还有各色支派的弟子将这八卦道坛围得里外三层。

清微道人道：“怎么今次仙武大会御剑宗、驭灵司如此重视？剑宗四少、伏虎长老悉数到访，真令我符箓门蓬荜生辉！”

来观摩其他门派的仙武大会，是正道四门历来的传统，一来是规矩礼数，二来也可以探察各门派弟子的实力，为自己门下的道坛决做更充分的准备。只是符箓门近些年迅速衰败，弟子实力孱弱，其他三个门派其实都没有什么太大兴趣，尤其是丹鼎观更是以正道之首自居，除了传达掌教命令，已经很少来符箓门走动了，而今日驭灵司的伏虎长老也是被严明崇强行安排过来，此时旅途劳累，心情也不怎么好，哼哼了两声，算是回应了。

秦少商却是识大体的人，虽然他们前来是另有目的，但还是恭敬道：“四大道门本是同根，各道门举办仙武大会其他三大门派都会到场观摩，这也是数百年来的规矩。家师对符箓门也是高看一眼，只可惜家师曾立下重誓不再下山，所以特地委托我师兄弟几人前来观摩道贺。”

冷少卿、南宫少羽和丁少宗三人纷纷朝清微等三大道人施礼。只是这三人施礼神态各不一致，冷少卿神情冷漠，不过微微颔首便作罢，南宫少羽倒是满脸笑意，显得十分有礼，而丁少宗却有些拘谨，这礼施得也是带着几分僵硬。

神霄道人见冷少卿态度有些不恭，不禁冷笑道：“我符箓门弟子哪里比得上剑宗四少，尤其是秦少商如今更是风采冠绝新一代弟子，这么声名赫赫的剑宗四少齐齐到来，恐怕不是观摩这么简单吧？”

冷少卿冷冷地哼了一声，不置可否。

第三十八章

宗政太保

秦少商瞪了冷少卿一眼，又笑道："神霄长老怕是有些误会了。符箓一门始终是四大道门内根基最深厚的，虽然前些年门派之中出了些变故影响了士气，但如今在三位长老的率领下，早已重整旗鼓。我可是听闻神霄长老门下又出了一名青年才俊，很不一般，这等人才可是我师兄弟在道坛决上的劲敌，于情于理我们都要来看一看的。"

秦少商说李默然是自己的劲敌，这话显然是客气之话，即使是清微道人也不会认为李默然真的能与秦少商一战。只不过这话叫神霄师徒二人听了却感觉颇为受用，李默然更是自行出列，朝秦少商恭敬道："符箓门李默然见过秦师兄！师兄过奖了！"

南宫少羽呵呵一笑，眼神中却忍不住露出一丝鄙夷。

丁少宗却恭敬道："李师兄好！"

秦少商也客气道："各位师弟，今日我等可要好生观摩下精妙的符箓道法，说不定对我等的剑道修行也有大有益处！"

秦少商说话做事都有大将之风，叫三位道人听了都暗自钦佩，清微道人赶紧比了个手势道："诸位，时辰将至，还请速速上座。"

众人就座，忽然，南宫少羽余光瞥到了刚刚下山的葛云生师徒，他眼中冷光一闪，又不阴不阳地笑了起来："符箓门真是好大的器量，怎么，如今葛前辈也要回来参加仙武大会吗？"

众人目光齐齐瞧了过去，整个现场一片哗然。

"这老道人是谁啊？怎么从来没见过？"

"听南宫师兄说，是葛前辈，我符箓门内何时又出了这么一号前辈？"

"莫不是那个九窍魔头葛云生？"

"天哪，葛云生不是符箓门的大叛徒吗，他怎么敢回来？"

"你有所不知吧，传闻葛云生的修为早已入了返照地境，远超三大长老，那件事你没听过吗？一夜就杀了两百多名弟子，你看那块牌匾上的裂缝，都是被他砸的！”

“那他回来想干什么？”

“难不成要回来搅乱这仙武大会？这可有好戏看了！”

众弟子窃窃私语，各种猜测，神霄道人起身怒喝道：“肃静！肃静！如此喧哗，成何体统！”

葛云生背着手，哼了一声，高声道：“看来都是些小辈，大惊小怪，也是难成气候！”

秦少商不认得葛云生，但他也听过这个人的名号，更听闻过符箓门的惨案。虽然天下四道同宗而出，但毕竟不比往前，各道门之间竞争日益激烈，这门派内的私事好比他人门前雪、田里霜，还是不要碰的好，所以此番他并不动声色，只是冷眼看着几位道人的反应。

清微道人故意视而不见，神霄道人眼含凶光，净明道人叹了一口气。

好一副无可奈何的群生相。

结果，又是净明道人出来打圆场，道：“师兄，吉时已到，各弟子也准备就绪，可以开始仙武大会了。”

清微道人赶紧摆摆手道：“开始吧！开始吧！”

这话刚说完，山门牌坊外又有一名道人急急忙忙跑过来，禀报道：“长老，丹鼎观宗政师兄带领一干弟子求见！”

“宗政太保？”众道人齐刷刷地站了起来。

说是求见，却见一队火红色的道人径直走了过来，为首的是个身形颇为高大的道人，他一身绛色道袍，胸前绣着火焰八卦，双眉飞入鬓中，眉毛、发色和瞳孔都微微有些发红。

这道人容貌如此奇异，正是赫赫有名的宗政太保。

宗政太保看模样不过二十四五，却是丹鼎观徐长元门下的二弟子，他虽然名列门内第二，但地位却是远超大弟子尹太一。宗政太保修的是炎神丹，御火术法天下无双，他与秦少商一样，天资极高，年纪轻轻就名震道门，是道门新一代弟子中风头无量的双雄人物之一。三年前，掌教徐长元将丹鼎观内的无上至宝六阳神鼎传给了他，想来，他如今更是如虎添翼，与秦少商并称为这一次道坛决最有力的争夺者。

原本门可罗雀的符箓门，今日却有这么多高手齐齐来访，当真是越发不可思议。

而且这丹鼎观的门人，昨日不是已经到了凌虚峰了吗？怎么今日这么晚才进道场？这其中只怕有什么变故。

丁少宗微微变了脸色，道：“大师兄，恐怕今日真有大事要发生了，我有种不祥的预感。”

秦少商不动声色，轻轻握了下丁少宗的手臂，道：“无妨，有师兄在，我们静观其变！”

宗政太保带着丹鼎观的门徒大步流星而来，后面还跟着三弟子勾太常，以及十个神态各异的道人。

赵五郎一看到勾太常，就忍不住叫道：“啊，是那个金龟道人！”

勾太常修炼金甲丹，道门内是人人皆知，所以各道人一听赵五郎叫他金龟道人，众人忍不住“扑哧”一声，哄堂大笑起来。

勾太常闻言，怒目而视道：“哪只杂狗在那儿乱吠！”

他扫了一圈，众人纷纷收住了笑声，而后他的目光落在赵五郎身上，他双眼之中露出精光：“真是踏破铁鞋无觅处，小道士，原来你也在这儿！”

赵五郎嘿嘿一笑，“怎么，你的肚皮补好了吗？”

勾太常更怒，他两步踏前就要去收拾赵五郎，葛云生却冷喝一声道：“金龟道人，龟壳都破了怎么还这么不懂规矩？还想再吃一记雷火吗？”

勾太常未承想这葛云生也在现场，大惊失色，叫道：“葛云生，你这叛徒！你还有脸回符箓门？还不速速拿下！”

这话刚说完，宗政太保就喝止道：“师弟，不得放肆，我等虽为掌教门徒，但若无掌教指谕，这四大道门内的事务不应插手。况且今日在符箓门内，各位长老未曾发话擒人，你何必越俎代庖？不要失了分寸！”

勾太常答了声“是”，悻悻地退了下来。

宗政太保转头朝秦少商道：“秦师兄，不想你也在这儿，这符箓门究竟是什么风能把你这代掌门也吹了过来？真是难得。”

秦少商笑道：“宗政师弟日理万机，不也来了吗？彼此彼此！而且我听闻宗政师弟的六阳神火修炼得正在关键时期，这时候徐掌门派你出来，当真是下了很大的决心啊！”

“你……”宗政太保自知口才不如秦少商，也不想多做口舌之争，冷眼看了一眼仙武道场，转移话题道，“我等来迟，没有错过比试吧？”

清微道人见宗政太保态度倨傲，心中有些不快。

还是净明道人恭敬道："来得刚好，不曾错过，快请就座。"

各道人又搬了几张桌椅，众人再次坐定。净明道人上前宣读仙武大会规则，以及对位情况。

赵五郎被分在了震位，他刚想上台，突然有人背后拉了他一下。

"五郎哥哥！"一个女子娇滴滴的声音响了起来。

"小茹！你怎么来了？"赵五郎惊喜道。

"五郎哥哥，好久不见，小茹可想你了！"小茹一脸心花怒放，弯着眉眼道，"我可是特地来找你的。"

驭灵司与符箓门相隔数千里，来符箓门观摩仙武大会，路途遥远，又没有什么看头，驭灵司内谁都不想来，唯独小茹央求着伏虎长老带她一起过来，就是想着能不能遇到赵五郎，不想今日真的看到他了。

小茹因为太过高兴，双眼微微泛着泪花道："你看我们好有缘分，我就知道一定能看见你的。"

"还有我们！还有我们！"小茹的背后挤出三只大老鼠，一白、一黑、一灰，正是那三只鼠精。这三只鼠精如今也穿着像模像样的小小道袍，看起来更加滑稽可笑。

"小道士，你今天也要比试吗？"白鼠精问道。

"小道士，你可要拿第一呀！"黑鼠精翘了翘尾巴，这断尾还没完全长出来。

灰鼠精没了话说，一阵着急，上蹿下跳道："我……我……快摸摸我！"

赵五郎遇见故人，心情大为愉悦，摸了摸三只鼠精，道："放心吧，我不会让你们失望的！"

小茹点头道："五郎哥哥，肯定能赢！"

"对了，无邪和无心都还好吧？"

小茹脸色微微一暗，道："无邪哥哥现在整个人都变了一样，天天都把自己关在长春宫里修炼法术，也不跟我玩了，无心姐姐她……"

"她怎么了？"赵五郎问道。

"你们走的那天，她就不见了，到现在都没回驭灵司。掌门师尊已经派各长老出去找她了，现在还没有消息。"

"啊？百无心不见了？"赵五郎惊了一下，他脱口而出道，"她……她不会是跟齐云飞私奔了吧？"

"私奔？"三只鼠精眨着眼睛齐齐问道，"私奔是什么意思？"

“对啊！她一定是跟齐云飞一起走了！”小茹突然恍然大悟。

赵五郎还要再问几句，净明道人已经上了道坛宣读参赛道人的名录：“请各参赛弟子上台站位！”

赵五郎道：“一会儿聊，我先上去了！”

此次仙武大会，符箓门共有十八名弟子报名，在三关考核中除去了七名弟子，前几日又无故退出了四名弟子，如今只余下不过七名弟子，加上增补的赵五郎，刚好凑成八名，位列道坛八个方位。

勾太常嘲笑道：“只有八人比试？哈哈哈，这实力怕都不如我丹鼎观下的一个分教。”

冷少卿和南宫少羽的眼中也是掩饰不住的轻视，这符箓门的仙武大会哪里有御剑宗和丹鼎观的一半精彩？当真是犹如鸡肋。

不过既然来了，众人也不好离席，各个细眼瞧看这道坛中的八个人。这八人除了赵五郎以外，分别是神霄道人门下的李默然、殷杰，净明门下的伍秋风、曾一凡，已故太平长老门下的柯青，以及凌虚峰紫阳观、赤霞观派出的代表崆峒子、龙甲师。

这八人按照八卦排序，李默然分在乾位，殷杰分在艮位，伍秋风分在坎位，曾一凡分在巽位，柯青分在坤位，崆峒子和龙甲师因为是分教弟子，分别列在兑位和离位，而赵五郎列在最后，对得正是震位。

乾对坤，艮对兑，坎对离，巽对震。

对位十分明了，这第一场便是李默然对阵柯青。

第三十九章

真水道法

李默然刚一上场，周围就爆发出热烈的掌声，喝彩鼓励声不绝于耳，相比之下，柯青的师父太平道人已仙逝多年，在符箓门内地位日益没落，这掌声不过寥寥数下。

李默然比了个手势，颇为自信道："柯师兄，你虽然年长我几岁，但我如今已突破返照之境，你还在凝神之境，我自当让你三招，你看如何？"

李默然一上来就这般轻视自己，柯青大为恼怒道："我呸！真以为这符箓门内都把你当宝了？你虽入返照之境，但比武决斗又不是只看内力，我柯青不一定就会输给你！"

李默然冷笑道："你有这志气倒是好的，只可惜这道坛之上，仍然是要靠实力说话。"

"废话少说！李默然，符箓门内所有人都怕你三分，但我就看不得你这副得意扬扬的嘴脸！"柯青突然掏出蓝色御水符纸急急念咒，"中宫海底聚真水，疾！"

只见他手中的蓝色符纸一闪，就化作一摊浅蓝色的真水向四处流淌。这柯青师出太平道人，自然修的也是太乙真水诀。太乙真水旨在以柔克刚，却不知这柯青手中的真水有他师父几层功力？

李默然依旧矗立不动，这真水漫了过来，开始围着他缓缓旋转，如同淡蓝色的绸带一样半悬在空中浮动，柯青见李默然果真不出招，也不再客气，突然暴喝一声："师弟，来试试我的真水诀！绞！"

原本舒缓的真水，突然化出万千波涛，这波涛之中又化出无数的水带将李默然紧紧裹住。真水急转，像漫天的水柱一般将李默然完全淹没。

众弟子一阵惊呼，四处开始议论纷纷。

"没想到柯师兄的真水道法这么强劲！"

"李师兄怎么不出招还击？莫不是被困住了？"

"怎么可能？你没看出来李师兄是故意让柯师兄几招吗？他一直都是这么自信的，怎么可能被困住？"

“但柯师兄可不是泛泛之辈，默然师兄这么托大只怕要吃大亏了！”

柯青脸上露出一丝得意，又喝道：“分！”

一股强横的力道猛地将这水卷撕成两半，两股水卷互相撕裂拉扯，就要将被缠住的李默然绞成碎片。

台下的弟子又是一阵惊叫。

这两股水流哗哗作响，宛如两头水蛟一般，迅速向空中一扯，水流两边散去，却不想李默然依旧安然无恙地站在道场上，甚至连衣服都不曾沾湿一片！

柯青大惊，自己的双龙真水诀竟然不能伤他分毫，他急忙一捏指，又喝道：“击！”

双龙在空中一合，四周的空气突然间骤降，众人只觉得一下子仿佛从端午进入了冬至。

太乙真水，乃是寒水，虽不冻结成冰，却比冰还要严寒百倍。真水化成水龙，奋力朝李默然击杀而去。李默然道：“师兄，这是你的第三招了！”水龙“轰隆”一声击打到李默然身上，却被他的真气弹开了，水柱从两侧分流而去，流落了一地。

李默然道：“三招已过，该我出招了！”

他身形一闪，已经飞到柯青眼前。柯青惊了一下，符箓门的道人大多不怎么练拳脚功夫，李默然的步伐之快已然超出这些符箓道人该有的迅捷。

柯青还要化符抵御，李默然已经单手化出一枚雷球，“嘭”的一声将柯青击出几丈远，若非这仙武道场四周有结界气罩守护，这一招其实可以直接将他打出十几丈远。

柯青怒吼一声，挣扎着爬了起来，奋力往地上一拍，喝道：“真水无涯无人渡！再疾！”这招正是太平长老的绝学，只见地面隐隐约约有波浪起伏，黑白色的石制八卦也随着波浪被震得一片细碎。

波浪层层涌来，无所不摧！

李默然忽然往空中一跃，喝道：“若是太平师叔在此，这招或许能伤我几分，但你这真水无涯只在地上，却没了空中的隐形波浪，不就少了一半威力？”

他指诀一捏，正是气运五行的紫雷术，雷电喷涌而出，像一条紫色的电龙一般击中地面。“轰隆”一声巨响，柯青被击飞，又重重地摔在地上，昏了过去。

看台之下再次爆发出热烈的掌声，这掌声之中还有阵阵喝彩：“李师叔好厉害！”

“果然还是默然师兄更胜一筹！”

秦少商也微微点了点头，道："这个李默然看起来倒还算不错！"

丁少宗却摇头道："修为是已入返照之境，心境却太过漂浮，恐怕挡不住我的第一剑。"丁少宗说这话时整个表情毫无半分狂傲之气，相反还有一丝丝担心，好像是担心他对手的安危一般。

秦少商笑了下道："少宗的剑法，就连师父都未必挡得住，他自然也是挡不下来的，你不必过分担心。"

丁少宗轻轻笑了一下，道："大师兄谬赞了。跟师兄比起来，少宗还差得远！"

另一边，神霄道人早已喜上眉梢，李默然原本并非他的门下，算起辈分应该喊他太师叔，不过他见这弟子资质上佳，特地收做门下的挂名弟子，传他雷法技艺。此次李默然自然也是代表神霄道人的门人出战，第一局出师告捷，神霄道人自是喜不自禁。

葛云生和赵五郎也忍不住对视了一眼，这一局李默然显然未尽全力，只用了一半的功力就击败了凝神之境的柯青，尤其是那一招紫雷术明显比赵五郎的厉害得多，这人的修为果然不简单！

赵五郎要问鼎这仙武大会，李默然是必须要过的一关！

第二局，艮对兑，是殷杰对阵紫阳观的崆峒子。

殷杰也是神霄道人的门下，而崆峒子却是符箓一脉的支派弟子，二人对阵，众人自然都是倾向本门的殷杰。这殷杰也不负众望，一招五雷天降，直接将崆峒子轰倒在地。

神霄道人的两大弟子悉数过关，他脸上更加得意。

第三局，坎对离，是伍秋风对阵赤霞观的龙甲师。

伍秋风乃是净明道人门下的弟子，修的自然是请神之术。而龙甲师乃是紫阳观九阳道人的关门弟子，这二人在年轻一辈中都算是佼佼者。

二人上场，也不多说废话，各自捏咒祭符。

伍秋风御出的是赤阳符，他急急念咒："甲子护我身、甲戌保我形、甲申固我命、甲午守我魂、甲辰镇我灵、甲寅育我真，六甲神将，速速显形！急急如律令！"

这是六甲请神术。

只见周边金光大显，六甲神将已从天而降。但毕竟他内力有限，这六甲神将还只是若隐若现，与葛云生招出的有着天壤之别。

龙甲师冷笑一声，却掏出一张黄色龙纹符。

净明道人错愕了一下，这二人内力相当，胜负本就在一线之间，按理来说都要拼尽全力来对待才是，但龙甲师竟然想以普通黄符来对抗伍秋风的赤符，这做法未免有些狂妄了。

伍秋风颇为恼怒，口中大喝一声：“六甲神将，速降神雷，不得稽停！”

这一咒法喊得字正腔圆，勾太常听了忍不住肚皮一阵吃痛，他暗骂道：“妈的，此仇不报，我不叫勾太常！”

此时的道场上，六甲神将招云遣雷，一时间天地也是微微变色，乌云之中，一道道紫雷跳跃而出，如同火树银花一般四处闪动。

伍秋风双目血红，怒喝道：“神雷，疾！”

雷光呼啸而下，化作电剑直奔龙甲师而去。龙甲师冷笑一声，抛出黄符，捏了个指诀，喝道：“黄符御神光，龙甲护我身！”

黄符在空中倏地变长，化作黄色的经幡一般，龙甲师双指一引，黄符层层急卷，将自己密密严严地护了起来。

这黄符转动之间，空气中似乎还有赤色的龙甲显现出来，这正是他自己修炼的龙甲护体真气。

紫色电剑怒劈而来，空气中嗞嗞作响，隐隐约约还有一阵阵焦煳的气息，但这电芒击打到黄符之上，自动就闪避了过去，似乎根本不能伤龙甲师分毫。

龙甲师笑道：“伍师兄不知道我修炼的正是龙甲术吗？煌煌天雷，还不是要为真龙所用？你以雷来击我，岂不是白费功夫？”

伍秋风道：“我六甲神将既可御雷，也能降火，龙师弟不如试试我的六甲神火！六甲神将，速降神火，灭邪斩妖！”

雷云之中紫电化作火光闪现，整片乌云在火焰的映照下变得如火烧云一般鲜艳。伍秋风喝道：“龙师弟，得罪了！灭！”

火焰化作火雨坠落下来，一束束的火光拉长成流星雨一般朝龙甲师击打过去。龙甲师依旧不躲不闪，满脸笑意道：“六甲神火也不过如此！”

他喝了一声，黄符上的朱砂晕染开来，整个黄符竟然渐渐转为火红色的赤符，赤符之上龙甲的纹路更加清晰，一片片褶皱好似龙鳞一样交错摩擦，发出“咔嚓咔嚓”的清脆声音。

火焰如流星而来，龙甲却似劲草逆风而长。

“紫气从东来，龙甲向日开，收神火！”龙甲师大喝一声。

黄符上的龙甲突然尽数张开，这火焰一飞过来，全部被收入龙鳞之中，整个龙鳞变得越发的真实而妖异，仿佛晶莹剔透的红色水晶一般。

伍秋风惊愕道：“你这究竟是什么邪门道法？”

龙甲师得意地笑道：“我赤霞观历来以修炼御字诀为主，这龙甲术本就是抵御至阳至刚道法的无上法门，你的雷火二术如何能伤我？”

“御甲困敌！”随着龙甲师的暴喝，赤红色的龙甲突然消失不见！伍秋风意识到形势不妙，赶紧向后闪躲而去，然而这速度还是慢了几分，红色的龙甲从他身后突然又闪了出来，“咔嚓”一声就将伍秋风牢牢地困在远处。

“绞！”龙甲师又喝了一声，龙甲不断收缩，伍秋生整个人被挤压得肌肉扭曲变形，骨骼咯咯作响。

龙甲师笑道：“师兄，你输了，趁早放弃吧！”

伍秋风咬紧牙根，怒吼道：“我乃是符箓门正教弟子，你不过是支观，我不认输！”

第四十章

三太子咒

符箓门虽然已经没落，但门派内的弟子历来对自己正教弟子的尊严看得极重，尤其是伍秋风这种在符箓门下修行时间较长、辈分较高的弟子更是如此。

但相对的，支教的弟子对这种分别也是深恶痛绝。

龙甲师脸上布满了怒意，阴狠道："我最看不惯你们这些所谓正教弟子自傲的嘴脸！五百年前无极祖师更改仙武大会规则，凡凌虚峰上修行符箓道法的主观、支观弟子均可参加，凡参赛弟子一视同仁，不分亲疏，如今你还拿这说辞来轻视我支观弟子，当真可恼！"

"杀！"龙甲师杀心已起，双手交叉一划，火红色的龙甲快速旋转，"扑哧"一声，一阵血肉飞溅，伍秋风的双脚已被龙甲师绞成肉泥。

"啊！"伍秋风一阵惨叫。

各观战的道人更是吓得脸色一白。

龙甲师怒吼道："你认不认输！"

伍秋风痛苦道："我不认输！有本事就杀了我！"

"那你便受死吧！"龙甲师满脸戾气，双眼之中一片血红，他十指一合拢，冷冷道，"合甲！"

红光一闪，这龙甲开始合拢。

仙武道场四周各道人纷纷惊呼了起来，有些道人更是目不忍视，龙甲一合，只怕这道场上要染成一片血红。

"净明太师叔，你快救救伍师伯！"有几个稍稍年幼的小道人忍不住求救道。这伍秋生乃是净明道人的得意弟子，同门之内自然不希望他被就地绞杀。

但不想净明道人却摇摇头道："上了仙武道场，便生死由命，这是千百年来的规矩，我……不能破！"

"太师叔！"这几名小道人又叫道。

"你们别求了，这路是自己选的，要生要死都是他自己的命数。"净明道人叹道。

红光越转越快，眼看龙甲就要闭合，一旦龙甲完全闭合，伍秋生就会被层层龙鳞绞成一摊肉泥。

突然一道蓝光闪了出来，一拉一扯，就将伍秋风救了出来，而这龙甲也“咔嚓”一下迅速合拢，这差距当真只是分毫之间。

“谁？”龙甲师怒喝道。

蓝色身影一定，正是赵五郎。

台下众人个个大为惊诧，这诧异并非因为赵五郎的身手有多快，而是因为仙武大会有不成文的比试规矩，那便是擂台之上就算生死相见，其他观战的道人也万万不能上台施以援手。若是出手相助，必然会按照扰乱比试的罪责处理。

这样的后果轻则要被处以杖刑，重则直接取消比试资格，。

显然赵五郎对此完全一无所知。

龙甲师恼怒道：“你是谁？你不知道仙武大会不得无故上台帮忙的吗？”

赵五郎将奄奄一息的伍秋风放在地上，颇为气愤道：“同门比试，分出输赢便罢了，你这样满身戾气，欲杀之而后快，不觉得太过分了吗？”

“过分？哈哈！”龙甲师笑道，“你是哪门哪观弟子？竟然问这么可笑的问题。”

赵五郎道：“我是符箓门第一百三十七代弟子赵五郎，救人一命怎么会是可笑的问题？”

龙甲师窥视了一下赵五郎的修为，冷笑道：“符箓门的弟子？嘿嘿，甚好，但愿你能过得了这第一轮的比试，这样我就有机会亲自告诉你为什么很可笑！”

龙甲师收了飞甲，转身走下仙武道坛。

净明门下的弟子这才敢拥上去接过伍秋风。净明道人急忙叫道：“快！快！送到偏殿，快去拿金疮药！”

这些弟子呼啦啦地将伍秋风接走。

因为发生了这一变故，整个现场如鼎沸般喧哗。神霄道人有些不满道：“肃静！肃静！赵五郎，你无故扰乱仙武大会，可是想被取消比试资格？”

赵五郎愣了下，“为什么取消我的比试资格？”

神霄道人冷笑道：“这是我符箓门的规矩，凡无故插手仙武大会比试者，都要取消比试资格！”

“啊？”赵五郎惊道，“不要，我还没开始比试呢！”

小茹也惊叫道：“不可以取消五郎哥哥的比赛资格！”

李默然嘲笑了一声，道：“小道人，要不还是下来吧，反正你那修为也赢不过曾师弟的。”

说话间，已有几名道人准备上前把赵五郎揪下来。

“放肆！”葛云生喝了一声道，“五郎，你就给我站在那儿。五郎的资格是掌门玄天子亲授，神霄，凭你也敢说‘取消’二字？”

赵五郎也硬气道：“正是！想要我下来，除非你的弟子能打倒我！”

神霄道人气得发抖道：“你们……简直目无门规！”

清微道人摆摆手道：“好了，好了，五郎毕竟刚刚入门，不懂规则，尚情有可原。但规矩不能免，扰乱了仙武大会也不是小事，改为杖责二十吧！”

“啊？”赵五郎一脸委屈。

葛云生有些央求道：“清微，杖责也不能免吗？五郎马上就要比试了。”

“不能免！”清微坚定道。

“行杖刑！”净明道人立即高声道。

五六个道人齐齐走了过来，一把将赵五郎抓了下来。

“喂喂喂！你们干什么！”赵五郎再次觉得自己的人生简直就是一出出意外，这比试还没开始，自己就先挨了板子。好在这行刑的道人与伍秋风关系交好，他心中佩服赵五郎方才的出手相助，这二十大板打得倒也不重。只是不重归不重，还是把赵五郎打得龇牙咧嘴。

这第一轮的最后一局，巽对震，正是曾一凡对阵赵五郎。

二人还未上场，小茹和三只鼠精就开始震天叫道：“赵五郎！赵五郎！赵五郎！必胜！必胜！必胜！”

伏虎长老倍觉脸上无光，喝了一声道：“小茹，乱喊什么？安静点！”

小茹和鼠精这才消停了一阵，但三只鼠精依旧张着嘴巴，很小声地叫道：“蠢道士！必胜！”

赵五郎咧着嘴，摸了摸屁股，刚准备上场，葛云生忽然叫道：“五郎，曾一凡与你都是凝神之境，我要你靠自己的实力问鼎仙武大会，不准开混元伞，不准用混元心，听到没有！”

赵五郎咧着嘴巴道：“知道了，不用就不用！”

葛云生拿出一张符箓给他，正是蓝色的五方封心符咒：“实在控制不住就贴上它！”

赵五郎接了符箓“嗯”了一声。

第四十章　三太子咒

二人正式对位。

曾一凡也是净明道人的门徒，正是伍秋风的师弟，但他的修为却远胜于伍秋风。他见赵五郎上台，先恭恭敬敬地作了个揖，道:“方才你救我师兄一马，虽破了规矩，却叫一凡心中敬佩！”

赵五郎笑道：“哪里，哪里，救死扶伤本是应该。”

曾一凡收了笑意道：“不过，希望你跟我比试时可不要再这般妇人之仁了，不然你会输得很难看！”

赵五郎也停住了笑意道：“请！”

曾一凡双手背在身后，缓缓步罡，口中念念有词。赵五郎耳目皆动，细心瞧看这曾一凡的口型，见他念得正是请神一术中的三太子咒。

“恭请哪吒三太子，太子七岁变神通，哪吒令令哪吒令，弟子一心专拜请，请三太子赐我神威，神兵火急如律令！”

“这是……请哪吒？亏你想得出来！”赵五郎惊愕道。

请神一术十分独特，就算是葛云生平日里用得也极少。盖因这术法虽然威力巨大，但十分消耗精元，而且过于频繁地请神也会让神明的威力侵占自己的神志，久而久之，十分容易损害元神。

请神一般都是请王灵官、六丁六甲、二十八星宿以及各祖师爷等，但是恭请哪吒三太子，这还是第一次见到。

只见曾一凡整个人摇头晃脑，突然“扑哧”“扑哧”，就冒出两个头颅，一下子变成了三个脑袋。

“我的天……这真是三头六臂！”赵五郎再次被震惊道。

曾一凡浑身一震，另外四只手臂也挥舞而出，这六只手臂金光闪闪，分别握着六件法器，正是镇魂铃、阴阳环、乾坤剑、霹雳镜、琵琶钩以及翻山印。

六件法器各有神妙。

曾一凡整个人脸色金灿灿的如同天神下凡，双眼更是瞪得浑圆，他喝道：“小辈赵五郎，还不速速投降！省得本帅打得你魂飞魄散！”

这曾一凡模样、气质、说话口气都已大不一样，活脱脱的一个少年神将下凡。赵五郎看呆了，问道：“你……你不会真是哪吒降临吧！”

“黄口小儿，休要放肆！先吃我一环！”

曾一凡单手一扬，飞出一对阴阳环，黑白两个相连的手环迅速朝赵五郎飞了过来。这阴阳二环像磁铁一般，会吸引周边的阴阳二气，故能扰乱对方体内的阴阳五行真气，叫人防不胜防。

双环互相交叉环绕，黑白两色交叠不停。

赵五郎习惯性地想抽出混元伞躲避过去，但他想起葛云生的话，无奈之下换了计策，将混元伞当作利剑，“当”的一声将阴阳环击了回去。

曾一凡冷笑一声，道：“本三坛海会大神在此，小小道人休要挣扎！且再吃我一钩！”说着又抛出手中的琵琶钩。

铁钩如毒蛇一般，蜿蜒而来，行踪飘忽不定。

赵五郎急忙御起移形换影咒，他边躲边叫道：“你就是个假哪吒！想要当三坛海会大神，先脱了你的裤子，戴个红肚兜再说！有本事来追我啊！”

“放肆！”曾一凡大为恼怒，手中的乾坤剑也飞了出去。

法器打来，赵五郎躲无可躲，立即破开中指，当空一画，喝道：“气御五行，以血化龙，破！”

火龙飞舞而出，煞是威猛。

看台上气温陡然升高，道坛下更是一片惊呼。

有眼尖的道人叫道：“啊！这是传说中的天蓬火龙咒吗？”

“你是说六大返照之术的天蓬咒法？！”

符箓门人都是第一次认识赵五郎，初以为他不过是个平平无奇的道士，但未承想赵五郎一出手便是这么惊天动地的一招。就连曾一凡也吓得后退几步——这天蓬火龙咒可是符箓门的六大返照术法之一，这小子不会真的能用这么厉害的法术吧？

第四十一章

翻山神印

神霄道人哼了一声，道：“徒有其形，这哪里是什么天蓬火龙咒？不过是气运五行之术稍稍演化而来罢了。是不是师兄？这火龙咒你可不陌生吧？”

那日，清微道人的血咒就是败在葛云生的天蓬火龙咒之下。神霄道人重提此事，令他微微有些尴尬，他咳两声，不置可否。

倒是秦少商认出了赵五郎，忍不住喝彩道：“我想起来了，原来是他，这小子功力见长啊！”

赵五郎听了这话，有些得意地回头朝秦少商笑道：“秦师兄还记得我啊！”

秦少商也笑道：“赵师弟对施姑娘情深义重，我怎么会不记得？”

说起施小仙，赵五郎脸上一阵喜悦，他还要再说话，但背后的小茹就立即吃醋道：“施姑娘？五郎哥哥，施姑娘是谁啊？”

白鼠精捂住嘴巴叫一声道：“哎呀，不妙呀，不妙呀！蠢道士好像有情人了！”

黑鼠精道：“主人这下要伤心了！”

灰鼠精直接叉着腰喝道：“蠢道士，没想到还是个负心汉！”

赵五郎“啊”了一声，辩解道：“你们乱说什么啊！”

但此时赵五郎还在决斗之中，秦少商及时提醒道：“师弟小心，曾师弟的法器又要来了！”

赵五郎一回头，果然曾一凡用霹雳镜直接将火龙反弹了出去。这宝镜正是有这妙用，可以反弹常见的道法。

曾一凡喝道：“本帅没空与你磨蹭，这一招就分出胜负吧！”

他六臂齐动，六件法宝都飞了起来，居中的正是翻山印，却不知这法器有什么杀招。

除了翻山印外，其余五个各色法器飞舞而来。赵五郎黄符一御，大喝一声：“乾坤御法！”

八卦闪耀而出，这五件法器悉数被挡在空中，不能再进一步。

赵五郎再喝一声："破！"

金色光芒急闪，将这五件法器挡了回去。

曾一凡也不管这五件法器，双手凌空驾驭居中的翻山印，喝道："印如高山，重若千斤，翻印化山，镇灭诸邪！"

翻山印在空中翻了一个跟头，瞬间暴涨千百倍，化作一座小山一样的巨印朝赵五郎压了下来。

"哇！"现场的人们又惊呼起来，这翻印化山的技法当真是厉害！

眼见神印翻来，好似泰山压顶，赵五郎不慌不忙，化出一张蓝符，脚踏离、旨、火、天、尊、胜、禹七步，急急念咒道："道合三微，玄坛举真，出常入空，立地顶天，诸法不破，万莫能摧！起！"

神霄道人惊道："圆光道坛术！"而后有些嫉恨地盯了葛云生一眼，道："好个葛云生，真是将我符箓门的术法悉数传授于他啊！"

这圆光道坛术正是葛云生教给赵五郎的三个阵法之一，蓝色光华迸射而出，灿烂夺目。翻山印急急坠落下来，突然，竟直愣愣地悬在了半空不能再下落半分。

曾一凡脸色惊诧，双手疾疾比画指诀，翻山印再翻了个跟头，猛地一坠，又压下了一掌的距离。

赵五郎只觉得自己像孙悟空被压在了五行山下，重得连头都抬不起来，他拼尽全力大喝一声，蓝光再涨，竟然又把这巨印顶上去了一尺。二人比拼内力，这翻山印一上一下，始终不能分出胜负。

曾一凡双手捏诀，其余四手忽然突发冷箭，御起其他五件法器来攻赵五郎。神剑穿梭，铃铛急摇，金钩飞舞，神镜狂照，双环晃动，这每一件法器都是不得了的宝贝，都要让赵五郎有大苦头吃。

众道人又是一阵惊呼，人人心想这赵五郎正全力抵挡翻山神印，无空防御其他法器，必然要被打个正着了。

镇魂铃、阴阳环、乾坤剑、霹雳镜、琵琶钩纷纷飞了过来。赵五郎突然冷笑一声，喝道："我等的就是一举破除你这六件法器！"

"圆光道坛，破！"蓝色光芒突然破裂开来，一束束蓝光如同利剑一般朝四面八方劈出，各色法器铮铮几声就被蓝光穿透，一一被打翻在地，翻山印突然发出一阵清脆的破裂声，曾一凡大为惊恐，急忙喝道："收法！"

翻山印急急回旋，但刚回旋了半圈，赵五郎就一捏神诀，一道巨大的蓝光如神剑一般飞了过来。只听得"咔嘣"一声，整个宝印当空碎裂成十几瓣，叮叮当当摔落在地，这法器已然是废了。

“啊！”符箓门的弟子惊叫道，“糟了，曾师兄的翻山印被打碎了！”

“何止翻山印，就连阴阳环也断了！”

“还有琵琶钩也裂了……”

曾一凡气得七窍生烟，他还要上前，但想了一下突然垂首道：“赵师弟的道法胜我一筹，如今我法器被破，已胜不过你了，一凡已经输了！”而后他转身朝净明道长行了个礼，失落道：“是弟子无能，教师父失望了。”

净明长老的门徒并不算多，今年能有两位报名参加仙武大会已算难得，但不想这二人第一轮就齐齐铩羽而归，如何不叫净明失望。他唉声叹气一阵，道：“技不如人，为师不怪你。”

神霄道人却呵呵笑道：“净明师弟，你也不必懊恼，一凡虽然落败，但资质明显强于这个赵……赵什么郎，好生调教，来日必能有一番成就。再说了，就算一凡进了决赛，也终究是胜不过默然的，毕竟如今新一辈弟子中能入返照之境的，也只有我门下的默然了，等下一届吧。”

面对神霄道人的得意张狂，净明道人气得也无力反驳，毕竟自已弟子不争气，连连吃了败局，颜面早已丢光，何须再逞什么口舌之快？

第一轮赛罢，李默然、殷杰、龙甲师和赵五郎四人进入次轮比试。神霄道人门下独占二人，显然大大地风光了一把。龙甲师乃是支教人士，除了十余名紫霞观的弟子喝彩之外，并无太多人支持。

最后出来的赵五郎，人气最低，除了葛云生和小茹外，几乎是无人问津，甚至还有不少道人生出几分敌意。

宗政太保喝了口茶，问道：“秦师兄，你觉得这四人如何？”

秦少商道：“还算不错。怎么，宗政师弟有压力了？”

宗政太保冷笑一声道：“平心而论，这四人之中除了李默然，当真没有什么真正的高手，而且就算是李默然，也不过是刚入返照之境。说到‘压力’二字，呵呵，秦师兄若是遇到这等对手都有压力，你我还如何行走在八门之中？”

秦少商笑了一下，道：“宗政师弟果然看得清明，不过这才第一轮，这四个人的实力还未尽数展露，你我也不必这么早下结论。”

宗政太保道：“你真以为他们能有多少隐藏的本事？若是果真如此，符箓门可早就不是今日这副模样了。”

秦少商的眼神突然变得有几分凌厉，他颇有深意道：“师弟既有如此看法，那为何还亲自来凌虚峰，看来注意力当真不在这比试之上。”

宗政太保一愣，才知道自己中了秦少商的圈套，这人口才心思果然厉害，他眼神微微一怒，扭过头道：“那这么说，秦师兄率领三位剑少是专程来看符箓门的比试？这话说出去，恐怕谁也不信！”

秦少商嘿嘿笑了起来，道：“你有你的事，我有我的事，但愿你我二人的事不相干才好。”

宗政太保哼了一声，不再理秦少商。

第二轮，按照对位，李默然对阵殷杰，龙甲师对阵赵五郎。

李默然与殷杰都是神霄门下的弟子，二人的对决引来神霄门人的大肆欢呼。

神霄道人有些得意道：“你我二人都是我门下的爱徒，全力比试就好，谁胜谁负都是我的好徒儿！”他话虽如此，但看李默然时，眼神中仍然不自觉流露出更多的喜爱之情，这等微妙的表情即使是周边的人都看得出来。

李默然大大方方一站，依旧自信道：“师弟，你我二人还需再比试吗？平日里，你可是一次未曾胜过我。”

殷杰道：“仙武大会可是二十年才有一次，关系我等日后在道门中的地位，这等机会谁肯放弃？师兄，你这般自信就不怕阴沟里翻船吗？你怎么就知道我平日没有刻意保留实力呢？”

李默然呵呵笑道：“就算你背地里偷练了什么法术，对我会有用吗？”

这话说得极为自负，殷杰听了，忍不住冷笑道：“大话说早了可是要闪舌头。师兄，结果如何那可得试试才知道！”

李默然哈哈笑道：“师弟，你可是太天真了！境界之别可不是一朝一夕就能弥补过来的。”

“少说废话，师兄，得罪了！”殷杰双掌一拍，一红一紫两道雷光闪了出来，将整个道场照耀成一半火红，一半幽紫。

“双雷神咒？”李默然表情怔了一下。

殷杰冷笑道：“不错，师父的雷法我虽不能尽数学会，但也有个七八分，这招双雷神咒可是我在师父的基础上加以改进的。”

轰隆！一紫一红两道雷光如同两条巨龙一般喷涌而出。

各道人纷纷惊叹道：“好霸道的雷法！”

神霄道人也有些惊讶道：“这小子竟然把雷术修炼到这地步了，倒是我平日里小瞧他了！”

第四十一章　翻山神印

雷光电芒交叉而来，整个道场已经剧烈颤抖，无数石块被强大的雷电威力碰撞下，纷纷四处飞散。

李默然喝道："师弟的雷术果然有几分师父的真传，但这道法想要赢我还是不可能！"

他身子一旋，飞快地闪过第一道紫雷的击打，再一变换身形，又躲过了第二道赤雷的袭击。

李默然的身形脚法当真已经远远超出符箓门中道人的修为，就连葛云生也忍不住赞叹道："光凭这两下闪躲的脚法，他已经能在符箓门内立于不败之地。"而后他觉得这话有些自灭威风，立即又道："当然，还是不如我！"

殷杰怒喝道："师兄的脚法再快，能快过我的闪电吗！"他双手一拍，两股闪电猛地交汇在一起，爆裂出更加强势的雷光。

第四十二章

雷云翻转

整个道场内已完全被亮白色的雷光淹没。

呲！呲！呲！

轰！轰！轰！

“师兄，得罪了！翻云雷！”殷杰一转手腕，所有的雷光跟着他的手掌急速旋转，就像滚动天上的浓云一般，这般高速强横的雷力滚动，即使是金刚铁骨也要被击打成渣滓。

神霄道人微微有些震惊，这招翻云雷可不是他的招数，显然这是殷杰自己研创出来的，他竟能创造出这么威猛的雷法！

这小子看来可不像平时那么低调，他暗地里苦修这么多年，想来也是有不小的野心。李默然虽然在符箓门内是天才一般的存在，但如今殷杰却要做这扳倒天才的搅局者。

神霄道人脸上已看不出是什么表情。平心而论，他自然是更器重李默然多一些。只是，这一招惊世骇俗的翻云雷，不知道李默然能不能躲得过？

“默然！”神霄道人暗叫了一声。

雷光滚滚，电芒耀耀。

任你是人、神、鬼、妖，都要被轰成灰烬！

殷杰脸上已经露出几分胜利在握的喜悦。

但就在这时，忽然所有的雷云都停止了转动，漫天的雷光竟然全都停滞不动。

“啊！这是怎么回事？”众人大为惊讶。

此时，唯有神霄道人露出一丝不易觉察的笑容，“默然，是时候展示为师给你的真传了！”

雷光之中传来一声暴喝，一个身影闪了出来，他举起一个赤红色的小葫芦，念道：“九天神雷，皆归神墟，收！”

漫天雷光涌现在红葫芦之中，李默然高举葫芦，犹如御雷的真神一般，叫人不敢正眼直视。

团团电芒就像被巨龙吸水一样，不过片刻，全都消失不见。

众人大惊："这是什么宝贝？！竟可以收走这么强悍的雷术！"

"是神霄道人的宝贝，雷墟！"

"是雷墟？"殷杰嫉妒道，"师父竟然将雷墟都传给了你，真是好偏心！"

李默然冷傲道："非师父偏心，而是师弟术法有所不逮，怕不能像师兄我这般自如地驾驭！"他单手托起手中的红葫芦，不过巴掌大小，上描紫金二色的雷云纹，玲珑剔透，真是仙家至宝。

殷杰怒极道："师父就是一直如此器重你！什么招式都教给你便罢了，现在连什么法宝也都传给你！李师兄，我哪点不如你？我真是不服！"

他暴喝一声，又一道雷光飞跃过来。

这雷芒比刚才的更加明亮强大，显然殷杰已经使出了全部的功力，胜败就在这最后一举！

杀招就在眼前，李默然依旧自信道："既然师弟不服，那师兄我便不用这雷墟，看我如何化掉你的翻云雷！"他收了红葫芦，整个人也不闪不躲，径直往前拍出一掌，空气中剧烈一抖，整个雷光又一次停滞不动。李默然冷笑一声，道："翻云雷，你能翻云，我亦可以反转翻雷！"

他双掌反向一扭，忽然炽亮的雷光嘎啦嘎啦作响，竟然反向朝殷杰转去。殷杰吓得脸色惨白，这雷法自己已是十成功力御出，哪里还有收得回来的道理？

李默然道："师弟，你太低估你我之间的差距了。你纵然已是凝神之境中的高手，但与返照之境相比，这差别仍然如同沟鸿。给你五年，你能入了返照之境，再来挑战我吧！"

他反掌一抖，雷光电芒轰隆一声朝殷杰飞去。殷杰再也招架不住，整个身子就像断了线的风筝一般，飞了出去，径直撞裂了各长老设下的气罩，整个人高高飞起，又重重地跌落在地，几道鲜血从他嘴角流了出来。

这一局，胜负已分。李默然以绝对优势取胜！

"啊！"现场再一次惊呼起来，而后响起热烈的掌声。

"还愣着干吗？快去救人！"神霄道人急声道。这殷杰毕竟也是自己门下弟子，受了重伤哪有不心疼的道理。

此时现场早已是一片哗然。

"李师兄好强横的内力，竟然可以直接扭转殷师兄的翻云雷术，这差距可不是一点半点啊。”

“是啊，太震撼了！看来今年仙武大会的第一必然是默然师兄了。”

“这还用说吗，不过真不知道我还要修炼多久才能入返照之境啊！”

“你啊，就别想了，入返照之境可不是努力就行的，必须要有极高的天赋才可以。”

此时第二轮的第二场也准备开始了。

这一局，是紫霞观龙甲师对阵符箓门赵五郎。

虽然二人早已上场，但看台之下各位观战道人激动的心情依旧难以平复，还在议论刚才李默然展露出来的实力，仿佛赵五郎和龙甲师的比试根本不值得一看。

唯有看台一旁的十几名紫霞观弟子发出嘈杂的欢呼声：

“龙师兄必胜！壮我紫霞观雄威！”

“打残这个蠢道士！”

“教这些正教弟子也知道知道我们的实力！”

看台另一边，小茹气道：“这些人怎么这么粗鲁啊！不行，我们不能输给他们，来，我们也一起喊！”

小茹和三只鼠精不遗余力地呐喊起来。

“五郎！五郎！五郎！”

“必胜！必胜！必胜！”

但毕竟这一人三鼠声音微弱，一下子就被紫霞观的道人的呼喊声淹没下去。

小茹气得脸色通红，拉了拉伏虎长老道：“师叔，你也帮我喊一喊！”

伏虎长老哼了一声，道：“又没有我驭灵司弟子上阵，关我何事？再说，你支持的那个小道人看起来就资质平平，能进这第二轮就是极限了，再喊也没有用了。”

小茹跺了跺脚，自己又往道坛边挤去，又和鼠精扯起嗓子叫喊起来。

伏虎长老忍不住又喝止道：“小茹，别喊了！你还未出嫁，矜持点！”

但小茹也不管伏虎长老，一个劲儿地叫喊，喊得整个嗓子都哑了。她这一卖力叫喊，也引得各道人纷纷揣测，闲言碎语立刻就纷沓而来。

“你说那个女子跟新来的赵五郎是什么关系，怎么这么关心他？”

“肯定是有一腿啦！”

“哎哟，这赵师弟可真是人才，还有这等可爱的女孩子替他喝彩。”

“我符箓门可是好久没有这等桃花秘史了，嘿嘿。不过真不知道这赵师弟有什么好，人也没我英俊帅气。”

“行了，人家至少已经站在了仙武道坛上，你啊，就别想了。”

“哼，那还不是靠着关系才上去的，一会儿还不是要被李默然打下来。”

这些闲话传入小茹的耳朵里，她有些生气道：“你们给我闭嘴，五郎哥哥是不会输的！”

而此时，赵五郎已经站在道坛之上。

龙甲师脸上的龙甲文身若隐若现，看起来更加可怖，他上下瞄了赵五郎几眼，阴笑道：“臭小子，现在我可以告诉你为什么很可笑！”

赵五郎问道：“为什么？”

龙甲师双手负在身后，突施暗招，喝道：“神龙御甲，缚！”

赵五郎的身边突然红光一闪，一条密布龙鳞的龙身凭空出现，将赵五郎捆缚起来卷到半空中，叫他毫无抵抗之力。

龙甲师笑道：“现在我可以告诉你可笑的原因，因为你太蠢了！”

赵五郎怒道：“你这是耍赖！”

龙甲师冷笑道：“耍赖？成王败寇，向来只问结果，谁听过程！耍赖，有本事你也可以啊！”

龙甲师的合甲术是极为厉害的捆缚术，这威力在场的道人刚才都已经见识过了，这次赵五郎太大意了，一上场就被缚住，众人都觉得胜败分出的时间只取决于龙甲师的耐心了。

果然，龙甲师戏谑道：“就这么直接杀了你可是太无趣了。你不是喜欢逞英雄吗？这回就让你一点点地领教我紫霞观的道法！让你好好地在大家面前出出丑！”

他破开中指，滴出一点鲜血，而后捏神诀，喝道：“赤血化神鼠，穿心如破土，疾！”

这滴血突然在地上一弹，化作一只麻雀大小的血鼠，快速地朝赵五郎的手腕飞去。

一股鲜血迸裂开来，这血鼠直接破开肌肉往赵五郎的手臂里钻去。

龙甲师再喝一声：“神鼠破体，再疾！”

血鼠速度更快地朝赵五郎的心脏钻去。这血鼠所到之处肌肉经络尽数被毁，赵五郎的右臂已然被废了一半！

若是这血鼠奔袭到心脏，赵五郎必定被咬破心脏而死，但龙甲师有意折磨赵五郎，这血鼠跑到大臂处，突然减缓了速度，一点点地啃咬赵五郎的肌肉，叫他痛不欲生。

“五郎！”小茹惊叫道。

白鼠精叉着腰，咬牙切齿道：“这个道士，居然用我们鼠类来杀人，太可恶了！”

“老鼠是蠢道士的好朋友，这样做不可原谅！”灰鼠精恨恨道。

“对，一生之敌！一生之敌！”黑鼠精也跳起来叫道。

龙甲师大笑道：“小子，觉得如何？我的血鼠会一点一点啃光你的血肉，只留一张皮给你，哈哈哈！”

赵五郎嘿嘿笑了起来：“你太高估自己了。”

龙甲师脸色微微一变，随即又蔑视道：“我的龙甲术至今无人能破，凭你的道行还想破我的龙甲术？”

赵五郎双眼之中已经转为血红，他冷笑道：“无人能破？不如就今日让我来破掉好了！”

他浑身火光暴涨，正是体内的朱雀烈羽开始觉醒。

火焰激烧而出，血鼠瞬间化作一抹灰烬。

龙甲师急忙捏诀转动龙甲，大喝道：“绞！”龙甲迅速搅动，当的一声猛地合上了。他大喜道：“看来还是跑不了！”但他这嘴角的笑容还未完全绽开，眼神之中已经换作惊讶和难以置信——火光一丝丝地从龙甲缝隙中透射而出，整个龙甲被热火烧炙，变得如同烧红的烙铁一般。

“烈焱破甲！”赵五郎大喝一声，火精冲破龙甲飞了出来。

龙甲师大惊失色，这赤龙甲从炼制出来至今未曾被人破过，今日却不想被一个无名的小道士一举破掉。

第四十三章

龙甲神咒

火光在空中一凝，已经化作一把利刃斩了过来。

龙甲师双臂一举，直接用肉身硬生生地抗住这一击。他的衣袖被烈焱灼烧得迅速化作灰烬，露出紫铜一般的肌肉，上面密布一层层的龙鳞，红光闪闪，烈焱灼烧之下也不能透入分毫。

“龙甲神咒！”葛云生也皱了下眉头。

这龙甲神咒十分罕见，传闻乃是用蛟龙血在自己身上描绘出一片片的龙鳞，蛟龙血蕴有极热和极寒两种剧毒，每画一片龙鳞都似被火焰灼烧和寒冰冷冻过一样，惨痛无比。

龙甲师在自己身上画满了足足三千七百七十三片龙甲，浑身上下每一寸皮肤都不放过，难以想象这人当初承受了何等的痛苦。

龙甲师身上的龙甲一片一片浮现出来，整个人如同一头即将化龙的妖物一般，他阴森森道：“我苦修十余年，这十余年来，每一天我都给自己画上一片龙甲，每画上一片龙甲，就像死过一次一样。我每一天、每一月、每一年都过着非人的日子，为的就是在今日的仙武大会上一举破敌，教你们这些自诩为正教的弟子不敢轻视我等。你，一个小小的新入门弟子，还想破我苦心修炼的神龙甲？简直痴人说梦！”

他猛地挥出一爪，浑身的龙甲带出一股股寒热交替的气焰，呼地一下，竟然将火精逼退了数丈。

赵五郎化作的火精身子一旋，化成一道火箭再度袭来。

这火箭将龙甲师击退三四步，却还是伤不得他分毫。相反，他浑身的龙甲更加明亮显眼，一片片鳞甲已经完全凸起，显得异常可怖。

龙甲师狂傲道：“我的甲胄刀枪不入，你能奈我何？”他直接朝火精冲了过来，挥出一拳，直接将火精击飞到角落。龙甲师发狂一般地击打火精，直打得火羽片片飞溅。

赵五郎虽然与火精融合在一起，这击打不能伤他本源，但若是一直这么挨打下去，只怕终究要被打得人灵分离。

但这龙甲师浑身龙甲密布，根本难伤他一分一寸。

这可真伤脑筋！

赵五郎又挨了一拳，整个火精差点溃散无形，但这一拳吃痛也让他突然想起四海阁中屠杀黑蛟时葛云生跟他说过的话：蛟龙未化三足前，有一命门所在，这命门是所有蛟类的弱点，可一击必杀！

龙甲师只不过是借蛟血化甲，还不足以与三足蛟龙相比，想必这弱点也应该存在。赵五郎心中已有了主意，他高声道："你不过是借血化甲，如何能胜得过蛟龙？今日，我就破你龙甲！"

"大言不惭！"

二人再度撞击在一起。火光再涨，这火光一炸，直接把龙甲师和赵五郎各逼退三丈。

赵五郎身子一转，凌空化作丈长的巨大火猞猁，猛地朝龙甲师再度扑去。龙甲师还未反应过来，直接吃了一撞，他翻身上来想要擒住这火猞猁，但不想猞猁快如疾风，根本无从下手，一人一猞猁围着仙武道场迅速追逐。过了一阵，赵五郎瞧准了机会，突然反向奔跑，伸出一爪探入龙甲师的下腹，那里正是肚脐眼，此处果然空出一片鳞甲的位置，没有任何保护措施。

赵五郎大喝一声，利爪挟带着火光插入肚脐眼之中。

"咔嚓"几声脆响！

龙甲师脸色剧变，他急忙退身想要逃脱。但赵五郎哪里会给他这等机会，"凝火成兵！锁！"火光之中火焰锁链层层卷缚过来，将这龙甲师捆缚得死死的。

赵五郎一掌拍出，火光迅速游走，龙甲师整个身子都被烈焱包裹，一片片蛟血画出的龙鳞快速干竭脱落。龙甲师惊恐道："我的神甲！我的神甲！"他用双手死死地护住自己脱落的龙甲，哀号道："不要！不要！我的龙甲！"

赵五郎傲然道："你龙甲已脱，如今不过是条肉虫，你输了！"他双掌一拍，龙甲师伴着无数碎甲摔落在地，浑身更是焦煳一片。

龙甲师已然惨败。

第二轮二局，赵五郎胜！

不过，第二局赵五郎虽然赢了，但相比李默然，却赢得并不轻松。那边李默然毫发无损，还未尽全力，而赵五郎几乎被废了一条胳膊，整个身上更是伤痕累累。

小茹顾不上欢呼，急忙跑过来心疼道：“五郎哥哥，你没事吧？我这里有驭灵司上好的药膏，你先敷着。”

葛云生刚准备过去察看赵五郎的伤势，忽然背后传来一阵醋意满满的怒喝：“哎呀，你是谁啊？”

这来人嗓门透亮，声如雷震，正是施小仙。

施小仙在围墙外等了大半天终究是觉得无趣，她隐隐约约听得墙内锣鼓喧天，欢呼喝彩之声不绝于耳，心中更加按捺不住，就带着阿鬼偷偷跑进来想看个究竟。她循着喝彩声一路走来，结果未承想一进仙武道场就看到赵五郎和一个模样颇为清丽的少女挤在一起，这少女还细心地给赵五郎擦药。

施小仙只觉得自己心口像中了一箭似的。

三个字：不能忍！

施小仙一脸被醋坛子泡过了一样，酸涩涩、冷冰冰地瞪着赵五郎道：“五郎，她是谁啊？”

小茹正在细心地擦药，一抬头见另一个少女对着赵五郎阴阳怪气，立即有些不快，皱眉问道：“五郎哥哥，她是谁啊？怎么这么凶！”

赵五郎嘴巴已经张成一个圆形，不敢说话了。

施小仙愤愤道：“我当然是五郎的好朋友！最好的朋友！没有之一！”

小茹站了起来，突然笑了一下，施礼道：“哦，我想起来了，原来你就是小仙姐姐啊？真是如雷贯耳，闻名不如听见呢，嗓音真的好透亮。”

“少来！”施小仙上下瞄了小茹几眼，心中有气，很想开口大骂一顿，但她又怕给赵五郎丢了面子，刻意收敛了自己的脾气，也装得几分淑女道，“那你想必就是小茹妹妹吧？果然有几分可爱呢。”

这“可爱”二字说得尤其咬牙切齿。

小茹又“扑哧”一声笑，道：“谢谢姐姐夸奖！对了，先不跟你说了，我得给五郎哥哥把药擦了呢。五郎哥哥，你疼不疼，我给你吹吹。”

而后她继续低头给赵五郎抹药，这一下一下抹得极为细心，樱桃小口更是呵气如兰，整个动作极为温柔。施小仙简直气不过，咬牙道：“五郎哥哥，五郎哥哥……”说着她也蹲下来，阴阳怪气道，“五郎哥哥真是好福气呢，有这么可爱的妹妹替你擦药，来，我也给你擦擦吧！”

赵五郎此时早已感觉这二人气氛不对，两颗眼珠子左转一下，右转一下，摆手道：“算了，算了，我自己来！哈哈，也不是很严重。”

施小仙怪模怪样道：“哪里能劳驾五郎哥哥亲自动手？”她边抹药边狠狠地拧了一下赵五郎，嘿了一声，道：“很爽是不是呢？五！郎！哥！哥！”

赵五郎“哎哟”一声叫了起来。

三只鼠精一见这情景，也急忙跳上前，捶背捏胳膊道：“蠢道士可是我们主人未来的夫婿，我们也得好好服侍你。”

小茹又“扑哧”一声笑了出来：“五郎哥哥别介意，这只是它们三个的玩笑话罢了。不过呢，小茹倒是不介意的。”

施小仙只觉得心口又中了一箭！

简直正中靶心！

这仙武大会道场原本是极其庄严肃穆的地方，这三人一个浓情蜜意，一个醋意满满，一个冰火两重天，两个女子揉揉搓搓，三只鼠精推波助澜，场面教各清修的道人着实有些看不下去。

净明道人摇头道：“啧啧啧，伤风败俗，不像话！不像话！”

清微道人也大为不满道：“葛云生，这是你的徒弟，你就不管管吗？”

葛云生双眼翻白，好像在看天边流云，幽幽道：“好像符箓门规没有说不能与女子接触吧？只是擦擦药，又不是上床，你们一个个猴急的，没见识！”

清微和净明两个道人气得脸色通红，道：“真是胡闹！”

神霄道人却懒得与葛云生斗嘴，直接走过去怒喝道：“此乃符箓比武道场，请两位姑娘自重！”

施小仙不满道：“五郎都受伤了，还不许先擦擦药，你们都是铁石心肠吗？”

小茹也柔声道：“就是，五郎哥哥胳膊都快断了，好可怜呢！”

神霄道人神情冷漠道：“比试难免受伤，还请两位姑娘莫要在此这般伤风败俗！”

施小仙一听这话，柳眉一竖，“噌”的一下站了起来，叉着腰大声叫道：“老道士，你给我说清楚，什么叫伤风败俗！你倒说说看，我们是做了什么见不得人的事了？不就是抹个药吗，你妈没给你抹过药啊，你爹没给你抹过药啊？老道士，你嘴巴放干净点，我还是未嫁的女子，你这样乱说话想过要为我的清誉负责吗？再说了，你就不伤风败俗，你不伤风败俗？你哪里生出来的，你是石头里蹦出来的吗？道貌岸然假正经，色心不死荤道士！你色眯眯的眼睛现在看我哪里呢？”

施小仙哒哒哒地教训着神霄道人，一串串话连珠而出，直骂得他脸色一阵青一阵白。神霄道人又不能跟女子一般见识，几次想出口还击，但都被施小仙快速而又响亮的叫骂声给逼了回去，肚子里简直憋了一大堆的恶气，他气得浑身抖了又抖，最终唯有落荒而逃。

众道士更是一个个目瞪口呆，他们第一次看到这么泼辣会骂人的女子，居然可以把火一样暴烈的神霄道人都骂得毫无还口之力。

秦少商也忍不住笑道："我倒觉得这女子颇为有趣，江南女子可很少有这般真性情的。"

丁少宗愣了一下道："师兄，莫非你……"

秦少商愣了一下，急忙道："没有，没有，师弟不要想歪了。"

丁少宗松了一口气，暗道："那便好。"

这边，清微道人见状也被气得直摇头，有气无力道："这等奇女子，谁娶了也算是家门不幸！算了，算了，净明，仙武大会决胜之局，赶快开始吧，莫要与女子一般见识。"

净明道人"嗯"了一声，急忙上场宣布："最后一局，李默然对阵赵五郎，胜者便是今次仙武大会的第一名！"

第四十四章

最后一战

李默然和赵五郎缓缓步入道坛。

李默然初一上场，全场都掌声雷动，欢呼声不绝于耳，李默然朝众人微微示意，脸上自信而不失魅力。

赵五郎也站入道场一角，这下小茹和施小仙不再争吵，迅速统一了战线，一左一右也奋力呐喊，就连阿鬼也在拼命鼓掌。

葛云生难掩一脸的激动道："五郎，好生应战！"

能入仙武大会决胜局，自然已经锁定了日后道坛决的三个席位之一，此战就算战败也不算什么，毕竟赵五郎和李默然的实力差距是摆在这里的，就连在场观战的御剑宗、丹鼎观等其他门派的人士也都以为这又是一场毫无悬念的比试。

只是葛云生莫名地相信，赵五郎一定能问鼎仙武大会！

赵五郎他一定会赢！

道坛之中，只剩这二人，四周渐渐安静下来，众人屏住呼吸，一时间仿佛一片树叶落下的声音都听得一清二楚。

赵五郎恭敬道："在下赵五郎，见过李师兄！"

李默然笑道："你我虽然都是一百三十七代弟子，但你是葛云生的徒弟，而我如今记名在神霄长老门下，论辈分，你该喊我师叔！"

赵五郎错愕了一下，这李默然一开始就先在嘴巴上占了便宜，想在气场上压制住自己，他笑了一下道："辈分之争，着实无趣，口舌之争，更是无聊，不如以道法论高下更大快人心！"

李默然脸色一冷道："这话说得甚得我心！什么掌门师伯钦点，什么身怀至宝神明如电，都不如在这道坛上真刀真枪地较量一番来得实在，看看你我究竟谁才是新一辈的第一人！"

"我对这'第一人'的名号毫无兴趣，我只知道绝不能输给你！"赵五郎也冷冷道。

“废话少说，接招吧！”

李默然单手一扬，雷光呼啸而出，这电芒化作一条游龙朝赵五郎奔袭而来。赵五郎双手一御，乾坤八卦闪耀而出，勉强将这雷光挡了下来。

李默然的修为明显强过赵五郎，尤其是御雷之术更是十分精通，这一记雷龙咒打来，赵五郎只觉得自已原本稍稍好转的右臂又开始寸寸撕裂，表面上看毫无伤口，内里却已是血肉模糊。

李默然自然是看出了这一问题，故意往赵五郎的右边猛击数下。赵五郎再抵御几下，更觉整个右臂麻木到没有知觉。

李默然道：“这两位美人看来医术并不如相貌看起来那么有用，你的伤口未能痊愈，这一战不如趁早认输了好，反正你进入决赛，道坛决也有你一席之地了，再打下去只怕要废了你的修为。”

赵五郎冷笑道：“我的目标又怎么可能只是这仙武大会？我师父都说了，你的本事难入八门之中，若是连你都击败不了，我又何必去参加道坛决！”

李默然大为恼怒，喝道：“你这修为也配说我？”

雷光再爆，电芒四处流窜！

赵五郎的右臂已然麻木，他干脆放弃抵抗，双掌一合，念道：“北斗七真，统御万灵，朱雀解意，与我通灵！敕！”

一团烈焱散开，现场雷火交织一片，众人只觉眼前一片白炙，早已分不清哪里是雷力，哪里是烈焱。

赵五郎喝道：“疾！”

雷火之中，赵五郎化作一头火猞猁狂奔而出，这火兽来势凶猛迅捷，犹如一道流星击出。

眼看李默然就要遭了这一击，却不想他身子一弹，轻巧地躲开了。李默然道：“我虽拜入神霄门下，但我的道法可不只有雷术！符箓门内的道法，我几乎尽数学遍了！你怎么能比得了我！”

他捏诀念咒，道坛之上的黑白石头突然破裂上扬。

“御石化阵！缚！”

黑白二色石头破碎成树叶大小的尖锐石片，围着赵五郎快速旋转，每一次转动，都带出一片血花。

赵五郎顾不得疼痛，急忙捏诀斗法：“以血化龙！破！”

他借着自已被刮伤飞溅的血滴，使出这招火龙诀，倒也是物尽其用毫不浪费。

血液猛烈燃烧起来，汇聚成一条火龙旋转飞舞，一片片尖锐的石片烧成灰烬，四处散去，李默然的利石阵瞬间被火龙所破。

李默然冷笑一声，再捏指诀，喝道："真水四起，再困！"

原本散落各处的灰烬突然无风自转起来，空气之中隐隐有水浪声传来，而后风旋之中竟然有水流出现，层层真水再次将赵五郎围了起来。

李默然道："赵师侄的御火术修炼得不错，却不知其他气御五行之术练得如何？我看你的火怎么破我的真水阵！"

水流越转越快，赵五郎只觉四处寒意渐起，这真水乃是阴寒之水，一旦碰到，必然要被冻掉皮肉。

李默然喝了一声："困敌！"

水流猛地挤压，赵五郎又急忙捏诀念起通灵咒，这次他并没有与火精合灵，而是凝火成兵，化出一把长刀，火焰刀飞舞而出，劈断了水潮。李默然驾驭真水再度袭来，赵五郎以火焰长刀相抵抗，整个仙武道坛上水雾立即升腾而起，一片白茫茫。

李默然冷笑道："又是这招御火术，看来赵师侄真的只有这火法拿得出手了！你这招式用多了，难道不怕用老吗？"

赵五郎道："道法贵精不贵多，我光用御火术，也够击败你的气御五行之术了！"

李默然不以为然道："你会御火，我也会，不如看看谁更胜一筹！"他自恃修为更高，便想要硬取，登即飞出一张赤符，口中喝道："神符御火！疾！"

红色的火符化作一道火焰飞舞而出，火焰在空中拉长，变成一条威风凛凛的火龙盘旋空中，朝赵五郎飞去。

这火龙果然比赵五郎的更加威猛，赤红的火焰炙热逼人，如同九天坠落的神火一般。

赵五郎身子一旋，浑身火焰也爆射而出。

"你的火焰虽然威风，但恐怕没有我的精纯！"

赵五郎的御火术可不仅仅是气御五行，还有火精和血猞猁兽丹的加持，所以更加精纯明亮。

火龙飞舞而下，赵五郎同样化作火枭扑去，一龙一枭，如龙凤相斗一般，直打得半空中烈羽翻飞，光芒暴涨。

各道人看得双眼都有些疼痛。

秦少商道："宗政师弟也是御火的好手，倒不知这两位的御火术在你眼中可得几分？”

在一旁的勾太常却抢先道：“秦师兄，这还用问我宗政师兄吗？李默然乃是符箓门新一辈第一高手，二人的修为差距明显，自然是李默然更高一筹。不过若跟我宗政师兄相比，都难上台面，七分最多。”

宗政太保却摇头道：“我倒不这样认为。李默然并没有主修御火术，火龙威武万千，场面看起来是占了上风，但其实他对火焰的掌控远远没有这个小道人精纯。这小道人体内还有烈焱真灵，火势可大可小，可随心而变，若是单从御火对阵来看，李默然未必能压得住这小道人。”

勾太常惊道：“这小道士有这么厉害吗？”他原先在遇仙阁前与赵五郎交过手，印象中此人修为极为平庸，今日虽然进了决赛，他只道是这小道人的对手不济，不想自己最尊敬的宗政师兄都如此肯定。

看来这赵五郎真的是精进飞快，不可小觑了！

秦少商也赞道：“宗政师弟不愧是新一辈中御火法术的第一人，你这分析倒是十分透彻。”

宗政太保又道：“不过，这二人修为差距还是太明显了。小道人虽然御火术能胜过李默然，但这毕竟是仙武道场，李默然的看家本领都还没有使出来，而这小道人的撒手锏似乎也亮得差不多了，我还是押李默然胜。”

秦少商却摇头道：“我倒是更看好五郎师弟，你怎么就知道他的撒手锏都用得差不多了？你不要忘了他的师父是谁。”

“葛云生？”宗政太保冷哼一声道，“葛云生的本事谁都知道，但是这个小道士却没有葛云生一半的天分，就算有名师又能怎么样？再说，凝神之境的招式能到什么样的地步，你我都很清楚，只要李默然真正使出返照之境的道法，小道士绝难有还手之力。秦师兄，你这次眼光可就差了！”

秦少商呵呵笑道：“未出结果，一切都是未知数，自古凝神之境击败返照之境的例子也不是没有过，师弟也不能小看这道人。”

这二人表面上还算和气，心里早已翻出暗涌。毕竟二人都是新一辈的翘楚，被誉为下一届道坛决双雄一般的人物，自然是一时一刻都不想输给对方。

而旁边的冷少卿、南宫少羽、勾太常亦是各怀鬼胎——四年后的道坛决，鹿死谁手犹未可知，谁知道这机会最后会落在谁手里。今年是你秦少商和宗政太保绝代双骄，再过两年，说不定就要看其他弟子各领风骚了。

目光转到道坛之上，二人的争斗已到了白热化地步。

第四十五章

五行诛仙

火龙咆哮而来，雄壮威武，赵五郎却反向而行，将火光一凝，化成一团近乎发白的光芒朝火龙之中刺去。“轰”的一声爆响，这火龙竟然被击退几丈，赵五郎再化火猞猁，双爪一拍，便拍飞了一串火星，打得火龙不断地后退。李默然大怒，还想再度御火龙出击，却见这火猞猁猛地再一冲击，直接将李默然的火龙冲得四处溃散。

“啊！”众人大惊。

“李师兄的火龙咒竟然输给了这个小道人。”

神霄道人的脸色也是微微一变，但随即又自我安慰道：“不过是御火之术的比试罢了，默然还未使出绝技，这小道士的苦头才要刚刚开始！”

果然，被击散火龙的李默然神情终于变得严肃起来，他收了散落的火光，冷冷道：“看来是我低估了你的修为！不过……你似乎也是有些大意了！”

赵五郎一惊，他还想再度上前，却突然发现自己浑身已是不能动弹，葛云生“唰”地一下站了起来。

“这是什么法阵？”各弟子纷纷叫了起来。

“为什么我从来没见过？”

“这是……五行诛仙阵！”葛云生眉头一皱。

赵五郎的脚下隐隐约约显露出一个八卦模样，五种颜色的光华围着这个法阵缓缓流动。

李默然道：“你以为我跟你练一遍气御五行道法是傻吗？我这是设下五行的道力，而后以这道力设下五行诛仙阵来控住你，现在你已经无路可逃了！”

这五行诛仙阵正是靠着刚才施展出来的五行之力，构筑起八卦囚笼控住敌人的身体，五行的威力越大，这法阵就越坚固。李默然故意用这五行道法与赵五郎较量一番，赵五郎不知是诈，自然全力以赴，这每一招都用得十分强横，如今强横的道术变成了作茧自缚，简直是借力打力。

第四十五章　五行诛仙

这一招真是狡猾。

赵五郎完全动弹不得，空气中五行光芒缓缓闪动，仿佛无数的绳索将赵五郎死死地绑住了。

李默然道：“师侄，你输了！”

他飞出一张符纸，符纸化作火光飞舞而去，这火光一触到赵五郎脚下的法阵就立即触发了这阵法，火生土，土生金，金生水，水生木，木又生火，五行生生不息地出现，不断地击打赵五郎的肉身。

这阵法传说是用来惩罚触犯天规的仙人而设，所以名曰诛仙阵，如今赵五郎肉体凡胎遭受这五行之苦，不知道能挨多久。

道坛之上，赵五郎一次次地受苦，但他咬紧牙关，愣是不吭一声。

施小仙和小茹吓得脸色惨白，这对决当真是生死相见，危险程度比他们遇到的任何一次生死时刻都毫不逊色。

二人原本还争风吃醋，现在早已四只手紧紧地攥在了一起，哀声道：“五郎哥哥……”

李默然得意道：“赵五郎，你已经被我的阵法所控，难逃生天了！你现在求饶还有一线机会，你服不服输？”

赵五郎人被困在诛仙阵内，口中却嘿嘿笑道：“你这大话可说得有点太早了，这阵法叫诛仙阵，我赵五郎又不是仙，自然就诛杀不了我。”

李默然大怒：“死到临头，你还有回天之术？”

“谁说我死到临头？”赵五郎左手挣扎着从手腕处变出一张符纸，正是蓝色的控行符，口中急急念道：“甲是甲，丁是丁，甲乙丙丁，回光返行！遁！”

蓝符无火自燃。

“嗖”的一声，赵五郎凭空消失不见！

五行诛仙阵法也因为被困之物不见踪影，闪了几下也消失不见。

不止李默然，就连剑宗四少、宗政太保和伏虎道人也惊了一下，道：“这是什么法术？”

“这道人竟然能逃出诛仙法阵！”

“这可是闻所未闻！”

秦少商转为笑意道：“我说这小道人未必就把自己的撒手锏用完了。你看，好戏才刚刚开始！”

宗政太保也嘿嘿笑道：“都说符箓一门破落不堪，今日来一看，还有些看头，算是不虚此行了！”

众人议论间，赵五郎突然从半空中闪了出来，他人在半空突然化作一团火焰，“轰隆”一声就朝李默然飞去。

李默然躲避不及，一下子被击退三步。他正要御法还击，却见赵五郎又“嗖”的一声消失不见，而后又从另一个方向闪了出来，“啪”的一声又飞来一道火光，这下直接将李默然打退了三四丈！

三大道人也一下子都站了起来——赵五郎竟然将李默然击退了这么远的距离，符箓门中至今还未有同辈弟子能如此这般。

赵五郎是第一个！

神霄道人更是面色铁青一片！

难不成，这二人还要有一番更激烈的争斗才能分出胜负？真是太大意了！

李默然止住身形，脸上是难以掩饰的惊讶，喝问道：“你这是什么道法？为何我从未见过？”

赵五郎抱着自己快废掉的右臂，笑道：“说了你也不懂，你没见过的道法多了去了！”

其实，这术法正是葛云生教给赵五郎的三大阵法中的第二个阵：回光法阵。利用先前圆光术设下的天地法阵，形成一个道法空间，而后再点燃手中的蓝符，就可以像光照一样，随时反射回原来的道法空间。

但是赵五郎把这阵法改了，他利用原先各道人在道场四周设下的气罩，把这回光法阵的法术移到了气罩之上，这样回光法阵就随着气罩能量的流动而四处飘动，赵五郎出现的地方就不再固定。

这一改动就连葛云生都有些吃惊，更别说李默然了。在场的道人都未曾见过这么立坛设阵的法门——把自己的阵法设在别人布下的气罩之上。

葛云生嘿嘿笑道：“用得好，用得好！活学活用才是符箓道法的精髓，越来越有你师父的样子了！”

李默然连受两记火焰冲击，吃了大亏，再也不敢轻视赵五郎——这眼前的小道人看起来平平无奇，却一次次地抵住了自己的进攻，一次次地用匪夷所思的道法来反击自己，若自己还不全力以赴，只怕今日真要阴沟里翻船了！

李默然冷傲道：“赵五郎，我现在叫你见识下什么是返照之境的真正实力！”

这话一出，所有人都翘首以盼，尤其是符箓门年轻一辈的各道士更是振奋不已，返照之境的道法可是他们终其一生都难以企及的，既然不能自己用出，那么能一饱眼福也是大快人心。

“持玄守一，兼修明镜，金木分形，自在神通！”

李默然这咒语念得极快，很多道人不知道他念的是什么咒法，但葛云生却听了出来，这是明镜术!

明镜分身术!

人体内五脏各有所属，其中肝属木，主藏魂，肺属金，主藏魄，金木齐分，魂魄分离，是为分身之法。古时左慈先生、蓟子训、葛仙翁能同一时间出现在十余个地方，用的正是这招金木分身之法。

人如对照明镜，一分二，二分四，正是“明镜”二字的意思。

李默然整个人都在扭曲，脖子上突然挤出了另一个脑袋，他一只手抓住这个脑袋往外撕扯，活生生地把自己撕成两半，如此这般，一变二，二变四，四变八，李默然足足变出了八个分身，一共九个人!

赵五郎也看出了这招明镜术的厉害之处，惊讶道：“你的分身术可有些特别，常人分身不过是虚影一晃便化成实体分身，你的分身竟然是从肉体之中撕扯而出。”

九个李默然齐齐笑道：“别人的明镜术不过是虚影之术罢了，只有一人是真，那分出再多的分身也没什么用，而我的道法叫明镜十八宫，乃是真形分身！”

“明镜十八宫！”除了神霄道人外，其余道人都纷纷惊讶不已，就连一向广博多闻的葛云生也暗暗惊叹。这明镜十八宫乃是符箓六大返照绝技之一，传言人体内有十八个宫，每开一个宫，便能藏入一丝魂魄，化出一个独立的分身，但这魂魄分得越多，灵力就越微弱，越不易掌控，所以传言最高境界便是化出十八个分身，所以叫明镜十八宫。

因为这道法早已遗失很久，近百年来，符箓门内早已无人通晓这一法门，却不知李默然是在哪里翻出的古籍，刻苦修炼，竟然练成了这等神功。想当年左慈、蓟子训等先师也不过能化出十二个分身罢了，而今刚入返照之境的李默然竟然可以化出九个分身，这当真是十分厉害了。

显然，就连葛云生也低估李默然的实力了。

秦少商、宗政太保对视一眼，颇有些玩味，二人心想这李默然的实力显然已不逊于自己门下的冷少卿和勾太常之流，都说符箓门没落了，却不想还是有这么一个奇才。

神霄道人眼见李默然化出九个分身，更是得意得失了分寸，朝葛云生叫嚣道：“葛云生，今日你的徒弟还是要折戟道坛，我符箓门已不需要你葛云生来拯救，你这杀人魔头不配回我符箓门，默然才是符箓门希望所在！”

他这一叫喝，符箓门内群雄激愤，一个个高呼道：“师兄神功盖世，力挫敌手，扬我符箓之威！”

李默然神色变得更加振奋，数百名弟子齐齐为他呐喊，这一刻，他觉得自己仿佛就是符箓门的救世主，就是这宗派明日的掌门人，符箓一道必要因他而振兴！

第四十六章

何为极限

一边是符箓门上下为李默然喝彩，而另一边除了施小仙和小茹，几乎没有人替赵五郎鼓劲儿，四面八方涌来的都是“打倒赵五郎，扬我符箓神威”“李师兄必胜”等呼喊声。

众人齐齐给李默然喝彩，对赵五郎极尽羞辱诋毁，他只觉得四面楚歌，心中忍不住一哀。在众人眼中，他根本就不是符箓门的门徒，他与葛云生就像是一个来挑衅的外人一样，所有人都对他们心存戒备，生怕他们夺走符箓门剩余不多的财宝。

赵五郎，不过是一个突然冒出的贼而已。

而李默然，早已是门派上下众望所归，人人心中期盼已久的新一代门主。

李默然才是符箓门众人心中的救世主！

赵五郎喃喃自语道：“原来自己是这样不得人心，我就算赢了他又如何？”

这般想着，赵五郎的斗志骤然锐减，整个人的气焰瞬间低落了许多。李默然瞧准时机，突然发难，九个身影齐齐闪了过来，“嘭”的一声，一个拳头击中赵五郎的腹部，他还来不及哀痛，又一个拳头击中他的后背，一时间无数的拳脚雨点般击来。

李默然冷笑道：“你现在这般模样，我一个雷法便能把你击出场外，但这样一来可不就十分无趣了？符箓门之内人人都期待我李默然站在今日的仙武大会巅峰，而你赵五郎，注定是我脚下的台阶，我要用这拳头一下一下把你打趴在地上，让所有人都看到你亲口向我求饶！”

赵五郎毫无防备，被打得血气翻涌，内脏似乎都要破裂，骨头都要寸寸尽断。

众道人眼见场上的形势已从势均力敌转为李默然压倒性的优势，更加激动难耐，高呼声一浪高过一浪。

“打死他！”

“打死他！”

“把赵五郎赶出我符箓门！我符箓门不要魔头的徒弟！”

“葛云生昔日杀我门人，今日必要教他师徒血债血偿！”

“杀！杀！杀！”

小茹和施小仙只觉得身边都是陷入疯狂的道人，一个个无不想把赵五郎撕成碎片。小茹喊不过他们，气得嘤嘤哭起来，她不明白为何符箓门的弟子这么排斥赵五郎，把他当一个仇人来看待。

唯有施小仙双眼之中怒火暴涨，赵五郎的心理转变她如何能不懂？这般诛心的办法可是用得太关键了，神霄道人这招也是有些歹毒。

李默然一把揪起赵五郎将他高高抛起，九人身影分立一圈，各色道法纷纷祭起：

“神符御火，破！”

“神符御雷，击！”

“神符御石，疾！”

“九霄神雷，皆为我用，急急如律令！”

九道术法闪耀着九色光芒，已是催之欲出，这合力一击之下，赵五郎纵使再金刚铁骨也必然要被打得筋骨寸断。

“五郎！”葛云生大叫道，“你在想什么？快醒醒！”

赵五郎人在半空中，依旧毫无斗志，甚至可以说被打得已是有几分神志不清。

他的脑海中浮现的是他这短暂的十余年光景，年幼时孤苦伶仃，长大后毫无建树，资质平平辜负了师父的期望，他原本以为参加仙武大会必能成为自己人生中极为光彩的一页，但却未承想，这符箓门的人都把他当成了一个敌人来看待。

唉，像一个魔头一样的敌人！

九道法术，光芒汇聚一束，这一招显然就要分出胜负了！

忽然，道坛的另一边响起了一阵天雷一般的吆喝声：“赵五郎，你给老娘振作点！你要就这么放弃了，对得起你师父吗，对得起我吗？我陪你跑了这么远，从滇南跑到京城，不是来看你挨打的！那个狗屁李默然有符箓门的人支持他，你也有我们啊！赵五郎，你不要忘记你信誓旦旦说过的‘一定会赢的’！你给我振作起来！”

施小仙的嗓门浑厚透亮，一句一句极为粗鲁，但又清晰无比，在场之人无不被震得抖了一抖，心想这是哪门哪派的弟子，这么低的素质。现场所有的目光都聚焦到东北角那里，一个模样清秀的小姑娘撸起了袖子，拉开了裙角，满脸通红地奋力呐喊着。

第四十六章　何为极限

施小仙从来不是一个柔弱的女子，她的爱自然也不是温柔可人，而是这般简单直接，甚至有些粗暴。

“小仙！”赵五郎的眼中终于有了几分神采。

施小仙大喜，她冲到道坛的边缘，大吼道：“臭黑炭，给我狠狠地揍他！”

李默然大为恼怒，还从来没有人用这么粗鲁的语言骂过他，他将这愤怒化作杀意，一声怒喝，九道法术汇聚成一股。

“杀无赦！”李默然神色肃杀地喝道。

法术的光芒在半空中爆裂开来，葛云生和施小仙脸色一白，身子也抖了一下，却不知道赵五郎究竟怎么样了，是死了还是伤了，是惨败还是可以继续一战？

李默然哈哈大笑，道：“你输了！我李默然才是此次仙武大会的第一名！”

半空中的光芒散去，一个人影却悬浮到李默然的背后。

又是回光法阵！

赵五郎冷冰冰的声音传了出来：“你我胜负还未分，你凭什么说你是第一！”

“啊！”各道人全部站了起来——赵五郎竟然还没死，他竟然还活着！被打成这样竟然还可以战斗！

“五郎！”葛云生和施小仙齐齐叫了起来。

赵五郎缓缓摆动自己的身体，只觉得一阵阵剧痛传来，他感觉自己的头快要爆裂开来，身体是血淋淋的，气血更是紊乱不堪。他的身体似乎已经达到了最后的极限，但这极限之后却似乎有更强大的力量在滋生。

赵五郎心说，师父说得对，为何自己开神明如电时就可以使出的道法，在平时用不出？神明如电又不能增加自己的内力，它只不过是让人看得更清楚、想得更透彻、力量用得更充分罢了，它只是剔除了人的七情六欲，把自己的极限逼出来了而已。若是这样，那么只要我逼出自己的极限，开不开神明如电又有什么区别？

空中的人影迅速燃烧起来，化作一个红色的火人。李默然脸上是说不出的震惊和不相信，他刚才这九道法术齐发，别说凝神之境的修为，就算是返照之境的实力也不可能逃遁。

但区区一个赵五郎竟然又逃了！

真是太低估了这个小道人！

赵五郎暴喝一声，迅速朝李默然飞了过来。这火光的速度快得惊人，已分不清到底是猞猁还是烈枭，抑或是赵五郎的本相。

李默然九个分身齐齐列阵，围堵这火光，但这光芒的速度早已肉眼不能分辨，每次李默然的术法刚刚形成，赵五郎就已经追身而至，直接将李默然撞飞出去，这道法始终难以成型。

天下道法，当真是唯快不破！

赵五郎整个人越跑越快，浑身热血似乎都在燃烧，都在沸腾！

他觉得他自己就是火！一团奔腾的烈焱！

李默然的速度本来就已十分快捷，这九个分身更是变化无穷，但赵五郎心无旁骛，在巨大的痛苦下催生出顽强的斗志，这情景下以一敌九，竟然丝毫不落下风，甚至在速度上还稍稍占了优势。九个李默然都抓不住一个赵五郎，这真是太不可思议了。

赵五郎怒喝道："这几拳我还给你！"

他突然反向奔跑，"嘭嘭嘭"几记重拳狠狠地集中在李默然的腹部，打得他几个分身踉踉跄跄，都有些站立不稳了。

赵五郎又飞出几拳，拳拳之中都带着炙热的烈焱，李默然被一拳击飞了出去，脸上更被烧焦了一块。

场上情景突然有了逆转，众人都十分骇然，不知者赵五郎是吃了什么仙丹妙药。施小仙和小茹更是振奋不已，小茹也早已没了温柔淑女的形象，也开始跟着施小仙大喊大叫道："五郎，打他！狠狠打他！"

二人就像姐妹同心一样，眼里早已没有了方才的醋意。

此时，李默然和赵五郎的比试已进入最关键的时刻，谁胜谁负都在这最后的几招之间了。

九个李默然分立九个方位，各个脸色不一。他从未想到符箓门内居然有人可以把他逼到这个份上。作为门派内的天之骄子，这仙武大会的桂冠本来毫无悬念地就该是他的，没想到如今竟然胶着成这个情景。

这场面可不是他想要的。

赵五郎迎面再度飞来，火光飞天遁地，快得难以捕捉。

李默然冷哼一声，怒吼道："你真以为自己的速度能胜得了我？"

李默然突然双掌一合，喝道："合！"

九个李默然突然汇合起来，九个人的速度、力量、内力全部汇聚成一人，变成更快、更强、更有破坏力的李默然！

他原本俊秀的面容上青筋根根暴起，双眼之中布满了血丝，让他看起来多了几分戾气。他"嗖"的一声朝赵五郎的火光追去。二人在道坛之内，以肉眼根本不能辨别的速度互相追逐。

众人只听得到二人的叫喝声此起彼伏。李默然与赵五郎二人忽然猛地撞击在一起，“轰隆”一声爆响，一阵气浪撕裂开来。赵五郎毕竟内力弱一些，直接被李默然击飞出去，整个人快速地撞向边缘的气罩，又重重地摔落在地。

“五郎！”施小仙又惊叫起来。

李默然也止住了身形，脸上露出一抹得意之色。他的速度终究还是比赵五郎更快，他的力量比赵五郎更强，现在他马上就要一举击败这最后的对手！

赵五郎摔落在地，又吐了一口血，踉踉跄跄地爬了起来，整个人都有些站立不稳。他体内的蓝色光芒几度要冲破自己的心脉，但他拍出一张葛云生给他的五方封心符，将自己的混元灵力再次压了回去。

李默然嘲笑道：“你师父不是说你体内有什么混元灵力，神明如电吗？听说是十分不得了的东西，怎么到现在还不拿出来显显？你再不用，可就没有机会了！”

赵五郎嘿嘿笑道：“我师父说不让我用混元心，怕我开了神明如电你会输得一塌糊涂，所以我今天就不开，我要靠自己的实力来击败你！”

第四十七章

明镜八咒

“口出狂言！”李默然怒喝道。

赵五郎又飞身而上，火光和雷光在他双掌之中飞舞而出。李默然哼了一声，迅速躲了过去，回身一掌又将赵五郎击倒在地。

赵五郎化出火精再度奔袭而来，李默然迅速以血化符，火龙飞舞而出，再次将赵五郎击飞数丈。

如此几次，李默然一次次将赵五郎打倒在地，赵五郎又一次次爬了起来。赵五郎一次比一次爬起来更艰难，李默然的出手也一次比一次更重。赵五郎整个人都变成一团血肉模糊的血人，只有两颗眼珠子还有黑色的光彩。

再这样打下去，赵五郎显然要被活活打死了。在场的道人也从原先的齐齐喝彩变成了一片沉寂，毕竟符箓门乃是正道门派，众道人口中虽然叫嚣着“打死他”，但真到了这般以命相搏之时，众人心中又都有几分怜悯。

“这人可是太倔强了！”

“赵师弟，快认输吧，你打不赢李师叔的！”

“胜败乃兵家常事，你修为不如李师兄，下来好好修炼便是，这样下去，只怕你要被打成废人一个，道坛决更去不了了！”

各道人开始纷纷出口劝解赵五郎，要他早点放弃。

宗政太保面无表情道：“秦师兄，看来你我的预判已经分出胜负了，你这次可是看错了。”

秦少商面色凝重，却没有答他这句话。

丁少宗道：“胜负基本已定，除非……”

秦少商摇头道：“世间没有那么巧合的事，想要以意念瞬间提升，太难了！”

这边，小茹早已哭得梨花带雨，道：“五郎哥哥，别打了！”

施小仙原本也想要赵五郎放弃，但她转念一想，五郎的性子虽然大大咧咧，但凡是他认定的事情一向倔强，问鼎仙武道坛，这是他绝不会放弃的事情。

今天，他站在了这个道坛上，估计没有想过能全身而退吧?

施小仙决绝道:“五郎，你若已尽了全力，就下来吧，胜负真的已经不重要了。但你若还想再斗，还有我陪你！就算今日战死道坛，我也一样陪你！”

赵五郎听到这话，心头一暖，艰难地笑了起来:“放心，我……我才不会死！你忘记了，离风宝镜中，我们……我们看到的归去来了吗?我还要跟你一起……一起回紫云谷看花呢！这是天命，上天都不能更改！”

听到这话，施小仙心中一酸，再也忍不住了，跪倒在地“哇”的一声哭了起来。她哭道:“我不看花了，我也不要你回紫云谷了！算了，你别打了，你认输吧，五郎！我真的不想看你挨打！”

赵五郎嘿嘿地笑道:“我说过，我不会输的！”

“赵五郎，你真是倔强！我已经给了你无数次机会了，现在什么都晚了，等待你的只有死路一条！”李默然身形再次晃动，九个分身再度分裂而出，他高喝道，“九宫列阵！”

九个人影站立在九宫方位内，将赵五郎围了起来。

原先眉头紧锁的葛云生瞳孔也忍不住倏地放大。

“这……这是明镜宫锁阵！”

传说中符箓门中最强的控行阵法！

明镜十八宫能够名列符箓六大返照绝技，可不仅仅是因为能够分身，而是因为它还有后招，而且威力远远超过前招。这后招便是明镜宫锁阵，十八个分身分列十八个方位，以分身作符箓困住对手，十八个分身化作十八宫阵，叫人根本难以破阵逃遁。

而且这宫锁阵内还有一招十分厉害的杀招！

李默然见赵五郎被困在明镜九宫之中，冷笑道:“能逼我用出这招，你也算死而无憾了。”

说着，他掏出一张符纸。这符纸色如浓墨，上书金色天篆云书，整张符纸不过七寸大小，却散发着令人不敢直视的威严。

所有人见到符纸都惊了一下。这是五色符纸的最后一色，黑符最为尊贵，并非它比紫色符箓更强大，而是因为黑色符纸一出，必是生死相搏，施法人将以自己的性命为代价，与对手同归于尽！

符箓门内，非到万不得已，绝不会有人用黑色符纸。

所以这符纸也叫“生死一见符”，意为一见定生死！

李默然为了击败赵五郎，竟然使用了生死符，看来他的耐心也是被赵五郎磨得一干二净了，他要用这招让赵五郎身形俱灭，永远不再存在。

李默然往空中拍出这张黑符，念道："天灵地圣，赐我神明，符箓门第一百三十七代弟子赵五郎八字在此，癸未年申月初八正时一刻十分荣生，眼前敕奉，急急如律令！请！"

赵五郎大惊，喝问道："你怎么会有我的生辰八字？"

李默然冷笑道："你不知道符箓道法中有读相一术吗？我观你面相便能知晓你的生辰八字！如今，你的八字在我手中，你的命脉便是由我掌控！明镜八咒，销肉身，灭魂魄，湮灭不存！"

葛云生大怒，这明镜八咒是符箓门中最恶毒的招数，将对手的肉身魂魄与自己融合在一起，生便一起生，死便一起死，这道法配合黑色符文便是让赵五郎今日必死无疑，而且死后魂魄永消，永世不得超生。

但是这样恶毒的招式，李默然不也一样要死吗？

李默然笑了一下，道："我有九个分身，我这法术可以让你死九次！"

他不再迟疑，双指一点，黑符化作一道黑光迅速连接赵五郎和李默然的一个分身。李默然道："生人在前，如照明镜，一咒二咒魂相印，三咒四咒魄相叠，五咒六咒心相连，七咒八咒形互换，咄！"

赵五郎仿佛变成了李默然分身的镜像一样，感觉身体不由自主，处处受到这个分身的控制，这分身抬起胳膊，自己也控制不住地抬起胳膊，分身转动眼珠子，赵五郎也要转动眼珠子。

这便是明镜宫锁术的最强杀招，明镜八咒之法！

就算你能挣脱宫锁之术，但你也逃脱不了这明镜八咒，你逃到天涯海角，只要这分身在此，他要你生你就生，要你死你就死！

李默然单手化刀"扑哧"一声刺入自己的分身之中，一股鲜血喷溅而出，赵五郎的腹部也迅速裂开一个口子，同样喷出来一股血液。

"啊！"众道人纷纷惊呼起来。

就连清微道人也有些颤抖道："神霄，仙武大会上虽说生死无常，但默然用出明镜八咒是否太过了些？"

神霄道人原本觉得也有几分过分了，但他看了一眼葛云生，心中的怒意又燃了起来，冷冰冰道："师兄，你忘了当年仙武大会上，葛云生是如何把我弟子一掌一掌地活活打死的吗？那时候怎么就没有人跟掌门师兄说起'过分'二字！"

第四十七章　明镜八咒

昔日道坛之上，葛云生与神霄道人的徒弟祁云山在决赛之中对位。祁云山技不如人，但性子却是十分倔傲，葛云生一次次将祁云山打倒，祁云山又一次次爬起来，葛云生打到狂怒之时，便废了他双手，但不想这人当真是硬汉一个，没了手硬是用脑袋、膝盖顶着地面又爬了起来。

道坛上，若不认输，这比试便不能停。

葛云生使出十成功力将祁云山击飞道坛，层层气罩都被撞击破裂，祁云山筋骨寸断，忍着一口气，最后死在了神霄道人怀中。

神霄道人痛失爱徒，三天三夜不吃不喝，从此性情大变，狂怒而暴躁。而这也是为什么神霄道人这么痛恨葛云生，因为他杀了自己最疼爱最引以为傲的徒弟！丧徒之仇如何能抹去！神霄道人恶狠狠道："仙武道坛，便是不死不休之战！昔日你葛云生能杀我的弟子，今日我的弟子亦能杀你的徒弟！这可不是天道轮回吗！"

"默然！杀无赦！"神霄道人怒吼道。

李默然嘴角上扬，心中的善念早已被满满的戾气所取代。虽然他今日取胜的方式有一百种，但偏要选择这最恶毒的一种，要的就是泄愤！要的就是立威！要的就是替神霄道人报当年的丧徒之仇！

葛云生再也坐不住了，赵五郎再怎么也是自己相处八年的徒弟，二人情感早已如同父子一样，赵五郎绝对不能死！

就算问鼎仙武道坛再重要，也比不上自己亲骨肉一般的赵五郎！

葛云生猛地冲了过去，想要去救赵五郎，清微、神霄、净明三位道人急忙将其拦住。

清微怒喝道："葛云生，怎么你也如此不懂规矩？仙武道坛的规矩可是立了数百年，你这么怕你徒弟丧命，还要他来参加什么仙武大会！"

神霄道人也讥讽道："事到如今，你也怕了？技不如人，你何须回来逞威风！"

"葛云生，你不把我们三个老家伙放在眼里，可这符箓门立下近千年的规矩，你也不放在眼里吗！"净明道人这话说得极重，符箓门的规矩他葛云生敢破吗？师道的规矩葛云生看得比谁都重，他敢破吗？

这迟疑之间，李默然又朝自己的分身刺了一刀，赵五郎右肩上又出现了一个血洞，这已是第八刀。

李默然哈哈笑了起来："这一次，我要挖掉你的心！听说吃了混元心，就可以将这灵力占为己有，那我就是名正言顺的继承人了。赵师侄，真是太谢谢你了！"

他手掌一劈，这一刀却是直奔赵五郎的左胸口而去。

生死就在一瞬间，葛云生已经无比后悔决斗前告诫赵五郎不准开混元心，不准用混元伞，他怒吼道：“五郎，快撕了封心印！开混元心！”

但此时赵五郎早已如木头一般，他只是倔强地摇了摇头，而后动也不动，似乎已经死了一般。

李默然手掌上的气焰已经破开赵五郎胸膛上的皮肤，表皮裂开，鲜血已经渗透了出来，只要再下去几寸，混元心就唾手可得，符箓门的历史很可能就要从此改写!

李默然忍不住心中的狂喜，脸上露出扭曲的笑容。

刀锋再下，忽然，李默然神色剧变!

第四十八章

绝地反击

只见一道蓝色的光芒从赵五郎的胸口中透了出来，这光芒却不再像月光一般的清清冷冷，而是一团熊熊燃烧的火焰。

蓝色火焰迅速将赵五郎包裹了起来，片刻间光芒就直达九霄之上，叫人不可直视。

“这……就是混元灵力？”众人惊呼了起来。

秦少商、宗政太保甚至符箓门三大道人都站了起来——这混元灵力很多人只是听说却从来没见过，这蓝色的火焰就是混元心的威力?

那这火焰究竟有什么不可预测的力量?

李默然显然也被惊到了，眼看赵五郎都毫无抵抗之力了，却突然又生出这变故，他又惊又急，干脆心头一横，手中也不敢迟疑半分，直接朝自己的分身飞去一刀，喝道：“受死吧！”

刀锋劈至，突然这分身也迅速爆裂开来，分身之内也窜出剧烈燃烧的蓝色火焰。这两股火焰冲天而起，扭成一条巨大的通天火柱，层层滚动，搅动着天际的乌云，仿佛一座连接天与地的高塔。

火柱不断盘旋变化，伴随着一声声响彻云霄的清啸，终于，它显出了原形，化成了一只巨大的三首朱雀!

一只有着三个脑袋、浑身散发幽蓝光芒的巨大朱雀。

这朱雀正是赵五郎以前在慧海之中见到的那只火精，它原本只有一个独眼的脑袋是睁开眼睛的，这时最左边有着双目的脑袋也已经睁开眼睛了!

两头三目冷冷地盯着下方的众人，神傲不可一世。

葛云生突然浑身颤抖不已，自言自语道：“真气破境，朱雀开光……这不是混元灵力，这是幽蓝真焰！”

这是返照之境的幽蓝真焰!

赵五郎并没有开混元心，而是他自己突破了返照之境!

赵五郎境界的突然提升带动了体内火精的蜕变，原本只苏醒了一个脑袋的三首火精，现在终于觉醒了第二个脑袋，它的火焰已经不再是赤红色，而是青蓝，如同天空的颜色。

赵五郎与李默然的分身由黑色符纸牵连在一起，这二者原本是生死相依，李默然可以随时通过控制自己的分身来打击赵五郎，但未承想这幽蓝真焰也是吞噬之力，两股火柱搅动直接将这个分身吞并掉，化为了赵五郎的一部分。

这样一来，没有了分身，这明镜八咒就自动破解了。

李默然大骇，他的明镜八咒竟然就这么轻而易举地被赵五郎的真焰所破！

他怒吼道：“不可能！”

但赵五郎此时已经完全被火精所掌控，化作蓝色朱雀冲天咆哮，势头威不可遏。李默然一时间面如土色，这眼前的赵五郎究竟是何方神圣，为什么有这么难以置信的实力？他明明只是个凝神之境的道人，为什么会在这样垂死的状态下突破了返照之境？为什么还会有蓝光朱雀这样不可想象的灵兽？

他骇然之际，赵五郎已经合着蓝光朱雀朝李默然喷出一口烈焰。

李默然急忙祭出雷墟，怒道：“就算你能招来十方真火，又能如何？世间十方火，尽归雷墟中，收！”

蓝色火焰如潮水般奔腾而来，但到了雷墟跟前，一层层火光突然方向一转，全部都漫卷到红葫芦之中，原本赤红色的葫芦变得蓝紫不定，整个葫芦外形也膨大了不止一倍。再过了片刻，葫芦开始剧烈颤抖，显然是有些招架不住了。

神霄道人见此忍不住冷汗涔涔而下，他暗自道：“这雷墟只是收雷的法宝，收这真焰，恐怕……”

果不其然，蓝光朱雀再喷一口蓝焰，雷墟再也承受不住这威力，直接被炸成碎片。李默然也被炸得退后六七丈，身姿颇为狼狈。

“默然！”神霄道人惊喝道。

众道人也是哗然一片，谁也没想到今次仙武大会的最后一场竞会斗得如此激烈！

李默然的嘴角上已有血珠滴落下来，显然这一炸也伤到了他的经脉，但此时他如何能临阵退缩？决一胜负，就在这最后几招了，李默然急忙催动分身再度迎战，各类雷、火、金、水等术法飞舞而出。

半空中蓝光朱雀更是来势汹汹。

李默然的七个分身也挟带各色术法飞了过来，双方剧烈地碰撞在了一起。

但这场面却是吞噬！

吞噬！

再吞噬！

七个分身，一个一个，被蓝焰朱雀吞噬殆尽。观战的各道人已经惊得目瞪口呆，明明片刻之前李默然还占尽了优势，一击必杀只在眨眼之间，但现在却完全是风云急转，胜负的局势已经反转。

李默然失去了分身就失去了一大半的功力，而赵五郎却不减反增，他浑身的火光更加旺盛，焰火裂空飞舞，仿佛要摧毁所遇到的一切。李默然孤零零地站在道场之中，惊恐得无力反抗，“轰隆”一声裂响，他被火光狠狠地撞飞出去，反弹在气罩上又重重地跌落在地。

朱雀火光一收，化作赵五郎的人形模样，他双手抓起李默然高高抛起，再出一拳，李默然再次被击飞出去，这回直接撞破了气罩，飞到人群之外的台阶上。

这一下，李默然的骨头已然断裂了数根。

胜负显然已分，但赵五郎却杀戮之心不减，又化作一团蓝色火焰呼啸而去，他的心里早已被火焰充满，他想把李默然撕成碎片！

“快住手！”神霄道人惊呼道。他急忙飞出一道紫雷，雷光飞舞而去，却立即被火光吞噬殆尽。赵五郎浑身蓝色的火光再度暴涨，李默然只觉得眼前幽蓝一片，一股死亡的气息罩住了自己。

赵五郎面无表情，口里只有冷冰冰的话：“李默然，你输了！”他的五指化作火焰利刃朝着李默然的胸口就要疯狂劈下。

“住手！”一声怒喝响起。

却见是葛云生飞身过来，“嘭”的一声将赵五郎击飞了十余丈。赵五郎止住了身形，抬头望了一眼葛云生，冷冷道：“师父，你也想试试我的实力吗？”

葛云生怒道：“杀气如此之重，你想重蹈为师的覆辙吗！”

赵五郎冷笑道：“成王败寇，这是强者之道，怎么能叫覆辙？师父，你不是说凡事要靠自己的实力吗？如今这朱雀烈焱已与我完全合为一体，返照蓝焰，这就是我自己的力量！”

若只是返照的蓝色火焰，还算不得太过厉害的杀招，但若是融合了朱雀烈焱，那便是世间排名第三的幽蓝真焰！

这真焰与太阴真火颇有些相似，只是太阴真火是阴中阴之火，而幽蓝真焰却是在至阳之中炼出的至阴火，阳中阴自然比阴中阴更加多变可怕。

赵五郎朝葛云生拍出一掌，幽蓝真焰层层卷动而来。葛云生知道这火焰的厉害，也不硬拼，身形一闪躲了过去，而后借风一卷，将蓝焰反扑了回去。两股力道打在一起，搅得光芒四射，火舌暴涨。赵五郎还要再御火而击，葛云生已经拍出一张紫色镇字符，急急念道："天有天将，地有地邸，斩邪除恶，破除邪祟，如干神威，粉骨扬灰！镇神！"

紫光一现，如罩子一般压在了赵五郎身上，蓝色火焰被紫色光芒一点一点地压制下去。但赵五郎杀心未灭，还在疯狂挣扎，想要冲破这淡紫色的气罩。葛云生无奈之下，猛地咬破舌尖喷出一口血，再喝一声"镇"！

气罩光芒大盛，直接将赵五郎死死地压在地上，火光消失不见，赵五郎的神志也逐渐恢复清醒，他抬头看了下葛云生，忽然嘿嘿笑了起来："师父……我……是不是……已经赢了？"

说完这话，他整个人直接瘫软在地上。

葛云生见赵五郎已经斗成这副模样，心中大为心痛，赵五郎的每一道伤都好像是打在自己身上一样，疼得让他双拳都握出了冷汗。但比武决斗历来都是如此，"怜爱"二字只会害了修道之人。回想这一战，若非赵五郎一再倔强，一再坚持，他早就倒在了道坛之上，也正是因为这份倔强和坚持，让他出人意料地突破了返照之境。

一旁的施小仙见赵五郎昏了过去，赶紧跑过去将他扶在自己怀里，她双眼早已是红肿一片。

而不远处的小茹此时心中说不出的五味杂陈。她又想帮忙，但又觉得这二人似乎已经私订了男女之约，自己再这样下去可不是自讨无趣？犹犹豫豫一阵，她忽然转念又一想，五郎哥哥好像也没说什么特别的话，不过是约了施小仙一起看花罢了，他不也答应过我要陪我骑青鸾吗？

"五郎哥哥说不定还是喜欢我的。"

想到这儿，小茹心中又渐渐开朗起来，也凑了过去，道："我这里有一些上好的丹药，可以先给五郎哥哥服下，稳住他的气血再说。"

这两名少女又是喂药，又是灌水，温柔备至。

葛云生见此也不想多作打扰，道："小仙，小茹，五郎受了些伤，一会儿不论发生何事，你二人都要照顾好他，一步也不能离开他，知道吗？"

施小仙"嗯"了一声，从乾坤卷内放出阿鬼和傀儡兽，道："葛师父放心，我一定会照顾好五郎的！"

小茹也点头道：“我也会一起照顾好五郎哥哥，不会让他有事的。”

三只鼠精上蹿下跳道:“放心吧,蠢道士是我们的好朋友,我们也会保护他的！”

葛云生有些欣慰地点了点头道：“那便好！”他又转头看了一眼李默然，李默然惊魂未定，道：“葛前辈，你……你想干什么？”

葛云生神情有几分复杂，道：“你也算符箓门近些年难得一见的人才，但是明镜八咒乃是生死相见之法，同门比试你何须这般恶毒？看来这仁爱之心你也是不够，唉，日后好自为之吧！”

第四十九章

再起暗涌

李默然眼神一暗，他原本是何等自信，符箓门内天之骄子一般的存在，此次仙武大会受此挫折，大大地打击了他的自信心，此时被葛云生这么一说，心中更不免添了几分恼怒和羞愧。但葛云生毕竟方才救了他一命，李默然勉强半撑起来道："葛师叔教训得是，方才，谢……谢谢葛师叔出手相救。"

葛云生叹了一声，也不回礼，低下头继续为赵五郎疗伤。

神霄道人这才急急忙忙冲过去查看李默然的伤势，朝各道人叫道："快！快！将默然抬到我寝宫去！怎么伤得如此严重！葛云生，你真是教得好弟子！"

李默然黯然神伤道："师父，是弟子修为不济，勿怪他人！"

"默然，你先别说话，师父这就给你疗伤！"神霄道人和十余名道人抬着李默然急急往神霄宫行去。

至此，符箓门仙武大会告一段落。最后一战，赵五郎将李默然击出了道坛，自然是最终的胜利者。符箓门选拔赛一二名都已经决出，这二人都是四年后道坛决的人选之一，只是龙甲师和殷杰二人伤得不轻，都不能再战，第三名的角逐就暂时搁下。净明道人看了一眼清微道人，问道："师兄，这结果可要宣布？"

他的言下之意是结果一旦说出来就不能更改了，凡是将来能参加道坛决的门徒都可以随意出入符箓门的藏书阁，查阅修行阁楼内的符箓经卷。

那么赵五郎日后在符箓门内与李默然就是一般无二的待遇了。

清微叹了一口气道："既是比试，就要以胜负定论，赵五郎既然赢了，我也无话可说，但此子显然未能驾驭他体内的神兽和神力，我担心……"

净明道人道："只怕是第二个葛云生。"

清微道人决绝道："是啊，符箓门决不能出现第二个葛云生，残烛之躯不可再历狂风！赵五郎虽然赢了，但默然才是我们未来的希望！我们还是要把希望压在默然身上才是，那个赵五郎，还是要时刻提防着才行。"

净明道人点头道："师弟明白。"

第四十九章　再起暗涌

随后，净明道人上台宣布道：“本次仙武大会第一名，乃符箓门第一百三十七代弟子，赵五郎！”

但宣布之后现场掌声寥寥，并非众人不支持赵五郎，而是许多道人都是第一次观看道坛对决，这么惨烈的决斗真是平生罕见，场面上生死相搏的残酷远远超过术法对决带来的精彩。

秦少商转头对御剑宗众人道：“仙武大会不过是四年后道坛诀的初选罢了，太虚崖的九鼎道坛之上，才是真正的残酷之地，少羽、少卿，你们两位也要心中有数，切不可懈怠了修行。”

二人纷纷点了点头，神情各异。

众人渐渐散去，有些年轻的道人拿着工具准备收拾残局。忽然，宗政太保和勾太常站了起来，缓缓地朝清微道人和净明道人走了过来。宗政太保边走边鼓掌，道：“精彩！精彩！真想不到符箓门的仙武大会也能斗得这般激烈，符箓门当真是教导有方啊。”

清微道人原本对丹鼎观的人也没多少好感，随口应了一声，倒是净明道人客气道：“拙劣之技，倒是叫宗政师侄见笑了。”

勾太常毫不谦虚道：“那是当然，别的不说，单是我宗政师兄的御火术，刚才那个小道人如何能比得过？”

净明道人心头微微有些不快，但他一想这勾太常性格向来如此，也不想再说什么，只是随口道：“此子年纪尚小，学术也杂，自然不能跟宗政师侄相提并论”。

宗政太保呵呵两声，颇有深意道：“学术太杂，这话倒是说得十分贴切。不过据我所知，赵五郎乃是葛云生的徒弟，这葛云生叛门在前，收徒在后，按理算起来赵五郎还不算是符箓门的弟子。怎么符箓门如今人才这般稀缺，竟也要摈弃门派恩怨，将他纳入自己门派弟子的名录之中？真是教人眼界大开啊。”

清微道人微有怒意道：“这是我符箓门派内之事，说来话长，师侄恐怕没必要知道得这么清楚吧。”

“哦？”宗政太保冷笑一声。

净明道人尴尬地笑了下，打圆场道：“此事各种缘由复杂，恐怕一两句话也说不清楚，不如两位贤侄先到我宫中一坐，品一壶今年的杨河春绿，再慢慢细谈。”

宗政太保道：“我看不必了，其实今日我等也是奉了掌教之命，带着任务而来。”

“任务？什么任务？”清微和净明二人疑问道。

宗政太保道：“自然是一道密令！”

在一旁的葛云生忍不住哼了一声，直言道："什么狗屁密令！若没猜错，恐怕太保今日是专程为贫道而来，是不是？"

宗政太保笑了下，说道："不错，葛云生果然够聪明。家师临走前传有密令，要我特来恭请葛前辈前往太虚崖丹鼎观一叙。我等原本想早点说明，但见符箓门内仙武大会开赛在即，为了不影响诸位士气就稍稍等候下，如今告知也不算太晚吧？"

葛云生笑道："恐怕你是想等这些弟子打得差不多了再说，这样就少了几个对手是吧？"

宗政太保脸色微微一变，随即冷笑道："我丹鼎观门人还用这般忌惮符箓门的弟子吗？"

勾太常更是脑袋一扬，粗声粗气道："葛云生，少说废话，快跟我们回丹鼎观！"

净明道人立即喝止道："不准走！葛云生乃是我符箓门的逆徒，他的罪责我符箓门还未给他一个定论，如今徐掌教就来邀约他前往丹鼎观叙旧，恐怕不太妥当吧？"

清微道人也冷笑道："叙旧？徐掌教恐怕没这么念旧情吧？这其中必定有什么不可告人的秘密，太保还不如明说了好。"

勾太常怒喝道："这是掌教的密令，怎么，你们几个符箓门的长老还想违背掌教之意吗？"

清微道人哼了一声，道："徐长元虽然贵为四大正道的掌教，可没说我符箓门的一切都要归他管。勾太常，怎么，你还想以徐长元来压我符箓门吗？若是论起辈分，徐长元还得叫我们一声师叔！"

"清微老道不要不识抬举！"勾太常已是一副剑拔弩张的模样，瞪起虎目怒喝道。

宗政太保立马扬了下手制止了勾太常，转了口气道："各位长老恐怕误会了家师的意思，掌门提见葛云生，正是为了审问他入魔一事。"

清微道人道："我看不必了，葛云生入魔发狂乃是我符箓门内的私事，恐怕还不劳徐掌门费心思来审问。再说了，他自己丹鼎观门徒都管不好，还要来管我符箓门吗？"

勾太常怒道："清微，你什么意思！"

"这意思不是很明白了吗？"清微道人向来也是很有脾气的人。

宗政太保双目一凝，不卑不亢道："葛云生若只是杀了符箓门人，自然是你们的私事，但可惜葛云生入魔一事，其他门派也多有殃及，这事可就不仅仅是你门派内的事。再说葛云生既然已经入魔，便是魔道中人，家师统领天下正道，难道还没有资格审问一个魔头吗？”

这话说得清微道人一时间哑口无言。

宗政太保又道：“两位长老，时日已不早，还请速速将逆贼葛云生捆缚至我丹鼎观，我师兄弟二人也好早些给掌教复命。若是耽搁了掌教的旨意，只怕符箓门担不起这个责任。”

宗政太保此时已是一副盛气凌人的姿态，语气也有些咄咄逼人。净明道人见此也不再客气，直截了当道：“好一个冠冕堂皇的理由，我等正道人士都是明人不做暗事，徐长元贵为正道之首，难道还要找这等拙劣的借口来抓葛云生吗？他的心思，以为能骗得了谁！”

净明道人这话说得十分露骨，宗政太保怔了一下，立即怒道：“若是各位长老这般不识抬举，那我师兄弟二人今日唯有强行带走葛云生了！”

清微道人哈哈冷笑三声，道：“你真当我符箓门内无人吗？黄口小儿也敢在我符箓门如此放肆！我看你今天怎么带走葛云生！”

四人争执不下，葛云生摇头晃脑哼了一声，道：“我说你们几个，要抓我怎么不问问我的意思，你以为我葛云生是条不能动弹的虫子吗？你们想要我去哪里就去哪里？”

宗政太保嘿嘿笑道：“我等今日前来，自然是有备而来，你葛云生再厉害也终究不过是个地境高手，你还想反倒整个凌虚峰吗？”

葛云生冷笑道：“我看丹鼎观的人丹药吃多了，不单火气大，口气也跟着大起来了！”

“葛云生，不要太放肆！”勾太常怒喝道，他嘴上虽然说得强硬，身子却没敢上前，显然上次雷火之力让他还心有余悸。

只是这群人这般争执，犹如水火之势，胶着不下，眼看争端在所难免，忽然半空中传来一阵诡谲的笑声。

“好戏！好戏！看来我们来得正是时候啊！”

一道白影翩然落地，这人身着白衣白帽，下跨白纸鹤，手摇白纸扇，正是一纸万千白遇仙。

“你是谁？如何敢私闯我符箓门！”清微道人怒问道。

勾太常和宗政太保脸色微微一变，“白遇仙，你来凑什么热闹？”

白遇仙嘿嘿笑道：“并非我想来凑热闹，而是我云机社主赵归真有令，要我云机三绝前来走这一趟，传达他的旨意。你们几个老道士加上小道士，还不快快跪下接旨。”

“云机社？你是戏法师？”清微和净明两位道人更是脸色一变，这等早就消失的戏法门派怎么又重出江湖了？

而后，又有几个人影闪落下来，为首的是一身皂色长衣的妙笔书生苏丹青，右侧是黑袍黑衫的玄天明，这三人背后还有几个人影，其中一名御剑少年虽然黑袍遮盖，但也颇为醒目。

“果真来了！”秦少商等人一见这黑袍少年，立即神色一变，也不急不缓地走了过来。

第五十章

群雄会聚

三清大殿前，各派人士分成几拢，大有分庭抗礼之势。

苏丹青朝众人拱手道:“诸位,我兄弟三人乃是云机三绝,在下妙笔书生苏丹青,今日奉我云机社主赵归真之命，邀请葛云生回云机社一叙，别无他意，请勿惊慌。”

苏丹青的话语中虽然字字都十分恭谦，但听起来却是自傲得不得了，仿佛这在场的众人在他眼中都不值一提，云机社想要带谁走就带谁走，只不过他做事先要讲个礼节罢了。

白遇仙和玄天明二人紧随其后，玄天明历来不多说话，白遇仙倒是嘿嘿笑了两声，比了个手势，道：“葛云生，果真是山水反复有相逢，不想这么快又见面了，请吧！”

他说完这话又凑过来,低声道:“这次可是社主亲自下令,老夫也不得不照办啊。你啊，逃不掉了，就认命吧！”

葛云生站着不动，只是冷哼了一声。

果然，勾太常有些坐不住了，上前喝道：“白遇仙，平日里你在我太虚崖下设阵自娱自乐，家师可是给足了你几分颜面，今日是家师亲自下令捉拿葛云生回太虚崖，怎么，你也敢与我丹鼎观作对吗？”

白遇仙装作很害怕的样子，道：“哎哟，勾贤弟这话说得可就不对了，我也只是奉命行事。今日之行都是苏丹青这老儿带头，我可做不了主，你要能说服苏老儿，这葛云生我白遇仙自然拱手相让！”

“苏丹青？”众人又细眼瞧看这傲然挺立的皂衣书生。

平心而论，云机社虽然也列入玄空九门之中，但由于赵归真十余年前突然销声匿迹，这门派基本是名存实亡，云机三绝这号人物道门中认识的还是不多，云机三绝之首苏丹青，众人更是不认识。不过，既然能号称三绝之首，显然是修为十分卓绝的高人。

勾太常心中虚了一下,急忙望了一眼宗政太保。太保显然是个见过大场面的人,他不退反进，冷问道：“怎么，就凭你们云机社三个人，今日也想要带走葛云生，恐怕有些不自量力吧？”

正道之中，丹鼎观如今势力最盛，自然这口气也是最硬。

苏丹青踱了几步，哈哈笑道：“无知小儿，你们丹鼎观虽然统领天下正道，可未必人人都怕你们。我云机社也是受当今天子册封，也有御赐牒文，他徐长元只管得到正道四门，却管不到我们这第九门，就凭你宗政太保一人，也想来插手这事吗？葛云生，速速跟我们走吧！”

清微道人冷笑道：“这位苏先生贫道倒是第一次认识，先不论其他，只不过这口气可是真大。葛云生乃是我符箓门的叛徒，如何处置自是由我符箓门说了算。诸位都忘了这里是谁的道场了吗？符箓千年基业，再怎么不济，也不至于让你们这般说来就来说走就走！”

清微道人说话间，百余名符箓门的弟子已经自觉围拢过来，一个个牢牢把住道坛出口，神色不惧不慌。

苏丹青依旧毫不畏惧，口中呵呵笑道：“千年基业这倒不假，我进门时也曾瞄了一眼，符箓门有两句对联写得倒是不错：‘清清朗朗画乾坤，虚虚实实辨阴阳。’不知道是哪位前人所写，用意虽然通俗了些，但着笔苍劲有力，笔锋中还颇有几分上古之风，就冲这几个字我便对符箓门的基业高看一眼。不过可惜时过境迁，如今就凭你这几个老道人，再提‘千年基业’，当真只有‘辱没’二字了！”苏丹青的话语中向来透露出一股书生的傲气。

“你……”清微道人气得话都说不出口。

倒是净明道人反讥道：“那你云机社又算什么东西？”

苏丹青笑道：“我云机社不在八门中，独立正邪之外，窥流云之机巧，得变化无常之术，你们如何比得？”

“真是说的一堆鸟废话，听也听不懂！葛云生，快跟我们走！”勾太常最是性急，一把就要拉住葛云生。

“他要走也是回我云机社！”苏丹青太苍笔一画，一片刀光飞出，直接将勾太常逼退两步。

“太苍？”有道人认出了苏丹青手中的神笔，“竟然是神笔太苍，难怪这老儿这么嚣张！”

苏丹青得意地笑了一声，单手轻转太苍，似有五光十色从这毛笔的笔尖上流露出来。

“还有谁想试试老夫的笔墨技法？”

“放肆！”

“真是太嚣张！”

清微道人、净明道人、宗政太保、勾太常还有二十余名符箓门、丹鼎观的道人立即冲了上前，一伙人想来收拾苏丹青，一伙人却准备去拉扯葛云生。

云机社各戏法师也冲了上前，一个个寸步不让，三方剑拔弩张。

葛云生哈哈笑道：“却不想我一个落魄道士，今日有这么大面子，一个个的都要带我走。但我葛云生只有这么一具肉身，你们先商量好了，不然要把我分成三块，你们一人一块拖走如何？”

葛云生干脆找了个凳子，大大咧咧地坐在道坛最中间，冷眼看这几个门派争夺。

“玄空第九门云机社，真是闻名不如见面。”一个浑厚的声音传了过来，来人正是秦少商，他看了看云机三绝道，“诸位是不是都忘了，今日还有我御剑宗的人在场。”

清微道人面色一冷，喝问道：“秦贤侄，难道王琼风也有密令要来带走葛云生？我说今日你们这些门派怎么一个个悉数到场，原来都是居心叵测！”

在不远处的伏虎长老急忙摆手道：“清微老道，你这话可不能乱说，我叶千山千里迢迢而来只是为了尽同门之谊，驭灵司严明崇从未交代我什么任务，这点你大可放心。”

小茹也点头道：“驭灵司虽处滇南蛮荒之地，可做事也算光明磊落，绝不会做这等乘人之危的事。”

清微道人道：“好！好！难得还有一派能有这般见识。秦少商，说，你御剑宗又有什么目的？”

秦少商笑了一下，道：“实不相瞒，我等今日前来确实是另有目的，只不过这事与葛云生无关。我认为门派之事还是该门派自己处理，不过那个少年和背后的剑可是我御剑宗的，我们今日正是为了他而来。”

秦少商遥遥一指云机三绝背后的那个少年。

那少年似是思索了片刻，而后掀开黑袍，露出一张俊美的脸颊，正是多日不见的齐云飞。齐云飞不冷不热道：“大师兄真是好眼力，一眼便能认出云飞。”

秦少商道：“容颜易改，但御剑之人的剑气却难以收敛。你和乾坤九剑的剑气，单凭一件薄薄的袍子怎么遮盖得住？”

齐云飞精光一凝，扶住了剑匣，冷笑道：“看来秦师兄今日是专程为我的剑而来，真是好灵通的消息。但我早已不是御剑宗的门人，这剑在铸造之时也从未有说是御剑宗之物，大师兄也想来强取豪夺吗？”

冷少卿早已蠢蠢欲动，他拍了下自己的剑鞘，喝道：“果真是个不知好歹的小子！我师兄弟四人齐齐下山找了数月，可不都是为了你！你再不跟我们走，我便带着你的尸体回御剑宗！”

一直默不作声的玄天明突然冷笑一声，道：“一个返照修为的剑客罢了，竟有这么大的口气！王琼风没有教你做人之道吗？”

白遇仙也摇了摇纸扇，道：“老夫平生最讨厌不讲道理的人，这小儿不懂规矩，着实叫人讨厌！讨厌！”

“我的剑就是道理！”冷少卿性子急躁，说话间他已经闪动身子朝齐云飞杀了过去，秦少商拦都拦不住。

“铮”的一声脆响！

只见一道光华飞跃而出，这光华星星点点，如同天上繁星一般璀璨，正是赫赫有名的千机剑！

这剑犬牙交错，碎片横生，模样十分怪异，由一千一百零八片碎剑组成，分合变化，无穷无尽，是天下间最灵巧的神剑。

冷少卿的绰号是“千里不留形”，说的既是他的剑法身形十分迅捷，更指他每杀一个人，对手都会被千机剑削成成千上万片，根本没有一具全尸，所以冷少卿的剑又被人称作是最灵巧最残忍的剑。

冷少卿御剑而上，剑华化作一抹银光朝齐云飞斩去，但白遇仙却提前出手挡了过来，他喝道：“我白遇仙可真看不惯你这剑客，不如就让我陪你玩玩！”

白遇仙手中白纸一抖，一张方寸小纸片瞬间孔雀开屏一般炸裂开来，剑光尽数被这白纸屏障挡了下来。

秦少商还想要喝住冷少卿，叫他切莫冲动，但这二人已斗在一处。苏丹青眼见冷少卿提前发难，也不禁怒道：“看来早晚都得有这一场，那不如也试试我太苍笔的威力！”他神笔空中一画，一条火龙飞舞而出，火光一转就朝冷少卿飞了过去。

秦少商喝了一声：“前辈想要以多欺少，不怕失了身份？”他身形一闪，双指御剑挽了一个剑花，直接将这火龙劈成两半。

他这一剑朴实无华，但足见内力之深厚。

玄天明道：“都说御剑宗秦少商是正道新一辈弟子中的第一人，不如就让老夫来领教领教你的剑法，看看这‘第一’二字是否当得起！”

他手中的墨球迅速滚动，闪耀出吞噬一切的妖异光芒。

这三人之中，显然是玄天明的修为最高，秦少商这样的强手自然是由他亲自来对付。

南宫少羽眼见秦少商和冷少卿都出手了，自己也不能袖手旁观，他朝苏丹青道：“苏前辈，看来只剩你和我了，师命在身，只好得罪了。”

苏丹青冷傲道：“你便是南宫少羽吧，倒是生得一副俊美的模样，只是不知道你这剑法是否有你脸蛋一半的惊艳！”

第五十一章

针锋相对

南宫少羽也毫不客气，回应道：“那我也想知道，苏前辈的道法有没有你文采的一半精绝！”

这二人说话的口风都是字句里带着刀，几句不合也斗了起来。苏丹青神笔一挥，十余块巨石破空而出，再一挥，又有狂风急旋而来，这太苍神笔可变画成真，委实厉害。

南宫少羽冷笑一声，捏了个法诀，青色龟甲真气凝聚在胸前，将自己围得密不透风，巨石奔袭而来，尽数砸成齑粉，而南宫少羽的龟甲真气却依旧不破不裂。

“九柳龟甲？”苏丹青眉头挑了一下，道，“倒是个难得的神兵！但只怕你年纪尚轻，驾驭起来还力有不逮！”

“这老家伙口出狂言！少主，先让他试试我二人的剑法！”柳、龟二侍见苏丹青一再挑衅南宫少羽，也齐齐跃了上前。

柳未申的赤炼青柳喷薄而出，青柳剑吞吐之间，剑芒如青蟒飞击；龟不寿的龟甲铜板剑也凌空一洒，二十一枚铜板嗡嗡嗡地转动不停，如同一群金甲虫悬浮在四周。

柳未申身形急转，带动青色剑芒疯狂削来，苏丹青不急不缓，大笔一挥，口中念道：“笔下青鸟现，随风生无量！”

“御风！”

寥寥数笔就画出一只巨大的青鸟，青鸟双翅一扇，掀起阵阵狂风直接将柳未申的剑芒悉数搅乱。青鸟再一扑，柳未申躲避不及，中门大开，已经中了一爪，一道鲜血飚了出来。

二人修为差距太大，柳未申片刻之间就吃了大亏，龟不寿急忙御剑还击，二十一枚铜板迎着狂风逆流而上。这铜板精致小巧，一只只借着风力时而聚拢时而分散，转眼之间就飞到苏丹青身旁。

龟不寿大喜，念道：“镇邪斩煞，饮血现光！疾！”

第五十一章　针锋相对

这铜板外沿分化出一圈圈锯齿，一片片铜板如同飞舞的法轮朝苏丹青转了过去。

苏丹青道：“饮血现光？好恶毒的法器，但老夫的血岂是你这等修为的剑客能饮得了的？”

他转身一点青鸟的额头，道：“青鸟，收！”

青色的巨鸟瞬间消失不见，狂风也戛然而止，而后他又一转太苍笔，原本水晶一般剔透的毫毛折射出赤红的色泽。苏丹青迅速描画几笔，口中疾疾念道：“赤蛟画中游，烈焰焚九幽！”

一条赤红色的蛟龙带着火光凌空飞舞而出。苏丹青一御火蛟，拿笔在火龙的双眼上迅速点了两下，喝道：“火龙点睛，销骨分金！”

赤蛟张口一吐，一道烈焰喷薄而出，龟不寿的铜板瞬间销融殆尽。龟不寿大惊，道：“我的牡牝铜板水火不侵，你的火为何能烧化我的神器！”

苏丹青冷笑道：“世间所谓五行不受，不过是功力大抵相近时的说法罢了，你我内力近乎天壤之别，这规矩如何能有用？”

苏丹青这话倒并非狂语，世间大多数的规则也只是等量之时的比较，好比水能克火，以火焚水势必不能成，但若水少而火旺，点滴之水溅入烈火之中，结果自然不言而喻，这便是绝对优势的道理。

苏丹青道：“撼树蚍蜉，不自量力！”

赤蛟再吐火焰，柳、龟二侍已是难以招架，仓促而逃。

火光扑卷过来，眼看就要烧了这两个剑侍。南宫少羽急忙劈出一剑，正是柳剑五式中的幻风云一剑，剑芒如同层层云雾漫了过来，一时间火起云涌，云雾之中，仿佛有九头相柳若隐若现，火光之中又似乎有蛟龙盘旋吟啸，火与雾，热与冷，交织缠绕，斗得旗鼓相当。

若论修为，苏丹青乃是地境的修为，南宫少羽虽然还未突破地境，但也十分接近了。

若论兵器，太苍神笔乃是玄门神器，蕴含苍龙之余力，可描画万物而出，神妙不言自喻；而九柳龟甲乃是以上古相柳之血铸造，攻守兼备，戾气满身，称得上是天下第一邪兵。

这一战，二人都未使出全力，堪堪打了个平手。

苏丹青还要欺身再上，忽然背后一直未有动作的齐云飞冷冷道：“苏前辈，我与南宫少羽素有些瓜葛，今日不如让我与他会一会吧！”

苏丹青斜眼看了一眼齐云飞，道：“小子，你有新仇旧怨我也不拦你，但我看在老三的份上提醒你一句，你的剑法初成，未必有这厮狠辣，自己可要小心点。”

齐云飞咬牙切齿道：“他的狠辣我如何不知！”这句话说得已是满腔的怒意。

南宫少羽倒是依旧一副皮笑肉不笑的模样，他收了剑势，道：“齐师弟，京都淮河边一别可是安然无恙啊，我听闻你近来拜了个高人，如今剑术已是突飞猛进，我倒是很想见识见识！”

他突然想起了什么，摸了一下九柳龟甲剑，轻笑道：“对了，若梦现在可是越来越乖巧了，真是片刻也离不开我了，你可不知道她的阴血可真是纯啊，滋润得我的神剑是越发的神锐无双。”

南宫少羽故意想要扰乱齐云飞的心智，让他失态抓狂。

果然，齐云飞双眼之中杀机陡现，冷喝道：“南宫少羽，少说废话，今日之战，必要杀你祭我的神剑！”

二人不再说话，拔剑相向。

此时，仙武道坛之上，御剑宗门人与云机社戏法师已是打得不可开交。这几个人都是一等一的高手，对决起来无论剑法、道术都招招精妙，叫很多符箓门的道人都惊叹不已。

符箓门的清微、净明二人也是面面相觑，不知道要不要帮御剑宗，毕竟一旁还有丹鼎观的门人在此，若是此时帮了御剑宗，又怕一会儿丹鼎观趁机抢夺葛云生，自己腹背受敌，得不偿失。

另一旁，勾太常也低头问道：“师兄，如今御剑宗与云机社厮杀了起来，我们要不要帮忙？”

宗政太保道：“帮什么？他们这是鹬蚌相争，我们刚好坐收渔翁之利，他们最好打得更狠一些，都杀尽了才好。”

勾太常显然有些着急，摩拳擦掌又问道：“那我们要不要趁机捉拿葛云生？”

宗政太保摇头道：“现在还不到时候，符箓门人都还没动手，我们这时候贸然行动，少不得要激斗一番。一会儿若是云机社胜了剑宗四少，我等岂不是又要打云机社？真是便宜了这些老狗！最好的法子是等等看，看这两队人马谁胜谁负再说。”

勾太常赞道：“还是师兄心思周密。”

宗政太保哼了一声，道：“不要忘了我们此行的任务，只知道打打杀杀，就算你练成天境也不过是被别人用的刀子！”

第五十一章　针锋相对

道坛一角，秦少商与玄天明身形急闪，一路杀到山峰台阶之上。二人都是用剑的高手，交起手来更是毫无保留。秦少商的剑乃是王琼风年轻时用的神剑，名曰七星望海。此剑身上有蜿蜒七星，剑钝无锋，刻满沧海流云纹路，寓意星辰望海，辽阔苍莽，又清冷宁静。持剑者需要有宽广的胸襟和气度，沉稳的性子，才能完全驾驭此剑。秦少商无疑是此剑最完美的继承人。

他双指一点，星海剑化作一抹青光飞舞而出，剑芒破开空气，呼啸而来，隐隐约约带来一股海潮奔腾的气息。

这一剑看似平平无奇，却暗藏杀机，玄天明也忍不住赞道："好一招百川归海！剑如川流不息，气若海潮升腾，川流入海，剑锋化入气脉之中，这简单的一招却蕴含百招变化，厉害！"

这一招乍一看直挺挺地刺了过来，但其实剑芒四周真气如海流一般乱象丛生，只要对手一出手对招，这剑芒就立即随着真气的震动而做出相应的变招。初看朴实无华，但不变中蕴含无穷变化，令人防不胜防，正是秦少商剑法的特点。

"若是他人，可能就遭了你这一剑，但可惜你碰到的是我玄天明！"

玄天明抛出一团墨球，它一靠近秦少商的剑芒，立即被四周真气牵引四处飘散，但这墨色一动起来，秦少商剑芒真气的形态就完全暴露无遗。

这后招已被玄天明看得一清二楚！

玄天明御墨为剑挡下这一剑，而后再甩黑色的长袖，道："不如试试我的法阵如何？"

墨汁四处扩散，一个八卦阵型将秦少商围了起来，墨气笼罩，如同水流盘旋。

"徒有其形罢了！"秦少商嘿了一声，将手中神剑一旋，原先的真气再次聚拢，剑芒一凝，再度劈了出来。

这一剑正是六宗神剑岱宗剑中的气卷山河。

剑芒如劈山断河一般席卷而来，一剑之下大地开裂，气浪撕裂，玄天明的法阵瞬间溃散。

玄天明惊了一下，这秦少商果然不是一般的高手。

剑芒威力不减，凌厉霸道地朝玄天明杀了过来。

玄天明急忙卷动长袍，整个人化作一团浓墨散了开来。

"轰"！剑芒直接爆裂开来，将这墨球炸得四处飞舞。

但不过片刻，空气中的墨气又迅速一凝，重新化作黑袍的模样，这一招玄天明算是吃了亏，他赞道："看来是老夫低估了你的实力，你这剑法已不逊于二十岁时的王琼风了！”

秦少商道：“我师父的剑法举世无双，我能得他一半真传已是窃喜，不过你的剑法可不及我师父的一半！”

玄天明大怒，“小子，这天下并非只有王琼风会用剑！今日我便叫你试试我墨引剑的威力！”

他双指一抖，手中墨气迅速飞出，在空中凝结成一柄巨大的墨剑，墨剑浓黑无光，似是毫无锋芒，但却散发出浓重的杀气，仿佛只要多望一眼，就要被这墨剑追身斩杀！

秦少商笑道：“来得正好，我的七星望海也久未遇到敌手了！”

第五十二章

惨白少年

另一边，冷少卿和白遇仙也打得难解难分。冷少卿的千机剑变化多端，长剑飞舞而出如同群蜂追逐，星星点点都是致命杀机。

不过，若是遇到其他人，冷少卿或许还有几分胜算，但白遇仙的御纸术法着实精妙，千页束层层繁复，各色纸剑、纸物层出不穷，正好遏制了千机剑的神妙。

二人斗了百余招，冷少卿已经微微落了下风。

白遇仙笑道：“小娃娃，你的剑法虽然不错，但可惜想要赢我却是不可能，不如趁早认输了好，我也留你一条性命。”

冷少卿何等自傲的人，听了这话，当即怒火中烧，双掌一合，喝道：“千机如意，剑随心意，杀！”

长剑应声再度碎裂，如同成千上万的银蝶飞舞而出，每一片碎剑都是一把利器，一千一百零八片碎剑从四面八方向白遇仙围了过来。白遇仙急忙挥动白纸一卷，层层白纸如同城墙一般卷得密不透风。

碎剑飞舞，速度陡然加快，几下就割裂了白纸，白纸围墙被切碎成一条条的絮状，而后只见漫天的剑芒乌压压地朝白遇仙的身上飞去。

碎剑如群蜂袭来，若是一旦被千机剑所伤，必然会被碎剑入体，杀得骨肉不存。

白遇仙面色一冷，一声暴喝，原本飘散在四处的碎纸突然席卷起来，化作一条巨大的白纸狂蟒。巨蟒搅动，瞬间将冷少卿的千机剑弹开。白遇仙道：“你的剑虽然灵巧，却失了力道，真要硬碰硬，你必输无疑！”

白遇仙卷动巨蟒扑向冷少卿，冷少卿急忙回剑守护，千余块剑锋层层旋转，化作一个巨大的罗盘，巨蟒狂扑而下，被这转动的剑锋罗盘绞碎成无数纸屑纷飞。

白遇仙道：“你有千机剑，老夫的纸却何止千片万片！”他一扬长袍，漫天的纸屑转动飞舞，化作无数利器又围了过来。冷少卿惊得冒出了满头的冷汗。这二人对阵，白遇仙已俨然占了上风。

在一旁观战的丁少宗立即指点道：“二师兄，他的御纸道法虽然变化无穷，但速度却慢你半分，你不一定要在灵巧上与他一较高下，你只需千剑合一，全攻不守，只打他的死穴，他必然全力回身守护，不敢再这般攻你！”

白遇仙冷笑道：“全攻不守，那他也不要命了吗？”

丁少宗坦然道：“既然修为不如前辈，想要不付代价取胜显然不可能，你的纸总归慢他的剑半分，你若不守，他必先杀你，而后你才能伤到他，你是必死无疑，而我师兄只有五成机会会死。”

“五成机会会死”，这话从这少年口中说出似乎十分普通，毫无特别，白遇仙却听得惊出了一身冷汗。确实，冷少卿的剑要比自己的御纸快出半分，若真按照丁少宗的打法，他白遇仙是必然要回身守护的，因为他不可能为了这等斗法赌上自己的性命，那这样一来，他白遇仙是无论如何也赢不了冷少卿的。

可惜冷少卿却不这么想，他原本就有些瞧不起丁少宗，到了这时候如何能听自己师弟的建议？他冷冷道：“真是我的好师弟，我若听了你的话，不死也要重伤，你日后在御剑宗内不就可以趁机上位？”

丁少宗揉了揉手中的一片树叶，有些不好意思地俯首道：“师兄误会了，少宗只是实话实说，若有不妥还请师兄多多包涵，毕竟剑道千变万化，如何御使还要看师兄自己的把握。”

白遇仙趁机起哄道：“那是，若是你的修为都不如你师弟，不如你趁早认输，让你师弟来与我斗一斗！”

冷少卿听了这话，更不想用丁少宗的法子，只是他再斗几轮，更加力不从心，眼看纸剑一次次地与自己擦肩而过，当真是危险万分。终于，冷少卿忍不住怒喝道：“丁少宗，师父要你下山是来观战的吗！”

丁少宗心领神会，但他还是习惯性地看了一眼秦少商，犹豫了一下，只是秦少商现在无暇顾他，最终还是上前迈出一步道：“二师兄，我来助你！”

丁少宗还未拔剑，苏丹青已经挡住了他。

苏丹青见这少年白脸苍苍，气若游丝，毫无半分剑客的杀气，忍不住轻笑道：“想要以二敌一，这可不太公平，但我看你的修为尚浅，我苏丹青也不为难你，好生在一旁候着，老夫也不伤你。”

丁少宗仰头看了看苏丹青，怯生生道：“苏前辈，你的妙笔成真确实神奇，但对上我的剑，其实你也未必有多少胜算。”

苏丹青愣了一下，而后哈哈大笑起来，他觉得这少年口气太无法无天了，别说是这少年如此孱弱的剑客，就算是现场的所有高手与他一对一对决，也未必有少年说的这样的把握。

苏丹青不客气道："即便是新一辈的第一高手秦少商，也没你这么大口气，你有何能耐胜我？"

丁少宗谦虚道："少宗的剑法与大师兄相比自然是有差距的。"

苏丹青见这少年言谈举止颇为恭敬，并非粗鲁无礼之人，来了点兴趣，他又问道："那你先告诉我，你的剑又是什么剑？可比得过我的太苍笔？"

丁少宗咬了咬嘴唇道："我的剑无形无相，轻易不会出手，因为……"

"因为什么？"苏丹青一脸戏谑。

丁少宗神色严肃，一字一顿道："因为我丁少宗的剑一出手便要杀人，你并非大奸大恶之人，我还不想杀了你！所以，这也是为什么我刚才不出手帮二师兄的原因。"

"哈哈哈！"苏丹青觉得这简直是天下最好笑的笑话，这少年凭什么说杀人就杀人，他有多大的本事？他笑道："都说剑宗四少威名赫赫，秦少商、冷少卿、南宫少羽的大名我都听过，但丁少宗的名字我当真是第一次听说。你的剑若是真有这么厉害，为什么声名远逊于其他三少？"

丁少宗如实道："少宗修为不济，只是师父抬爱，将我列入四少之一。"

苏丹青见这少年有问必答，一时谦虚，一时又狂傲，但话语句句诚恳，并不像说谎之人，觉得着实有些奇怪，他又问道："不过你既然能入剑宗四少，想必也有些本事，这样你先告诉我，你都杀过谁？"

丁少宗面色一红，低头道："我的剑练成之后，只用过一次，杀了一名师叔，从此以后我师父就不准我再私自用剑。"

苏丹青觉得更加不可思议："你既然才杀了一个人，那你的剑如何练出来的？不要跟我说整天对着木桩子练，这剑法可有些好笑。"

剑宗四少之末，传闻中天资第一的丁少宗，竟然这一生只出手过一次，那他的剑法究竟是如何练出来的？这丁少宗修为如此平庸，真的是名副其实的剑客吗？

丁少宗是不是名副其实的剑客，别说苏丹青，就连御剑宗内的很多人都猜不透，恐怕除了王琼风和秦少商，没有人知道他真正的实力是什么样的。

这真是一个怪人！

丁少宗见苏丹青一直盯着他，有些不好意思道："前辈，如果没什么事，请你让一下，我要去帮我师兄。"

苏丹青越发觉得这少年有趣，忍不住逗他道："你要帮你师兄，但可惜白遇仙也是我师弟，我如何能让你说帮忙就过去帮忙？这样，老夫让你三招，你若能伤我，我便自动认输，你就可以去帮你师兄，你看如何？”

丁少宗直接拒绝道：“不好，我不同意！”

“为什么？”

“因为你若让我三招，你必死无疑，我现在还不想杀你。”

苏丹青嘿了一声，笑道：“年纪轻轻就学会口出狂言，这可不算什么本事。请吧，小子！”

苏丹青双手平展，中门大开，显然是根本没把丁少宗放在眼里。

丁少宗握了握拳头道：“请前辈三思！”

另一边，冷少卿已经急不可耐道：“丁少宗，你怎么那么多废话！还不拔剑，要你跟人谈风月诗书吗！”

“师兄……”

“来吧！三招不过是眨眼之间，没什么好犹豫的，我对你的实力可是越来越感兴趣了！”苏丹青手持太苍笔一横，四周空气隐隐有几圈波动泛开。

他这一招乃是防御之相，正是四相天威中的夔兽惊雷，看上去好似轻描淡写，但一圈圈的波光正是凝结了雷音的威力，一旦有剑招杀至，这雷音立即爆裂反弹，让对手防不胜防。

苏丹青嘴巴上说让丁少宗三招，其实已经暗藏杀机，足可见这人做事谨慎，明知不能轻敌，却还要装得轻松对付的样子，颇有些沽名钓誉。

丁少宗又抬头问了一声：“前辈，你真要与我一战？”

苏丹青道：“怎么，你怕了？”

丁少宗犹豫再三，终于将右手横在胸前，道：“不错，我是怕控制不住杀了你，师父到时候会责备我，我还不想杀人。”

苏丹青冷笑道：“你这是杞人忧天！你要有本事杀了我，老夫也不怪你！”

丁少宗双眼缓缓闭上，也不再说话，而他的右手顶端，逐渐涌出一阵气焰。这气焰无形无相，若非真气快速涌动，令空气微微有些抖动，常人根本看不出丁少宗手上还有一把无形之剑。

丁少宗的剑乃是以西方太乙精金炼成，这精金在高温熔炉之中从有质炼到无质，又从无质炼到有质，如此反复九百九十九次，最后用完全气化的精金真气铸成这柄天下唯一的无形剑。

此剑名曰“却相”，正是祛除象形之意。

王琼风为其寓意为：剑本无形，法亦无招，御剑随心所欲，诸法唯快不破！

丁少宗手握却相神剑，整个人气度完全改变，他那惨白的脸庞也由怯生生转为冷峻，眉宇之间都是傲然的剑气，现在的他，仿佛就是一柄天下间最快的剑！

“我再问你一遍，你真要试试我的剑？”

这一问，仿佛是在问苏丹青是要生还是要死！

苏丹青不屑道：“少说废话，我倒要看看你的剑有何高明之处！”

“我可以告诉你，我的剑只有三招，但是天下间还没有人能接得住！这是我丁少宗的规矩！”丁少宗随手弹起那片有些变形的树叶，身形一闪，便消失不见。

第五十三章

少宗三剑

苏丹青惊了一下，这丁少宗的速度当真是太快了，他完全没有看清他刚才移动的步伐。若说冷少卿的快是迅雷，那丁少宗的快便是电光，肉眼不能捕捉的快！

苏丹青心中闪过一丝不安，或许这少年真的没有夸口，或许他的剑真的不可阻挡。他正思索着，整个人还未回过神，一道剑芒已经破空而出，他只觉得眼前突然出现一条川流不息的大江，河水奔腾咆哮，滚滚朝东而去。忽然，一道锐利的剑芒劈了过来，“轰隆”一声，硬生生地将这大江拦腰截断。

一剑之下，横江断流！

整个世界为之一滞，就连奔腾的江水都齐齐断了缺口。

这便是少宗三剑第一剑，名曰“一剑横江！”

苏丹青的夔兽惊雷急急爆裂开来，雷音四动，按理说所有的剑芒遇到这等强劲的雷音波动，都要偏移方位，但不想这“一剑横江”根本无视这些雷音化剑之术，直接穿透雷音，又闪过苏丹青的右肩膀。

苏丹青只觉得自己的肩膀一凉，而后就是一阵微微的酸麻，他低头看时，肩膀已经被破掉了一个猩红的血洞。

苏丹青大骇，心中倏地一寒，这却相神剑无形无影，他连剑是什么样子，招式是什么样子都没看清，就已经被剑气重创。他一抬头，却相神剑早已再度回到丁少宗的手里，那片叶子依旧漂浮在原处，这少年连姿势都没有变化，只有空气中微微抖动的气浪显示着这柄神剑可怕的存在。

这一剑确实是够快！仿佛他出剑的时候，时间根本就没来得及流逝！

丁少宗冷冷道：“前辈，还有第二剑！”

苏丹青此时再也不敢托大，这丁少宗的剑法太过迅捷，根本不是常人所能抵挡的，他疯狂舞动太苍神笔，赤蛟、电鳗悉数而出，火焰雷电层层密布，疯狂袭来。

四相天威，双相齐出，已是威不可挡！

但丁少宗的速度更快！

第五十三章　少宗三剑

可以说是快得无与伦比！快得不能分辨！快得超越想象！

苏丹青只觉得眼前的景物再次骤然变化，他整个人好似飘上了云端，层层彩云流转，将自己包裹起来，四周虚无一片，变得好安静好空旷，迷迷蒙蒙的什么也看不清，而后一道剑芒如同清冷月光一般穿透云雾而来，教所有的云彩都为之一抖。

他的眼前猛地一亮，好像这世界都点亮了起来。

“扑哧”一声，这一剑刺中了苏丹青的腹部！

真是躲无可躲！

丁少宗说得对，他的剑真的没有人能接得住！

苏丹青连丁少宗怎么出剑的都看不清，哪里谈得上怎么接住这一剑！

天下剑法，唯快不破，丁少宗没有说谎！

丁少宗冷傲道：“这是我的第二剑，名曰‘二剑穿云’！”

苏丹青何时曾想过自己竟然会败在这么一个孱弱的少年手里，两剑已经让他一败涂地，他竟然连这少年的一剑都挡不住！

殷红的鲜血汩汩流下，苏丹青甚至来不及感觉疼痛，就已经遭了重创，而且这两剑就算自己再度回想起来，也是想不出任何能够抵御的办法！

这丁少宗究竟是何方神圣！

苏丹青大为震怒，他知道眼下已是生死存亡时刻，自己可不能再有所保留了，猛地一掰太苍神笔，根根银须断裂，化作强劲的风刃飞舞而出，每一根银须都好似一条苍龙在围绕盘旋，形成极度强劲的龙卷风暴。

苏丹青恶狠狠道：“我不信还挡不住你一剑！杀！”

风暴比刀刃还要锐利地旋转而来，只要稍稍触碰下，就要被这劲风切成碎片。

丁少宗面露一丝遗憾道：“这最后一剑，你更挡不了！”

丁少宗仿佛与却相神剑融为了一体，整个人化作一抹银光飞舞而出，飓风狂卷，丁少宗的剑却比飓风更快，他整个人穿梭在强劲的风卷里，早已不见踪影。

苏丹青终于开始怕了，他虽然看不到丁少宗，但已经感觉到死亡的气息。他突然明白了丁少宗是何方神圣——这人就是一把剑，他已经祛除了肉身的限制，早已与这却相神剑融合在了一起，变成了一把随时可以杀人的剑！

可惜他觉悟得太晚了些，因为丁少宗的剑已经破开这层层的飓风，冷冰冰地刺了过来。

苏丹青终于看清了丁少宗的最后一剑，剑芒在流动的时候，这迅捷的风势都瞬间停滞不动，仿佛这世界都停止了，只有他的剑还在飞舞，飞舞的剑撕裂了狂风，让这狂风都变成了破碎的风！

原来，这剑如果够锐利的话，是可以破开风的间隙！

“扑哧”，却相神剑穿透了苏丹青的左胸口，一个拳头大的血洞空荡荡地露了出来，他的心脏已经被剑气刺成了空巢。

太苍神笔的银丝一根根飘落在地，流落了一地的银光，而这风也终于停歇了。

丁少宗悄无声息地收了却相神剑，他取下眼前依旧悬浮的那片破碎树叶，面色变得更加惨白，随后俯下身咳了几声，有气无力道：“这是第三剑，叫‘破风’！我说了我的剑一出手就要杀人，前辈得罪了！”

一剑横江！

二剑穿云！

三剑破风！

这就是天下最快的少宗三剑！

苏丹青努力睁着眼睛，那是满眼的难以置信，他终于吐出了两个字：“好快！”而后轰然倒地。

丁少宗三剑杀了苏丹青，着实让在场所有人都震惊无比。苏丹青再怎么说都是返照地境的修为，一个一等一的超一流高手，就算秦少商、葛云生也未必有必胜的把握，但丁少宗却只用了三剑就杀了他！

一剑一剑，干脆利落！

白遇仙和玄天明更是错愕不已。白遇仙震惊之余，开始大怒道：“苏老儿，你怎么如此不济，竟叫一黄口小儿要了性命！”白遇仙这一发怒，纸蟒更加剧烈地舞动，直绞得飞沙走石、天色无光。冷少卿暗暗叫苦，二人的修为原本就有些差距，但如今白遇仙发狂，招招都是全力以赴，这力道之强横，更加难以抵御。

终于，冷少卿露了个破绽，白遇仙巨蟒一扑，直接就将冷少卿撞飞十余丈远。冷少卿一口鲜血喷了出来。

白遇仙朝丁少宗飞去，怒喝道：“好毒辣的小子，今天我就杀了你替苏老儿报仇！”

丁少宗咳了几声，面色已是一片惨白，显然方才的三剑已经耗费了他大量修为，让他颇为虚弱了。白遇仙这时攻来，丁少宗几乎没有还手之力，只怕要被一招击毙。

但丁少宗却是个不怕死的人，他右手再凝剑气，死死地盯着白遇仙，冷冷道：“你要杀我易如反掌，只不过我这一剑必然也要废掉你的毕生修为！”

第五十三章　少宗三剑

丁少宗的话句句不可思议，却都能一一应验。

这是一个纯粹靠天赋而存在的神奇剑客，他没有深厚的修为，没有强健的体魄，也没有花哨的剑招，有的只有对速度的领悟，天下间最快的剑，无人能及！

但白遇仙此刻已经狂怒，不顾一切道："若能杀你，毁了我毕生修为又如何？我用毕生修为来替苏老儿报仇，有什么不值得？"

他双手一凝纸蟒，迅速转化成一柄巨大的纸剑飞扑而来，白遇仙道："斩！"

纸剑疾飞如闪电，众人第一次看到白遇仙这般疯狂的模样，这一剑毫无保留，威力可想而知，显然是要一击必杀！

但是越是这般无所保留的招式，破绽必然就越多。

丁少宗道："我若还有力气，想破你这一剑真的太容易了，可惜我今日三剑已经用完，再用剑必要自己耗尽精元而死，唉！"

"那你便受死吧！"

白遇仙早已没了往日嬉皮笑脸的样子，满脸都是戾气和杀意。秦少商眼见这一场景，急忙一剑弹开玄天明，再也不顾自己安危，飞身闪了过来。

"天地六宗，海潮万千，俱化神威剑锋！"

空气之中忽然幻生出无数的海潮，海浪汹涌，七星望海上的七星齐齐闪耀，沧海流云剑纹划过空气，硬生生地划出一道道的水波海浪，一道一道连绵不绝，隆隆作响。

原来这才是七星望海剑的神妙所在。以剑纹划破空气，形成海浪般的气息，再将这海潮气息转为己用。

秦少商一步跃起，双手握剑，大喝一声："斩！"

漫天的海潮急转而下，最终汇聚在剑锋之上，化出凌厉无比的巨大剑芒。

这两道剑锋交织碰撞在一起，掀起巨大的气浪，一下子将四周围绕的各道人纷纷击退六七丈，丁少宗也被直接弹飞数丈，他再也抑制不住胸口的气血翻涌，吐了一口血。

"少宗！"

秦少商这一剑原本可以直接伤了白遇仙，但他眼见丁少宗受伤，急忙收了剑势，身子一旋将丁少宗扶了起来。

"好剑法！"玄天明和白遇仙齐齐赞道。

秦少商方才的这一招海宗神剑，内力上虽然没有玄天明的霸道，但他配合七星望海使出，却更加精纯娴熟，在招式上更是近乎完美，足可见王琼风在海、岱、川三剑上对秦少商是倾囊相授，毫无保留，而秦少商自己平日里也是狠下苦功。

在一旁观战的宗政太保和勾太常也目露钦佩之色。勾太常道：“没想到秦少商的剑法这么厉害，不愧是现今新一辈的第一高手，我勾太常佩服！”

他这话刚说完，就见宗政太保脸色有些许异样，他赶紧改口道：“不过，也未必比得上二师兄的御火术，剑法用久了就老了，哪里比得上我们丹鼎道法的博大精深？”

宗政太保冷冷道：“但就他刚才那一剑，你有信心挡下来吗？”

勾太常怔了片刻，如实道：“太常不济，恐怕……恐怕是挡不下来。”

宗政太保哼了一声，道：“你还有几分自知之明，不过我倒是有五成把握能挡住这一剑！”

勾太常一听这话，心想，就连宗政太保这般狂傲的人也只有五成把握能抵挡住秦少商的剑法，那其他人不是更没希望了？

第五十四章

雷霆双剑

但不想，宗政太保又冷笑一声，道：“我有五成把握挡下这一剑，而后就有十成把握击败他！师父真是神机妙算，今日派遣你我前来可是大有用意，这一战正好把这些人的底都摸得一清二楚了。”

勾太常谄媚道：“那是，师父何等高智，每一步棋都早有深虑，那看来他让师兄你此次前来，也是准备把掌门之位传给师兄，这道坛决必是师兄的囊中之物了。”

宗政太保笑了一下，道：“此话为时尚早，不过丹鼎观之中，能与我一较高下的只有大师兄尹太一，可惜师兄不喜争斗，性格孤僻，显然不是个掌帅之才。”

勾太常点头道：“那是，论修为大师兄也不如你，论智谋那更是差之千里，太常愿意辅佐师兄鞍前马后，还望师兄日后多多提携。”

宗政太保摆了摆手道：“嘿嘿，先不说这些了，再过一会儿，待这双方两败俱伤了，我们就可以趁机对葛云生下手了。”

此时，道坛之上御剑宗和云机社的人交战已至白热化，苏丹青的死让云机社众人怒火激烧，这样一来，双方更是杀招频出，一副不死不休的气势。秦少商、冷少卿再次对阵白遇仙和玄天明，而齐云飞也与宿敌南宫少羽斗在了一处，其他戏法师和御剑宗弟子死伤过半。

尤其是齐云飞和南宫少羽二人更是生死相搏，齐云飞每一招都是直取对方要害，斗了二十余招，仍然未分胜负。

南宫少羽笑道：“齐师弟多日不见，剑法果然精进不少，不知道是拜了哪位高人为师？”

南宫少羽说话间，身姿游走，一脸轻描淡写，显然他还未出全力。

齐云飞冷冷道：“说什么废话，我妹妹怎么样了？”

齐若梦入了飞羽宫也有一年的时间了，齐云飞这一年来时时记挂着自己的妹妹，只是师父遗愿未了，他也不敢回御剑宗找她，当真不知道如今被南宫少羽折磨成什么样了。

南宫少羽一脸戏谑道：“我不是说了嘛，若梦在飞羽宫过得甚好！她现在一时一刻都离不开我，你若是想念，不如早点跟我回御剑宗去，也好让你兄妹二人重逢。”

齐云飞有些心痛，毕竟齐若梦是跟自己一起长大的亲妹妹，是他要一生一世守护的人，但如今反倒是齐若梦为了守护齐云飞主动入了飞羽宫，他齐云飞却当了弃妹妹于不顾的无情之人，这等做法他心中怎么会不内疚?

但这内疚也不过是片刻之间，比起练成乾坤九剑，杀掉王琼风而言，齐若梦这点牺牲似乎也不算什么。齐云飞强压住内疚和怒意道：“那可就要劳烦南宫师兄替我好好照顾我妹妹，不过恐怕你今次是没有机会再回御剑宗了！”他再拍乾坤剑匣，五色剑芒飞舞而出。

齐云飞五剑齐发，紫金、青木、癸水、烈焱、幽黎五柄神剑凌空盘旋，威风凛凛。

南宫少羽道：“看来你的剑法果然大有精进，不如再试试我这一剑！”

他高高跃起，手中的柳龟剑画了三个剑诀，四周的剑芒如同巨龙吸水一般被收了过来，所有剑气迅速合而为一，凝成一道耀眼的光芒。

剑芒如碧，剑锋如刀!

南宫少羽迎着齐云飞便是奋力一击!

这一剑正是昔日重伤齐云飞的柳剑定沧海!

剑芒呼啸而下，四处绚烂夺目，无数的碎石、树叶被剑气激荡反震在半空中，就连旁边围观的几名道人因为躲避不及也被高高地抛了起来。

齐云飞冷哼一声，道：“你这剑第二次用，可就老了！”

南宫少羽道：“待你接了我这一剑再说！”

空气中，气浪一波赛过一波地滚动而出，齐云飞觉得有些站立不稳，急忙舞动神剑抵御。五行剑疯狂舞动变化，将这些剑气一点一点阻隔。这次五柄神剑没有被定在空中，显然是齐云飞的内力有了明显提升，上半招总算是扛住了。

南宫少羽猛喝一声：“震！”

长剑一甩，带出巨大的剑芒，整个空间被猛地撕裂，道坛之上的树叶、石块迅速回落，重重摔回地面，立即化作齑粉。齐云飞只觉得周边的空气迅速撕裂呼啸，自己的身子都在疯狂扭动，若在以往，这一招必然再度重创他的血脉，让他一蹶不振。

但如今的他早已不是当年那个初出茅庐的齐云飞。

他借势闪动身形，而后突然挥出一剑。这一剑“嗡”的一声鸣叫，起初平平无奇，只是眨眼之间，这剑鸣突然化作一道惊雷，雷声隆隆扩散，荡起一道道的雷音，撕裂的空间更加扭曲，气浪已化作白光激荡开来。在一片巨响中，空气同水面荡起了无数的涟漪。

这两剑的剑气互相抵消，柳剑定沧海已被齐云飞的这一招鸣雷剑破了去。

南宫少羽惊了一下，道：“这就是乾坤九剑里的第六剑，御雷的剑法？”

齐云飞收了雷音，喝道：“刚才一剑不过是以剑气破空化作雷鸣之剑罢了，下一剑才是乾坤九剑的第六剑！”

齐云飞脸色冷峻，身姿舞动，整个人如同一道白色的闪电般飞跃而出，他背后的剑匣突然再度“孔雀开屏”，飞出两把神剑，正是霹雳双剑。

一支是雷兽纹幻真剑，名曰江天神剑，剑刻铭文：位列震宫，掌雷霆之势，当考察无私。

另一支是夔兽纹金光剑，名曰秀天神剑，剑刻铭文：位列坤宫，掌霹雳之威，当无党无偏。

江天、秀天乃是雷公电母之名，双剑如同情侣，同出同进，相生相伴，齐云飞习得了第六剑，自然就要领悟这第七剑，如今乾坤九剑，修得第七剑，齐云飞的修为已经超过返照之境，却不知能不能赢得了南宫少羽？

齐云飞驾驭双剑，威严不可言喻，他双指一抖，喝道：“乾坤借法，雷音幻真，疾！”

雷兽纹幻真剑率先发难，雷声在半空中炸裂开来，这一声奔雷炸得在场之人都惊愕不已，修为尚浅的道人吓得立即呆立当场，更有甚者七窍之中都有血渍渗了出来。

雷音扩散开来，四周一片音浪席卷。

南宫少羽再也不敢托大，他九剑回收，化作龟甲之形将自己层层守护住。雷音一阵阵激荡过来，将这面青绿色的龟甲真气击打出一道道痕迹。

南宫少羽道：“雷剑名曰幻真，显然是御声扰敌，却没有什么实质杀伤，你的下一剑才是威力所在吧！”

南宫少羽本就是御剑的高手，虽然没有练过乾坤九剑，但凭借对剑法的理解，也能猜出这九剑的些许变化。

果然，齐云飞再发一剑，这金光剑乃是电剑，神剑一出，万千电芒汇聚而来，空气中呲呲作响。齐云飞怒喝一声：“乾坤借法，神电化剑，疾！”

电芒急旋，化作一柄利剑飞舞而来！

齐云飞朗声道：“雷霆二剑，乃是替天行道之剑，斩妖除魔自然就在今朝！”

耀眼的电芒朝南宫少羽疾飞而去。南宫少羽也不惧怕，手中神剑一分为九，九道青色剑锋拖出长长的尾翼，将自己围得密不透风，柳龟二剑越转越快，化作阴阳二气，竟然化出一个巨大的八卦之形。

这一招正是玄龟四剑中的玄剑化字诀。

电芒狂扑而来，南宫少羽双掌一化，无数电光就被转动到八卦之中，他再一点神剑，喝道：“化剑之术，可不是单单化了你的招式，而是化为我用！齐师弟，你可看好了！”

他猛地一御柳剑，整个八卦突然收缩，青芒电光猛地收缩起来，化回一柄墨青色的柳龟剑，这剑体内已有几丝电光在跳跃。

南宫少羽喝道：“不如试试我的柳剑斩乾坤！”

他高高跃起，顺势猛地劈出一剑，剑如霹雳横空出世，更如天威浩荡九霄，青色剑芒带着闪电咆哮而来。这一剑乃是柳剑五式里的第四剑，威力远远超过了前面的几剑。

齐云飞心头有几分惊惧，这一剑的威力太强盛了，已不仅仅是返照之境的功力，莫非他的真正实力已经突破了地境？南宫少羽当真是深藏不露的家伙，但齐云飞也深知胜败就在此一举，若是接不住这一剑，今日必然又要被他重创。

如此想罢，他心中更为决然，要来的终归要来，就算南宫少羽已经突破了地境，自己今日也不能让他全身而退。

齐云飞双手再捏神剑诀，雷霆二剑急急回收，乾坤七剑盘旋呼啸，带出绚烂的七色光芒，姿态好不神气。

齐云飞冷冷道：“我的剑名曰乾坤九剑，你这一剑想要斩断乾坤，如何能成？不过是口出狂言罢了！”

他傲立天地之间，狂风吹卷起他雪白色的衣袂，犹如一只高傲的白鹤，心中剑诀已经呼之欲出。

“乾坤借法，霹雳化剑，以剑引雷，震动九霄！疾！”

天上的乌云密布，层层盘旋下压，更有一道道雷光电芒从厚厚的云朵中跳跃出来。这电芒已不再是单纯的蓝紫之色，而是由青、红、紫、蓝、白、金、黄七色电芒汇聚交织，化出一柄神威无比的巨剑。

葛云生一见此剑，也惊得目瞪口呆。

这雷霆双剑他曾在御剑宗内看过一次。当时神霄道人带他到御剑宗送请柬，神霄道人心高气傲，惹恼了时任御剑宗的掌门东方沛，神霄道人更是口出狂言要与东方掌门一较高下，却不想被东方沛以这一招击退。

齐云飞今日这一剑，就算与当年的东方沛相比，也毫不逊色！

雷霆神剑气力万钧，呼啸而来。

电芒映照得南宫少羽的脸庞忽明忽暗，更加冷艳照人，他也催动柳剑飞了过去，两柄剑芒“铮”的一声对在了一起，剑光四射，火花迭爆，一团团的电芒四处扩散开来。

这一剑究竟谁胜谁负？

第五十五章

柳剑解封

剑气纵横，雷电四跃。

二人被强劲的真气震到，嘴角纷纷渗出一抹鲜血。南宫少羽目光之中露出几分难以置信：这齐云飞不过半年多的时间，就精进到这个地步了，竟然逼得自己出到第四剑依旧讨不到任何便宜，甚至是斗得两败俱伤。

他眼中凶光陡现，突然再斩一剑，这剑威力更甚，显然是南宫少羽起了杀心，使出了十成功力。

这一剑是要一击必杀，就地斩杀齐云飞！

秦少商眼见南宫少羽起了杀心，急忙喝止道：“少羽，你干什么，快住手，不可伤了齐师弟！”

南宫少羽冷笑一声，道：“大师兄，你这话可是稍稍晚了些！我的剑一出手可就收不回来了！”

青色剑芒猛地劈下！

齐云飞脸色倏地一绿，但他并未躲避，而是“铮”的一声飞出幻真神剑，喝道：“借法乾坤，雷音幻真，化！”

幻真神剑划破长空，带出一阵阵剑鸣，鸣声陡然放大，如同雷鸣爆裂而出。南宫少羽的青色剑芒杀来，如同利剑刺入水中一般，立即激起一圈波澜，但这波澜立即被其他雷声激荡出的音浪淹没，一圈圈音浪扩散开来，互相抵消，竟然也将这青色剑芒消化大半。

这一剑正是雷剑中的化音剑诀，以音之力化掉对手的招式，只是齐云飞毕竟功力尚浅，这一剑虽然化得很妙，但南宫少羽余下的一半剑威依然越过雷音阻隔，直接劈入齐云飞体内，一股殷红的鲜血狂喷而出。

齐云飞受伤，葛云生有些坐不住了，他站起来想帮忙，但不想这小子中了这一剑非但没有退后，而是强行再转金光神剑，余雷之中化出神电，电芒再度飞跃而出，朝南宫少羽飞了过去。

第五十五章　柳剑解封

南宫少羽这剑用尽了全力，本是全攻无守的招式，加之重伤了齐云飞正心头喜悦，更是放松了警惕，却未承想齐云飞当真倔傲，这种情况下也要冒着撕裂伤口的危险强行出剑，金光神剑如一道迅雷闪过，也击中了南宫少羽的胸口。一道鲜血也飙了出来。

二人纷纷退了十余步，都是受了一剑，只是齐云飞明显伤得更重一些。

南宫少羽摸了摸血渍，浑身有些微微发抖。柳、龟二侍更是一脸惊恐，他家少主何曾受过这么重的伤？不论是在门派内还是出山以来，极少有遇到比他更强的对手，受过的伤更是少之又少。只是今日竟然连续两剑都被齐云飞伤到，这一剑更是破了南宫少羽的肉身，这如何不让他极度震惊，又极度愤怒！

“真是不可饶恕！”南宫少羽恶狠狠道。但他在狂怒之后，突然又生出几分隐忧：毕竟这一剑自己几乎用出了十成功力，竟然未能斩杀齐云飞，若是他日齐云飞再练出第八、第九剑，只怕真的要凌驾于自己之上了。这御剑宗内已经有了秦少商了，绝不能再有人比自己的剑术更高超！

这人，万万留不得！

南宫少羽已然失控，俊美的容颜由于过度扭曲看起来委实可怖，他突然嘿嘿冷笑起来，似是下了什么决心，道：“好！不如就试试我这一剑，让你死个明白！”

柳、龟二侍大惊失色，他二人已明白南宫少羽想做什么，大喊道：

“少主万万不可，这一剑非同小可，你要三思啊！”

“少主，不必为了这小子冒这么大危险啊！”

“滚开！”南宫少羽一掌震开这二人，而后双手合十，口中迅速念道，“玄龟破神甲，相柳吞天地，柳剑解封！”

“少主不可！”柳、龟二侍再度喊道。

“解封柳剑？”秦少商大惊，他猛喝道，“少羽，你疯了？快收了柳剑！”

就连冷少卿都大吃一惊，暗自道：“真是个疯子！”

柳剑乃是天下第一邪兵，王琼风封住它一半的剑威就是要封住九柳龟甲的邪魔之性，攻守兼备的言外之意更有善恶兼顾的意思。如今南宫少羽执意要解封柳剑，便是要御剑入魔，全攻不守，以相柳吞噬玄龟，化出九柄杀剑，只是南宫少羽目前还未得到其余四剑的剑谱，这时解封柳剑能成吗？

九柳龟甲神剑中原本一丝丝猩红色的血脉突然开始渗透出来，一点点地钻入南宫少羽的手腕之中，再一点点地漫入他的全身，俊美的脸上也出现红色的血丝，看起来越加的恐怖。他一抖神剑，一剑化九，九柄柳龟剑都闪动着翠绿色的妖异光芒，九头相柳之形已经在他背后傲立起来。

南宫少羽用无比阴寒的声音道：“我的柳剑原本有五式，这第五式便是柳剑吞天地，这可是我第二次用！第一次，我用它斩杀了尸道的血尸老祖！今日，你就做我第二个剑下亡魂吧！”

血尸老祖，乃是尸神君的师弟，是尸道中赫赫有名的高手，没想到这样一个魔头竟然是被年纪轻轻的南宫少羽一剑斩杀，这人的修为和狠辣当真远超他的年纪。

眼见南宫少羽模样大变，齐云飞也有几分惊惧，他未承想对方竟然还有这等隐藏的杀招，这招柳剑吞天地只怕要远远超过自己能抵御的范围，但为今之计，自己哪里还有退路，唯有“硬拼”二字。

南宫少羽狂舞神剑，犹如杀神附体。齐云飞心意已决，舞动七剑率先抢攻，双剑带着万千清辉再度交锋。二人均是全力以赴，这一剑只怕真的要分出生死了！

双剑交汇之际，突然一声暴喝响起：“天地六宗，十方山岳，化我神威剑锋，破！”

一道清喝响彻云霄，而后一股更加强横的剑芒飞了过来，大地一片龟裂，无数巨石崩塌瓦解，天地之间仿佛有无数高大的山峰坠落其中，所有的剑芒都被硬生生挡住了，三股剑芒最终撞击在了一起。一声巨响后，乾坤九剑和九柳龟甲剑齐齐飞了出去，齐云飞和南宫少羽也纷纷退后。

剑芒溃散，山影渐隐，层层气浪回旋消失。

一个高大的身影出现在烟尘之中，正是秦少商。

他刚才使出的正是六宗神剑中的岱宗神剑，以摧山拔岳之势强行破开这二人的剑法，只是这三剑对碰，强大的剑气鼓荡，令他体内的真气也有几分紊乱，着实不太好受。

玄天明喝道：“果然好剑法！但可惜你硬拼这两剑，却伤了自己的右臂，如今，只怕难敌我十招了。”

众人这才发现秦少商的右臂微微有些发抖，几条血柱已经顺着手背和七星望海神剑流了下来。

这三剑的威力太大了，三人都受了重伤，只是秦少商冲入剑芒中心，受伤最为严重，这剑气不仅伤了他的右臂，就连经脉也被震伤了一些，若非他内力深厚，强行压住血气，此时恐怕早已口吐鲜血。

齐云飞有些难以置信道：“你为什么要这样做？你明知道自己也会受伤！”

第五十五章　柳剑解封

丁少宗冷冷道：“亏你还是御剑之人，还看不懂吗？大师兄是为了救你才受伤的！师父也为了你耗费了精神，你这逆贼还不快跟我们回去服罪！”

“少宗！”秦少商喝止住了丁少宗，而后将自己的神剑换到左手，诚恳道，“师父命我安然无恙地把你和乾坤九剑带回御剑宗，我也是遵从师命罢了。云飞，听话，跟我回御剑宗，我会向师父求情，免你的罪责，你依然是我御剑宗门下的弟子。”

在一旁的玄天明立即冷笑道：“欲加之罪何患无辞？御剑宗既然认定你杀师盗剑，怎么可能还会免你罪责？你这一去就算不死，也会永远被囚禁在剑冢中不得外出。再说了，你与其跟着王琼风那狗贼，还不如跟着我，让你精进更快！”

这二人一个苦口婆心相劝，一个言辞犀利引诱，都想要齐云飞跟自己走。

齐云飞如何不知秦少商的为人和一片苦心，但他如今早已没有回头路了，只有苦笑一声，垂目道：“秦师兄，你有你的师父，我亦有我的师父，你有师命难违，我也有师仇难报。我早已不是御剑宗的门人了，我是不会跟你回去的，你真的不必再劝我了。”

南宫少羽冷冷道：“师兄，他要是愿意回去，早就跟你走了，怎么会躲到现在？你这一剑恐怕是白白伤了自己。”南宫少羽心中有气，方才他这一剑若非被秦少商挡了下来，早就可以把齐云飞击毙当场，现在倒好，落得个两败俱伤。

“少羽，你少说话！”秦少商制止了南宫少羽的冷嘲热讽，又道：“云飞，这其中必有蹊跷，你现在看的、想的未必是正确的，听师兄的话，跟我回御剑宗把事情都讲清楚，可好？”

齐云飞哈哈笑道：“我亲眼所见亲耳所听的都未必是正确的，那我怎么能相信你讲的就是正确的？大师兄，人各有志，不必再劝我。”

秦少商还要再说话，白遇仙已经震开冷少卿，一步踏了过来，恶狠狠道：“说得满口的废话！御剑小儿，你杀我大哥，今日你们谁也别走！”

眼见白遇仙有几分疯狂，玄天明也冷冷道：“白老鬼，苏丹青的仇自然是要报的，但是也不要忘了，我们今日是为谁而来。”

葛云生这才挑了下眉头，故意问道：“嗯，是说我吗？这么快就要轮到我了吗？”

第五十六章

谢公十剑

玄天明道："赵社主有令，我们不得不照办，还请速速跟我们走，省得再伤及无辜。"

葛云生拍了拍衣袖，道："贫道本来就是将死之人，你们谁要带贫道走，贫道都无所谓。但可惜今日想带贫道的人有点太多了，不如你们先商量好了再说，不然贫道也是分身乏术啊。"

葛云生这话刚说完，清微、净明以及赶过来的神霄三大道人纷纷喝道："葛云生乃是我符箓门叛徒，我符箓门尚未审判定罪，你们谁能带走？"

数百名符箓道人再度把这些不速之客围拢起来。

葛云生立即又指指点点道："你看，你看，你们一个个都这么义正词严，反正我葛云生就是一个道门败类，难逃一死，这样吧，你们先打一架再说，谁赢了我就跟谁走。"

玄天明冷笑道："我看这个办法甚好！"

他眼见剑宗四少伤的伤、废的废，符箓门人更是只有几个老家伙，简直不堪一击，口气自然就更强硬了。

玄天明一挥手，又有几十名戏法师凭空出现，这些戏法师各个身着奇装异服，模样怪异至极，却不知是什么来头。

眼见妖人来犯，清微道人勃然大怒，喝道："符箓门人听令，速速列阵诛魔！"

二百多名符箓道人纷纷手持法器，脚踏罡步，将云机社团团围住。秦少商也趁机跟符箓门联合起来，他喝道："云机社虽然不入正邪两道，但若要跟御剑宗、符箓门作对，那便是死路一条！你们已经无处可逃离了！云飞，速速跟我回御剑宗！"

此时道坛之上，御剑宗、云机社和符箓门三足鼎立，若要再斗起来，云机社同时对阵御剑宗和符箓门也占不到多少便宜，只是云机社的门人敢这么有恃无恐，显然是另有原因。

勾太常一副急不可耐的模样问道："师兄，我看这云机社、御剑宗都损失惨重，我们还要等他们分出胜负吗？还是现在……"

宗政太保道："急什么！这人都还未到齐，我们现在出手可不是自讨苦吃？"

勾太常一惊道："怎么，还有人要来？"

宗政太保冷笑道："你看看就知道了。"

勾太常应了一声，只是一会儿又开始抓耳挠腮低声抱怨道："还要等！还要等！我这手脚都等得发痒了，好想痛痛快快地上去杀他几个鸟人！"

此时，符箓门下全员戒备，各道人齐齐列阵，九宫八卦法阵将云机社层层围困。

这阵法森严密合，看上去也毫无破绽，若是一般的高手被困其中，势必难以逃脱。

但玄天明却也是摆弄阵法的高手，他稍稍看了两眼，就哈哈大笑道："九宫八卦阵？在老夫面前摆弄法阵可不是自讨无趣？若是往日，我有十种办法可以破你这法阵，不过，我今日有一招更妙的！"他身子一旋，黑袍之内墨水如水如烟一般弥漫出来，这些墨水如同群虫爬动，又如恶灵飞舞，只是片刻之间就将这些列阵的道人全部包裹了起来。

这些道人一被黑色墨气碰到，立即就僵硬不动。

清微大惊道："这……这是怎么回事？"

"清风！"

"清明！"

"紫霄！"

"你们快醒醒！"

其他各道人纷纷上前准备喝醒这些定住的人，但不想一靠近，也立即被墨气缠绕，瞬间双眼呆滞，身子也不能动弹。

"这究竟是什么邪术！玄天明，你是不是抽了他们的魂魄！"神霄道人大骇。

"是墨魇！"葛云生冷冷道，"玄天明，你倒是学得挺快！"

玄天明笑道："墨魇之力与我的墨术本来就有些相似，我稍稍研习，可不就信手拈出了？葛云生，少说废话，今日你走也得走，不走也得走！"

"各戏师听令，杀无赦！"

三十余名戏法师听到玄天明的命令，纷纷舞动手中的法器。

有幻兽者，能以彩布化兽，黑、白、红、蓝、黄五色布匹甩出，便化作熊、蟒、虎、鹰、狮五种猛兽，每一只都足有一丈大小，仰天咆哮，凶猛无比。

又有五行天师，手御五行罗盘，转动之间，不断飞出火球、雷电、冰锥等术法。

还有御木的戏法师，召唤出巨大的灵木侍卫，对阵符箓门的道人。

还有呼风唤雨的风雨师，念咒之间，天色剧变，狂风挟带利雨倾斜而下，整个道场之内立即如深秋一般萧飒。

这些戏法师虽然人数不多，但个个身怀绝技，各色戏法更是匪夷所思，符箓门的道人又大半被玄天明的墨魇所控，一时间被打得节节溃败，迅速退回到三清殿内。而剑宗四少除了丁少宗外，皆受了重伤，尤其是南宫少羽，更是伤了经脉，不敢再用力御剑，这些人中唯有秦少商还在用左手御剑抵抗。

白遇仙哈哈大笑道："什么正道四门，如此不堪一击！今日就让云机社大放异彩，名震天下！杀！"

清微道人大为震怒，喝道："死守殿门，寸步不让！"

各道人这才止住身形，各色雷火道法飞舞而出，御剑宗的弟子也齐心协力御剑迎敌，三清大殿前剑光流窜，气焰迭爆，各色气浪鼓荡，煞是璀璨夺目。

玄天明拉了一下脸色有些发白的齐云飞，冷笑道："御剑小儿，想要夺回神剑，不如找个宽阔的地方，让我们好好斗上一斗！这地方太小了，可打得不过瘾！"说着，他带着齐云飞迅速往山上飞去。秦少商明知这是玄天明各个击破的计策，但对他们来说，夺回乾坤九剑比什么都重要，万一玄天明带着齐云飞又一走了之，他们就不知道又要等多久才能再找到他们。

秦少商咬牙道："追！"

四人带着数名内力较强的弟子急忙强运真气追了上去。

三清殿前，只剩下白遇仙和众戏法师。白遇仙尤为振奋，飞出几张千页柬，纸张碎裂，变成漫天的纸人飞舞而出。这些纸人各个泛着幽绿的光芒，手持刀枪朝三清殿内杀了进去。

眼见纸人来势汹汹，清微道人勃然大怒，站在大殿前的台阶上，高声道："我符箓道场屹立千年，难不成还真要被他们这些不入流的戏法师践踏吗？众人听令，与我一同杀败这些邪道！一个不留！"

各道人听了这话，群情激昂，纷纷高喝口号杀了出去。

葛云生原本对这几个门派的互相缠斗都是置之不理，但他眼见清微、神霄、净明各长老不顾自己年事已高，带领符箓门上下一心抗敌，毅然决然地冲了出去，心头也忍不住蠢蠢欲动。

为自己的道门而战，这是何等光荣畅快之事！

他虽已叛出符箓门，但他这一生修得可不都是符箓道法吗？他一生念得不也是这座青山道场吗？岂容他人践踏符箓道门！

葛云生准备冲出三清殿，但他犹豫了一下，还是停住了身形，“不对，今日的场面太奇怪了，这些门派各怀目的前来凌虚峰，显然是有幕后主使，这些必然只是前戏，真正的人物还没到场！这时候越是乱成一团，我自己越是要冷静才行！”

而此时，大殿前，三大道人已经严阵以待。

清微道人虽然已是白发苍苍，但一身紫衣迎风飘洒，气度依旧傲人。

他朝白遇仙喝道：“无耻妖人，胆敢入我道场放肆，今日就由我来与你斗一斗！”

清微快速结印，而后往外一扬，袖口之中飞出无数金光。这些金光一落到地上就迅速滚开，却是些黄铜豆子，他迅速念道：“一把降魔豆，落地重千金，千军万马来相助！急急如律令！”

这些铜豆子爆裂开来，黄铜旋转变化，化出一个个身高八尺的紫金铜人。

各道人见清微长老撒豆成兵，登即士气大振，欢欣鼓舞道：“太师伯威武，叫天兵神将打退这些妖魔鬼怪！”

数百名紫金铜人手持金刀、金斧、金枪冲了出去，与白遇仙的纸人铿铿锵锵、叮叮当当打在一处。铜人力大无穷、一身硬甲，纸人身轻如燕、灵活多变，一时间这两队人马也难分胜负。

神霄长老见此，也急忙作法，雷电“轰隆”一声飞舞而出，直接朝各戏法师炸了过去。净明道人也化作一尊王灵官，冲出三清殿，朝各戏法师打了过去。

这二人修为都颇为深厚，一人御雷，一人请神，再加上清微道人的铜人，三人齐齐出手，倒也立即挽回了一些局势。

白遇仙已经杀戮成疯，他怒道：“今日不交出葛云生和御剑宗的小儿，老夫便拆了这符箓门！”

他凌空飞起，双手快速弹射，十把纸剑迅速飞舞而出。这纸剑与他以往所化的纸剑大不一样，每一把的颜色都各不相同，在空中十色齐全，绚烂又奇异。

这纸剑乃是以谢公笺折成，谢公笺共有十样蛮笺，分别是深红、粉红、杏红、明黄、深青、浅青、深绿、浅绿、铜绿、浅云十色，纸张质地坚硬，每一色之中又蕴含不同的杀伤力。这一御剑术可算是白遇仙极为少用的绝技了！

白遇仙厉声道：“谢公十剑，老夫轻易不出，今日出剑，便是要大破你们符箓道法！”

十色纸剑化作十道剑光呼啸而来，十余名铜人应声倒下，而后白遇仙再甩长袖，十色纸剑在空中再度旋转飞舞，如同十色彩霞映照天空，不过片刻之间，就破了净明道人的灵官金身。净明摔落在地，已是浑身一片血红。

神霄道人大怒，无数雷光化作蛟龙飞舞而来。白遇仙十剑一摆，化作一个剑盘，一下就将这雷芒挡了下来。二人再拼内力。白遇仙终究是高出一筹，十色剑快速旋转，直接破开雷电，又疾疾飞了过来，神剑如飞，势若流星赶月，齐齐奔进了三清殿。

白遇仙得意忘形道："哈哈哈，今日就拆了你们的三清殿！拜什么三清祖师，不如改拜我们云机三绝吧！"

"够了！"葛云生勃然大怒，"白遇仙，你真当符箓门无人了吗！"

第五十七章

伏虎长老

眼见谢公十剑飞来，葛云生立即弹出一张紫色符纸，疾疾念道：“阵设九曲，山化九峰，山河入阵来，连绵不绝出！急急如律令！”

紫符一抖，化作一道清亮的光芒，光芒之中，山河纷沓涌来，九曲九峰在整个三清殿门口显露出来。十柄纸剑一入其中，便立即迷失方向，仿佛跌入最幽深曲折的峡谷，又仿佛被汹涌咆哮的黄河浪所冲击。这些纸剑来来回回地飞舞着，却始终找不到出来的路。

“好个山河阵！”清微道人暗暗赞了一声。这是符箓地境的控行道法，他三人都不过是人境的修为，自然是用不出来。

白遇仙一见自己的谢公十色剑被困住了，大为恼怒，双手一合，想要御剑飞回，却发现怎么也回不来。他疾疾念决，又拨弄了一阵，依旧是毫无办法，终于没了耐心，忍不住怒喝道：“葛云生，快收了你的鸟阵法，还我谢公十剑！”

葛云生讥讽道：“你不是说你云机道法最厉害，就连三清祖师都不如你们吗？怎么现在连贫道的小小阵法都破不了？”

白遇仙气得脸色越加惨白，叫骂道：“葛老道，你是不是傻？你替符箓门出头，到头来符箓门还不是一样要杀你？你帮他们有什么用！”

葛云生冷傲道：“谁杀我不重要，重要的是，这里是符箓道场，岂容得你这么放肆！”

葛云生这话说得极为慷慨激昂，听得清微等几个道人心中也忍不住剧烈一抖：连葛云生这等逆徒都始终牢记符箓道场不容造次，更何况自己是符箓门下名正言顺的弟子！

这千年道场，岂容他人放肆！

符箓门人顾不得自己满身是伤，一个个爬了起来，又冲出去。

清微道人吼叫道：“各弟子听令，我等誓死守卫符箓道场，不让先师受辱！”

这一阵暴喝，仿佛给符箓门弟子注入了无尽的力量。这些弟子修为虽然浅薄，但历来最讲门规，最重尊严，此时不论正教、支教，不管是哪代弟子，就连重伤未愈的李默然、龙甲师、殷杰等人也冲了出来，拼尽全力抗击云机社的戏法师。

道坛之上又是一阵法术飞蹿，爆裂之声不绝于耳。

符箓门人戮力同心，一直将这些戏法师击退到道坛之外。

白遇仙眼见自己门人败退，自己的谢公十剑又被葛云生所控，当即也不要这十色剑了，一捏诀喝了声："散！"

谢公十剑陡然爆炸开来，十种颜色当空爆开，如同最璀璨的烟花一样绚烂。这一爆炸，把葛云生的山河阵也炸得不成样子，紫色光芒一闪，山河之形也全部消失不见。

二人这一轮斗法，白遇仙白白损失了十色剑，显然是输了一筹。他心头恼怒，也不管其他戏法师，身姿一旋直接飘入三清殿中，冷冷道："看来符箓门内也只有你葛云生能与我一战。这一战，老夫倒也是期待已久了。"

葛云生冷笑一声，道："但这一战贫道可是逼不得已。我葛云生不喜欢对与自己有交情的人下手。"

白遇仙道："既是如此，何不束手就擒？"

葛云生哈哈大笑道："白遇仙，你还说我傻，那你自己呢？你一心帮着赵归真，但你又怎么知道赵归真想要怎么处置你？"

白遇仙道："你懂什么？赵社主于我有知遇之恩，我们认识已久，我白遇仙一生最讲义气，就冲这十几年的情谊，他的事就是我的事，他的命令我就要照做！快跟我走！"

白遇仙扑了上来。

眼见这二人又斗在一起，原本在一旁照顾赵五郎的施小仙急忙劝道："葛师父，白大叔，你们别打了，都是自己人打什么呀！"

葛云生道："我跟他从来不是自己人！"

白遇仙也呸了两下，道："谁要跟他一伙？一个臭道士，现在是我的敌人！"

葛云生点头道："那就好，省得动起手来还要手下留情。"

白遇仙又呸了一口，道："臭道士，我白遇仙下手从不留情，我杀过的正道比你吃过的大米还多！"他神色傲然，御纸而飞道，"不过既然是要生死一战，我还是要多说一句，这句话说完我就真不留情面了。葛云生，这正道内能让老夫佩服的人没有几个，你算一个。对我佩服的人，我向来喜欢以礼相待，但今日你我各为其主，社主有令要我大开杀戒，你也休要怪老夫心狠手辣！"

第五十七章 伏虎长老

葛云生道：“好个各为其主！却不知道你这主子现今何在，为何一次也不敢露面，只知道做缩头乌龟！”

白遇仙怒喝道：“休要污辱我社主！赵社主神通广大，自然是不屑于这般抛头露面，他的幻术只要略施一点，便叫你们无所遁形！”

“幻术？不过是障眼之法罢了！难不成他赵归真只有这一手糊弄人的把戏吗？”葛云生呸了一口，而后环顾四周。他有一种直觉，这赵归真今日必然会出现，只是这人一向神踪不定，不知道还会以什么诡谲的方式出现，他的幻术又会从什么时候开始呢？

还有今日这场好戏的幕后主使究竟是谁？

是玄天明，还是赵归真，抑或还有其他人？

葛云生面色凝重，正思索着，忽然勾太常带领着几名丹鼎观的道人从斜刺里杀了出来，他浑身金光一耀，变成一副金甲神的模样，直接朝葛云生抓了过来。

“葛云生，我看你的话是太多了，不如让我勾太常再试一试你的道法！”

勾太常身后五名修炼五兽丹的道人也纷纷变化，化作了巨鹰、巨熊、巨虎、巨猿、巨狮五种巨兽，齐齐杀了过来。

勾太常在一旁看各门派打了半天，手脚俱痒，他眼见葛云生与白遇仙二人专心对阵，于是想趁机偷袭一下。

“葛师父小心！”施小仙大喊一声，急忙拍出三只野熊傀儡兽，迎着勾太常和五兽丹道人冲了过去。

野熊咆哮，与丹鼎观道人斗在一起。

但勾太常毕竟是返照之境的高手，不过几招之间，傀儡兽就被勾太常和五头巨兽打了个稀烂。

勾太常怒道：“好个女娃娃，竟敢偷袭我！连她一并抓了！”

葛云生见勾太常一群人准备对施小仙下手，大喝一声：“一群修道之人对一个手无寸铁的女子下手，也好意思自诩正道？”

勾太常冷笑道：“对待你们这些魔头，就不要讲什么道理！葛云生，昔日之仇，今日必要双倍返还！”

“葛云生，一心二用可打不赢我，给我专心看剑！”白遇仙也御纸剑朝葛云生杀了过来。葛云生无奈之下只好闪动身形躲避，白遇仙穷追不舍，二人一直打出了三清殿，又斗在一处。

勾太常也要追出去，却被宗政太保一把拉住了。

“师兄，此时不趁机抓住葛云生，还等什么？以多胜少，刚好一举拿下葛云生！”勾太常一副急不可耐的样子。

宗政太保骂道：“所以说你蠢！你现在抓了他，云机社、符箓门不全部要把矛头转向你？这到手的兔子到时候是谁的还不知道呢。”

“那怎么办？难不成还要等？我真是一刻也等不及了！”勾太常看众人打得激烈，心头这个急啊。

宗政太保指了指赵五郎，笑道：“既然已经动手了，就不必等了，我们抓他！有了他，葛云生自然要听我们的话。”

勾太常恍然大悟，喜道：“还是师兄有办法！”他立即拎起九乌断魂钩，喝了一声，就朝赵五郎冲了过去。

施小仙和小茹急忙上前阻止道：“你们想做什么？”

勾太常道：“臭丫头，快滚开！我勾太常可不是个怜香惜玉的人，再不闪开，一会儿连你们也抓走！”

小茹见勾太常凶神恶煞的，心中不免有几分惧怕，她缩了半步，道：“你敢抓我，我驭灵司不会饶了你的！”

勾太常嘲笑道：“我乃堂堂正道掌教徐长元三弟子，这正道之内谁不给我几分颜面？抓你一个小小婢女，算得了什么！”

他还要上前，施小仙突然拍了下阿鬼，怒喝道：“你若敢动五郎一根毫发，我施小仙必要跟你拼个同归于尽！”

“就凭你？哈哈哈哈！”勾太常大声嘲笑道。他心想这女子手无寸铁，就靠着几只不成气候的傀儡兽也敢说这话，真是太好笑了。

但他才笑了两声，就听“啪啪”几声，脸上一片火辣辣！

施小仙竟然直接上前狠狠地扇了他几巴掌！

这女子可真是泼辣！

施小仙怒道：“你不是个怜香惜玉的人，我施小仙也不是吃素的女子，怕你不成？”

勾太常何时受过这等污辱，大喝一声：“臭丫头，那我便让你死个痛快！”他浑身金光爆射而出，一条九乌断魂钩迅速飞了出来。

“姐姐小心！”小茹惊叫道。

施小仙驾起阿鬼，双手一挡，就将断魂钩抓了下来。勾太常冷笑一声，单手一抖，断魂钩如毒蟒一般快速缠绕着阿鬼的手臂而上，再一绞动锁链，阿鬼的胳膊就被勒得扭曲变形。

“断！”勾太常大喝一声，直接将阿鬼的一条胳膊拉了下来。他再一甩动断魂钩，这锁链在空中划了一个半圆又朝施小仙飞了过来。

毒钩如蛇，异常迅捷！

施小仙突然一开乾坤卷，喝了声：“收！”

“噗”的一声，勾太常的断魂钩被施小仙收了去。

“乾坤卷？”宗政太保惊了一下，眼神之中多了几分贪婪，也朝施小仙走了过去，“小姑娘，识相就快把赵五郎和乾坤卷给我，我还可以饶你一次！”

“快点！交出来！”宗政太保和勾太常二人步步紧逼。

施小仙却依旧寸步不让，“想要乾坤卷我送你便是，但想要动五郎一根汗毛，先过你姑奶奶这关再说！”

“真是嘴硬！”二人眼神之中杀机陡现。

“太保、太常两位师侄这么欺负一个弱女子，若是传了出去，不怕人笑话吗？”一个声音冷冷道。

宗政太保回头一看，正是驭灵司的伏虎长老。

第五十八章

神虎再现

这伏虎长老先前一直站得远远的，一副置身事外不想插手的姿态，但丹鼎观道人欺人太甚，让他实在看不下去了。

小茹激动道：“师叔！”

伏虎长老将小茹和施小仙护在身后，道：“两位师侄，大家都是师出正道同门，你二人何必做得这么绝情？”

勾太常道：“此事与驭灵司无关，叶长老还请速速走开。”

伏虎长老又道：“那能否看在我叶千山的面子上，先放过这二人一马？”

宗政太保冷笑道：“放她一马？怎么，驭灵司的人此次也想来分一杯羹吗？我说为什么驭灵司还千里迢迢地派长老前来观战，看来也是居心叵测！”

“你……”伏虎长老心头大为震怒，他悲愤道，“好一个‘居心叵测’！好一个‘分一杯羹’！我正道四门历来都是连根同枝，唇亡齿寒，什么时候这符箓门就成了这杯‘羹’了，宗政师侄，你这话可真叫人心寒！”

宗政太保毫不介意道：“哈哈，如今正道四门哪个不是心怀鬼胎，难道你们驭灵司就真的那么光明磊落？叶师叔何必这般假君子的模样！”

伏虎长老道：“就是因为你们这群伪君子多了，我正道才会这般江河日下。我伏虎长老今日就替徐长元教训教训你们这帮弟子！”

“叶师叔，我敬你是一派长老，但也莫要口出狂言！”宗政太保冷喝一声，手中火焰已经熊熊燃烧，这火焰却已经是明亮得近乎白色。

而勾太常也是金光一震，浑身像浇了铜水一般。

伏虎长老冷冷道：“小茹，借肉身！”

小茹“嗯”了一声，命令道：“小白、小黑、小灰，快去相助！”

三只鼠精齐齐列队在伏虎长老面前，异口同声道：“神虎归位！”

伏虎长老祭出伏虎宝印，往这三只鼠精的额头上一盖，喝道：“神印御虎，出！”

印记光芒大显，三只鼠精的模样瞬间大变，化成三只巨大的灵虎。白虎如雪，喘息之间四周骤化冰霜；黑虎如炭，利爪之下尽是火星；灰虎如雾，迷迷蒙蒙飘忽不定。这三只灵虎比上次在望舒山时常春道人变出的灵虎更加高大威猛，显然这伏虎宝印在伏虎长老手中使出，效果更胜一筹。

三只虎精张牙舞爪地直接朝宗政太保扑去。宗政太保冷笑一声，烈焰从手掌心拍了出去，但火焰虽然迅猛，却全都穿透灵虎而过。

灵虎有形无质，看得到，摸不到，一般的火焰还真奈何不住。

三只灵虎咆哮而来，其他十余名丹鼎观的道人立即服丹作法，与这些猛兽打在一起，但饶是金甲坚硬，兽丹凶猛，毒丹诡谲，也不如这灵虎厉害。不过片刻，三只灵虎就打得十余名道人四处逃窜。

宗政太保大怒道：“叶长老看来是想尝尝我的空中火了！”

伏虎长老冷笑道：“久闻师侄的御火本领天下第一，我倒是很想见识见识。”

另一边，勾太常趁机朝施小仙杀去。施小仙立即驾着阿鬼与他斗了起来。她的傀儡术虽然初成，但阿鬼灵活之中力量也不小，八条手臂像八只利矛一样击了过来。但勾太常毕竟是新一辈十大高手之一，上次惨败给葛云生后，更加刻苦修炼，如今修为更甚从前。

这诡谲傀儡对阵金刚铁骨，叮叮当当打了一阵，阿鬼已经渐渐落了下风。

勾太常越打越勇猛，浑身金光一耀，再次将阿鬼和施小仙掀翻在地。他粗鲁道：“臭娘们儿，快点闪开，不然真杀了你！”

施小仙倔强道：“想要我闪开，不如杀了我好了！”

勾太常还要再上前，忽然施小仙用匕首划破自己的手掌，一个血手印直接拍在阿鬼身上，喝道：“也叫你见识见识我偃师一门的厉害！”

这血手印红光大涨，阿鬼和施小仙瞬间被这红光所掩盖，二人红彤彤得像两个烧红的血人。

勾太常从未见过这一法术，惊奇道：“你这是什么妖法？”

话音刚落，施小仙就迅速出拳，直接击中了对方的腹部，勾太常竟然直接被击飞了出去。

勾太常未承想这小丫头有这么大力气，一拳就把自己打飞了，但他刚刚爬起，施小仙就又击出一拳。这一拳直接破了勾太常的金甲光。勾太常只觉肚子一痛，原本刚恢复没多久的伤口好像又裂开了一样。

但这痛觉还没过去，阿鬼也飞了出来，它猛地抡起一拳。这一拳势大力沉，几乎用尽了力气，整个拳头都没入勾太常的体内。

这下子，肚子上的伤口真的裂开了！

勾太常惊恐道：“怎么可能，我的金甲术怎么可能这么容易被破？”

施小仙冷笑道：“你不知道我这个红光正是破甲之光，就是用于对付各色防御型傀儡用的必杀技，你的金甲术与防御型傀儡相比，又有什么差别？”

勾太常一脸的不甘心，他捂着肚子，哀痛道：“真是阴沟里翻船了，我的饕餮神功都还没使出来啊！”

但如今他肚皮已破，饕餮三吞之功自然是不能施展了。施小仙和阿鬼再出两拳，直接将勾太常打飞十几丈，他整个人翻倒在破碎的道坛之上，痛得爬都爬不起来了。

宗政太保眼见勾太常一时大意，竟然被施小仙几拳击败，大为惊讶，双手招起火云术，掀起层层火浪，一招逼退三只灵虎的围攻，而后朝施小仙飞了过来。

施小仙和阿鬼故伎重演，也朝对手奔了过来。

宗政太保喝道：“偃师小技，也敢班门弄斧！”一道炙热的火光飞舞而出。他这火光却并非从手中发出，而是空气之中自行燃烧起来，近乎发白又隐约带着七色的光芒，正是三昧真火中的空中火。

这火焰威力非比寻常，火浪冲击而过，施小仙和阿鬼身上的红光被一点点地烧尽，逐渐露出真身。

小茹急忙喝道：“小白、小黑、小灰，快去帮忙！”

三只灵虎也化作三团光芒冲了过去，宗政太保冷笑道：“来得正好，正好一次解决！”

火光暴涨，轰隆一声，连三清殿右侧的偏殿都被点燃了！

三只灵虎一下子被击飞出去，瞬间化回三只鼠精。鼠精“哎哟哎哟”地拍打着自己身上的火焰，赶紧躲了起来。

而施小仙和阿鬼也被冲飞在地，好不狼狈。

这宗政太保的实力确实强劲，一招便击败了三只灵虎和施小仙等人。众人这才想起，他可是与秦少商齐名的人物，未来道坛决要与秦少商一争雌雄的新一辈翘楚！

这样的高手，岂是修为一般的人可以挑战的。

宗政太保落在地上，朝施小仙道：“臭丫头，快点让开！”

施小仙咬牙道：“我不让！”

宗政太保单手一张，手掌中一团空中火明亮地跳动了起来。这火焰炙热烤人，但他的语气却是十分阴寒：“你不让开，我就先烧了你的容貌，再烧了你的身子。你这么喜欢这个小道士，我倒要看看，你被毁了容貌，他还会不会喜欢你！”

宗政太保的话着实歹毒，小茹听了都觉得心中一寒，微微退却两步，口中叫道：“宗政师兄，你快住手！”

但施小仙却死死地护住赵五郎道：“你不觉得你这话很可笑吗，我性命都可以不要，还会顾忌我的脸吗？我打不过你，但是一会儿葛师叔回来，一定会加倍返还给你，五郎醒了也会为我报仇的！”

宗政太保哈哈大笑道：“葛云生？他自身都难保了！还是先顾下你自己吧！”

说着单手一甩，火焰朝施小仙飞了过去。宗政太保故意让这团火焰飞得很慢，就是想看看施小仙究竟能撑到什么时候——女子都爱惜自己的容颜，被这团空中火烧到了，不死也要当一辈子的丑八怪。

但是施小仙全然不为所动，死死地护着赵五郎，口中不停地叫骂着，她觉得自己打不过他，也要痛骂他一顿，总之不让他好过。

这火焰终究是飞了过来，明晃晃得就像一团小小的太阳，毫无温度，却带着一种死亡的气息。施小仙只觉得自己的脸皮马上就要起皱、干枯，最后化成一团焦炭。

她的心中也不是没有恐惧，世间有哪个少女不爱美，又有哪个女子想要这样生生地被烧毁容貌？然而，她的眼神却又很坚定，最后她干脆闭上了眼，心想就算死也要死在赵五郎身边，这也算是不负自己曾经心中默默许下的愿望吧……

“啪”的一声！

施小仙觉得眼前有什么东西爆裂了，白光晃动，一道气浪从她身边绕了过去。这气浪并未真正伤到她，只是暖烘烘地一闪而过。她睁眼一看，却见眼前空无一物，而那团火焰已经消失不见了。

眼前，只有宗政太保那难以置信的表情，只听他道：“你……居然醒了！”

施小仙心头震了一下，急忙回头一看。可不正是，赵五郎不知什么时候已经站了起来！他浑身褴褛，灰尘、血渍沾满了道袍，但即使这样，也阻挡不了那双眼中迸发出来的气势。他朝施小仙道：“小仙，多谢你了，我也休息的时间足够长了，也该换我来斗一斗他们了。”

“五郎，你……真的没事了？”

赵五郎并未答话，而是踏出两步，捻灭了手指上的蓝色火光，盯着宗政太保冷冷道：“听说，你就是当今天下御火的第一人？”

第五十九章
火术对决

这二人都是御火的好手，尤其是刚才赵五郎用幽蓝真焰直接收了宗政太保的空中火，让宗政太保颇有些震惊，只听他反问道：“怎么，你想跟我一较高下？”

“不错，我赵五郎也想当这天下第一！”

赵五郎说这话时气势十足，与平时的他大不一样。施小仙以为赵五郎被混元灵力所掌控，但不想这小子跃出一步后，突然又回头笑道：“小仙，刚才的话我都听到了，其实你真的要被烧丑了，我也会陪你一生一世的！”

“五郎……”施小仙听了这话，真是满心的欢喜。她觉得自己最快乐的时候也不过就是现在，但又不知为什么一下子有种想哭的冲动。她半哭半笑的模样着实奇怪，又有些惹人怜爱，赵五郎忍不住目光转为柔和，轻声道：“小仙，你先休息下，等我回来！”

“嗯，五郎，你自己也要小心，他的御火术很厉害！”

“你放心吧！”

赵五郎朝宗政太保道：“不如，我们到道坛之中好好较量较量！”

宗政太保道：“我正有此意！”

二人几步跃入道坛，仿佛这道坛之上的比试直到现在才刚刚开始。

葛云生此时也发现赵五郎冲了出来，他喜道：“臭小子，你终于醒了！伤口怎么样了，要不要师父帮你一把？”

赵五郎比了个手势嘿嘿笑道：“师父，我现在也入了返照之境，恐怕再也不需要你帮忙了！”

葛云生本想打击下赵五郎，但他转念一想，自己的这个笨徒弟好像真的已经出落成一个真真正正的高手了，他又有些欣慰，又有些期待，这千言万语最后到了嘴边，只化成了几个字：“好个臭小子！”

道坛对面，宗政太保甩了下道袍的下摆，冷笑道：“赵五郎，你不过才入返照之境，就敢这么张狂，我可是六年前便入了这一境界，你有何信心敢与我一战？”

第五十九章　火术对决

赵五郎道：“境界高低不过是内力修为的强弱罢了，道法虽然要靠境界，却也不一定全依赖于此。”

“你这不过是弱者之词罢了！境界便是强弱的标准！”宗政太保反驳道。

“你这话我可不同意！”赵五郎的双手之中已有亮蓝色的火光星星点点地在跳跃。

宗政太保哼了一声，道：“废话少说，赢了我再说这种大话！”他早已等得有些不耐烦，五指一张，一团烈焰就化作一条火龙飞舞而出。这简单的一招御火术，已经尽显他的功力，火龙雄壮威武，火焰炙热逼人，比李默然和赵五郎的不知强横多少倍。

赵五郎眼见火龙飞舞而来，也不退后，他单手一御，一把幽蓝色的火焰长刀喷薄而出，道：“你有火龙助力，我亦有神刀助我屠龙！”

赤色火焰席卷大地，一层一层滚动着炙人的热浪。

赵五郎仗着血猞猁兽丹给予他的灵活，御起蓝焰长刀快速游走，刀光已经如月影一般飞舞而出，劈得这火龙竟然靠不近他一丈之内。

宗政太保大怒，双手捏诀，猛地一喝，火龙突然昂头，铺天盖地朝赵五郎扑来。

火焰将整个道坛映成一片通红的火海，原本厮斗的各个道人吓得纷纷退到各个角落。这熊熊火光中，只剩下赵五郎手持蓝色火焰长刀，如同傲立沙场的战士，不退一步。

“朱雀开光，借我神锋！”

他疾疾念诀，快跨两步，突然朝着火龙蹬地跃起，手中的刀锋逆风而涨，蓝色光芒明亮逼人！

“斩！”赵五郎大喝一声，刀朝巨大的龙头劈了过去。刀锋急下，当真如同排山倒海，开山断江！蓝色的光芒竖劈下来，将红色的火龙迅速分开。

宗政太保大吃一惊，他未承想赵五郎竟有这么强的力道——不，这绝不是他本身的修为，而是他体内朱雀火羽的力量，御火成兵，可以将只有一层的功力集中起来，凝聚成超过三层四层甚至更高的境界！

看来这七真灵力果真是个极品的灵宠。

宗政太保冷笑一声，他贵为丹鼎观新一代弟子的领军人物，岂会只有这区区一招火龙术?

他可号称是当今天下御火术的第一人，天下的所有火焰对他来说都不过是手中的宠物罢了！

宗政太保眼见蓝色刀光斩了下来，立即双手一拍，将刀光牢牢地接住了。

二人僵持在一起，都不能再逼近半分。

宗政太保道：“你的朱雀火羽虽然是个神物，但是你如今也不过是唤醒了它的第二只头颅罢了，双目朱雀怎么敌得过我的炎神丹？”

他的双手变得一片通红，这红中还带着亮白色，好像天上太阳那般明亮。

蓝色的刀光在他的双掌下开始一点点被焚烧了起来。

整个蓝色的火焰被焚烧成亮白的火光，这亮白之中又有七色光芒迸发出来。

又是他的空中火!

宗政太保得意地笑道：“我这火名曰焚天，乃是三昧真火的最后一把火，你的朱雀烈焱不过是南明离火罢了，如何能敌得过我这火焰！我的火连天都可以烧掉，更何况一片小小的朱雀羽毛！”

火光急闪,白色光芒瞬间将这蓝色刀光焚烧得无影无踪。赵五郎急忙退后两步，躲开这焚天烈焰的烧炙。

“原来空中火竟然有这等威力！”赵五郎心头惊了一下。这宗政太保自小就醉心于御火术的研究，各色火焰的掌控已经到了非常高的境界，自己与他硬拼火法自然是要吃亏的。

宗政太保手中焚天再燃，犹如托着一轮小小的太阳，明亮到无法直视。赵五郎身姿一闪，猛地朝宗政太保奔过来。

宗政太保不知赵五郎想做什么，大喝一声：“找死！”

焚天焰飞跃而出，一团团火焰微微泛出七彩光芒。赵五郎冷笑一声，突然打开混元伞，“嗖”的一下就消失不见了。宗政太保大惊，他哪里想到赵五郎还有这等奇怪的神器在手。

赵五郎的蓝焰飞舞而出，宗政太保躲避不及，烧焦了他的一缕赤发。

赵五郎故伎重施，混元伞开阖之间，无数蓝色火焰闪出，宗政太保纵有焚天烈焰在手，一时间也让他招架得颇为狼狈。

丹鼎观其余几个道人见状也纷纷变化，想要过来帮助宗政太保，却不想宗政太保一声怒喝，一轮白炽的火光暴闪而出，直接将这些丹鼎观道人击飞十余丈。

而赵五郎却早已打开混元伞躲了过去。

宗政太保见自己的神火伤不到赵五郎，大为恼怒，朝那几个道人喝道：“把我的六阳神鼎拿来！”

这几个道人急忙爬了起来，纷纷跪地道：“是！”

第五十九章　火术对决

葛云生一听“六阳神鼎”四个字，着实惊了一下，这神鼎可是丹鼎观的至宝，宗政太保对付一个赵五郎都要用这等神器了？看来赵五郎当真是把他惹怒了。

若是宗政太保真的祭起这神器，凭赵五郎的修为，无论如何也是抵挡不住的。葛云生身子一退，朝白遇仙道：“白遇仙，贫道今天没兴趣跟你争斗，你今天也取不到我的混元心，死了这条心吧！”

白遇仙步步紧逼道：“那可未必，只是就这么杀了你，老夫还当真有些不忍！”

葛云生冷笑道：“说得这般慈悲，可不像你的风格！”

二人又缠斗不止。另一边，宗政太保单手一招，六个道人俯身跪下，手中的六件法器中分别飞出一团火焰，六色火焰齐齐一聚，快速旋转，化出了一个模样黢黑的古朴神鼎。

鼎有六足六耳，脚踩火兽，上飞金乌，鼎身描绘六阳盘旋图案，正是丹鼎观神器——六阳神鼎！

宗政太保一端古鼎，喝道：“小子，来试试我神鼎的威力！”

赵五郎全神戒备，不知道这六阳神鼎有何厉害之处。

宗政太保双指一点古鼎中的太阳图案，一道亮白色的光芒闪了出来，各丹鼎观门徒见状，皆高喝道：“六阳神鼎一出，符箓门小道还不速速伏诛！”

叫声震天，化作杀意阵阵。

但就在这时，山顶上突然传来隆隆水声，众人抬头一看，个个惊得脸色大变。

只见凌虚峰上突然漫出滚滚的洪水，更确切地说，是天上的白云流了下来，这云层化成水雾，如同山洪一样沿着山脉倾泻下来，一时间水雾奔腾而下，就像雪山崩塌，又像洪峰过境，祖师殿、玉皇殿、雷祖殿等建筑迅速被淹没在水雾里。

御剑宗、丹鼎观和驭灵司的门人不知道这水雾从何而来，还以为是符箓门设下的法阵，正要发问，却见符箓门的道人也一个个惊得四处逃窜。

“不好啦，不好啦，洪水来了！”

“天有异象，看来符箓门要遭灭门了！”

众人呼喊着逃窜，有道人想要护住清微、神霄等道人，也让他们赶快往山下躲避，清微道人却怒喝道：“逃什么逃，我清微虽然无能，但亦要与符箓门共存亡！”

他傲然站在三清殿前，眼看着这流云一般的水雾漫了过来，把他一点点淹没在其中。很快，层层水雾就漫延到了仙武道坛这里，所有人瞬间被白蒙蒙的雾气包裹了起来。

目不能视，耳不能闻，打斗戛然而止，人们一个个神色戒备地四处张望。

柳未申开启眼术，细心瞧看，想要察看这浓雾之中是否有陷阱埋伏，但看了一圈也未发现异样，四周除了雾气还是雾气。反倒是他一转身，却发现原本站在他身边的龟不寿不见了！

这白雾之中，只剩下他一个人。

这世界已是空无一物，除了浓浓的雾气！

赵五郎顾不得自己的伤势，疯狂地甩动雾气，大叫道：“师父！小仙！你们在哪里？”

“小仙，你不要乱跑，我来找你！”

但四处一片静谧，除了水汽的流动声，什么都没有。

这究竟是怎么回事？这又是什么法阵？竟让所有人都被困在浓雾之中，看不清、听不到、逃不出、也躲不了！

第六十章

时光逆转

雾海罩山，迷迷蒙蒙。

仿佛这云层掉落在了山间。

葛云生落在地上，他挥了挥身边的雾气，细眼瞧看了一阵，而后又嘿嘿地笑了起来。

“看来，你终于是来了！”

空气中一片沉默，并没有人回应他。

葛云生又朝白雾中说道:“你不是想取我的混元心吗,怎么到现在还不肯出来?能费这么大功夫设下迷雾幻局，还不如直接来取！”

四周依旧是沉默，没有任何声音回应。

葛云生又道：“赵归真，我知道是你来了，出来吧！我的混元心就在胸口里，你想要的话，就自己来取吧，何必这样躲躲藏藏！”

“你的幻境再厉害再逼真，最终还不是要出手？你已经把这些人都困住了，如今还在等什么？”

葛云生朝着白雾的一个方面指了一下，那里的雾气似乎有些不太一样。过了片刻，白雾之中终于有了动静，一团雾气缓缓转动凝聚，变成一个高大的人形。

是一个道人。

白雾道人往前飘动，身上的雾气不断地滑落，露出了他的真身。只见这人身高八尺，体态修长，穿着鹤氅青衣，戴着莲花宝冠，看模样真是脸如冠玉泛华光，眼若流星耀清辉，三绺青须随风摇，一袭鹤氅诗意飘。

这道人始终是若有若无的样子，他腾着云，驾着雾，端的是仙家缥缈。他在雾中走了几步，朝葛云生作了个道揖，颇有几分客气道：“贫道赵归真，久仰葛道长的大名，今日再见，当真荣幸。”

葛云生也是第一次见到赵归真的真容，他打量了又打量，而后问道：“你真的是赵归真？”

赵归真呵呵一笑，道：“怎么，这还有假？”

葛云生又问道：“你今天来，就是为了取我的混元心吗？”

赵归真点头道：“正是，贫道正是为取心而来。我门人不才，几次取心未果，这次贫道只好自己来取了。”

这赵归真说话态度颇为亲和恭谦，好像是跟葛云生商量一般。葛云生冷笑一声道：“但你若取走我的心，我不是也活不了了？这事我如何会同意！”

赵归真笑道：“道者自当怜悯众生，我若取你的心自然要给你一个交代的。”

“什么交代？”

“你可知，这人有九万九千九百个分身，存活在不同的大千世界里，每个人的经历和结局都不尽相同。葛云生，你在这个世界的一生注定是失败的，修为止步不前，门派毫无建树，杀师灭门，正邪不容，这样的修道者可真是让人悲怜。不过我可以给你一个重新来过的机会，只要你把混元心给我就可以了。”

赵归真的话有些匪夷所思，且不说这“人有九万九千九百个分身”之说，单是这“重来的机会”，可要怎么重来？

难不成赵归真还会逆转时间不成？

葛云生道：“你的这套把戏骗骗云机社的戏法师还差不多，骗我葛云生可不好用。”

赵归真依旧笑道：“云机之法，可不只有幻术一门。你没听闻过我云机有七大圣法吗？其一曰通灵法，通灵解意，可引禽聚兽，不输驭灵司之法；其二曰藏掖法，可瞒天过海，藏形匿影，不逊于鬼道的本领；其三曰障眼法，可招云取月，颠阴倒阳，亦可凌驾各戏法之术；其四曰五行法，可饮雪吐焰，点石成金，纵使符箓道法也难以匹敌；其五曰搬运法，可缩地成寸，移山倒海，其神妙直追葛仙翁、蓟子训；其六异生法，可无中生有，再造乾坤；其七迷幻法，可嫁梦迷魂，掌控五神，皆是玄门神术。你看看，这天下的道法可不都蕴含在我云机七圣法之中？这怎么又是骗人的把戏呢？”

葛云生眼中露出一抹精光，道：“是不是骗人，试试不就知道了？”

他猛地拍出一张烈火符，火焰喷涌而出。赵归真单手一转，水雾弥漫过来，将这火焰收了进去。他缓缓道：“你真以为我这是糊弄人的戏法？世人以戏悟道，而我是以道做戏，这二者可是差别甚大，须知道法求真，而戏法却不能求真，我云机七圣法乃是天地之真法，可不是一般的杂耍戏法。葛云生，你还不明白吗？”

葛云生冷笑一声，道：“那如今你这水雾漫山之法，却是真法还是假法？”

赵归真也笑了一声，道：“水雾从天而降，不过是遣云下坠之术罢了，这法自然是真的。我能招云而来，亦能驱云散去。”赵归真一甩衣袖，却见漫天的水雾如水潮般四处退散，仙武道坛、三清殿、雷祖殿、玉皇殿、祖师殿堂又一点一点地显露出来。

一花一草，一椽一柱，都一如往昔。

“怎么样，葛云生，你好好看看，这可是你的符箓门？我的法到底是真是假？”赵归真站在三清殿前，身姿傲然。

葛云生当即僵在了原处，这眼前的符箓门是如此的真实，与自己印象中的道门一模一样，细小到一块石砖、一棵小草都那么真真切切，这到底是不是赵归真的幻境？

葛云生看了一阵，两个瞳孔渐渐放大，血气都往上涌来，因为他忽然发现眼前的符箓门不是现在的符箓门，而是……

那“天下符箓”的牌匾还是完好无缺，当年师兄弟为了祝福他的道坛决之行，提前种下的南天竹还未完全长开，还有那崖石上的豪言壮语也仿佛是昨日刚刻上去的一般。

“这里是……十六年前的符箓门！”葛云生惊道，“不可能，这一定是假的！”

赵归真头也不回，缓缓往山上走去，他慢悠悠道：“是真是假，不如跟贫道来看一看就知道了。”

葛云生怔了良久，终于还是跟了上去。眼前的迷雾终于完全散去，阳光穿透下来，照耀在符箓门的道场上，泛出明晃晃的碎光，飞翘的琉璃瓦像翡翠一般熠熠生辉，朱红色的巨大楠木柱子鲜艳得像是刚刷完新漆。

再渐渐地，各殿堂内已有各道人来回走动。

这些道人都是如此的熟悉，一个个名字早已呼之欲出。

在道坛中练功的摘星子最是刻苦，他一上午都在运气调息，汗水早已湿透了他的背部，却毫无知觉。

而躲在雷祖殿后侧一角的古成云，性格却放荡不羁，他最喜饮酒作诗，此刻正半躺在树丛后偷偷地抿了一口酒，摇晃着脑袋道：“江南的蓬莱春，当真是好酒，好酒啊！修道千年，不如饮酒一晌，人生美事不过如此啊！”

葛云生以前一看到他饮酒必然要语重心长地教育他一番，可如今再见，葛云生心中所想的只有与他共饮一番，再也没有那些训斥的话语了。

再走两步，就上了长长的石梯，台阶上的袁伍是扬州来的孤儿，为人勤快亲和，师兄弟都喜欢和他玩，此时他拿着竹叶扫把，正一点一点地将台阶上的枯叶扫掉。他看了一眼葛云生，道："师兄，把鞋子擦干净了再上去，不然我又得重扫一遍。"

"小伍子？"葛云生怔了怔，他很想过去摸一摸袁伍的肩膀，但又怕这只是一场幻觉，自己摸到的不过是一团水雾罢了。

袁伍抬头看葛云生愣在原地，忍不住笑道："怎么了，师兄，你还当真了？我跟你开玩笑的，快上去吧，师父刚才还在找你呢。"

"师父？他还活着？"葛云生自言自语道。

袁伍奇怪道："师兄，你今天怎么了？"

葛云生抬头仰望，长长的石梯之上，越来越多的道人走了下来，他们都是如此的真实明了，一个个看见葛云生，纷纷自觉地打招呼。

"葛师兄好！"

"葛师兄，掌门在上面等你呢，快上去吧。"

山风徐徐吹来，清凉中挟带着松柏树脂的清香，时光好像一下子回到了过去，回到了那个夏天的清晨，这样的世界真的还是幻境吗？

还是……真的时光倒流了？

这赵归真，他又想干什么？

葛云生的心中突然蹦出一个念头，如果这真的是个幻境，能够一直存在下去多好，就算是假的，但至少在这幻境之中，他的师父、他的师兄弟都快快乐乐地活着，他葛云生还是以前的葛云生，还是这个道门的希望所在，他的世界还是充满触手可及的可能性。

"这里多好啊！"葛云生再次仰头自言自语道。

风吹着他的脸，仿佛能抚平这岁月带来的皱纹和沧桑。

"如何？"赵归真又飘到葛云生的身边，轻轻问道，"你觉得这次是真的还是假的？"

葛云生喃喃道："是真是假，似乎都不重要了。"

赵归真笑了起来，他的笑容看起来是如此的和善，甚至有点像祖师堂中那些祖师的画像，让人忍不住要亲近几分，他徐徐道："葛云生，看来你也领悟了我戏法一道的真谛了。真假之说不过是常人认知能力的一种局限罢了，你所看到的真理在更高层次的人看来却是彻彻底底的假象，好比夏虫语冰、井蛙见天，他们以为这夏日、这方寸之地便是这世界的全部，然后奔波劳碌，就为这眼前微不足道的蝇头小利。葛云生，我的道是超越这世界规则的道！我能让你所想所念的都成真，只要你把混元心给我就可以。”

赵归真的口气好像不是要夺走葛云生的心，而是帮他去一个更好的乐土，跟他做一个合理的交易。

“超越这世界的道……”葛云生默默念道，而后突然嘿嘿笑了起来。

这笑声有几分寂寥，又有些自嘲。

赵归真问道：“你笑什么，不信吗？”

葛云生道：“没有，我是笑我修道几十载，却仍然道心不坚，竟然还要在这里分辨真假。我笑你要取我的心，竟然如此费尽心思地来编造这么一个真实的幻境。其实算起来，我的心都不如五郎的坚定，他若是遇到这等幻境，就算再真实，再美好，就算你的规则完全凌驾于这个世界之上，他恐怕也会像头倔驴一样摇头说不信吧。”

赵归真愣了一下，脸色微微有几分变化道：“那你的意思？”

第六十一章

重见恩师

葛云生道：“我想了想，你的幻境虽好，但我的混元心还是不能给你，这交易我不做。”

“为什么？”

“因为假的终究是假的！”

赵归真笑道：“你为什么一直觉得这里是假的，你不知道这真真假假都是由我说了算？如今我说是真的它就是真的。”

葛云生也笑道：“你忘了，我的万法辨真正是破你幻境的不二法门！幻境终究是幻境，赵归真，你的花言巧语就到此为止吧。”

赵归真摇了摇头道：“那你便试试吧。”

葛云生不再理他，自己闭上双眼，双手十指交叉缠绕，快速念道：“元气未分，混沌合一，生于明之内，存于暗之外，明暗交汇，乃得清明！”

“解封！”

“辨真！”

“破幻！”

蓝色的光芒辉耀而出，这光芒刺透四方，眼前清朗的景物开始扭曲变化，青山、殿阁、台阶、道人、松柏如同一团团水雾一般，一点点地消散。

万法辩真之下，天地归为一片真实。

葛云生眼前的光芒渐渐回收，天色逐渐暗了下来，再过了一阵，却是浓墨一般的黑夜。

为什么是黑夜？

葛云生心中闪过一丝不安，自己入幻之时明明是下午时分，怎么会这么快就转到半夜子时的样子？

光华逐渐退去，眼前的景物终于变得清楚起来。

葛云生独自站在了一座高大的宫殿前，昏暗的烛光透过宫殿的格栅窗户，像一缕缕微弱的阳光射入黑夜之中。

葛云生浑身开始颤抖！

这宫殿……竟然是玄天子的长明宫！

为什么自己会来到长明宫前，为什么？

难道这还是幻境吗？

不可能！自己的万法辩真不可能破不开赵归真的幻术！天下的幻术再厉害也终究不能抵挡辨真混元心的灵力。

除非……

葛云生震惊不已，这赵归真究竟用了什么法术，竟然连万法辩真的混元心都骗了过去。

赵归真又不期而至，他笑道："流水至清，月满至明，万物显真露底，能破诸般幻，亦能破诸般阵！好一颗辩真混元心！这样的道法连我都很想要，不过你是不是觉得很奇怪，为什么你的混元灵力这次没有破除我的幻术？"

葛云生心头自然是一万个疑问。

赵归真道："因为我告诉过你，这根本就不是幻术，这就是真实的世界！"

真实的世界？！

葛云生心中极度震惊，但他如何能信这话？

赵归真又徐徐道："我知道你不信，但这世间你不了解的事何其之多，你为什么要这般固执呢？"

葛云生道："你到底想说什么？"

赵归真突然冷幽幽地问道："你以为这世间只有你符箓门有混元心吗？"

这话一出来，葛云生立即惊得后退两步，瞠目结舌，良久，问道："你说什么，你的意思是这世界上不止两颗混元心？"

"不错！"赵归真道，"混元心乃是混元灵力入体后形成与人共存的混元体。五百年前，道无极机缘巧合之下，竟然获得了两颗混元心，一举成为天下第一高手，为你们符箓门带来了登峰造极的荣誉，混元心也渐渐被修道之人所熟知。但是，世人皆以为只有无极道人留下的两股灵力才叫混元心，混元心只有万法辩真和神明如电两种。其实谬矣，混元灵力千变万化，有成千上万种，只是流落在这个世界上的如今只剩下七种了，称作混元七圣灵。"

"混元七圣灵？"

"正是！这混元七圣灵各具神妙，有掌控人心智巧的，有驾驭时间流逝的，有转换空间大小的，也有令人魂魄不灭的。而我，赵归真，亦有一颗！”

葛云生只觉得脑子里“嗡”了一声，对这混元灵力的了解，他显然知道得还不够多，光是万法辨真这颗混元心都让他参悟十余年而不能尽懂，更何况是其他未知的混元心。

而且，眼前的赵归真竟然也有一颗混元心！

那他的混元心究竟是什么灵力，他为什么还要夺取自己的混元心？

赵归真似乎早就觉察出葛云生心头的疑问，自言自语道：“我的混元心名曰墟荒之境，蕴含的正是真假难辨、虚实不定之力，世间真真假假，虚虚实实，我皆可掌控。这颗混元心的铭文是：历尽三劫辨是非，重铸七魄转阴阳，万事万物假如真，无形无相是墟荒。”

无形无相，墟荒之境？可掌控世界虚实之力的混元心？

这究竟是怎样的一种能力？

赵归真道：“我的混元心可以令我的幻境成真，也可令真实的世界转为幻境，颠倒真假，混淆虚实，这便是我的灵力。你现在看到的可不再是幻境了，而是真正的世界。葛云生，我给你一个重新选择的机会，你自己好好想想。”

说着，赵归真化作一团水雾又慢慢消失不见。

葛云生在长明宫前震惊得一动不动，赵归真的这套说辞远远超出了他对道法的理解，四门之内的道法虽然也有通天彻地的威力，但若说能让整个世界从虚假转为真实，从真实转为虚幻，这个当真是闻所未闻，匪夷所思。

葛云生正思索着，忽然寝宫内传来一个熟悉的声音：“云生，来了这么久，怎么还不进来？”

是师父玄天子的声音，这声音还有几分急迫。

“啊？师……师父！”葛云生听了这声音，只觉得整个人都呆在当场，一阵热血在心头翻涌，双眼之中差点就迸出了泪花。他努力地平复了一下自己的情绪，不让自己失控当场，过了好一阵，才终于迈开步子，一步一步朝长明宫中走去。

寝宫内，烛火依旧摇曳不定，一如当夜的情景。

饶是葛云生历经半生颠簸，此时也是浑身微微颤抖。

都说“一朝为师，终身为父”，这颤抖中既有不安，也有愧疚，还有更多的是想念。

玄天子顺手将烛火的信子剪去几分，屋内的光线登即暗了下来，他问道：“你刚才为何在门口等待那么久，有心事？”

葛云生呆呆地看着玄天子，发白的须发，微微驼背的身影，这太真实了，真的就是那一夜的情景。玄天子剪去信子后用双指搓了三下，再丢掉右边的纸篓里，连这动作都是一般无二。

“难道这真的是时间倒转了？”葛云生自言自语道。

“云生？”玄天子见葛云生面色异样，又问了一句。

“师父！”葛云生终于回过神，不由自主脱口问道，“不知师父……师父深夜召见有何吩咐？”

玄天子踱了两步，叹道：“你说还能有什么事？云生，距离道坛决不过一个月时间了，我想问你这一战有几分把握。”

葛云生呆了一下道：“我……我不知道师父问的是对谁？”

玄天子有些奇怪道：“云生，你今日身子不舒服吗，怎么说话吞吞吐吐的？当今正道内能与你一较高下的可不就是王琼风、徐长元和严明崇，我问的自然是这三个人。”

葛云生本想回答：“以目前之势，王琼风胜算最大，弟子与严明崇次之，而徐长元最末。”但他一想，如今徐长元都已经当了道教掌教，王琼风和严明崇早已深居各自的道场不怎么出山，这答案自然就没有多大的意义。

葛云生改口道：“弟子以为，这比试恐怕徐长元胜算最大，我和严明崇次之，而王琼风最末。”

玄天子惊了一下，淡淡问道：“你们四人都是返照地境的修为，而且王琼风的剑法理应稍胜你们三人，为何他会最末？”

葛云生再次脱口而出道：“因为他没有当道教掌教的心！这位置他只怕会拱手相让了。”

“那为何徐长元会问鼎这道坛决？”

“因为徐长元是个有大志向的人，他的眼界最是开阔，品性最是仁厚，这掌门之位理应是他的。”葛云生说出这句话，自己都不禁惊了一下。是啊，十六年前的徐长元可不是如今的徐长元，当时他的道心是多么坚定，他的品性更是有口称赞，道门内人人尊他为大贤者，可如今，一切似乎都变了。

徐长元变了。

王琼风、严明崇变了。

连葛云生自己也变了。

时间，真的是世界上最可怕的武器，它可以改变山川流水，可以斗转星移、沧海桑田，可以让所有有灵有性的东西生而灭、灭而生，这世界上又有谁能超越得了它？难怪这么多修道人士都想要驾驭时间，想让自己的生命变得跟时间一样不朽。

可这，这终究不过是痴人说梦！

葛云生突然触景生情，心生几分感慨和伤感。

但玄天子听了葛云生的话，却劝道：“云生，你说的都是实话，徐长元确实是个贤者，但是你不要忘了你肩负的使命，你是我符箓门数百年来第一个突破地境的奇才，符箓门沉沦百年，太需要你一战成名，你可千万不能忘了啊！道坛決上从来没有‘情义’二字在，仁慈只会让你更快地败在对手的剑下。”

葛云生当即跪地道：“弟子万不敢忘！”

玄天子道：“我知你不会忘，但你如今的状态我很是担心，你四人的修为原本就在伯仲之间，谁的斗志更高，谁获胜的概率就更大。王琼风虽然没什么心思当掌教，但是你若第一轮就碰到他，他还会手下留情吗？你若第一轮便被打下来，谁还会记得你‘葛云生’这三个字，谁还会见识到我符箓一门的威力所在？道坛决，向来只有最终的一名强者！”

玄天子一挥衣袖，郑重道：“葛云生啊葛云生，若不助你一臂之力，我玄天子便是愧对列祖列宗！我符箓门可不知还要沉沦多久！你随我来！”

第六十二章

问心无愧

玄天子转身踱入自己的房间。葛云生如何不知这接下来要发生什么事？他长跪地上久久不敢动弹一下，仿佛自己一站起来，鲜血就要溅满整个符箓门。

玄天子又喝了一声：“云生，还跪着干吗，你今日怎么如此迟钝？你这状态我是越发地担心了！还不快进来！”

葛云生没办法，只好站了起来，但他觉得自己的脚似有千斤重，每走一步，都带着沉重和不安。

寝宫内，虎鹤铜雕，蓝色法阵，乌黑色的木匣子，一切如故，这现实带动着回忆，让葛云生完全分不清这究竟是真的还是假的，是回忆还是正在进行的现实。

或者，真的就是时间倒流了，上天给了葛云生一次重来的机会。眼前的玄天子滔滔不绝地说着这混元心的来历，蓝色的光芒伴随着混元心的跳动，也一闪一闪。

一切都恍如梦境。

“云生，你吃了它！驾驭这股灵力，扬我符箓道法之威！”玄天子目光如炬道。

葛云生接住这木匣子，整个人一阵颤抖。

“云生，你还等什么，快吃了它！”玄天子再次催促道。

葛云生的手接触到这颗心脏，脑海里已经出现了一幕幕惨不忍睹的画面：玄天子被他击爆了心脏当场死在他眼前，二百七十一名弟子被他疯狂屠杀，他从符箓门的希望所在，彻彻底底变成了一个灭门的叛徒……

眼前这颗混元心就像一杯毒酒一样，或者说它比一杯立即杀死他的毒酒还要猛烈可怕。葛云生的心颤了一下，双手冷得像两坨冰块。

如果有一天，你能预知自己所要做的事会酿成一个无可挽回的后果，那你还敢不敢再去做？如果你明知道吃了这混元心，悲剧会再次上演，那这心你还吃不吃？这混元灵力，你葛云生还要不要？

葛云生的心痛得难以自持，他悲怆道：“赵归真啊，赵归真！你为什么要给我这样一个选择，为什么？”

这剧痛过后，他开始仰天哈哈大笑起来，就像个疯子一样。玄天子不明所以，喝问道：“葛云生，你想干什么？我现在让你赶快吃了这混元心，听到没有？”

葛云生悲呛道：“师父，你知道现在世人都叫我九窍魔头，说我做事狠辣，六亲不认，连自己的师父都杀，但没有人会知道我无时无刻不在自责愧疚。我时常在想，如果能够时间倒转，我可以重新选择，我一定不会再吃这颗混元心，我宁可战死道坛决，也绝不退后一步！可是，偏偏如今时间真的倒流了，有人真的给了我这个选择的机会，师父，你说我现在到底还要不要吃？”

玄天子面色冷冷道：“逆徒，你在胡说些什么？事到如今你还在这儿胡言乱语，是要让师父心寒吗？”

葛云生根本没听玄天子的话，自顾自凄然道：“其实我问吃与不吃这颗心，问的其实是我后不后悔！我承认我很悔恨过，可我不能后退啊！因为我已经无路可选，我杀师灭门，我一事无成，却都从来不曾违背‘生死不负，问心无愧’这八个字！我既然敢说问心无愧，那这结局又何必更改？世间的事向来一去不复返，这也是命数规则所在，‘道’字不就是法相自然吗？我若一再逆天更改命数，以求心安理得，这与追求无度的长生大道又有什么区别？大错既然已经铸就，罪责就让我葛云生一人来承担吧，这命数我不改了！请师父恕罪！”

葛云生抓起混元心开始一口一口地吞掉。

玄天子的脸色变得扭曲而惊讶，“葛云生，你真的还想再杀师灭门吗？你的道心何在？”

葛云生满口是殷红的鲜血，哈哈笑道：“师父，你如何知道我会杀师灭门？”

玄天子面色一惊，“你……”

葛云生道：“你不是玄天子，你是赵归真！你的诛心幻术真的太厉害了，每次都能让人明知是幻象却依旧逃无可逃，不过，这场戏也该结束了！”

他一把抓住玄天子的衣襟道：“你还想隐藏到什么时候！”

玄天子立时化作一团水雾，这水雾迅速消散，像云层之中破开了一个洞一样，而后四周重新转为水雾升腾，长明宫、虎鹤铜像、木匣子全部都像流沙一般随风而去。

眼前的玄天子变回了赵归真的模样，他有些惊诧地看着葛云生道：“你真是我见过的最特别的人了。”

葛云生道：“赵归真，你这戏子也该下场了，我葛云生就是为了破你幻术而生！”

赵归真急速隐入水雾之中，整个水雾似乎全部活了过来，他冷冷道：“天下可没有人能破得了我的幻术！”

葛云生咬破舌尖，喷出一口热血，双指迅速借着血迹当空画符，口中叫喝道：“那就收起你虚假的把式，拿出点真本事吧！天蓬天蓬，杀力无穷，化作火龙，卫我九重！破！”

这天蓬火龙咒乃是符箓返照六术之一，葛云生又是在癫狂之时，出招更不留余地，威力更甚从前。一条巨大的火龙破空而出，烈焰逼退水雾，直接朝赵归真飞舞而去。

赵归真冷笑道：“你的术法再厉害又能奈我何？”

火龙穿透赵归真的身体，将他焚烧成一团白烟，只是眨眼之间，赵归真又出现在水雾的另一边，葛云生再祭火龙而去，水雾再次化作白烟。

如此反复，赵归真在白雾之中，始终时隐时现，根本不能灭绝，他仿佛已经和水雾融为一体，任何的道法打过去，都不过是把他打散成一团水雾罢了。

“我说过，我的道法是凌驾于这个世界之上的，你的术法是伤不了我的。葛云生，你是白费力气！”赵归真冷冷道。

葛云生的道法尽数而出，但始终是石沉大海一般，徒劳无功，依旧难伤这赵归真分毫。

赵归真漂浮在半空中道：“到此为止吧，把你的混元心给我！”他挟带着白雾飘了过来，伸出五指，直接朝葛云生的心窝子掏去。

“罡风破迷障，日月还清明，起！”葛云生再祭罡风法阵。四周罡风急旋，带动浓白色的水雾如同一个巨大的漩涡急旋不停。

赵归真道：“风能遣云，但云亦可以起风。葛云生，论阴阳之术，你未必能高过我！”他袖子一鼓，更多的水雾喷涌而出。这些水雾快速流动，带起一阵阵的疾风，这疾风与葛云生的罡风阵逆向相抵，竟然一点点地将这风阵消磨了下来。

“葛云生，束手就擒吧！”赵归真双眼一闪，水雾像海潮一样汹涌而来。

葛云生想要再御法阻挡，却发现四周的水雾迷迷蒙蒙根本无从下手抵抗，水雾之中似乎又有无数的手臂抓来，一瞬间就牢牢地控制住他的身体，他整个人完全悬浮在雾气之中，根本动弹不了。

赵归真的五指如利爪一般抓来，眼看就要戳破葛云生的心口。

突然，一道红光闪了过来，“嘭”的一声将这一爪挡了下来。

“谁？”赵归真惊了一下。

这道门之中，是谁竟然还可以破除他的幻境？

一把红色的伞盖挡在前方，伞面上描红日，下画幽月，上阳下阴，正是混元避世伞。

葛云生一看，是赵五郎用混元伞救了自己。赵归真的水雾幻象撞上了混元伞，整个人又化作了水雾一般倾泻四溢。

“五郎？”葛云生惊了下，道，“你怎么在这里？”

赵五郎道：“我有混元伞啊！这水雾一来，我见找不到你们，就赶紧打开混元伞来找你们。我找了好久，才看到你，见你在水雾中整个人越来越模糊，我担心你出事，就赶紧来救你了。”

“我的身影越来越模糊？”

“对啊，好像你也要变成一团水雾了。”赵五郎道。

葛云生急忙问道：“那你可看到赵归真的真身在何处？”

赵五郎摇头道：“不曾看到，我只看到这些水雾在飘来飘去，没有一个是赵归真的真身。”

葛云生大惊道：“这厮的道法这么可怕，只是化出这些幻象都让人难以招架！”

浓雾又聚成赵归真的模样，他冷冷道：“这都是我的真身，在我的世界里，我说真的那便是真的，你只差一步就可以进入我的墟荒之境，太可惜了！不过你这徒弟来得正好，两颗混元心，我刚好一并取了走。”

四周的水雾不断地蠕动变化，化出一个，两个，三个……乃至成百上千个赵归真。

赵归真道：“这是我的世界，这里的规则由我说了算！你们怎么能赢得了我！快臣服于我的七圣道法吧！”

水雾漫天而起，无数的赵归真冲了过来。

赵五郎急忙打开混元伞想跟葛云生躲过去，却发现，这水雾竟然能透过混元伞的缝隙一点点钻进来。

赵归真冷笑道：“我说过，我也有混元灵力，你这混元伞原本就是用残余灵力做成的一把钥匙罢了，如何能挡得住我的道法！”

“混元伞是钥匙？”赵五郎惊道，“是什么钥匙？”

第六十三章

天灾三劫

“混元伞是一把打开长生之门的钥匙！”赵归真笑道，“其实，这世界上是可以有长生的，只要你付出足够大的代价！”

赵归真对这混元灵力的了解远比他们想象的还要多。

二人还想再问，但此时水雾无孔不入，一团团雾气透过混元边界，化出无数的手掌抓了过来。葛云生喝道：“五郎，收了混元伞！”

赵五郎“嗯”了一声，立即将红伞收了起来。

葛云生道：“既然你我都有混元灵力，我不信我师徒二人合力还抵不过他赵归真一人！”

赵五郎道：“正是，我师徒二人齐心，他的道法未必就无懈可击！”

赵归真哈哈笑道：“混元灵力乃是无上灵力，虽然各有妙处，但你们二人参悟不到两三层的功力，如何能与我相比？”

“少说废话！”师徒二人齐齐发力，开启了体内的混元心，想要与赵归真一决雌雄。

混元七灵已现世三类，一个是万法辨真，欲辨清世界的真伪，让诸障难存，诸幻消亡；一个是神明如电，是为探清道法玄机，夺人造化而生；而另一个却是墟荒之境，以虚为实，以幻作真。三种灵力相生相克，却不知恶斗之下谁更胜一筹。

两道蓝光穿透而出，都想要拨开云雾见天明，但墟荒之境又立即化作水雾层层，似乎又想牢牢掩盖住一切。各色光芒此消彼长，你来我往，斗得天色剧变。

但这水雾都是赵归真招出来的亦真亦幻的假体，若是一直与这水雾争斗，师徒二人就算再斗上三天三夜力竭而亡也杀不了赵归真，所以必须找出赵归真的真身在何处才行。

赵五郎道：“我刚才一路寻觅的时候，发现这些水雾皆从祖师殿而来，说不定这老妖怪就藏在那里。”

葛云生沉吟道：“走，我们上山看看！”

二人拍出几道罡风符咒，蓝光带出旋风击飞这水雾的遮掩，而后一路急急往山上飞奔而去。

越到山上，白雾越浓，浓得已经近乎沸粥一般。

混元伞挥动之下，都很难挥走几寸的雾气。

赵归真凌驾在浓雾之上，如同仙人乘云，他冷冷道：“到了此处，便是三灾消形之处，再进一步，就要让你二人身形俱灭！”

葛云生和赵五郎不顾一切，又冲了过去。

浓雾之中，又化出成千上万个赵归真，这些人影齐齐念道：“物禀一气，神化无方，天降风火雷，断绝贪嗔痴，灭！”

雾中忽然闪耀出无数的雷光，七色闪雷跳跃而出，这层层浓雾仿佛化作了滚滚的雷云，葛云生和赵五郎站在雾气之中，就像飞到了云层上。

轰隆!

雷电疾疾劈来!

葛云生和赵五郎急忙拍出几张“御”字符文，将这闪电挡了下来。但这雷电越来越多，越来越密集，加之水雾转动，狂风乍起，火焰跳动，二人只觉得自己仿佛真是进了三劫的天威之中。

三劫之威，就算神仙也要畏惧七分，何况是一个凡人修道者。赵五郎担忧道：“师父，再这样下去我们怕是撑不了多久了！”

葛云生冷冷道：“这水雾之中万事由他说了算，我们再怎么斗也斗不过他，这样下去显然毫无胜算。”

赵五郎一怔：“那怎么办？”

葛云生面色一横道：“先破了这三劫再说，五郎，立法阵！”

“立什么阵？”

“我教你的第三个阵法，你还记得吗？”

“混天移地阵法？”

“对！”

“好！”

葛云生手持紫符，双脚踏出七步，高声念道：“坤为天门，我自为天！”

赵五郎脚踏巽位，也燃符捏诀大喝道：“巽为地户，我自为地！”

“混天移地，诸法不侵！”

“反转乾坤，诸神皆灭！”

“急急如律令！”二人齐声念道。

只见得天地之间紫色光芒大盛。葛云生的紫色符纸迅速燃烧，化出一个巨大的黑洞，这黑洞“嗖”的一下就将漫天的雷、火、风三灾收入其中。不论霹雳闪闪、烈焱熊熊、狂风呼号，都一一入了葛云生开出的洞穴之中。

而后赵五郎也焚燃自己手中的紫符，高喝道：“天门而入，地户而出，出常入空，万物皆化成空！听令！”

他手中的紫符也烧出一个圆形的洞口，这洞口似乎与葛云生的洞口是相通的，刚刚被收进去的雷、火、风三灾立即从赵五郎的洞口飞出，而后又迅速飞回葛云生的洞内，这两个洞口似乎成了一个循环，所有的道法都在其中快速进出，未曾溢出半分。

混天移地，将天与地、乾与坤首尾相连，形成了连绵不绝的法阵，所有的东西都在这空间里循环而不能逃逸，这正是这一阵法的奥妙所在。

只是这一法阵必须要两个人一起施展才行。

这师徒二人一上一下，强运真气，不仅云雾中的雷火风三灾被收了进去，就连层层水雾也被这强劲的吸力吸了进去。

漫天水雾像被一头巨龙吸走了一大半，露出了长长的台阶，以及模模糊糊的祖师殿。

但只是片刻，又有一股股白雾从祖师殿中涌了出来。

赵五郎道：“这雾气都是从那里冒出来的，赵归真不会真躲在了祖师殿里头吧？”

“不管他是不是躲在其中，我们都要过去看看！”

葛云生再化出一张紫金符，这符文乃是葛云生用紫云谷的化金藤所炼制，紫金符一出，符纸燃烧成灰，符灰之中迅速生出无数小臂粗壮的金色藤蔓，正是化金藤！

化金藤可捆缚世间所有东西，就算幻境梦境也不能逃脱，若是有严明崇的千叶金蝉在，赵归真的幻术未必就能控得住他。葛云生的紫金符只是借了化金藤的灵力特性，虽然未有千叶金蝉的神奇，但也能将混天移地法阵中的三灾和水雾捆得严严实实。

二人飞奔而上，赵五郎唤出火精开道，蓝色的火焰转为炎热的赤色烈焱，四周的水雾被逼退数丈，不断往后翻滚。

祖师殿终于近在眼前，方形的门口就像一个喷吐烟雾的怪兽嘴巴一样，迷迷蒙蒙，仿佛里面是一个未知的新世界。

葛云生一下跃了进去，却见一个老者端端正正地坐在蒲团之上。

这老者十分苍老，低垂着头，手中捧着一个方方正正的木匣子，仿佛入定了一般。纵使他没有抬头，但葛云生和赵五郎却也能第一时间就认出他是谁。因为这老者的模样是如此的熟悉，二人真的再熟悉不过了，这人竟然是常春道人！

常春道人就是赵归真？

葛云生和赵五郎再次震惊当场，均露出难以置信的表情。二人想过千万种可能，却怎么也没想到赵归真竟然会是常春道人。

常春道人见这二人入内，缓缓地抬起头，张口笑道："没想到你们竟然能找到这里来。"

这声音、容貌真的是常春道人，只是比驭灵司离别时更加苍老，好像数百岁的老人一样，脸皮都皱得像老松树皮一样。赵五郎惊骇不已，问道："原来……原来你就是赵归真？真想不到。"

常春道人道："我是，但也不是。"

赵五郎有些不解："这话怎么说？"

葛云生目光冷冷道："恐怕赵归真只是借了他的肉体罢了，没想到这赵归真原来一直在我们身边。"

赵五郎细细回想起来，觉得赵归真就是常春道人也不是没有可能，他们第一次见到常春道人时，那只致人入幻境的纸蝶就是常春道人送给他们的；而后在望舒山中，常春道人说赵归真曾给他种下幻根，可以随时监视他的想法，却不知原来赵归真一直就在他身上；再有一事，那便是常春道人的里屋从来不让其他人入内，近年来就连小茹也不准入内；而常春道人虽然修炼的是回春术法，但自己却衰老得异常迅速。

这些事都很奇怪，唯一的解释就是因为赵归真的神识寄居在常春道人的体内，让他不堪重负。

这眼前既是常春道人又是赵归真的人，又开口道："你们可知这是哪里？"

赵五郎道："不是祖师殿吗？"

"是吗？"赵归真突然站了起来，他的脸皮皱如一团树皮，但双眼却明亮如灿星。

葛云生道："如果我没猜错，这里是你的第六重幻境！"

"不错，我的幻境有里外之别，外三层是困住对手，里三层却是保护我自己。

你们能进得了这第六层幻境，已是这么多年来的第一个了。”

漫天水雾是为外层第一层幻境。

重建符箓道门是为外层第二层幻境。

长明宫殿是为外层第三层幻境。

这三层幻境乃是诛心之境，要的就是葛云生做出选择，沦落在赵归真营造出的幻象中不能自拔。

但可惜葛云生没有选择放弃混元心，而是吞下了混元心，这也开启了赵归真的内三层幻境。

内三层幻境乃是灭形之境。

任何生人到了这其中，必然要被灭除肉身，仅存残识。

以水雾化出万千赵归真，是为第一层幻形幻境。

以水雾化出三灾天劫，是为第二层灭顶幻境。

二人破了这两层幻境，才到了赵归真最深层次的幻境，真正的墟荒之境。

第六十四章

黑白剑客

赵五郎有些惊异道：“原来你最后一层幻境是这祖师殿，为什么会是这里？”

赵归真道：“这其实并非祖师殿，而是我的云机天宫，只是幻术之中不同的人看到的会是不同的景象，你二人身怀的是万法辨真和神明如电，是道无极生前所用，所以残留了一些他的意识，自然就会映照出这祖师殿的情景。”

“云机天宫？”

赵归真笑道：“不错，我的云机天宫建在流云水雾之上，殿阁堆叠，就如天上宫阙，可惜你们是看不到了。不过，葛云生，你当真是浪费了一次重生的机会。”

“什么意思？”葛云生问道。

赵归真道：“我给你的第三重幻境，是虚实之间的分岔口，你那时若是选择不吞食混元心，这个世界必然因你而改变。可惜，你选择了回到原点，所以这才进了我的内三层幻境。”

赵归真的话说得越发离奇，令人不敢相信。

转换世间的虚实，这墟荒之境真的有这么大的威力?

葛云生冷笑道：“我可不信这世界上会有这样的能力，赵归真，你不要再花言巧语了。”

赵五郎更是不耐烦道：“事到如今，你也少说废话，如今你败局已定，快解了这幻术！”

“哈哈，葛云生，幻出这个地方，既有混元灵力的作用，但更多的是你自己，因为这里是你念念不忘的地方，我的幻术只是遂了你的心愿罢了。”

“那如果我杀了你呢？”葛云生冷冰冰道。

赵归真面色无惧道：“我实话告诉你，你若杀了我，这幻术就会自动消散。不过，我既是赵归真，又不是赵归真，我是这幻境之中所有被困住的人，他们的神识全部都在我的身体里，你葛云生真的还会再杀一群无辜的人吗？”

他的脸色不断地变化着，一会儿是施小仙，一会儿又是小茹，一会儿是秦少商，一会儿又是清微道人，似乎有数百人之多。

赵五郎惊叫道：“赵归真，你把他们都怎么样了？快放了他们！”

赵归真哈哈笑道：“放了他们也可以，只要你们拿混元心来换。怎么样？我给你们一次永生的机会，而你们只要给我混元心就够了，多么划算的交易。”

赵五郎心中有些犹豫，毕竟对他而言，恋人、朋友的性命远远比这混元心来得重要，但葛云生却身子一闪，突然一把制住赵归真道：“我葛云生现在可不是好人，你这样的选择我见过太多了！”

赵归真冷言道：“葛云生，那你真的敢杀我吗？”

“杀了便是杀了，又能怎样！”葛云生怒喝一声，一掌猛地劈下。这掌风如刀，一掌下去赵归真必然要被劈得脑瓜开裂，但这掌力下了一半还是停了下来，说到底葛云生还是舍不得对无辜之人下狠手，他的心始终是向着正道的。

毕竟能破外层诛心幻境的人，莫不是有一颗慈悲道义之心，有慈悲道义之心的人，如何会对这么多无辜的性命下手？这赵归真当真是布了一手好局。

“师父，我们再想想办法吧！”赵五郎劝道。

别说这数百名无辜的性命，就是眼前这老态龙钟的常春道人也让赵五郎不忍心下手。

葛云生握紧了拳头，杀这么多与自己息息相关的人，显然这事他也做不到。

赵归真又抖了一下衣袂，就地坐下，笑道：“葛云生，自困于心，说得可不正是这情景吗？你到底还杀不杀我？不杀便陪我坐穿这个幻境。但我可告诉你，这幻境每一个时辰就要变幻一次，下一轮的幻境可就不是这么仁慈了。”

师徒二人一时间犹豫不决，杀还是不杀？

杀了他能破幻而出，但道义不存。

不杀他，永困幻境之中，还谈什么道义。

葛云生一咬牙，突然上前一步，眼中凶光陡现。

赵五郎急忙拉住他道：“师父，万万不可！”

葛云生道：“反正我已经杀了这么多人，何必再纠结于多一个两个。五郎，道教之中虽然没有我入地狱一说，但若为了破这幻局，为师甘愿再入魔一次！”

葛云生昂首上前，赵五郎却死死地拉住了他，凄然道：“师父，小仙小茹也在其中，若是真的为了师命，到了非杀不可的地步，这人不如就让我来杀好了！”

葛云生道：“你要入这大道，怎可起这邪念。”

赵五郎道：“我若眼睁睁地看着你杀了他，与我自己杀他又有什么区别？这难道不也是邪念吗？”

二人争执不下，赵归真问道：“你们到底杀不杀？”

“杀！为何不杀！”

一个声音冷冰冰地喝道。

“谁？”三人均是惊了一下。

却见两个人影飘入殿阁之中。

黑袍如墨，白衣如雪，一黑一白，好似阴阳两分，正是玄天明和齐云飞。

葛云生惊道：“怎么是你们？”

赵归真更是大骇，大声喝道：“你二人如何能到这里来？玄天明，你竟敢进入我的六层幻术之中，不怕破了你的神功吗？”

玄天明转了转手中的墨球，冷笑道：“你有幻术，我有墨魇，你以为只有你可以操控人心吗？我为了进你的幻境可是没少下功夫。”

赵归真冷笑道：“你虽有墨魇，但光有墨魇可破不了我的六层幻境。”他冥思片刻，惊讶道，“好个玄天明，你竟然有定神丹！”

“定神丹？”所有人都是一惊。

传说中可以让人神志不受外界侵扰的丹药。

“好厉害的狗鼻子！”玄天明不等赵归真说完话，直接飞出一剑，道，“不过说这么多废话不累吗，还不快收了你的破幻术！”

赵五郎急忙一步跨出，劝道：“常春前辈与你颇有交情，而且他慧海之中还有其他人的神识，不到万不得已还请玄前辈三思！”

但是墨剑已经飞击而来，赵五郎只好凝火成兵将这一剑硬生生挡了下来。

玄天明喝道：“臭小子，你想永远被困在此处吗？”

赵五郎道:“破这幻境必然还有其他的法门,你杀了他反倒可能中了他的圈套。”

这话让葛云生突然怔了一下，“对啊，自始至终都是赵归真说杀了谷常春他们就可以破幻而出，但究竟是不是这样，我们谁也不知道。万一杀了谷常春又坠入新的幻境，那不是白白牺牲了其他人的性命？”

赵归真的幻境究竟有几重，谁也不知道，万一……

还有第七重幻境呢?

赵五郎的话一语惊醒梦中人，葛云生恍然大悟。

但玄天明却不这么认为，他眼见赵归真已是强弩之末，一意孤行要杀这人，一抖浓墨，喝道：“挡我者死！”

墨剑再次飞舞而出，这次一剑分化出无数黑剑，在并不算宽敞的祖师堂内飞梭纵横，凌厉无比。

赵五郎心知他与玄天明实力差距甚大，决不能硬拼这一剑，于是急忙祭出混元伞躲了一下。

墨剑穿梭而过，全部劈斩在殿阁的柱子木梁上，一剑一剑将这些梁柱齐口切下，但只是片刻，这断裂的柱子木梁又自动合拢起来，落下的砖瓦也飞了回去，仿佛未曾受损一样。

玄天明一愣，他未承想这祖师殿竟然是这个样子，可以瞬间复原。

“神符御雷！”赵五郎趁着玄天明愣神的间隙，突然从他背后闪了出来，一道雷光直接拍打下来。迅雷急下，但却听“当”的一声，这雷光被一道金光硬生生地挡住了。

是齐云飞祭出的一剑，将这个雷法挡了下来。

“云飞，你……”赵五郎没想到齐云飞会出手帮他挡下这一招。

“休要伤我师叔！”齐云飞冷冷道。

“云飞，做得好！”玄天明黑袍一挥，将赵五郎击飞了出去，他冷笑道，“小子，你的混元伞虽然可以隐身，但你开伞到出招的这个间隙，我足以打倒你三次！刚才我不过是故意让云飞替我挡下这一招罢了，我是要你们知道，云飞早已与我一条心了。”

赵五郎难以相信这么短的时间内齐云飞已经完全信任玄天明，甚至开始出手阻挡自己，他顾不得自己的伤势，爬起来道：“云飞，玄天明不是什么好人，他肯定是在利用你，你不要傻了！快回来！”

齐云飞面无表情道：“好人？这天下的伪君子还少吗？我只知道他是我师叔，他教我剑法，与我有共同的敌人，所以我不允许你们伤害他。”

玄天子哈哈笑道：“好小子，老夫是越来越喜欢你了！听到没有？今日我二人暂时对你师徒没有兴趣，识趣的就赶紧让开，待我二人破了这赵归真的幻术再说。”

玄天明又准备上前。

赵五郎急忙挡住道：“赵归真可没这么傻，他怎么可能让你们这么轻易就杀了他？这必然有阴谋！”

玄天明喝道：“他的阴谋就是让我们自相残杀！你还看不出来吗？臭小子，给我滚开！”

玄天明欺身而上，他黑袍中化出一张黑色的巨爪，这爪子似墨似烟，甚为诡异，带着强烈的杀气。

赵五郎画符而出，想要挡住这一爪，却不想一道蓝光袭来，一下将玄天明的黑爪御开。

葛云生冷冷道："欺负初出茅庐的年轻人可不是什么光彩的事，贫道跟你斗一斗如何？"

"葛云生，你徒弟蠢，你也蠢吗？"玄天明讥讽道。

葛云生冷笑一声，道："我徒弟可不蠢，我现在倒是觉得你的师侄有几分愚蠢，竟分不清何为善恶，何为正邪！"

"葛师父……"齐云飞脸色微微一变，一副欲言又止的样子。

玄天明有些恼怒道："看样子，你们是不打算杀赵归真了？"

赵五郎道："赵归真作恶多端，自然是该杀，但是常春前辈只是他控制的一个肉身，他的体内还有数百名无辜道人的神识，这样滥杀无辜，你就中了赵归真的圈套了。"

"赵归真若想杀了我们，早就可以动手了，为何他现在迟迟不动手？因为他已经无计可施。这谷常春可不就是他的真身，我看你才是中了他的圈套！"玄天明双手一扬，黑色的墨气四处飞扬，他怒喝道，"看来今日你我四人非要生死相见不可了！云飞，若有人敢阻挡，杀无赦！"

说着玄天明自己朝葛云生飞了过去。

第六十五章

挚友反目

这二人都是修为极高的人，此刻生死相见，出手更是毫不留情。玄天明的墨引剑倏地暴涨数丈，一下子就将阁楼的顶部穿透，残梁断木纷纷落下，叮叮当当砸了一地。

这景象在葛云生眼前便是砸了他符箓门的祖师殿。

“放肆！”葛云生大怒，他双掌一拍，两道蓝光飞舞而出，“铮”的一声就将这一剑挡了回去。玄天明双指一凝，墨引神剑在空中转了半圈又劈了下来，但此时葛云生混元心已开，早已不再拘泥于道法招式，而是直奔墨剑而去。

玄天明喝道：“你这是自寻死路！”他怒吼一声，墨引剑卷动层层墨浪，整个祖师殿内仿佛完全浸入墨海的世界。

这情景、这剑威是如此的熟悉。

难道玄天明又想用出那招海宗剑?

只见玄天明身子急转，墨引剑带动墨浪飞到最高处，而后突然急旋而下，像一个高速转动的螺旋一般刺了下来。

玄天明道：“我这一剑叫墨卷乾坤，正是从海宗剑中演化而来，看你能不能挡得住！”

这一剑乍看之下确实有几分海宗剑的风采，但内力却并非澎湃的海浪，而是黏稠的墨汁。墨浪卷动，更加不可阻挡。

葛云生哈哈笑道：“墨卷乾坤，名字起得虽好，但可惜你的剑法始终还是有破绽在！”他身子一闪，化作一抹蓝光飞入漩涡之中，无数浓墨包裹而来，黏稠得随时都可以裹住葛云生，但葛云生浑身蓝光熠熠，就像一抹光一样，直接刺了进去。

葛云生大喝道：“破墨法！”

光芒辉耀而出，直接将浓墨刺散。

玄天明惊了一下，他身姿一旋，又弹出一团浓墨，这次浓墨却化作一头乌黑色的恶兽咆哮而来。

“以墨化形？”葛云生冷笑道，“戏法师终究只是戏法师！再怎么变化也不过是团墨汁！”他身子一闪，单手一把扼住墨兽的喉头，怒吼道，“万物聚散皆有力道之源，这喉头可不正是它的力道源头所在？”葛云生单手用力直接将墨兽撕成碎片，浓墨喷溅得整个阁楼到处都是。

玄天明有些怒意道：“葛云生，你忘了昔日我对你有救命之恩了？今日我受人所托还不想杀了你，你不要再逼老夫下杀手！”

葛云生冷冷道：“自古正邪不两立！玄天明，我不管你有什么阴谋，贫道也是看在你昔日救过我一命的份上，劝你速速回头是岸！”

玄天明笑道：“却不知哪边是苦海无涯，哪边是逍遥彼岸，你我二人谁才应该回头？云飞，杀了赵归真！”

“是，师叔！”齐云飞一拍剑匣，就要扑上去。

赵五郎急忙挡住道：“云飞，不可以！”

“赵五郎，你让开！”

“云飞，小仙也在常春道人的神识之中，你杀了他，小仙也会出事的！”赵五郎道。

齐云飞稍稍停滞了下，道：“但是我若不杀这人，我们都出不去这六层幻境！五郎，难道你想一辈子待在这虚无的幻境之中吗？”

赵五郎道：“这幻境不可能没有破绽，我们可以再想想其他办法！”

“不必了！”齐云飞一双剑眉倏地又拧了起来，神情恢复之前的冷傲道，“我师叔说得没错，这人就是幻境的破绽所在，赵归真就在其中！他把自己隐藏在这些人的神识之中，所以才认定你们不敢杀他！”

赵五郎再劝：“就算真是如此，但小仙还有许多无辜之人都在其中，你也要杀了他们吗？”

齐云飞咬咬牙，脸色越发得冷漠，道：“我神剑未成，心愿未了，我不能被困在这幻境之中，我一定要杀了他破幻而出！”

赵五郎难以置信地摇头道：“若是我和我师父也在其中，你是不是一样要义无反顾地杀我们？”

齐云飞怔了一下，低下了头，双眼之中明显有些犹豫。

赵五郎劝道：“云飞，练剑之道又不是只有一种，你何必选这条不归路！”

齐云飞面色更加纠结，在他心里葛云生和赵五郎早已是恩人和挚友一样的存在。

“五郎，我……”

玄天明见齐云飞犹犹豫豫，立即回头猛喝道：“云飞，你忘记自己发过的誓言了？你练剑之心这般犹豫，如何能成大道！陆子阳的仇你是不想报了吗？！”

“师叔……”

“你心里还有你师父、师叔的地位吗？”玄天明一再刺激齐云飞，这些话语冰冷得就像一根根刺扎进了他心里。

齐云飞终于昂起头，眼中的犹豫消失殆尽，他冷冰冰道：“我师叔说得对，御剑之人，一生只为剑道而活，就算此刻你和葛师父也在其中，我……我也要杀了这人！”

“对不起了，五郎！”齐云飞的神情虽然依旧冷漠，但双眼之中却十分痛苦，他并非无情无义之人，他对朋友的渴望甚至远超过赵五郎，毕竟谁也不喜欢做一只离群的孤雁。但是，有时候人的选择就是这么奇怪，并非无路可选，而是他更愿意选择最决绝的方式。

“云飞……”赵五郎的眼神一哀。

齐云飞也痛苦道：“五郎，你还有葛师父、小仙陪着你，而我师父死了，我妹妹也因为我被囚禁在飞羽宫，这一切都是因为我的实力太弱小了，就算我有这天下第一的神剑，我也要时时刻刻如履薄冰，很可能明天这剑就会被其他人夺走，我就会变成一具无人问津的尸体。我从逃出御剑宗的那一刻起，就选择放弃了一切，我只有我自己一个人，我此生就是为了击败王琼风，我的一生只有这神剑会永远陪着我！其他的，我都不在乎了！”

他摸着背后的乾坤九剑，身影萧瑟，神情越发冷漠。

“赵五郎，我连我妹妹都辜负了……我素不合群，也没有朋友，但你算是我此生唯一的朋友！不过，这‘朋友’二字也只能到此为止了！”

“云飞……”赵五郎的眉眼间是抑制不住的难过和不理解，他想不通齐云飞为什么要这样，他的天资那么好，他的修为进步得那么快，他还有天下第一的神剑，他还有什么不满足的，他为什么还要那么急于求成？

执念真的是很可怕的东西！从意气风发的少年到冰冷无情的杀手，不过是短暂的一念之间。

就在赵五郎思索之间，齐云飞已经挥剑朝常春道人斩杀而去。

金光爆射而出，满室生华。

“云飞，不要！”赵五郎身子一闪，想将常春道人抱开，但不想这常春道人看似瘦弱，却重若千钧，赵五郎一下子没抱开，齐云飞的紫金剑已经劈了过来。

长剑直接没入赵五郎的肩膀，殷红的血流了下来。

“你……”

齐云飞的脸抖了一下，但随即又冷漠道：“你真的这么蠢吗？明知我这一剑你挡不了，还要来找死！”

赵五郎护住伤口，痛苦道：“云飞，相信我一次，杀了他未必就能解开这幻局！”

玄天明回过头大为不满道：“云飞，不要听他胡言乱语，你的心智远聪慧于他，信他不如信你自己的直觉！”

葛云生拍出一掌，怒喝道：“你这老鬼，平日里不言不语，关键时候妖言惑众的本事倒是不比赵归真差！”

玄天明化作墨鸦躲了过去，身子一旋，又飞出一柄墨剑，道：“妖言惑众？哈哈，我可听说葛云生的嘴巴是出了名的厉害，如今连你都要夸赞我玄天明了吗？”

这二人身形飞闪，手上功夫没有停滞，嘴巴上的较量也片刻没有落下。

葛云生眼见赵五郎受伤，急忙喝道：“臭小子，还跟他啰唆什么，这小子现在已经入魔了，他听不进你的话的，先打倒他再跟他讲道理！”

齐云飞再御神剑而起，冷喝道：“五郎，你师父说得很对，你要么给我滚开，要么就打败我，你的这些道理我可是一句话都不想听了！”

赵五郎面色坚定道：“云飞，我不想与你为敌！”

“赵五郎，你别傻了，我跟你哪有多少交情！顶多不过是萍水相逢，多走了一段路罢了！”齐云飞冷漠道。

赵五郎依旧抱着一点残念，认为齐云飞不会这么无情无义，应该还是会念一念二人的交情的，哪怕这交情在别人看来只是泛泛之交，但在赵五郎自己看来却已是生死之交。可惜，人有时总是一厢情愿，这一厢情愿也是一种偏执。

“乾坤借法，九霄神雷，化我剑锋！斩！”齐云飞已经一步跃起，清亮的咒法念毕，背后的金光神剑已经脱鞘而出，一道紫色雷光当空炸裂，紫雷交织纵横，迅速汇聚到剑锋之上，化出一柄更加巨大的雷剑劈了下来。

“杀！”齐云飞面色冷峻，犹如死神降临。

雷声震天，赵五郎终于幡然醒悟，他急忙祭出混元伞，强行将这一剑挡了下来。

雷芒顺着红伞跳跃而下，乌黑色的枣木伞柄弯成弓形，几乎就要断裂开来。

齐云飞喝道：“再斩！”

剑锋引动雷芒再下，直接将赵五郎击退数丈。赵五郎一下子没顶住，重重地摔飞在柱子上又落在地上。

“好痛啊！”赵五郎整个脸都痛得有些变形，浑身的骨骼好像散架了一样，这雷霆二剑果然是霸道刚猛，比起李默然的雷法有过之而无不及。

齐云飞道：“五郎，到此结束了！”

他再度出剑，想要去斩杀常春道人，但此时谷常春的脸上显露出的却是施小仙的脸庞。赵五郎惊了一下，道：“不可以，那里面是小仙！”

齐云飞愤怒道：“你傻了吗，这明明是南宫少羽！哈哈，南宫，你来得正好，让我们一剑断了这恩怨！”

紫金神剑伴随着烈焱、雷电的威力，呼啸而出。

赵五郎忽然拔地而起，带出一片蓝光闪耀，他绛宫中的神明如电再度闪耀而出，迅速地游走在他每一寸血液里。此刻，赵五郎的慧海中有无数的道法在转动，他站在镜子一般的慧海前，像是看到了漫天的星斗一样，这些道法就像天上的星辰运转，原来都是有规律可循的，他看到了这些规律，便仿佛可以将这些未知的法术信手拈来。

他默念其中的一种道法，双眼一睁，脱口而出道：“混沌无象，一气化生。开朗天地，霹雳降临！急急如律令！”

第六十六章

剑符对决

这一招正是葛云生在四海阁中对阵黑蛟时所用的九天会雷咒法。赵五郎当时并没有亲眼见到，只是听到过这一法咒，便留在了心里面，如今这咒法竟然也出现在自己的慧海中，他便立即取来为自己所用。

这咒法念毕，整个祖师殿内已是风起云涌，巨大的雷芒裂空飞跃而出，震得整个殿堂摇摇欲坠，各色瓦片纷纷坠落。

齐云飞也不甘示弱，乾坤九剑舞得气象万千。

这二人均是全力以赴。

一个是以剑御雷，剑锋中挟带着雷霆之势！

一个是以符化雷，怒掌之中迸发混元神威！

一个要杀人破阵！

一个要救已救人！

两股神雷剧烈碰撞，轰隆巨响，无数雷芒四处飞跃，一道道强劲的真气鼓荡撕裂，直接将阁楼炸得粉碎，就连葛云生和玄天明都惊骇不已，未承想这二人有这么大的威力。

烟尘弥漫，雷芒散尽。

无数的砖瓦木柱又开始飘上半空，叮叮当当地自动归位，一砖一瓦又恢复了原来阁楼的模样，仿佛一切都没有发生过。

而阁楼内，赵五郎和齐云飞则纷纷喘着粗气，脸色煞白地站立两边，显然二人均是受了巨大的内伤。

这二人之前在斗法中都受了重伤，尤其是齐云飞早已被南宫少羽震伤经脉，此番强行出剑，对震之下，伤势似乎比赵五郎还严重些。

赵五郎吐掉口中的残血，强行压住自己的混元灵力，道：“云飞，你放弃吧，今日你纵然有神剑在手，也是胜不过我的！”

齐云飞面有不甘，他没想到自己竟然会打不过眼前的赵五郎，在他的心中，赵五郎虽然与自己关系甚好，但其天赋修为是永远不如自己的，但今时今日，赵五郎已能与自己平起平坐，甚至把自己震伤！

齐云飞的心头突然升起一股恨意，这恨却不是恨赵五郎，而是恨自己——纵然自己有这么高的天赋，还这么刻苦地练剑，却不如这资质平平的蠢道士。

他自言自语道："齐云飞啊齐云飞，你口口声声说要一心一意练剑，击败王琼风，可如今却连一个蠢材赵五郎都打不过，你还谈什么为师报仇？你还谈什么驾驭乾坤九剑，成为御剑宗第一人！"

好恨！

这一点恨就如一颗火种落入荒原之中，星星之火，瞬间燃成燎原之势，他全然不顾自己的伤势，御下剑匣，将乾坤九剑立在自己的身前，面色冷如冰霜道："赵五郎，今日你我情义到此为止，我齐云飞纵然入魔，也要用这一剑取你项上人头！"

一字一句，斩钉截铁！

齐云飞说得恩断义绝，赵五郎听得肝肠寸断！

昔日二人情如兄弟，并肩作战，今日却要恩断义绝，拔刀相向。

赵五郎不敢相信眼前的人会是自己认识的齐云飞，昔日那白衣持剑的少年，何等的正义凛然，却不想短短几个月已变成这副暴戾的模样。赵五郎摇头道："云飞，你若要为了世间大义，要取我赵五郎的人头，我义无反顾双手奉上。但你如今为了一己之私，这样草菅人命，我不能同意！"

齐云飞轻轻摸着泛着九色光华的剑匣，冷笑道："你说得这么义正词严，倒是我以前小看了你，原来你赵五郎才是心怀大道之人！"

赵五郎一步不退，他眼中的蓝光渐渐发亮，他的心也越发坚定，道："并非我心怀大道，而是大道原本就在这里，我只是不想你走错路罢了。云飞，回头是岸！"

可事到如今，齐云飞如何会听赵五郎这话。此时此刻在他心中，只有尽快练成乾坤九剑这个目标，其他的似乎都是可以舍弃的，哪怕是自己拥有的一切，那眼前的赵五郎又算得了什么，他不过是与自己萍水相逢的一个道士罢了，他凭什么来阻挡自己的道路，凭什么想要左右自己的人生。

齐云飞嘶吼道："赵五郎，凭什么你就可以这么安稳，凭什么你就可以不劳而获得到先天的灵力！你除了听你师父的话外，你还有什么目标？你有没有做梦都想做一件事，都想杀一个人？"

"齐云飞，你杀了他又能如何？这世间的人又不全是为了复仇而生，杀人偿命，别人也一样要杀你偿命，这恩怨相报无穷无尽，只会折磨你自己罢了！"赵五郎双眼已经完全幽蓝一片，他的口气也开始转为冰冷，与刚才的情感完全不一样了。他突然笑了一下，道：“齐云飞，看来我的觉悟开始凌驾在你之上了！”

齐云飞见赵五郎也突然变得戾气满满，愣了一下，而后也冷笑了起来，他讥讽道：“看来你也没有比我好多少。赵五郎，原来你跟我一样，要泯灭良知才能提升自己的修为，这天下的大道原来都是殊途同归！”

“赵五郎，讲了这么多道理最后还是要靠武力来定胜负，不如今日就一决生死吧！”齐云飞猛地一拍剑匣，七色剑光飞舞而出，将整个祖师殿照得缤纷绚烂。这七柄神剑傲立半空，神采奕奕，各有神妙出处。正是：

青龙纹青木剑，名曰孟章神剑，剑刻铭文：位列巽宫，掌常春之妙，当善篇有记。

白虎纹紫金剑，名曰监兵神剑，剑刻铭文：位列兑宫，掌金玉之利，当罪积无差。

朱雀纹烈焱剑，名曰陵光神剑，剑刻铭文：位列离宫，掌南明之火，当善恶攸分。

玄武纹癸水剑，名曰真武神剑，剑刻铭文：位列坎宫，掌玄冥之寒，当明判功过。

麒麟纹玉石剑，名曰幽黎神剑，剑刻铭文：位列艮宫，掌后土之幽，当明辨曲直。

雷兽纹幻真剑，名曰江天神剑，剑刻铭文：位列震宫，掌雷霆之势，当考察无私。

夔兽纹金光剑，名曰秀天神剑，剑刻铭文：位列坤宫，掌霹雳之威，当无党无偏。

乾坤九剑，每一剑都是以一位神将命名，代表着驾驭一种天地之威，剑铭之上均有对持剑人的要求，无不是惩恶扬善之语，手握乾坤九剑的人就是替天地持剑，要维持乾坤大道，守护阴阳两界。

只是，如今这剑却成了有能者得之，能得之便杀人的利器。

回想起来，世间所有的神兵利器可不都是这样悲哀的结局？铸造神兵本是为了维护天下苍生和平，但往往最后却沦落成争斗的导火线。

神剑锋锐却无心，剑客有心却难守，这便是卫道之难！

齐云飞身姿急闪，双指御剑盘旋，闪耀出七色华彩。

赵五郎持符而立，脚踏乾坤二位，大喝道：“看来你是心意已决，我今日若不击败你，你势必不会罢手！齐云飞，我会告诉你，你是赢不了我的！”

“废话少说，来吧！”

各色神剑化作一道道光芒迅速飞击而来，赵五郎喝了一声，圆光道坛法阵再次辉耀而出。

法阵森严，神剑凌厉，正是利剑对坚盾。

赵五郎浑身蓝色光芒越发明亮，早已看不清他身上的蓝光是朱雀的蓝焰还是神明如电的灵力，他双指一点，蓝色光芒也透射而出，化作剑芒刺了过去。

这光芒与七色剑芒撞在一起，又是一阵剧烈的震动。

二人只觉得气血紊乱，七窍之中都有血丝迸裂出来。

齐云飞杀意越发浓重，不顾自己伤势又强行御剑。赵五郎的混元灵力也完全控制住他的神志，他冷冷道：“我看清楚了，乾坤九剑乃是驾驭天地之力的神剑，你的剑不过就是一张符箓，你能以剑为符御天威，我也能以符为剑御七灵！”

齐云飞怒道：“那不如就看看谁驾驭得更好！乾坤借法，以剑引天地之威，大杀四方！杀！”他再劈一剑，这一剑几乎融合了七柄神剑的威力，不断旋转滚动，让天地都为之变色。

赵五郎也快速捏了个剑诀，疾划双指，喝道：“借法乾坤，以指化剑，引动金、木、水、火、土、雷、电七真灵力，立坛破法！”

他这一招正是将乾坤九剑中以剑引动天地五行、雷电之力的招式尽数学了过来，以自己的剑指为引，来对抗齐云飞的乾坤九剑。

同样是一道融合七种力道的剑芒飞了过来，两股力量剧烈地撞击在了一起，光芒炽烈到不能正眼直视！

按理说，赵五郎不过是领悟了乾坤九剑借力的法门所在，并没有神剑的加持，功力始终会稍稍不足，这硬拼之下必然是要落下风。

但如今齐云飞内伤严重，早已是强弩之末。

而赵五郎的混元灵力完全开启，整个人早已不是他自己的，斗志和力量都恍若新生。

此消彼长，这一硬拼下来，竟又斗了个势均力敌。

二人再退几丈。齐云飞血气难以掌控，七剑在空中也微微一抖，这剑威已经开始溃散。但赵五郎手中无剑，他的人就是这个引动五行的剑，混元灵力就是他无穷无尽的力量源泉所在，他不等齐云飞再调息御剑，大喝道：“你输了！”

赵五郎一掌直接拍出，齐云飞终究抵挡不住，鲜血狂喷，整个人飞倒在地，整个衣袂都染成猩红一片。

“云飞！”玄天明大惊。

第六十七章

第七重境

玄天明未承想以齐云飞的修为和乾坤九剑的威力，竟然会输给赵五郎。他心中暗忖，这赵五郎的精进程度简直是匪夷所思，这进步已经不是天资如何的问题，而是脱胎换骨一般的不可思议，这混元灵力真是可怕的东西。

但此时他与葛云生斗到力竭，想要杀赵五郎也是分身乏术，他恶狠狠道："葛云生，若非我答应一个人必须留你一条性命，今日我早已杀了你！"

玄天明这话并非狂妄之言，论招法，他与葛云生不相伯仲，对剑道、符箓的领悟都已登峰造极，但论内力，他却比葛云生高出一筹。

葛云生哈哈笑道："没想到还有人想要你留我一条命，看来这人未必就是朋友，很可能是想亲自来取我的命！"

玄天明道："你猜得太对了！葛云生，人太聪明了也未必就是好事，你的聪明就是杀身之祸的原因所在！"他使了个虚招，突然半空折返，想要去杀赵归真。

赵五郎冷冷道："住手！"他竭尽全力再拍出一掌，墨剑与蓝光撞击在一起，又一阵气浪飞旋，但玄天明毕竟实力更胜一筹，他紧接着又飞出一个墨球，将赵五郎炸飞起来。

赵五郎快速地摔向赵归真，直接将赵归真手中的木匣子撞落在地。

玄天明脸色微微一变，急忙出剑要斩杀赵归真。

这时，木匣子里白色光芒一闪，众人只觉得眼前一白，就什么也看不清了。

"五郎！"葛云生飞奔而来，忽然发现赵五郎和赵归真的身影都开始变得越来越模糊。

"五郎！五郎！"葛云生大惊失色，这幻境之中层层繁复，就算赵五郎在玄天明的墨球之下性命尚存，但若是又跌入其他的幻境之中，必然也是九死一生。

他狂奔过去，但葛云生发现自己的身影逐渐化作一道虚影。

玄天明哈哈大笑道："杀了！杀了！赵归真这老儿终于败在我的剑下了！我破了他的幻术了！"

葛云生怒吼道："你杀了五郎，老子杀了你！"转头朝玄天明狂奔过去。

玄天明道："想杀我？下辈子吧！"一抹浓墨凝在他的手里。

二人对拍一掌，但这一掌却是互相穿透过去，葛云生和玄天明的身影也变得迷迷蒙蒙起来，仿佛一抹烟尘一样，二人互相穿过了对方的身体，停在了各自的身后。

"这……这是怎么回事？"二人惊恐道。

玄天明惊道："难道我真的杀错了？我们现在变成半真半假的人了，又着了这老儿的道了！"

他这声音越来越远，好像消失在遥远的山谷之中。

而另一个世界里，赵五郎缓缓睁开了双眼。这是一个纯白色的世界，他分不清眼前一大片一大片的白色是浓得化不开的水雾，还是空无一物的白，还是其他别的东西。

这个地方好像什么都没有。赵五郎好奇道："这是哪里？"

一个新的幻境？还是不生不死的墟荒之境？

自己为什么会来得到这里？赵五郎努力回想，却想不起来自己是怎么进到了这个地方。

"小子！"

空间之中有人喊了一声，这声音仿佛近在咫尺。

那个声音又淡然道："你是第一个来到我第七重幻境的人。"

"你是谁？"赵五郎惊了一下，他四处瞧看，哪里有什么人？到处都是空无一物。

"那你觉得我是谁？"

赵五郎循声一望，这声音正来自脚下的一个古怪木匣。

这个匣子就是刚才常春道人抱着的那个。

"你在匣子里？"赵五郎再次惊了一下，他开始幻想这赵归真是不是一个婴儿，或者是一个被囚禁在匣子里的魂魄。

这赵归真可真够神出鬼没的，看来所有人到现在为止都没见过这人的真身。

"正是。"赵归真道。

"那你……"赵五郎有些好奇，他很想打开木匣子，但又怕这盒子若是个封印赵归真的神器，自己一打开岂不是酿成更大的错误？

赵归真笑了起来："你想看便打开看吧，这木匣子可不是什么封印，只不过是我的藏身之所。”

赵五郎心里“咯噔”一下，道：“你能猜得出我的心里话？”

“不错，你在我的幻境最中心，你心中所想我都一清二楚，不然我如何能施展诛心幻术？”

赵五郎捧起木匣子，细细瞧看。

乌黑的匣子却不知是什么木质，最上面雕刻了一双没有瞳孔的眼睛，两侧刻的是一双耳朵，而正前方刻的是鼻子和嘴巴。这五官都有些意象化，像一种远古的朴素的雕塑，又像很古老的文字。

赵五郎看了一阵，突然惊了一下——这木匣子不就是个人头吗！虽然方方正正，但就是按照人的头颅雕刻的啊！

他这一慌，木匣子跌落在地，而后“咔嚓”一下，似乎碰到了什么东西，匣子的盖子自动打开了，里面的东西终于清清楚楚地显露出来。

“啊！”赵五郎惊得直接退后两步，“你，你，为什么你是这个样子？原来……你已经死了！”

赵五郎眼前的木匣子里，竟然是一个人头和一颗人心。

这颗头早已干枯成僵尸模样，人头的脖颈下连出几缕血管经脉连接着一颗鲜红的心脏，头颅干枯，唯有心脏还在跳动。

赵五郎惊愕得语无伦次。

“你，你，你是谁？你就是赵归真？原来你已经死了！你是鬼对不对？”

“不对，不对，你脑袋都还没死，你不可能是鬼，你是僵尸对不对？”

“也不对，也不对，僵尸也没有这么鲜红的心！你到底是什么东西？”

木匣中的心脏突然加快跳动，而后血液流入头颅之中，原本干枯的头颅迅速变得饱满润泽起来，凌乱发白的头发也逐渐变得乌黑光亮。不过片刻间，这人头就变回了三十多岁的风采道人模样。

长眉凤眼，高鼻薄唇，三缕青须，正是水雾中看到的赵归真的脸庞。只是现在他只有一颗头颅，任是赵归真相貌清朗，此时看起来也是太过诡异可怖了。

他睁开眼睛，开口微笑道：“小家伙，好久不见！”

赵五郎道：“你真是赵归真？”

“正是贫道。”

“那你怎么会变成这副模样？”

赵归真叹了一口气，道：“此事说来话长，不过你能进得了我最后一层幻境，足可见你这小道人有真善美之心，说与你听倒也无妨。”

他转了一下眼珠子，道：“小道士，来，你把我捧起来。”

赵五郎看着这一颗活人头和一颗活心，心里是一万个厌恶，他嫌弃道：“你想干什么？”

“我抬头看着你说话，不太习惯。”赵归真非常认真道。

赵五郎道：“那要不我坐下来，这样你就不用抬头了。”

赵归真又诚恳道：“你还是捧着我吧，贫道原本身材颇为高大，就算见了当今天子，也都是低头看人，却很少这般抬头仰望别人，感觉大为不适，还请见谅。”

赵归真这人说话一字一句都极为诚恳，若不是先前见过他用幻术杀人以及对待常春道人的那副歹毒面孔，赵五郎还以为这赵归真是个谦谦有礼的君子。

赵五郎没办法，只好捧起木匣子。赵归真还指点道：“再高点，再高点，对，与你平视就好了。”

赵五郎道：“现在你可以说了吧？对了，我师父呢，还有玄天明和齐云飞呢？他们在哪里？”

赵归真不以为意道：“放心吧，他们死不了。玄天明和齐云飞二人都想置你于死地，你还关心他们干什么？”

赵五郎道：“云飞只是一时被玄天明蒙骗罢了，他的道心可是比我还坚定的。对了，这里是哪里，也是你的幻境？”

说到这里，赵五郎突然想起眼前这赵归真可是十恶不赦的云机社主，哪里是什么好人，自己怎么能跟他这般长长短短的聊天，真是昏了头了。于是面色立刻转冷，喝道：“老魔头，快放我出去，不然我一把捏死你！还有，快把我师父和云飞也放了！”

赵归真呵呵笑道：“放了你？应该是你放了我才对，我现在可是在你手里。”

“少说废话！快点解开这幻术！”赵五郎再次喝道。

赵归真笑而不语，他的心脏突然一鼓动，一道蓝色的血液就往赵归真头上涌去，赵归真双眼发蓝，眼看一道光芒就要激射而出。

赵五郎心头大惊，心想这厮又要出什么绝招，不假思索伸出双指，就往赵归真双眼插去！

赵归真“哎哟”一声惨叫，蓝光立即收了回去。

“你……我的眼睛！”

赵五郎“嘿”了一声，道：“好啊，我终于明白了，原来你是靠着这心脏里的混元灵力来发动幻术，那便好！”

他一把扯住赵归真的心脏，威胁道：“快点把我们放出去，不然我就捏爆你的心脏，让你死个痛快！”

赵归真大惊失色，急忙喝止道：“慢着！你若是捏爆我的心脏，这幻术必然失去控制，你我都会跌入真正的墟荒之境，再也没办法逃出去了。”

赵五郎冷冷道：“你以为我会信你的花言巧语吗？你这十恶不赦的魔头！”

赵归真叹道：“我是魔头？呵呵，十年前，我可是差点当了这祁国的国师的人！”

“你又想来骗我！”

赵归真目光转为深远，他徐徐道：“你没听过吗？坊间都流传我赵归真三戏天子的故事。大家只知道我戏法通天，幻术无双，却没有人知道我为什么要戏天子，为什么要争这国师之位。”

“还不是与那林灵素一个德行，想要欺君弄权，做些见不得人的勾当！”赵五郎白了一眼。

“林灵素？呵呵，若非我出了事，这祁国皇城之内何时轮得到他出入？”赵归真虽然只剩下一颗头和一颗心，但他说起往事，却是抑制不住的自傲，“反正这幻境之中，千年万年也不过是一瞬间，我就跟你好好说说当年的故事！”

第六十八章

雪化梨花

赵归真正要徐徐道来，赵五郎却担忧葛云生和齐云飞的安危，立即喝止道：“谁要听你胡扯，我最后问你一遍，解不解开这幻境？再不解开我就打烂你的混元心！”

赵归真笑道：“打烂我的混元心？我劝你最好冷静冷静，这颗心多少人趋之若鹜啊，你就这么弄烂了，岂不是太可惜了？”

赵五郎未曾听过赵归真与葛云生的谈话，对这混元心还不甚了解，他脖子一梗，正气凛然道：“你这混元心再好，对我也没什么用，留着给你更是害人，不如毁了的好！”

说着，赵五郎就要伸手去捏赵归真的心脏。

赵归真急忙再次喝道：“等一下，住手！”

赵五郎问道：“你还有什么话要说？”

赵归真道：“小道士，你真的不想知道更多关于混元心的秘密吗？”

“哼哼，你是想拖延时间，然后再趁机控制住我，对不对？我才没那么傻！”

“随你怎么想，但这世界上比我更了解混元心的可没有几个。小道人，你难道不想进一步了解神明如电的秘密，让它被你自如掌控吗？你难道不想替你师父解去万法辨真带来的副作用吗？”

赵归真这几句话正中赵五郎下怀。混元心的奥妙，别说是他，就连葛云生都知道得不多，若是能解除这两颗混元心带来的副作用，那他师父就不用再忍受万法辨真带来的狂暴之怒，他也不用担心神明如电会让他越发的冷漠无情。

“怎么样，小道士，想不想听听？”赵归真问道。

赵五郎一只手托着木匣子，一只手紧紧地扼住赵归真的心脏，他心想，只要这人一有什么非分的举动，自己必然要第一时间杀了他。

他思虑了许久，终于道：“那你说吧！”

“此事缘由复杂，说来话长，还要从很多年前说起。”赵归真似乎很久没有跟人说过话了，他不急不缓道，“这故事有点长，你慢慢听我道来，要有耐心。”

很多年前，这时间长得赵归真都已经记不清究竟有多少年了。

那时候赵归真还不叫赵归真，他不过是一名驾着马车四处流浪的戏法师。他有着高深莫测的道法，却极少显露，只在每晚夜幕降临时，他会把马车停驻在各个村落的边郊，用亦真亦假的幻术戏法给生活在村野间的农夫小孩带来无限的乐趣。

赵归真道：“幻术就是一场美妙的梦境，很多人对它嗤之以鼻，认为它不过是扰人心智的假象罢了，但其实有时虚假的幻象反倒比残酷的现实能给人以希望，这样的虚假又有什么不好？”

但是世间的人，都太过执着虚实之间的区别，每场戏法之后，总有无数的人会问道：“刚才的戏法是不是真的？”“这样的戏法一定是假的吧，世界上不可能有这么好的东西！”

赵归真每次都笑而不语。

他只是天黑开始表演，一晚三道戏法，天亮便重新出发，一辆马车走走停停，就这样时光流逝，不知过了多少年。

不知什么时候开始，祁国的天子开始笃信道法，天下的道士忽然一夜之间就遍布了整个京城。皇帝信道已成痴迷，这原本也不算什么，自古的帝王相将信奉佛、道、神的数不胜数，但可惜，皇帝渐渐地偏离了道的本意，开始听信一些邪道的谗言，四处搜刮炼丹的奇石、奇药、奇物，甚至要征集一千名少女进宫，以炼制长生不老丹药。

整个祁国本就内忧外患，民间处处疾苦，再加上邪道当道，这世间就更不太平了。

赵归真路过京都，恰巧遇到官府正在强征各家各户的少女入宫。不到天黑，街道两旁就处处门户紧闭，偌大的城区寂静得就像一处死人墓。他的马车停了下来。自己手中的戏法就算再精彩，也不会有人看了。他眉头紧蹙，便下了一个决定。

时间过了三个月，正是皇帝的寿辰。

天子寿辰，是天下的大事。

皇帝邀请文武百官各国使节，以及天下知名的百名道人入宫，共贺生辰。

寿辰当日，百官列席，百道赴宴，皇宫内外一片灯火辉煌，觥筹交错间，各道人纷纷上前敬献丹药、道法，令皇帝龙颜大悦，喜不自禁。

酒过三巡，皇帝有些意犹未尽道：“今日众爱卿所献宝物虽多，但朕皇宫之内也都应有尽有，众真人所表演的道法虽然名目繁多，但大多数朕也曾见过，称不上‘新奇’二字，却不知还有哪位真人能亮个绝活，让朕大开眼界。”

今夜来访的道人大多数是炼丹画符之人，虽有修为卓绝者，但这杀人制人之法殿堂之上又不好表演，能看的也不过是招禽引兽、吞云吐焰等传统戏法，自然难以让皇帝特别满意。

皇帝叹了一声，似有些失望。

忽然，大殿之外，有一清亮的声音叫道：“贫道有一戏法，不知陛下看过没有？”

众人急忙扭头往门外看去，却见清冷的月下不知何时已经下起了鹅毛大雪，一个素衣道人一高一低地踏雪而来。

这人正是赵归真，只是他走路的姿势好生奇怪，仿佛踏着禹步一般。

忽然，有官员看出了门道，惊叹道：“这道人竟然是御雪而行！”“你看他的脚离地还有七八寸，是踩在一片片即将坠地的雪花上走过来的！”

大殿之内，所有的官员和道人都纷纷站了起来，不知道这人究竟是谁，竟能在这时候踏雪而来。

有侍卫立即喝问道：“你是谁，可有今夜受邀的请帖？”

赵归真道：“天下百名道人受邀出席陛下的寿辰，贫道并未在这百名之列。”

侍卫再喝道：“既然未受邀约，便是私闯皇宫，死罪一条，拿下！”

赵归真哈哈笑道：“我未受邀约，并非实力不济，而是我云机道人未入八门之列，声名不如在座的道人罢了。”

现场一片哗然。

在座的各道人听了这话都有些恼怒，赵归真的言下之意便是在座的各位都是徒有虚名，实力是远远不如他了。

侍卫还要再上前，却不想赵归真整个人如同一阵水雾一般，已经飘进了大殿之中。

众人大骇，更有大臣叫道：“有不速之客！快来人啊！”

皇帝却借着酒胆，摆了摆手道：“你说你没有受邀并非因为实力不济，而是不在这八门之中，那倒不知真人有什么本事？”

赵归真笑而不语。忽然，他问道：“方才诸位看到我是如何入了这大殿？”

有官员道：“是踏雪而入。”

有人附和道：“凌空踏雪，在玄门之中也算不得什么高明的本事，轻功罢了。”

赵归真呵呵笑道：“你们都错了，我踏的是梨花！”

“梨花？”

有人立即讥笑道：“道长不知道现在是寒冬时节吗，怎么可能会有梨花盛开？这谎话说得可不高明。”

赵归真并不争辩，而是抖了下衣袖，数瓣雪白色的梨花瓣如同雪花一样掉落下来。有人不信，走过去拾起来细细一看，可不正是薄如轻纱的梨花瓣！

这宫殿中的人还想上前看清楚，宫外的人已经叫了起来：

“不得了了，不得了了！外面下起了梨花雨，院子里的松树上都在开梨花！”

“石头上也开花了！”

“盘龙柱上也有梨花冒出来了！”

众人齐齐涌出殿门一看，可不正是！原本漫天的大雪依旧在飘洒着，只是这雪花中尽是梨花的清香味，雪花刮到人脸上轻轻柔柔，飘到地上也不消融。这哪里是什么雪花，分明是一瓣瓣的梨花！

赵归真徐徐道：“雪乃冬令之结晶，梨花却是早春之物，这法子不过是扭转时节阴阳之法罢了，诸位见笑了。”

赵归真这一手白雪化梨花的戏法让皇帝立即来了兴致，他大喜道：“真人好本事，倒是朕小瞧了，还请上座！”

赵归真依旧矗立在殿堂之中，道：“我今日只为正名而来，却还不是陛下的座上宾。”

皇帝道：“真人何须此言，快快上座！对了，真人来时不是说有一戏法我等未曾见过，不知是什么戏法？”

赵归真俯首道：“今日喜逢陛下寿辰，贫道特带来一场水雾戏法，名曰‘龙虎斗’！”

“哦？”皇帝兴趣盎然，道，“那不如趁着今日良辰美景，快快表演！若是演得好，我便赐你一座宫宇，一个名号！”

赵归真笑道：“谢陛下圣恩！”

“那请真人速速开始吧！”

众人登即屏息以待，却不知接下来的这“龙虎斗”有什么稀奇之处。

赵归真在大堂之中走了几步，捏了个诀，铿锵吟唱道：“乾坤无量，万法归元，太虚如镜，幻化如真！”

话音刚落，就见殿堂之内飘起淡淡的白色雾气。雾气升腾，似水如烟，似岚如云，愈发得浓厚，很快就将整个大殿都笼罩了起来。众人一时被烟雾遮住了视线，连眼前碗筷都看不太清，更不知这雾中会出现什么东西，气都不敢大声喘。

片刻，只听得浓雾之中远远传来一声清亮呵声：

“云开雾散，又见月明！”

那声音正是赵归真的，他人应在殿堂正中央，此时听起来，那声音却像远在高山旷谷之中，十分悠远缥缈。左边白雾应声渐散，见一轮明月出现在殿阁内，这明月却与天上明月有些不同，月大如桌，低垂得触手可及，照得四处一片幽蓝如水。明月相邀，白云做伴，一时间众人只觉自己到了云端一般，竟轻飘飘得像在云中漫步。

“好真实的戏法！”众人暗自惊叹道。

第六十九章

龙虎戏法

说话间，月下白雾又凝成一座雄峻的山峰。冷月孤峰，清奇险秀，山中似有虎啸狼吟。这山峰越来越陡，声音越来越近，突然从云雾中蹿出一只白额吊睛大白虎，朝在座的各道人冲了过来，在离桌一丈处突然停住，仰天长啸，声若震雷，吓得不少人“哎哟”一声，登即摔到桌子底下。这一突变，着实吓了众人一跳，皇帝更是出了一身冷汗。

水雾之中传来了笑声：“不过是戏法罢了，诸位莫要惊慌！”

众人这才定了定神，觉得有些失态，壮着胆继续扶桌坐定看戏。这时，右边白雾渐渐下沉，雾气如水流般迂回流转，一会儿波澜又起，化成万千波峰，似汹涌海啸惊涛迭起，耳边隐隐有海潮拍岸之声。

很快的，大殿周围变成一片无边无际的沧海，整个大殿孤零零地矗立在海水之上，尤为诡异。水浪急速旋转，形成一个巨大的海中漩涡，漩涡又卷起海水变成龙卷水柱，捅破屋顶，直通天际。四处狂风大作，咸腥海水扑面而来，顿觉一阵寒意乍起。这时水柱中一蛟龙破浪而出，模样怪异，一双巨大鱼鳍像蝠翅一般，尾巴却像长蛇一样，在海中翻腾甩尾，振翅拍浪，端的是摄人心魄。

这时,左边的猛虎拨开白雾,从山峰上纵身一跃,怒吼一声,向右边的蛟龙扑去。一龙一虎两只巨兽在大殿里打得天翻地覆，一时间云山雾海，虎斗龙缠，海浪层层似险峰，山势连绵如波涛，竟分不清究竟是海漫群峦，还是山压波澜，是龙压白虎，还是虎制蛟龙，只看得众人兢兢战战，冷汗涔涔。

正当众人看得难解难分之时,又听雾中赵归真清喝一声:“虚虚实实,真真假假;万物万生，皆为幻境。散！”

“啵”的一声，就见那蛟龙、猛虎、孤月、险峰、海浪，俱化作一阵水雾飘散，所有的东西须臾间消失得无影无踪，只剩赵归真傲立殿堂之前。众人你看看我，我看看你，个个惊得目瞪口呆，这等道法幻术如梦似真，身在其中，一时间竟难辨真假，着实匪夷所思，超越了常人的想象。

第六十九章　龙虎戏法

大殿之内一片沉寂。

啪！啪！啪！

皇帝连连拍手，脸上喜不自禁，他连声赞叹，并当场敕封赵归真为“妙法幻真先生”，并赐玄妙宫一座，可自由出入皇宫为他讲经颂道。

这便是坊间传闻的归真一戏天子：以假乱真。

赵归真一夜成名，紧接着便是“二戏”“ 三戏”，一时间他在皇城内风头无两。他的戏法惊艳了所有的王公贵族，饶是修为再高的道人也找不出他戏法的破绽，皇帝把他视为神明一般，皇城内所有的道士更是唯他马首是瞻，隐隐间赵归真有成为一代国师的势头。

但当国师并不是赵归真的心愿所在，他更喜欢闲云野鹤般四处流浪，他进宫的目的是要皇帝能够贤德仁爱，能够识别这天下道法中的正邪之分，还一片夜不闭户的恬静世界。

毕竟驾着马车流浪，沉浸在戏法的世界里，这才是赵归真的理想生活，但可惜造化弄人。

赵归真的出现只是让皇帝更加痴迷道法，甚至变本加厉。赵归真想要告诉皇帝的正道理念并没有引起他的重视，天子想要的不过是奇技淫巧以及长生之法罢了。

赵归真越发觉得这局势并非自己所想要，每次他讲法之时，讲坛之下虽然座无虚席，但多是昏昏欲睡之徒，而他表演戏法时，台下却是掌声雷动，赞叹连连。原来蒙骗一个人的眼睛容易，想要掌控或者改变一个人的心，却是这么难。

赵归真叹道：“世间的大道就一直摆在那里，往往触手可及，但是却鲜有人去触摸，并非因为看不见摸不着，而是大道太难了，世人想要的不过是眼前的一晌欢愉罢了。”

有一日，赵归真给皇帝讲道学，外面下起了雪，皇帝来了雅兴，又要赵归真变出梨花给他看。赵归真看了看大雪，呆了呆，而后突然问道：“陛下知不知道，坊间有归真三戏天子的传闻？”

“什么意思？”

“他们说我的戏法都是假的，都是欺骗陛下的。”

“放肆！是哪个人说的？敢这般污蔑真人的道法！”皇帝罕见地大怒。

赵归真拈了一片雪花，如实道：“其实并非污蔑，我的道法确实都是幻术。那日我叫人凌空画江，此人实乃是我一个书生朋友，他的道法叫妙笔成真，也是内力所致的障碍法罢了；再后来重建太一宫，也是我请一个折纸的戏法师相助，那皇宫是纸折出来的，不信陛下可以去检验。”

皇帝自是不信，以为赵归真是在开玩笑。

赵归真继续道：“世间万物运行都有内在和外在的法理，任何道法都不过是合力利用这些法理规则罢了。我们的道法或救人，或杀人，或驾驭五行，或辨别阴阳，都是建立在苦修的基础上，而陛下如今要修的道法便是以勤政、仁政来治理国家，这是你的法理。如今你看这皇宫里的道人，他们的丹药虽然能让你延年益寿，他们的道法也能让人飞天遁地，但这些对陛下都没用，只有道法里的‘理’字才可以让国家长治久安。陛下如今舍弃最本源的理，而贪恋肤浅的丹药和技法，贫道觉得有些不妥啊！”

皇帝微微有些不快，“这话真人已经说过多次了，朕不想听了。”

赵归真也不管他，径直走出了房间，站在漫天的大雪中，大声道：“陛下，我可以让这里的雪顷刻间变成百花盛开，但我永远不可能让整个祁国的寒冬立即变成春天。我可以给陛下变出锦衣玉食，但却不能给祁国千万的子民都变出一粥一饭。因为我学的戏法永远只是蒙蔽少数人的障眼小道，而拯救大多数人的大道却在你自己手里。你何必这般舍弃自己的大道，来追逐我们这些人的小道呢？”

赵归真说出了他一直想说的话。

皇帝沉默半晌，而后摇头道：“你说你的道法是假的，可未必所有人的道法都是假的，我就知道有一个人的道法是真的。”

赵归真“哦”了一声，他觉得皇帝的口气似乎跟平时不太一样，随口问道：“不知是谁？”

皇帝道：“我前几天遇到一个真人，他的道法就不是假的。”

皇帝拍了拍手，另一个披着斗篷的人悄无声息地出现在房间里。

赵归真惊了一下，问道：“你是谁？”

那怪人站在角落里，也看不清他的容貌，他并没有回答赵归真的话，只是冷冷道：“你现在是不是很疑惑为什么你的幻术只能障眼却不能掌控人心？”

赵归真更惊，这人竟有读心的本事，道：“所以，你是如此让陛下相信你的道法都是真的——通过操控人心？”

“哈哈，幻真先生，我的道法本来就都是真的，其实你的法也可以是真的，只要你自己先相信。”

“假的就是假的，怎么可能成真？既然陛下赐我‘妙法幻真’四字，就说明我这法只是像真的罢了，却并非真的存在。”

那怪人笑道：“幻真，你跟常人不一样，你的体内天生就有一股灵力，你的灵力就是模糊这世间的真与假。我问你，你现在看到的是真的还是假的？”

赵归真觉得这个问题有些好笑，他现在看到的自然都是真的，但这念头一闪而过，他就惊了一下，他忽然发觉四周的雪花一片一片的都悬浮在半空中，皇帝依旧坐在坐榻上，面色微微有些凝重，那茶盏上的白色水汽一直没有变化。

这天地间，好像一切都静止不动了。

赵归真大惊，喝问道：“你究竟是谁？”

怪人笑道：“我是谁不重要。幻真先生，你已经突破了天境的修为，触发了你体内的墟荒之境，你的世界已不再只有一个，这里的世界对你来说，也是真的。”

“墟荒之境？那是什么东西？”

“一种世间极为罕见的灵力，你是这个世界上唯一天生就具备混元心的人，你不想去试试这颗心的威力吗？”

“混元心？”赵归真还想再问什么，忽然这怪人消失不见了。

赵归真只觉得眼前的世界微微地抖了一下，一片雪花重新落在了他的鼻尖，带了一丝冰冷。

“真人，你说你的道法都是假的？呵呵，天下第一戏法师揭露自己的戏法是假的，这可不太好吧？”皇帝并不信以为真，而是将手中的茶饮了一口，赞道，“下雪的时候，果然还是饮小龙团最香醇。真人要不要来一杯？朕的点茶技艺还是不错的。”

雪还在扑扑簌簌地下着，赵归真一时间愣在雪中，他有些难以置信——刚才自己看到的究竟是什么，墟荒之力又究竟是什么东西，他什么时候突破了这返照天境？这些他都一无所知。

他的世界好像打开了另一扇大门，难道这就是所谓的命数？

赵归真，他是一个一出生就带着混元心的奇人，是世间极为罕见的奇才，只是这灵力一直蛰伏不动，只有他修为突破了天境时，这灵力才被触动出来，而他的命运也终于被改写了。

第七十章

反噬之力

京城的寒冬过去了，早春似乎就要到来了。

但赵归真却陷入比寒冬更加严寒的冰冷季节，因为他出现幻觉的次数越来越多，他的道法也在以惊人的速度精进着。他有时惊恐，有时惊喜，有时疯狂，有时又冷酷如霜。

墟荒之境，这真的是一个无穷无尽的崭新世界，赵归真不断地探索着这灵力中的奥妙与诡异。再后来，他在幻境中待的时间比在现实中还要长一些，有时候连赵归真都分不清这幻境与现实的区别。他开始慢慢相信那个怪人说的话，这些世界对他来说都是真的。

只要他愿意去相信。

在他的幻境里，他可以随意更改着世界的规则，他可以造出一个清朗祥和的世界，带来难以言说的成就感。因为这墟荒之力，他也可以轻易地洞察人心，掌控别人的心思。

不止皇上大臣，整个祁国似乎都在他的掌控之中。

这感觉太好了！

真的太好了，以至于他都忘记了自己最开始入宫时的初心。

忘记了三戏天子的初衷。

以假乱真、无中生有、颠阴倒阳，这三场戏原本是要告诫皇帝，所有的道法都是骗人的把戏，那些道人不过是跟他一样的骗子，但如今他却觉得自己不再是骗子，而是一个救世主。

这世界似乎可以因为他而改变！

赵归真开始不停地窥探他体内的混元灵力，他翻阅了无数的典籍，试过无数的办法，终于让他越发熟练地掌控了墟荒之境的力量。

但是他却不知道，所有的混元灵力都是一把双刃剑。

我们常说，世界上最高明的骗子总是要先骗过自己，才能让别人信以为真。

第七十章　反噬之力

墟荒灵力是掌控虚实之力，他的反作用就是让宿主自己先分辨不出真与假的界限。

赵归真完全沉入这种力量中不能自拔，他的术法已经通天到无人企及，皇帝更是决定册封他为当朝的国师。

作为修道人士，这已是凡世间最高的奖赏了。

然而，世事无常！

册封前一夜，子夜时分，雷雨交加。

一声炸雷响过，赵归真突然从幻境中惊醒了过来。

窗外，雷电闪烁，狂风嘶吼，这是中原的初夏，夏天的雷雨似乎来得早了一些。

赵归真站在寝宫门口，遥望天际，这闪雷之中，天色开始微微有些异样。再看一阵，忽然有火红色的光芒从云层中透了出来，一道道雷电与天火，在狂风的助威下，急卷而下。

这是……

风、火、雷！

赵归真突然惊惧起来，这是三灾的劫数！

他赵归真逆天修行，终于引来了天劫的惩罚！

雷火奔袭而来，整个玄妙宫都笼罩在紫红色的光芒之下，仿佛顷刻间就被要击成齑粉。赵归真连道袍都来不及穿，急忙向城外逃遁而去。他的术法有万千种，他的幻术可以幻出任何东西，但在风火雷三灾面前，却都像是纸糊的老虎一样不堪一击。

赵归真的身法再快，也快不过四面八方涌来的烈风，这风像刀子一样割裂他的肉体，留下一地的血肉。

他的阴阳之术再怎么扭转，也躲不过这强横的雷火击打，每一道雷火击中他，都让他的皮肉干焦，魂魄飞散。

他能飞能遁，但这火好像就在他血液里一样，炙热地往外灼烧，叫他不能抵挡。

赵归真只觉得这风火雷已经钻进了他的体内，不停地撕裂着他，电击着他，烧灼着他，让他每时每刻都痛不欲生！

“为什么！为什么！”赵归真不知道上天为什么要惩罚他，是因为他道法太过逆天了吗，还是因为他忘记了原本应该行使的使命。

“为什么会这样！”赵归真哀号道。

忽然，空气中一个冷幽幽的声音道：“这不过是你的幻觉！你连自己的幻境都分不出来了？幻真先生！”

又是那个披着袍子的怪人。

“这是幻境？不可能！不可能！”赵归真痛苦道，这三灾之苦太清楚了，不可能再是幻境。

“这确实是幻境。你自己都忘记了吗？你此刻还在你的玄妙宫里，参悟你的墟荒之力，不过有点可惜，好像还是差了一点。”怪人一点一点走了过来。

赵归真怒喝道：“你究竟是谁？为什么总是阴魂不散！”

袍子怪人笑了起来，他道：“我是谁？你还认不出来吗？幻真先生！”

怪人越走越近。

赵归真觉得四周变得更加诡异，而他的全身已开始变得麻木。

怪人终于慢慢摘下了头罩，露出一张熟悉得不能再熟悉的脸庞。“我就是你自己啊，幻真先生。你对你的术法太迷茫了，所以想象出了另一个我，希望我能给你指点解惑，但其实这里从来都只有你一个人，我就是你，你也是我，包括这风火雷三灾也是你自己，这里的一草一木都是你自己，你在你自己的心里幻化出一个崭新的世界，然后把别人都困在你的意识里，这就是你幻术的奥秘所在。所以说为什么你的幻境都是真的，因为这些都在你的心里真真切切地存在过，你在幻境中的一举一动都会影响现实中的世界，这幻术可真是太奇妙了。这天底下，也只有你幻真先生有这样的本事，可以让幻境变得跟现实一样。”

赵归真大骇，他不想要这样的结果，他不想这样一辈子活在虚实不定的世界里。

“都是假的！这都是假的！让我醒过来！”赵归真怒吼道。

怪人摇了摇头道：“你已经是清醒的，还怎么让你醒过来？你要知道，想让疯子变清醒很难，可是想让清醒的人发疯好像更难！”

“我不信！”赵归真疯狂地咆哮起来。他朝另一个自己拍出一掌，那个赵归真身影一闪就变到另一个位置，他冷冷道：“我就是你自己，你怎么打得到自己？”

“是吗？”赵归真嘿嘿笑起来，而后一聚真气，朝自己的身上猛地拍出一掌。

另一个赵归真脸色一变，想要阻止已经来不及了，轰隆巨响，这真气伴随着原先的风火雷之力一下子将他撕裂成碎片。

这疼痛撕心裂肺，赵归真只觉得眼前所有景象像被烈火焚烧一样，都化作片片灰烬落了下来。风停了，雷声消失了，天火也不见了，混乱的天象也渐渐离去，只有玄妙宫内的烛火依旧闪烁不停。

外面，依旧是夜雨潇潇，偶尔挟带着一声初夏的响雷，闷闷的，让人有些心慌。

赵归真从幻境中惊醒，已是满头大汗。

第七十章 反噬之力

他心有余悸，暗忖这就是混元灵力的反噬之力吗？若是方才自己意志稍稍不坚，必然就要被这幻境所控，现在想来真的是太可怕了！我必须遏制住这股灵力，这东西是个恶魔！

赵归真想爬起来，却发现自己根本不能动弹，他连抬起脖子都很困难，仿佛……仿佛脖子以下都没有了知觉！

他内心一阵冰寒，感觉血液都凝固了。突然，他脑海中闪过一个念头，这让他更加恐慌。

“不可能！不可能！”

他缓缓地转动着眼珠子，往四处瞄去，整个床榻间都是血红一片，一滴一滴的血肉从帷帐上滴落下来，他的鼻腔里终于闻到了呛人的血腥味，好浓烈的血腥味！

赵归真低头看了一眼自己的下半身，什么都没有了，只剩下一颗扑通扑通鼓动的心脏。

他赵归真除了留下一颗头和一颗心脏，真的什么都没有了！他在幻境之中撕裂了自己的肉身！

他哀号了一声，惊得几乎要昏厥过去。

这还是幻境吗？还是真的？他已经辨别不清了，真真假假的世界让人疯癫，虚虚实实的道法让人迷乱，他只知道自己不能死！一定要活下去！可是，自己这个样子又该如何存活下去？

“先生，有事吗？”有个小道人听到了异样，急忙跑过来俯在门口问道。

赵归真急忙道：“没……没事！”

“哦，那先生早点歇息，弟子告退了。”小道人准备俯身退下。

“等下，小易，你进来一下。”赵归真突然叫道。

“是，先生。”这名小道人推开门进了玄妙宫。门一打开，他忽然觉得眼前一片迷蒙，一股厚重的白雾迅速掩盖了过来……

赵归真说起往事，由原先的自傲渐渐变得有几分冷漠：“我的肉身没了，我把自己装在这个千年寿木匣中，这只能保住我的神志不至于溃散。这小道人就这样抱着我的木匣子逃出了皇宫。这幻术让我吃尽了苦头，所以我给自己改了名字叫‘归真’，幻术再好，人最终总要归真……若不懂归真，就会迷失了自己的方向。”

赵归真说得滔滔不绝，说得感慨万千，赵五郎终于忍不住打断了他：“等下，你不是要告诉我混元心的奥秘吗，讲一大堆你的经历干吗？我不想听这个，快说混元心的秘密，不然我捏死你！再说了，你就是个大骗子！我才不会相信你这些故事的！”

赵归真道：“你急什么？我先讲这些，就是要你这小道人清楚，这混元灵力有多么可怕，连我赵归真这般的人物都驾驭不住，何况是修为浅薄的你们！不过也正是因为这件事，让我对这股灵力有了重新的认识。这十余年来，我窥探了无数人的神智，查阅了无数的典籍，终于让我掌握了一些重要的信息。”

“什么信息？”赵五郎见赵归真终于要说重点了，急忙问道。

第七十一章

混元七圣

赵归真故弄玄虚道：“我若告诉了你，我有什么好处？”

“好处？你要什么好处？”赵五郎傻愣愣地问道。

赵归真看着赵五郎一副憨憨的模样，心理愣了一下，觉得这人似乎有几分眼熟，但这眼熟并非是他长得像某个人，而是一种感觉，赵五郎就像赵归真年轻时流浪的时候遇到的那些围观戏法的孩童一样，天真单纯，对新奇的世界充满了好奇，正是这些人的好奇，让赵归真一直享受着流浪带来的快乐。

“好明亮的眼睛。”赵归真有些惋惜道，“不过可惜，你的神明如电会让你越来越失去这份新奇和热情，这世界在你眼里都是一眼便看清了一切，变成这样的人就算是天下第一，也太无趣了。小子，若是可以选，你愿意成为天下第一，还是做一个快快乐乐的普通人？”

赵五郎犹豫了一下，如实道：“我原本就没有什么大志向，我愿意做一个最普通的人，高深的道法和修为，大家都只是用来争斗和杀人，我其实并没有多大的兴趣。只是……”

“只是你的命数就不是一个普通人。小子，身怀混元心就意味着，你要么成为万中无一的修成正果者，要么就被混元灵力所侵蚀，变得跟我一样，甚至比我还惨！”赵归真的这几句话说得尤其阴森，让赵五郎的心忍不住颤抖了一下，木匣子差点就落了下来。

“既然混元心这么可怕，那你为什么还要夺我师父的混元心？”赵五郎定了下心神问道，“所以你又想骗我对不对？哼！”

“骗你？呵呵，你蠢成这样子还需要骗吗？”赵归真沉思了片刻道，“你知道这天下的混元灵力有多少吗？”

“不知道……”

“一共有七种，人称‘混元七圣灵’。每一种混元灵力都有一项特殊的能力，这些能力莫不是修道者梦寐以求的至高法门。但是这些混元灵力都不完整，所以它们也都带有相应的反作用力，好比万法辨真带来的是疯狂，神明如电带来的是无情，而我的墟荒之境带来的却是错乱。

“传说这些灵力都是按着某种序列排好的，它们的属性就像五行一样彼此相生相克。葛云生的万法辨真刚好可以克制我的墟荒之境，它可以让我分辨自己道法中的虚实之别。而你的神明如电刚好又可以克制葛云生的万法辨真，冷漠无情可不是正好压制他的疯狂杀戮？只是，若只有我们三颗混元心，这无情嗜血就会难以控制，得到的人必然会变成一个杀人不眨眼的魔头，所以就还需要第四颗……这样一颗一颗，好比串珠一样，环环相扣，最后七颗连在一起，首尾相应，才能平衡混元灵力的所有缺点，变成真正的混元圣灵，这才是这股灵力的真正面目。

“若是能得到混元圣灵，我就可以重铸我的肉身，修成混元金身，这便是登仙之路，也就是世人所说的长生不老！”

说到这里，赵归真微微有些激动道：“你现在知道我为什么要夺取葛云生的混元心了？因为这是我唯一的活路！我想要修回肉身，只有靠这七种混元灵力。”

赵五郎立即戒备起来，一副横眉冷对的模样喝道：“魔头，你到了这个时候还不死心，还想着吞并七颗混元心，你信不信我现在就捏死你，让你一了百了！”

赵归真冷笑道：“你现在捏死我也没用了，你以为破除了我的幻境，你们就能安然无恙？你知道外面有多少人正等着抓你们师徒二人？你以为我让你进第七重幻境是来跟你谈人生哲理的？”

“什么意思？”

“有人比我还要着急得到这七颗混元心！”赵归真冷冷道，“而且，他已经来了！”

“谁？”赵五郎有些惊愕，还有谁竟可以让赵归真这么慎重以对？

“若是我肉身未灭，天下间谁能奈我何？可惜如今我肉身不存，只剩幻术一门，想要击败他太难了！小子，你助我逃出这一劫，我便再告诉你一个混元心的秘密，关于神明如电和万法辨真的秘密！”

赵五郎道：“你先告诉我谁来了！”

忽然，一道紫金色的光芒飞了进来，赵归真心脏中的蓝色光芒急忙闪耀而出，两者对击在一起难分胜负。

但就在这时，又有一道黑影飞了过来，瞬间黏在了赵归真的心脏上，竟是一点黢黑的浓墨。浓墨如虫蚁一般快速游入心脏之中，这混元蓝光立即回收，整个心脏也不断扭曲收缩得只有一半大小。

第七十一章　混元七圣

赵归真脸色变得十分痛苦："墨虫！玄天明，你竟然偷袭我！"话音刚落，他的眼窝再次塌陷，青色的发丝迅速发黄枯焦，整个头颅变得焦干丑陋。

与此同时，赵五郎眼前的整个世界开始剧烈扭转，无数景象不停地剥落，下沉，消失。

一层又一层，仿佛脱去这个世界的一层层外衣一样，葛云生、玄天明、齐云飞、白遇仙、施小仙、剑宗四少等人一个个显露了出来。

这些人分别被困在了不同层次的幻境之中，此时终于重见了天日。

仙武道坛之上，一切似乎又恢复了原样，有道人还不明白刚才发生了什么，也有道人开始欢呼，更有的依旧面存戒备，因为众人已经分不清眼前到底还是不是幻境。

只有赵五郎捧着木匣子呆呆地站在原处。

"五郎，是你杀了赵归真？"葛云生脸色有些发白，惊愕道。

"我没有啊！他……他还在这盒子里，玄天明的墨虫破了他的幻术。"赵五郎道，"而且，好像还有其他人来了！"

"谁？"葛云生大为震惊，随即恍然大悟道，"难道这老儿真的来了！"

忽然，一阵阵沉重的号角声在四周响了起来，这声音沉闷得令人胸口直堵，在场的所有人听到这号声都脸色一变，尤其是葛云生。

天上的乌云更甚，层层浓云如重铅一般压了下来，一阵阵狂风携带着丝丝点点的雨水扬了过来。

真是山雨欲来，风云又变。

天上滚滚的浓云中忽然落下九道紫色的巨大经幡，经幡之上画满了古老难解的经文，紫金色的道幡随着狂风舞动，仿佛是云层装上了长长的流苏了一样。

紧接着，还有一阵阵吟唱四处响起。

在场之人无不被这森严的气氛所震慑。

云机社的戏法师见此纷纷惊诧道："不知是哪路神仙来了，我们要不要先走为上？"

玄天明冷笑道："走？他来了，现在走哪里来得及！"

"啊？究竟是谁有这么大的排场！"

"这道教之中你说还有谁有这么大能耐？"玄天明冷冷道。

天上的雷云不断急转，而后"嗡"的一声，在云层中飞出一道金光。金光当空裂开，犹如一朵宝莲绽放，莲花层层剥落，终于出现了一个紫衣金冠的道人。

这道人生得魁梧硬朗，浓眉上扬，鹰目如电，整个人踩着莲花凌空而立，身姿气度都霸气四溢，却不知是何方神圣。

丹鼎观弟子已经悉数伏跪在地，高声道："弟子恭迎掌教亲临！"

符箓、御剑、丹鼎、驭灵四派门人见此也纷纷拜见道："见过徐掌教！"

整个符箓门上下无不低头俯身，一个个毕恭毕敬。

原来这人正是如今四大正道之尊，丹鼎观的掌教徐长元。

在场所有人之中，除却云机社的戏法师，只有葛云生和赵五郎依旧站在道坛之中，抬头仰望这至高无上的徐掌门，犹如两个凡人仰望高不可攀的天神。

徐长元手持拂尘，另一手一指葛云生，道："葛云生，你还做什么挣扎，还不速速跟本座回丹鼎观服罪！"这一喝问，虽非声色俱厉，但也让在场道人纷纷俯首不敢直视。

"徐老道，好久不见了！"葛云生并不恼怒也不惧怕，他迎风而立，狂风吹乱发白的头发，更吹起略显污秽凌乱的道袍，与徐长元一比，他真是太落魄了。但葛云生虽落魄，他的气度却总是那么不可一世，即使是身陷这等困局，他也从不畏惧任何人半分，他会心地笑了起来："真没想到，你也会为了我专门来跑这一趟！"

徐长元面无表情道："葛云生，是非功过，本座自会给你一个公道，先跟我走吧！"

宗政太保立即响应道："来人，将葛云生和赵五郎一并带走！"

葛云生眼见这阵仗，徐长元今日是不抓到自己誓不罢休，于是朗声道："徐长元，一人做事一人当，此事与我徒弟无关，我自愿跟你回丹鼎观，但还请放了其他人。"

徐长元道："你是叛门魔头，你的徒弟是不是邪道可不是你说了算的，此事本座自有公论。来人，将这二人一并押走！"

"慢着！"

一声响亮的声音喝止道。

丹鼎观的门徒一个个惊得抬起了头，不知是谁竟敢阻止徐长元的命令。众人一看，这喝止声正是符箓门的清微道人发出的。

第七十二章

仙都君印

清微道人站直了身子，质问道：“徐掌教，葛云生是我符箓门的逆徒，此事原本就该由我门派内部处理，你如今以掌教身份想要强行处置，我等也无话可说，但是赵五郎如今是我符箓门的入门弟子，亦是我门内下任道坛决的人选之一，你要带走他，这可不行！”

净明道人也道：“正是！徐掌教，你这样直接带走我符箓门的门人是否有些不妥？还请掌教三思！”

神霄道人原本对赵五郎并没有什么好感，但此事关系符箓门的尊严，更关系日后道坛决的名次，此时也挺身而出道：“徐掌教，你虽是四大正道掌教，但今日这等做法，我神霄也不能同意！”

宗政太保立即喝道：“这赵五郎有没有问题自应由掌教定夺才是，你们说的可不算！谁知道你们是不是要包庇门人！”

清微道人怒道：“宗政师侄，我符箓门立派千年，对门人可从未徇私，你这话说得是不是太放肆了？”

宗政太保冷笑一声，道：“既是从未徇私，更应拱手相送才是，难不成家师还会故意冤枉一个小小的符箓道人不成？”

三大道人还要开口争辩，徐长元却冷冷道：“先都带走吧，丹鼎观既是正道之首，自然会秉公办事！”

他一挥衣袖，天上雷云骤变，层层乌云围着他的上方滚动起来，一层一层，如同漩涡一般，这阵仗真是威仪如同天上神仙。

九道紫色经幡也绕着乌云飞动起来，这经幡带出一串串金色的符咒，仿佛整个苍穹都变成了一个巨大的法阵，这天就像罩子一样罩住了凌虚峰，叫山里的一只虫子都逃不出去。

符箓门道人、剑宗四少和各戏法师望着漫天的符咒，一个个都震惊得变了脸色，这道法太可怕了。

秦少商道："这是……九老仙都君神符！"

丁少宗对符箓一法知之甚少，问道："九老仙都君神符？师兄，徐长元不是练的丹鼎道法吗，怎么也会这符箓门的符咒阵法之术？"

秦少商解释道："九老仙都君乃是道教重要尊神，曾传九老仙都君法印于门下弟子，此印四处辗转，最终被定为道门'剑、印、录'三大法宝之一，为历代正道掌教持有，以此神印盖下的符箓便是九老仙都君神符，其威力远远大于符箓门的五色符箓，具备通天彻地、诛神杀魔之能。这九道仙都君神符一出，葛云生恐怕是逃不了了。"

丁少宗皱眉道："这葛云生虽说是叛门魔头，但毕竟是门派内的事，徐掌教这么做是不是有些小题大做了……"

秦少商急忙制止道："少宗，这话不可随便乱说，毕竟门派有别，我们还是静观其变的好。"

此时，漫天符咒，开始急旋而下。

葛云生冷笑道："这九老仙都君法阵耗时耗力，至少要一天一夜才能设成，徐长元，你为了抓我真是费了好大的心思！"

"啊！"赵五郎突然恍然大悟，为什么他们昨天中午就看到丹鼎观的门人进山，直到今天中午这些人才姗姗来迟，原来这些人早来了一天，就是潜伏在凌虚峰四周摆下了阵法，只等他们入瓮就擒。

这么说来，难道徐长元才是最终的幕后主使？

赵五郎突然想起了赵归真跟他说过的关于混元心的话，能得混元七心便能修得混元金身，成为真正的不死不灭长生之身。这徐长元一直想要逮捕师父葛云生，是不是也像赵归真一样想要师父的混元心，或者，他想要的不只是师父葛云生的，可能还有他赵五郎的，还有赵归真的。

这才是徐长元真正的目的吧！

一网打尽，收割三颗混元心！

赵五郎急声道："师父，你不能跟他走，他……他恐怕是想要我们的混元心！"

这话一出来，众人哗然。

堂堂的道教掌教竟然会专门为了两颗混元心来设下这么大的阵仗。

"呸！"宗政太保立即怒喝道，"家师何许人也？家师的九转丹法早就可以通天，还会贪图小小的混元心？你二人还不束手就擒与我们回去！再胡言乱语，休怪我丹鼎道法无情！"

其他丹鼎观道人也纷纷喝道：“贼人还不速速伏诛！”

“葛云生速速伏诛！”

“速速伏诛！”

丹鼎道人的叫喊声此起彼伏，天地间仿佛还有擂鼓号角之声传来，当真如天兵天神降临扫荡凌虚峰一般。

葛云生哈哈笑道：“我说你们丹鼎观的门人都是满嘴腐臭，却偏偏要说得这么义正词严，真叫人听不下去！”

宗政太保冷冷道：“怎么，葛云生，你还想困兽挣扎不成？”

“困兽挣扎，这还有什么意义？”葛云生自顾自嘿嘿笑了起来，道，“其实我今次回符箓门本就去意已决，你要代表正道处置我葛云生，我也无话可说，但你若要动我徒弟赵五郎一根汗毛，我必要跟你拼个鱼死网破！”

徐长元道：“这你放心，本座历来断事公允。”

葛云生点头道：“那就好！希望徐掌教言而有信！”

白遇仙见此，急忙喝止道：“葛云生，你聪明一世怎么这时候糊涂了？这老道一看就是个狠角色，怎么可能斩草不除根，还给你留下个蠢徒弟？我说，不如我们齐心合力杀出去再说！”

“放肆！”宗政太保一团烈焰飞舞而出。

白遇仙急忙御纸抵挡。这二人修为原本差距不大，但白遇仙以纸对抗烈火，显然吃了亏，这一对击之下，烈火很快就把白遇仙的千页柬烧成灰烬。

宗政太保还要上前，徐长元已经甩动紫色长袖子，喝了声：“妖师休得猖狂，擒！”紫色的九老仙都君神符突然缠绕而下，径直朝葛云生和各戏法师飞去。这神符速度并不算快，但叫在场的所有人看来却是根本不可阻挡，更是无处可逃。

紫色经幡急旋，不过片刻就将葛云生和各戏法师捆缚了起来，只有白遇仙和玄天明还在负隅抵抗。

赵五郎原本以为师父必然要反抗一番，自己也做好了生死搏斗的准备，但不想葛云生根本就没有出手反抗，而是像一片落叶一样被狂风卷了起来，直接被徐长元的神符捆了个结结实实。

显然，葛云生与玄天明在幻境之中已经斗得筋疲力尽了，他早已是强弩之末了，想要挣脱也没有了一丝力气。也有可能，葛云生早就想等待一个裁决，所以连最后的一丝希望也放弃了。

但是赵五郎却不这么想，无论如何，他也不会眼睁睁看着自己的师父被徐长元带走，尤其这徐长元可能要取走师父的混元心！

紫色经幡捆缚而来，赵五郎抱住木匣子，身子一闪就躲了过去，再一闪直接朝葛云生冲了过去，他边撕扯经幡，边道：“师父，我们快走！”

但这神符乃是祖师神印加持，岂是一般人能破得开的？

宗政太保冷哼一声，一团烈焰又飞舞而出，这火焰直接将赵五郎炸飞十余丈。

赵五郎翻身起来又冲了过去，又被宗政太保一击打倒。

宗政太保冷笑道：“小子，你以为你的实力真的能与我相抗衡吗？我刚才不过是陪你玩玩，拖延时间罢了，现在才是我真正的实力！”

他单手一凝，一团焚天烈焰又亮了起来，比刚才的更加明亮炙热许多！

赵五郎想再度开启神明如电，但他突然发觉自己的灵力全部溃散成一缕一缕，根本难以凝聚起来，想来是这九老仙都君法阵的遏制作用，让他的道法施展不出来。

宗政太保冷笑道：“这法阵既可杀敌，也可遏制混元灵力，如今你和赵归真都是废人一个！”他单手一扬，焚天烈焰疾疾烧了过来，赵五郎无奈之下，只好抽出混元伞硬生生地挡住这一击。

只是实力有别，一击之下，赵五郎高高飞起，手中的木匣子和混元伞都摔落在地。

木匣子瞬间被摔开了，里面的赵归真和混元心也露了出来，所有人脸色都一变，但这变化却各不相同，有的是惊讶，有的是惊恐，还有的是贪婪！

赵归真多少年未见天日，这时候真容露了出来，也是吓得面色一变，叫了声：“糟糕！”

白遇仙还愣在原处，他无法相信赵归真竟然会变成这样，哀叫了一声：“社主，你何时……”

赵归真急忙道：“白遇仙，少说废话，快带我走！”

白遇仙还在震惊之中，玄天明已经飞过来准备抢走这盒子。

而徐长元也飞出一道紫色神符想要卷走它。

但毕竟所有人都没有赵五郎离这木匣子近，他一步跃过去就合了匣子，再跃几步化作火猞猁就跳出了人群。

赵五郎抱着木匣子快速朝葛云生跑过去，大喊道：“师父，我来救你！”

另一旁的施小仙见状，也带着阿鬼朝葛云生冲了过来：“五郎，我来助你！”

小茹也忍不住想上前帮忙，却被伏虎长老一把制住：“小茹，不可以！”

“师叔……快救救他们！”

“这次是徐掌教亲自来提人，你我这点绵薄之力如何能救得了他们？小茹，这事我等也是爱莫能助啊！”

“那我自己去！”小茹心意已决。

“站住！”伏虎长老突然点了一下小茹的穴道。小茹只觉得浑身一软，立即瘫倒在伏虎长老怀中。

伏虎长老叹了一声，劝道：“谷常春把你托付给我，我就必须要保证你的安危，你这样上去除了送死还有什么用，你就不要怪你师叔了！”

道坛之上，只剩下赵五郎和施小仙还有阿鬼朝葛云生而去。眼看葛云生就在眼前，忽然十余名丹鼎观的门徒纷纷吞食丹丸，化作巨兽、巨虫，朝赵五郎围了过来。

“小子，受死吧！”

这些道人的修为虽然不算太高，但一个个在九老仙都君法阵的加持下，更显得威风凛凛，反观赵五郎有重伤在身，内力也几乎用竭，混元心又被遏制，想要以一敌多救出葛云生，这胜算当真是微乎其微。

第七十三章

梦断凌虚

徐长元一舞长袖，紫色经幡急急朝天上飞去，葛云生和各戏法师都被捆上了天。

“师父！”赵五郎大吼道。

紫色经幡用力绞缠，葛云生的脸色已经是一片扭曲惨白，他无力反抗，唯有苦笑道：“五郎，师父这次真的逃不了了，你自己赶快走！”

“不要！”赵五郎依旧朝着葛云生冲了过去。

“快滚！”葛云生怒吼道。

赵五郎却顺着登天一般的台阶追逐而上，依旧不肯放弃。

但此时一个在天上，一个在地上，相隔何止数百丈，赵五郎再怎么也够不着葛云生的一根手指头。

“五郎，我们救不了葛师父了，先逃命吧！留着青山在，以后才能想办法救葛师父！”施小仙拉着赵五郎。

“我不能丢下我师父！”赵五郎挣脱了施小仙。

匣子里的赵归真突然开口道：“小道士，听我一句劝，你今天是救不了葛云生了，但只要你我不在徐长元手里，葛云生就不会有事。徐长元未集齐七颗混元心，是不可能贸然吞食万法辩真的，我们快走吧！”

“是啊，五郎，快走吧！要不来不及了！”

施小仙眼见丹鼎观的门徒转眼就追到了跟前，她再也顾不得一切，一把掏出乾坤卷将赵五郎和木匣子收了进去。

而后，施小仙朝天上的葛云生叫道：“葛师父，我和五郎一定会回来救你的！”

葛云生低垂着眼，有气无力道：“好！好！小仙，你们自己快走，最好……最好不要来救我了……”他最后一句话已经轻得如风吹动发丝的声音，而后整个人便昏厥了过去。

徐长元大喝道：“收阵！”

“擒魔！”

第七十三章　梦断凌虚

“正法！”

漫天的紫色经幡急旋而下，除了正道四门的弟子外，其余的人均被这经幡追得四处逃窜，白遇仙奋力抵抗这经幡的捆缚，他转头道：“老三，你干什么呢？同我一起杀出去啊！”

但他转头一看，这四处哪里还有玄天明和齐云飞的影子，这二人早已不知所踪。

“好个无情无义的家伙，竟然自己跑了！”白遇仙怒道。

另一边，施小仙带着阿鬼，也在奋力抵抗这经幡的进攻。白遇仙突然想起赵归真还在施小仙的画卷里，急忙掠了过去，道：“小丫头，我带你一起出去！”

施小仙原本抵挡这法阵就有些吃力，这时见白遇仙肯帮自己，大喜道：“谢谢白大叔！”

“不必谢我，我也是为了救我社主，走！”

白遇仙一弹千叶束，无数纸剑飞舞而出，想要劈开层层漫下来的经幡，但不想这经幡比真金还坚韧，各色符咒之中蕴含风火雷等威力，白遇仙的纸剑根本破不开这经幡一丝一毫。

紫色的经幡像潮水般漫了过来，二人被困其中，空间越来越窄。

各丹鼎观弟子振奋道：“师尊好道法，这几个妖人已经无处可逃了！”

“束手就擒吧！快快跟我们回丹鼎观伏诛吧！”宗政太保也得意道。

白遇仙恶狠狠地盯着这些道人，突然哈哈笑了起来，他冷傲道：“想抓住我白遇仙，哪有这么容易！”

“白遇仙，你还想做困兽搏斗吗？你今天是逃不出这九老仙都君法阵的！”宗政太保喝道。

白遇仙嘿嘿笑道：“我白遇仙向来无拘无束，岂会让你们这些丹鼎观的臭道士擒为阶下囚？今日我云机社灭门于此，但只要我社主不死，这云机一门就会东山再起！社主，请多保重，今日白遇仙算是报答昔年知遇之恩，若有来世，再叠鹤相赠！”

他猛地一撕自己的身子，一声巨响中，白遇仙整个人如同漫天的烟花一样炸裂开来，无数的纸花碎片四处飘散。

“白大叔！”施小仙脸色一片惨白。

“臭丫头，快跑！”白遇仙爆了自己的元神，用最后的力气叫道，“我社主如今肉身不存，请帮我照看好他！”

这一爆炸声若震雷，纸片弹射而出，直接将九老仙都君法阵炸出了一个缺口，无数的纸片飞舞滚动，将这个口子越撕越大，施小仙再也不敢犹豫，骑在阿鬼身上，直接冲出了这道口子。

宗政太保急忙喝道：“快追！”

丹鼎观道人纷纷转头朝施小仙追过去，忽然，数百名符箓道人唰唰唰地拦住了宗政太保和丹鼎观门人的去路。

“你们想干什么，想要与丹鼎观为敌吗？”宗政太保怒吼道，“清微老道，还不叫你弟子速速滚开！”

清微、神霄、净明三大道人面色冷冷，齐声道：“在我符箓门，便要守我符箓门的规矩，有本事你们今日就灭了我符箓门！”

三大道人不敢公然与徐长元为敌，但他们也不想赵五郎被丹鼎观的人抓走，只有这样助他一臂之力。

“你们……”宗政太保气得浑身直发抖。

趁着这一空档，施小仙已经驾着阿鬼直接冲出了山门。山门之外是一条下山的石梯，人称过云梯，因为石梯两侧都是万丈高的悬崖，平日里山雾滚动，石梯如同横跨在白云之上。

施小仙也顾不得安危，驾着阿鬼在石梯上飞快穿行，但她和阿鬼行了不到百丈，就有数百名潜伏在山下的丹鼎观门徒杀了上来，这些道人纷纷作法，将去路堵得水泄不通。

“臭丫头，看你还往哪里跑！”

“快把画卷交出来！”

眼见前有伏兵，后有追兵，施小仙被堵在过云梯上无处可逃，她猛地一咬牙，怒骂道：“就算我死了也不会给你们！”

说着，她握紧了乾坤卷，拍了一下阿鬼道：“跳！”

阿鬼猛地一跃，跳下了山崖。

宗政太保急忙震开符箓门的道人，朝山下看去。悬崖之下是层层云雾缭绕，施小仙和阿鬼早已淹没在白雾之中，也不知会跌落在哪里。

他抬头望了望徐长元，道：“师父，这人……”

徐长元只是淡淡道：“把他们给我找回来。”

他身子一旋，化作一道金光消失在云端之中，层层紫色经幡卷带着葛云生等人也瞬间消失不见。

宗政太保急忙挥手带领丹鼎观弟子朝山下赶去。

第七十三章　梦断凌虚

眼见丹鼎观门徒走得干干净净，净明道人这才问道：“师兄，如今这事该怎么办？”

清微道人道：“葛云生的事暂且先不管，徐长元想必没那么快就杀葛云生，但赵五郎再怎么说都是我符箓门人，又是下一届道坛决的人选，我们一定要先于丹鼎观的人找到他！就算死了，也要找回尸体！”

神霄、净明二人自然知道此事的重要性，找回赵五郎不仅仅是因为他已具备参加道坛决的资格，更重要的是神明如电如今还在他身上，这可是符箓门的至宝啊！

神霄、净明二人也顾不得休息，立即分头带领符箓门人开始往山下急急赶去。

只是这凌虚峰下的峡谷深不可测，千百年来，极少有人下去一探究竟，也不知施小仙跳落山崖是个什么情况，众人都以为这人只怕连尸骨都找不到了吧。

数百里外，翼州太虚崖，九霄宫。

这是丹鼎观中最华丽的一栋宫殿，它修建在万丈悬崖之上，脚下是滚滚升腾的地火岩浆，四周是层层堆叠的各色宫殿建筑，乍一看与遗落渊还有几分相似之处。

唯一不同的是，这里处处都是一片炙热，任何鬼物恐怕都无法在这里立足片刻。

九霄宫中，徐长元负手而立，他的眼前是七个乌黑色的木匣子。木匣子形状古怪，却有几分眼熟，正是千年寿木匣。

徐长元望着木匣子一动不动，似乎陷入了沉思。

忽然，夜色之中一只墨鸦飞了进来。

这墨鸦停在大殿中央，快速旋转变化，最终化作了一个人形，正是一身黑袍的玄天明。

徐长元头也不回道：“你来了！”

玄天明不冷不热道：“恭喜徐掌教又得一颗混元心，看来你离混元金身又进了一步。”

徐长元冷笑了一声道：“那可真要多谢你云机社的高手，三颗变成了一颗。”

玄天明嘿嘿笑道：“这么说来，我也要谢谢徐掌门，说好的帮我灭了云机社和剑宗四少，但结果你还是放了御剑宗的人回山。”

徐长元道：“这能怪谁？当时那么多正道弟子在列，我若杀了剑宗四少，岂不是公然与王琼风为敌？逼王琼风出山，这可不是你我想看到的局面吧。”

“说到底，你还是怕他！”

“你不怕他？你不怕他，为何处心积虑地想要齐云飞修炼乾坤九剑？”徐长元冷笑道，“事到如今，云机社已灭，御剑宗也元气大伤，你我二人的计划也算成功了一半，现在就等葛云生的那个傻徒弟带着赵归真来自投罗网了。”

玄天明道：“徐掌教，你我都是聪明人，你要你的混元心，我要我的御剑宗，希望彼此都要言而有信！”

徐长元回过头道：“那是自然！你的剑我没有兴趣，我的混元金身，你也没有兴趣，这样可不是皆大欢喜？”说着他抛出一颗朱红色的丹药。“这是你要的东西！”

玄天明接了丹药，细细瞧看一番，而后问道：“不是有两颗吗？”

徐长元道：“是有两颗，但如今你只帮我抓到了葛云生，自然只能给你一半的酬劳，若是抓到了赵五郎和赵归真，剩下的一颗我自然会给你！”

玄天明哼了一声，身子一旋，又化作一只墨鸦飞了出去。

眼见玄天明远去，徐长元才冷冷道：“出来吧！”

大殿上“扑通”一声，跳下一个人影。

徐长元道：“我的九转丹只差这最后一转，必须要混元灵力相助才行，我的时日也不多了，若只靠玄天明一人之力恐怕难以成事，你派出你的猎尸帮我去找赵五郎，想来他们应该就在凌虚峰下，跑不了太远，快去快回！”

这人在黑暗之中，也看不清他的容貌，只是阴阳怪气道：“我的猎尸追踪这二人自是不难，但，事成之后，我有什么好处？”

“事成之后，我教你七神丹的法门，助你修炼七神尸！”

那人大喜，道：“那多谢了！”

徐长元挥了挥手道：“你也退下吧！”

那人也迅速离去，九霄宫中只剩下徐长元一人。偌大的宫殿之中，安静得像一片深海，徐长元伸手摸了摸七个寿木匣子，感叹道：“当初我为何要答应当这正道掌教？为什么是我？师父，徒儿好苦啊！”